Felicity Whitmore
Die Heimat des Herzens

W0470742

FELICITY WHITMORE

Die Heimat des Herzens

DIE FRAUEN VON *Hampton Hall*

Roman

dtv

Von Felicity Whitmore
sind bei dtv außerdem erschienen:
Der Klang der verborgenen Räume
Das Herrenhaus im Moor
Die vergessenen Stimmen von Chastle House
Der Faden der Vergangenheit.
Die Frauen von Hampton Hall, Band 1
Die Straße der Hoffnung.
Die Frauen von Hampton Hall, Band 2

MIX
Papier aus verantwortungsvollen Quellen
FSC® C019821

© 2022 dtv Verlagsgesellschaft mbH & Co. KG
Umschlaggestaltung: wildesblut – Atelier für Gestaltung
Stephanie Weischer
Umschlagmotive: shutterstock.com
Satz: C.H.Beck.Media.Solutions, Nördlingen
Gesetzt aus der Aldus 10,5/14˙
Druck und Bindung: Druckerei C.H.Beck, Nördlingen
Printed in Germany · ISBN 978-3-423-21983-9

Für Anke

Prolog

Juli 1848

Sir!«, rief der Matrose über das Tosen des Windes hinweg. »Wir haben ein Problem.«

Captain Maroon sah den Jungen an. Vor vier Stunden war der Klipper aus dem Hafen von Fort Umpqua ausgelaufen und eine lange Fahrt lag vor ihnen. So kurz nach Beginn der Reise hatte Maroon nicht mit einer solchen Meldung gerechnet. Er fuhr sich mit der Zunge über die salzigen Lippen und sah zu den vom Wind geblähten Rahsegeln hinauf.

»Wir haben einen blinden Passagier an Bord«, fuhr der Matrose fort, als der Captain nicht antwortete.

»Schon wieder?« Maroon seufzte. »Ist er jung und kräftig? Dann teilt ihn für niedere Aufgaben ein. Er soll sich seine Schiffsfahrt verdienen.« Maroon wandte sich ab und hielt nach einem der Rudergänger Ausschau, um ihm eine Korrektur des Kurses durchzugeben.

»Sir …« Der Matrose zog die Augenbrauen unmerklich nach oben. »Es ist eine Frau.«

»Um Himmels willen!«, rief der Captain überrascht. »Wie ist das möglich? Hat denn niemand aufgepasst, als sie an Bord gekommen ist?«

»Sie hat sich mit der Gruppe der Missionare eingeschlichen«, erklärte der Matrose und stemmte sich gegen den Wind. »Wir dachten, sie gehört zu ihnen.«

Maroon seufzte. »Eine Frau? Bring sie hierher.«

Er verfluchte die Passagiere an Bord oft genug. Die meisten waren der Mannschaft ständig im Weg, wurden seekrank, und seine Besatzung musste ihr Erbrochenes wegwischen. Aber diese Leute brachten viel Geld, das konnte Maroon nicht abstreiten.

Während er seinen Blick über die amerikanische Küste schweifen ließ, die hinter ihnen allmählich in der Ferne verschwand, wünschte er sich einmal mehr, nur noch Waren transportieren zu müssen. Aber in diesem Jahr war der Andrang der Passagiere extrem hoch. Seit in Kalifornien Gold gefunden worden war, zog es halb Amerika – nein, die halbe Welt – in den Westen. Letztes Jahr waren es kaum mehr als dreizehn Schiffe gewesen, die die strapaziöse und gefährliche Reise von New York um Kap Hoorn herum bis zur amerikanischen Westküste auf sich genommen hatten. Doch jetzt fuhren Hunderte von Schiffen diesen Weg. Die *Golden Star* war einer der wenigen Klipper, der bis ins nördliche Oregon hochfuhr. Ihre Reederei hatte eine Vereinbarung mit der Marine, dass sie Fort Umpqua mit Waren beliefern sollte. Aber wenn die Schiffe in New York ausliefen, war jeder Platz an Bord mit Passagieren besetzt. Die Frachträume waren bis obenhin mit Waren gefüllt, die im Westen das Dreifache ihres Preises einbrachten. Denn hier herrschte Mangel an beinahe allen Gütern, die zum Leben benötigt wurden.

Mit dem Passagiertransport war viel Geld zu verdienen. Jedermann schien zurzeit in den Westen zu wollen und viele fanden den Seeweg angenehmer als die beschwerliche Reise über Land. Bei seinem letzten Halt in San Francisco hatte Maroon beinahe seine gesamte Mannschaft eingebüßt. Die Seeleute waren an Land gegangen und nicht zurückgekehrt. Auch sie hatten dem Ruf des Goldes nicht widerstehen können. Der Captain brauchte einige Tage, um eine neue Mannschaft zusammenzustellen.

Jetzt, auf der Rückreise nach New York, befanden sich nur wenige Passagiere an Bord. Außer fünf Missionaren hatte Maroon nur noch einen jungen Mann aufgenommen, dessen Träume bereits geplatzt waren. Er hatte sein Glück im Gold gesucht und nicht gefunden. Nun wollte er möglichst schnell zu seiner Verlobten zurück nach New England.

Die *Golden Star* war zwar nicht so schnell wie die *Memnon,* die mit 122 Tagen den Rekord für die Strecke von New York nach San Francisco hielt, aber sie übertraf die alten Dampfschiffe, die gut 200 Tage dafür gebraucht hatten. Maroon hoffte, in etwa fünf Monaten seinen Heimathafen New York zu erreichen. Aber es kam immer auf die Wetterbedingungen an. Man wusste nie, welche Unwetter einen unterwegs überraschten.

Maroon sah zwei Matrosen an Deck kommen, die eine gut gekleidete Dame zu ihm führten. Erstaunt blickte er zu ihnen. Er hatte mit allem gerechnet, aber nicht mit einer solch hübschen Frau, die ihrer eleganten Kleidung nach aus der oberen Gesellschaftsschicht stammen musste.

»Sir!« Die Matrosen schubsten sie nun rabiat vor den Captain, der die beiden Männer empört ansah. Es bestand kein Grund, so grob mit der Frau umzugehen.

Maroon zog die Augenbrauen zusammen.

»Sie sind als blinder Passagier an Bord gekommen?«, sagte er zu der Frau. »Verraten Sie mir Ihren Namen?«

Sie schien nicht mehr ganz jung zu sein, erste Falten hatten sich um ihre Augen und den Mund gebildet.

»Abigail Hampton, Lady Mahony«, stellte die Dame sich vor.

Die Matrosen lachten.

Maroon sah sie mit finsterem Blick an, woraufhin sie verstummten. Die *Golden Star* wurde von einer Welle erfasst und schaukelte heftig. Die Lady strauchelte kurz, fand aber sofort wieder das Gleichgewicht. Ihre Wangen waren leicht gerötet, doch sie schien zumindest seefest zu sein.

»Woher stammen Sie?«, wollte der Captain wissen.

Er war sich nicht sicher, ob er ihr glauben sollte. Eine englische Adelige als blinder Passagier auf der *Golden Star* war so unwahrscheinlich wie ein indischer Maharadscha auf einem Siedlertreck.

»Ich komme aus Stockmill in England«, erklärte sie.

Der Wind zerrte an ihrem Haar und hatte einige Strähnen aus ihrer sorgfältigen Frisur gelöst, die ihr um den Kopf wehten. Erste graue Haare hatten sich in den mahagonifarbenen Ton gemischt.

Maroon betrachtete das schöne Gesicht, die grünen Augen, die von langen Wimpern eingerahmt wurden, den schlanken Hals, die gerade Nase und die hohen Wangenknochen. In ihren Augen lag ein dunkler Schatten, der darauf hindeutete, dass sie bislang kein einfaches Leben gehabt hatte. Sie schwankte leicht vom Seegang, machte aber keine Anstalten, sich an der Reling festzuhalten.

»Und wie sind Sie hier in Oregon auf die *Golden Star* gelangt?«, fragte Maroon. »Es ist ein weiter Weg von England bis hierher. Sie haben vermutlich nicht nach Gold gesucht, nehme ich an?«

Sie schüttelte den Kopf. »Es ist eine komplizierte Geschichte, die in Oregon grausam endete. Ich wurde gefangen gehalten und konnte nur durch eine List entkommen.«

In ihrer Miene lag ein Ausdruck von Melancholie und Entschlossenheit. Etwas faszinierte den Captain außerordentlich an dieser Dame, aber er konnte nicht sagen, was es genau war. Gedankenverloren blickte er zu den Rahsegeln hinauf. Was sollte er mit ihr anstellen? Er nahm grundsätzlich keine allein reisenden Damen an Bord, die Verantwortung war ihm zu groß. Er kannte seine Matrosen nur zu gut und wusste, wie hungrig sie nach Frauen wurden, wenn sie erst längere Zeit auf See waren. Es war besser, die Männer gar nicht erst in Versuchung zu führen.

Eine Möwe ließ sich auf der Reling nieder. Captain Maroon betrachtete das Tier und überlegte, welche Möglichkeiten er jetzt hatte. Er konnte umkehren und die Lady wieder in Fort Umpqua an Land bringen. Vermutlich war sie vor ihrem Ehemann geflohen, dem sie dem Gesetz nach gehörte. Sie zu ihm zurückzubringen wäre eigentlich seine Pflicht. Aber sie waren bereits vier Stunden unterwegs, und sie konnten es sich nicht leisten, auf diese Weise einen halben Tag zu verlieren. Außerdem konnte die *Golden Star* nur mit der Flut auslaufen, und sie würden wahrscheinlich sogar einen ganzen Tag darauf warten müssen. Nein, Maroon würde nicht kehrtmachen, nur weil sich ein Weibsbild an Bord geschmuggelt hatte! Er betrachtete die Lady nachdenklich. Es erforderte großen Mut, sich auf den Klipper zu stehlen. Diese Frau war ihm ein Rätsel. Sie war besonders, das war dem Captain klar. Und doch musste er eine Lösung finden. Er könnte sie auch bei nächster Gelegenheit an Land bringen und sich selbst überlassen.

»Als allein reisende Frau ist es nicht ungefährlich für Sie«, stellte Maroon schließlich fest. »Haben Sie die finanziellen Mittel, Ihre Fahrt zu bezahlen?«

Die Frau, die sich Lady Mahony nannte, streckte das Kinn vor. »Ich besitze nichts weiter als die Dinge, die ich am Leib trage. Aber vielleicht finden wir ja eine Möglichkeit, wie ich meine Passage bezahlen kann …« Sie schluckte, und ihr Blick wanderte zu den Möwen, die die *Golden Star* umkreisten.

»Woran haben Sie gedacht?« Maroon hätte beinahe gelacht. »Die Arbeit an Bord ist hart, auch für die Männer. Es gibt keine leichten Aufgaben, die von einer Frau erledigt werden könnten.«

»Ich bin nicht mehr jung und auch nicht mehr so schön, wie ich einmal war, aber es wird hier an Bord sicher einige Seeleute geben, die sich nach einer Frau sehnen. Ich bin bereit, mich ihrer anzunehmen, wenn ich dafür mitfahren darf.«

Maroon schnappte nach Luft. Sie wirkte nicht wie eine Dirne, und es war offensichtlich, dass ihr dieses Angebot nicht leichtfiel. Sie musste wahrhaft verzweifelt sein. Die Matrosen zu ihren beiden Seiten grinsten.

Der Captain warf ihnen einen finsteren Blick zu. Dann betrachtete er wieder die Dame, die vor ihm stand. Was musste ihr zugestoßen sein, dass sie sich freiwillig fremden Männern hingab? Ihre Flucht musste sehr wichtig für sie sein. Sie besaß offenbar einen großen Lebenswillen und musste Furchtbares erlebt haben.

Er schüttelte den Kopf. »Nein, das lasse ich nicht zu. Zum einen würde das der Moral und dem Zusammenhalt der Mannschaft nicht guttun, und zum anderen wissen Sie nicht, was Sie sich damit antun würden. Sie kennen die Gier dieser Männer nicht.«

»Ich habe in den letzten Jahren Dinge erlebt, die ich mir nicht schlimmer vorstellen kann.« Sie drehte sich zu den jungen Männern um und musterte sie mit einem durchdringenden Blick. Maroon wurde klar, dass sich diese Frau durchaus zu wehren wusste. Ihr seidenes Kleid flatterte im Wind. »Diese Schiffsjungen könnten mir nichts Schrecklicheres anhaben, als ich schon erdulden musste.«

Maroon schickte die Männer weg. Dann sagte er: »Ich bin mir nicht sicher, ob ich Ihnen Glauben schenken soll, dass Sie eine englische Lady sind. Aber ich meine zumindest zu erkennen, dass Sie keine Dirne sind.«

»Ich wurde zu einer gemacht«, sagte die Frau und presste die Lippen aufeinander.

Maroon betrachtete sie eine Weile, ihr schönes Gesicht wurde von der rauen Seeluft umpeitscht. Dann fragte er: »Wohin wollen Sie?«

Sie hob die Schultern. »Erst einmal weg von Oregon. Das ist alles, was ich will.«

Maroon ließ seinen Blick in die Ferne schweifen. Die Küste war inzwischen nur noch als schmales Band zu erkennen. Eine Welle schlug an die Bordwand und Gischt spritzte bis zu ihnen herauf. Der Captain wischte sich das Salzwasser aus dem Gesicht.

»Sie haben mich in eine kompromittierende Situation gebracht«, sagte er. »Damit Sie diese Fahrt einigermaßen unbeschadet überstehen, muss ich Sie unter meinen persönlichen Schutz nehmen.« Er zögerte kurz und betrachtete die attraktive Frau, die vor ihm stand. »Sie werden wie eine Geliebte in meiner Kajüte wohnen. Ich werde Sie nicht anrühren, aber die Männer müssen davon ausgehen, dass Sie zu mir gehören. Sonst werden sie ihre Finger nicht von Ihnen lassen.«

»Es tut mir leid, dass ich Ihnen diese Umstände mache«, sagte sie leise. »Glauben Sie mir, ich hätte es nicht getan, wenn es eine andere Möglichkeit gegeben hätte. Aber ich bin der Hölle und dem Teufel selbst entkommen.«

»Es gibt viele Teufel«, antwortete er nachdenklich. »Als alleinstehende Frau wird es nicht leicht für Sie werden.«

Ihr Blick wanderte an ihm vorbei aufs Meer hinaus. Sie schien plötzlich weit fort zu sein, in Erinnerungen an eine andere Zeit.

»Also gut.« Er deutete zur Treppe. »Ich bringe Sie in meine Unterkunft. Ohne meine Begleitung werden Sie sie nie verlassen, haben Sie das verstanden?«

Sie nickte und ließ sich, ohne ein weiteres Wort, von ihm ins Innere des Schiffes führen.

Kapitel 1

Oktober 2018

»Alles okay?« Dan sah sie von der Seite an.

Melody atmete tief ein. »Es ist seltsam, wieder hier zu sein.«

Sie betrachtete die hohen Bäume, die am Straßenrand an ihnen vorbeizogen. Melody und Dan waren gestern in Eugene angekommen. Auf dem Rücksitz schlief die kleine Abigail. Sie hatte den langen Flug sehr gut gemeistert, obwohl Melody im Vorfeld Sorgen gehabt hatte, die weite Reise mit einem zwei Monate alten Säugling anzutreten. Und jetzt schien die Kleine sogar noch weniger unter dem Jetlag zu leiden als ihre Eltern. Dabei war Melody sich nicht sicher, was ihr mehr zusetzte – die Zeitverschiebung oder das mulmige Gefühl, wieder ins amerikanische Abigail's Place zurückzukehren. Als sie das letzte Mal hier gewesen war, hatte sie in dem Haus eine grauenvolle Entdeckung gemacht. Sie und ihre Töchter Mia und Miranda waren auf konservierte Schrumpfköpfe ihrer Vorfahren gestoßen. Inzwischen waren die Mumienteile von Mitarbeitern der Universität abgeholt worden, und die Tagebücher von Melodys Vorfahrin Abigail, die darunter zum Vorschein kamen, lagen sicher bei ihr zu Hause im englischen Stockmill. Und doch waren noch viele Fragen offen. Melody und Dan hatten Stunden damit verbracht, zu überlegen, wie es mit Abigail weitergegangen sein könnte. Als vor zwei Monaten ihre Tochter zur Welt gekommen war, zögerten die beiden nicht lange. Sie gaben dem kleinen Mädchen den Namen ihrer Vorfahrin, dessen Schicksal sie so sehr berührte.

Melody und Dan hatten Eugene bereits hinter sich gelassen, als der Wald zu beiden Seiten der Landstraße allmählich immer dichter wurde. Sie waren auf dem Weg ins Willamette-Tal, wo das große Anwesen stand, das Melody von der Amerikanerin Louise Riley geerbt hatte. Melody betrachtete den Willamette River, der neben der Landstraße floss und zwischen den Bäumen glitzerte. Sie musste sich überlegen, was sie mit dem Haus anfangen sollte. Louise hatte es ihr in der Hoffnung vermacht, Melody würde dieses Erbe pflegen und zu schätzen wissen. Mit Sicherheit hatte die alte Frau nicht damit gerechnet, dass Melody das Haus verkaufen würde. Melody war unschlüssig. Einerseits wollte sie das in sie gesetzte Vertrauen nicht enttäuschen, aber andererseits hatte sie ja schon in England eine Villa zu versorgen, und ein zweites Haus dieser Größe bedeutete viel Arbeit und hohe Instandhaltungskosten. Dabei enthielt das alte Gebäude viele Geheimnisse, die Melody unbedingt erforschen wollte.

»Ich bin wirklich gespannt auf das Haus.« Dan setzte den Blinker, um links abzubiegen. Sie verließen jetzt den McKenzie Highway, um über kleine Nebenstraßen immer tiefer in die amerikanischen Wälder vorzudringen. Die hohen Tannen tauchten die schmale Straße in ein Dämmerlicht, und wieder hatte Melody das Gefühl, in eine andere Welt zu reisen.

»Es ist irgendwie gruselig«, sagte sie. »Mia, Miranda und ich hatten ein unheimliches Gefühl, als wir letztes Mal in diesem Haus waren.«

Melody war im Frühjahr mit ihren inzwischen sechzehnjährigen Zwillingstöchtern hier gewesen. Die Atmosphäre in der alten Villa war ihnen von Anfang an merkwürdig vorgekommen – bis sie die grauenvolle Entdeckung gemacht hatten und Hals über Kopf abgereist waren. Aber die Universität von Oregon hatte Melody die Tagebücher ihrer Vorfahrin bald darauf nach England geschickt, und sie hatte im Nachhinein herausgefunden, dass dieses Gefühl der Angst und Beklemmung nicht nur von den grausigen Köpfen herrührte, die sie im Haus gefunden hatten. Nein, es hatte viel Leid dort gegeben, und es waren unvorstellbare Grausamkeiten passiert. Melody hatte diese unheilvolle Stimmung überall in der Villa gespürt.

»Ich bin jedenfalls froh, dass du bei mir bist.« Melody betrachtete Dan von der Seite. »Das Haus ist zwar eine exakte Kopie unseres englischen Abigail's Place, aber seine Atmosphäre ist irgendwie bedrückend.«

Er lächelte, ohne den Blick von der Straße zu nehmen, und griff nach ihrer Hand. »Ist doch klar, dass ich dich begleite. Ich möchte keinen Tag in den ersten Lebensmonaten unserer Tochter verpassen. Und da du nun einmal hierher wolltest …«

»Na ja, ich musste. Schließlich habe ich das Haus geerbt und muss mich jetzt darum kümmern.« Melody war nicht besonders glücklich über dieses Erbe, aber sie hielt es für ihre Pflicht, sich gewissenhaft damit auseinanderzusetzen. Auch wenn diese Reise mit der kleinen Abigail anstrengend war, wollte Melody ihre Babypause in ihrem Job als Staatsanwältin gut nutzen, um die Angelegenheiten in Oregon zu regeln. Sie hatte in der nächsten Woche einen Termin bei Louises Anwalt und Testamentsvollstrecker in Eugene vereinbart, der ihr einen Überblick über das Vermögen geben würde, das Melody von Louise geerbt hatte. Bis dahin hatten sie und Dan sicher eine Entscheidung darüber getroffen, was sie mit dem amerikanischen Abigail's Place anstellen wollten. Vor allem aber erhoffte Melody sich, hier im Willamette-Tal weitere Informationen über Abigail zu finden. Der letzte Tagebucheintrag ihrer Vorfahrin stammte aus dem Jahr 1848, als Abigail beschlossen hatte, die Flucht aus Oregon zu wagen. Ob ihr das wohl gelungen war? Wohin war sie geflohen? Oder hatte Sir Laurence ihre Pläne durchkreuzt und sie letzten Endes sogar umgebracht? War es Abigails Kopf, den sie im Frühjahr gefunden hatten?

»Wow! Was für ein toller See«, rief Dan auf einmal, der von der schönen Landschaft draußen abgelenkt wurde.

»Das ist der Blue River Lake«, erklärte Melody und riss sich von den Gedanken an ihre Vorfahrin los. »Wir waren auch überwältigt, als wir ihn zum ersten Mal sahen.«

»Er taucht so plötzlich und unvermutet auf«, antwortete Dan.

»Ja, das ist ein Reservoir. Dieser See ist künstlich angelegt worden. Ich habe im Internet nachgeschaut. Als Oliver und Abigail hier waren, gab es ihn also noch nicht.« Melody stellte sich vor, wie ihre beiden Vorfahren die Gegend damals wohl wahrgenommen hatten. Heute fuhren sie bequem mit dem Auto über asphaltierte Straßen, aber Abigail und Oliver waren unter den ersten Siedlern gewesen, die Oregon im Jahr 1843 erreichten. Damals gab es hier noch keine befestigten Straßen und in den Wäldern lauerten ganz andere Gefahren als heute. Melody dachte an die wilden Tiere, die heute größtenteils ausgestorben waren, und an die Indianer, deren Land sich die Siedler damals rücksichtslos angeeignet hatten.

Zwanzig Minuten später erreichten sie den kleinen Parkplatz oberhalb von Abigail's Place. Melody stellte beruhigt fest, dass das Tor zur Straße abgeschlossen war. Nach den Wissenschaftlern schien niemand mehr in der Villa gewesen zu sein.

»Wir müssen mit Josephine sprechen«, überlegte sie laut. »Schließlich wird es auch sie betreffen, wenn wir das Haus verkaufen.«

Melody dachte an die seltsame alte Dame, die von sich selbst behauptete, die uneheliche Tochter von Louises Vater zu sein. Sie lebte in dem alten Siedlercottage, das auf dem Gelände von Abigail's Place stand und in dem Abigail und Oliver gewohnt hatten, nachdem sie das Land für sich beansprucht hatten.

»Aber das Cottage gehört Josephine, oder nicht?«, fragte Dan, während er aus dem Wagen stieg.

Melody folgte ihm. Sie streckte ihren Rücken durch. Seit der letzten Schwangerschaft war es anstrengend für sie geworden, zu lange zu sitzen. »Ja, soweit ich weiß. Das könnte ein Problem für einen potenziellen Käufer werden.« Sie atmete tief durch und nahm den typischen süßen Duft des Willamette-Tals wahr. Es roch nach Kiefernnadeln, Feuchtigkeit und Erde.

»Nun lass uns erst einmal in Ruhe über alles nachdenken«, sagte Dan und öffnete die hintere Tür ihres Leihwagens.

Melody trat zu ihm und machte sich an dem Kindersitz ihrer Tochter zu schaffen. Abi war eingeschlafen, und Melody bemühte sich, die Kleine nicht aufzuwecken. Vorsichtig löste sie den Sicherheitsgurt.

Dan nahm ihr die Babyschale ab und Melody ging voraus. Diesmal würden sie nicht in dem alten Haus übernachten, sondern abends wieder nach Eugene zurückkehren. Die Fahrt dauerte zwar eineinhalb Stunden, aber Melody wollte nicht noch einmal in dem unheimlichen Gebäude schlafen.

Von dem kleinen Parkplatz aus mussten sie einen kurzen, von Büschen überwucherten Fußweg zurücklegen, bis sie auf eine Wiese gelangten und Abigail's Place mit einem Mal in einem düsteren Licht vor ihnen lag, das spärlich durch die Wolken drang.

»Wahnsinn!« Dan blieb stehen und ließ den Anblick einen Moment auf sich wirken. »Das ist tatsächlich eine exakte Kopie unserer Villa in England.«

Melody nickte. Sie erinnerte sich daran, wie überrascht sie selbst gewesen war, dieses Haus hier in Oregon zu entdecken. Das Gebäude war harmonisch eingebettet in das ausgedehnte Waldgebiet. Vögel zwitscherten und in der Ferne war das Rauschen des Flusses zu hören. Es duftete nach Herbst.

Langsam gingen sie über den ungepflegten feuchten Rasen auf das Gebäude zu. Melodys Schuhe waren längst durchgeweicht. Das Gras reichte ihr bis zur Wade hinauf. Als Louise noch in dem Haus gelebt hatte, gab es wohl einen Gärtner, der die Ländereien gepflegt hatte. Doch seit die alte Dame, die im Frühjahr verstorben war, in einem Seniorenheim gelebt hatte, verwilderte alles zusehends.

Melody ärgerte sich, dass sie nicht an ihre Gummistiefel gedacht hatte. Ihr Blick wanderte wieder zum Haus. Die Fenster sahen ihnen stumm entgegen. Sie blieb einen Moment lang nachdenklich stehen. Wer hatte wohl schon alles hier gelebt? Wer war hier glücklich gewesen, wer hatte in diesem Haus gelitten? Sie dachte an ihre Ahnin Abigail und das Leid, das sie anscheinend hinter diesen Mauern hatte ertragen müssen. Doch nach ihr hatten weitere Generationen dieses Haus bewohnt. Waren sie hier glücklich gewesen? Wussten sie von dem Schicksal ihrer Vorfahrin? Melody fröstelte, als sie an Sir Laurence dachte, der für Abigails Leid verantwortlich gewesen war. Sie schüttelte den Gedanken ab und folgte Dan weiter durch das feuchte Gras.

Als sie endlich die Villa erreicht hatten, waren nicht nur ihre Schuhe, sondern auch die Hosenbeine nass. Jetzt ärgerte Melody sich, dass sie keine Kleidung zum Wechseln dabeihatte. Gras und Moos hatten sich auf den Steinen vor der Eingangstür gebildet. Das erste Laub lag auf dem Kies am Boden, und im Fensterrahmen hing ein Wespennest, von dem Melody hoffte, dass es verlassen war. Sie zog den schweren Schlüsselbund aus der Tasche und schloss auf.

Mit einem leisen Knarren schwang die Tür zurück. Dämmerlicht empfing sie. Sie blieben ein paar Sekunden lang auf der Schwelle stehen, bis ihre Augen sich an die Dunkelheit gewöhnt hatten. Der Geruch des Hauses schlug ihnen entgegen. Es war eine Mischung aus Verwesung, Moder, feuchtem Holz und Chemikalien. Melody tastete nach dem Lichtschalter neben der Tür, und nach einem lauten Klacken flackerten die Wandlampen auf. Der Strom war noch immer nicht abgeschaltet. In der Luft tanzten Staubflocken, und Melody wich einem Spinnengewebe aus, das sich über die Wand spannte.

»Der gleiche Boden wie bei uns in Stockmill.« Dan war ihr gefolgt und wischte mit dem Fuß die Staubschicht über den bunten Fliesen der Eingangshalle zur Seite. Dann legte er den Kopf in den Nacken. »Und das Deckenfenster … Sogar das Muster ist identisch.«

Melody schloss die Eingangstür mit einem leisen Knall und lauschte einen Moment lang dem Echo.

»Ja, Sir Laurence hatte sich die Pläne des Architekten aus

Stockmill besorgt.« Sie sah sich unschlüssig um. Noch immer fühlte sie sich unwohl in diesem Haus. Jetzt, nachdem sie Abigails Geschichte kannte, vielleicht sogar noch mehr als zuvor. »Wo fangen wir an?«

Dan hob die Schultern, was etwas unbeholfen wirkte, da er nach wie vor seine Tochter in dem Kindersitz trug. »Gute Frage, das Haus ist riesig. Und wonach suchen wir genau?«

Er trat an die Wand der Eingangshalle und betrachtete ein altes Gemälde, das dort hing.

»Wenn ich das wüsste ...«, erwiderte Melody. »Ich glaube, hier gibt es noch viele Geheimnisse, die erforscht werden müssen.« Sie seufzte. »Aber vor allem hätte ich natürlich gern Aufzeichnungen, die uns verraten, wie es mit Abigail weitergegangen ist.« Ihr Blick wanderte zu den Galerien in der ersten und zweiten Etage hinauf, die von der Eingangshalle aus zu sehen waren.

»Ich glaube nicht, dass wir so etwas hier finden werden. Schließlich wollte Abigail von Fort Umpqua aus mit dem Schiff nach Europa fliehen«, erinnerte Dan Melody.

»Ja, aber warum war ihr Kopf dann hier in diesem Haus?« Melody stellte diese Frage nicht zum ersten Mal. Wieder stieg leichte Übelkeit in ihr auf, als sie sich an die Schrumpfköpfe erinnerte, die sie im oberen Stockwerk der Villa gefunden hatten.

»War es denn wirklich Abigails Kopf?« Dan sah sie zweifelnd an. »Nur weil er lange, mahagonifarbene Haare hatte, muss er noch längst nicht von ihr stammen.«

»Von wem sonst?« Melody ging zu der großen Tür auf der linken Seite der Halle. »Das ist der Salon«, erklärte sie und warf einen Blick in den Raum. Es war alles unverändert. »Hier werden wir sicher nichts Interessantes finden.«

Dan sah ebenfalls in das geräumige Wohnzimmer, das noch die Handschrift der alten Frau trug, die bis vor Kurzem hier gelebt hatte. Die Zeitschriften, die auf dem Sofa lagen, waren mit Staub bedeckt, eine Thermosflasche stand auf einem der Beistelltische.

Melody wandte sich zur Treppe. »Es dauert ewig, bis wir gefunden haben, was wir brauchen. So viel Zeit haben wir nicht.«

»Manche Geheimnisse bleiben besser für immer im Dunkeln«, erwiderte Dan. Er trat an den Kamin in der Halle und betrachtete die Fotos, die auf dem Sims aufgestellt waren. »Erkennst du jemanden, der auf diesen Bildern zu sehen ist?«

Melody sah ihm über die Schulter.

»Nein.« Sie betrachtete die alten Schwarz-Weiß-Fotos, die aus der ersten Hälfte des zwanzigsten Jahrhunderts zu stammen schienen. »Schau mal, die sind aus den Zwanzigern. Die Charleston-Kleider, die Perlen und Federn …« Melody lächelte. »Damals wurde hier offenbar viel gefeiert. Einige der Bilder wurden in dieser Halle aufgenommen.« Nach den Fotos zu schließen, hatten hier wohl auch glückliche Familienmitglieder gelebt.

Dan nickte. »Schade, dass Mauern nicht sprechen können, das würde uns die Suche leichter machen.«

»Oh ja, so ein altes Haus könnte sicher viel erzählen.« Melody lächelte. Dann deutete sie zu den Galerien hinauf. »Ich habe im Frühjahr ein paar Tagebücher von Louise oben im Panoramazimmer gefunden. Da sie damals noch am Leben war und ich nicht in ihre Privatsphäre eindringen wollte, habe ich mich nicht genauer dort umgesehen. Aber jetzt …« Melody brach ab. Eine Gänsehaut breitete sich auf ihren Armen aus bei der Erinnerung daran, dass Louise wenige Stunden nach ihrem ersten Treffen gestorben war. Als hätte sie nur darauf gewartet, das Haus mit all seinen Geheimnissen in Melodys Hände zu geben.

»Also gut«, sagte Dan. »Dann lass uns dort anfangen.«

Melody atmete tief durch. Es fiel ihr schwer, wieder in diesem Gebäude zu sein, und vor der ersten Etage graute ihr regelrecht. Aber die Exponate waren zum Glück längst von den Wissenschaftlern weggebracht worden.

Melody und Dan stiegen die Treppe hinauf und folgten dem Gang, der tief ins Haus hineinführte. Die Dielen unter dem Teppich knarrten, und Melody musste niesen, als ihr Staub in die Nase geriet. Die Tür am Ende des Flures führte zu Louises altem Schlafzimmer. Melody betrat es ehrfurchtsvoll und sah sich um. Alles war noch genau so, wie sie es in Erinnerung hatte. Hier war nichts verändert worden seit ihrem letzten Besuch. In der Mitte des Raums führte eine Treppe nach oben zu einem rechteckigen Turmzimmer, das große Fenster nach allen Seiten hatte.

Als Melody und Dan hier oben ankamen, bestaunten sie einen Moment lang den Ausblick, der sich ihnen bot. Von hier aus konnte man weit über den Willamette Forrest schauen.

»Großartig«, sagte Dan schließlich. »Ich wünschte, unser Blick in Stockmill wäre nur halb so schön.«

Melody nickte. In ihrem englischen Haus gab es ein genaues Gegenstück zu diesem Raum, doch von dort aus war nur das ehemalige Industriegelände der alten Baumwollfabrik zu sehen, dessen Anblick nicht annähernd so atemberaubend war.

»Schau mal, hier sind die Tagebücher, die ich meine.«

Melody deutete auf eine Reihe Aktenordner, die in einem

Regal standen. Auf dem Tisch daneben wartete eine alte Schreibmaschine darauf, wieder benutzt zu werden. Sie schien aus den Fünfzigerjahren zu stammen.

»Louise hat die Tagebücher mit der Schreibmaschine geschrieben.«

Dan zog willkürlich einen der Ordner hervor und blätterte durch die dicht beschriebenen Seiten.

Melody fuhr mit der Fingerspitze über die Ordnerrücken und nahm dann eines der Tagebücher in die Hand. »Das älteste ist von … 1920.«

»Wie alt war Louise da? War sie 1920 überhaupt schon auf der Welt?« Dan runzelte die Stirn.

Melody sah auf. »Stimmt. Diese Tagebücher können gar nicht von ihr stammen. Louise wurde erst 1927 geboren.«

Sie schlug das Tagebuch auf und las den Namen, der auf der ersten Seite stand.

»*Cyrus Lancaster-Riley.* – Cyrus?« Melody sah mit zusammengezogenen Augenbrauen auf. »Wer war das?«

»Vielleicht Louises Vater?«, überlegte Dan. »Es könnte einer der jungen Männer sein, die auf den Fotografien unten in der Eingangshalle zu sehen sind.«

Melody hatte schon ihr Smartphone aus der Tasche gezogen, um im Internet nach dem Namen zu suchen. Sie gelangte auf die Firmenseite von AHOR.

»Du hast recht«, bestätigte sie Dans Vermutung. »Cyrus war Louises Vater und der Enkel von Sir Laurence.«

»Also Williams Sohn?« Dan schien nachzudenken.

Melody nickte. Ein kalter Schauder lief ihr über den Rücken. »Genau. Und somit auch Abigails Enkel.«

Mit zitternden Händen schlug sie die erste Seite auf. Vielleicht konnten sie über diese Aufzeichnungen ja tatsächlich etwas über Abigails Schicksal erfahren. Ganz gleich, wer sie verfasst hatte.

Melody begann, aus dem Tagebuch vorzulesen, während Dan ihre Tochter aus der Tragschale nahm und sanft in seinen Armen wiegte.

Kapitel 2

Juli 1920

Cyrus blieb auf der Wiese stehen und sah auf das hell erleuchtete Haus, dessen Lichter in die Nacht hinausstrahlten. Musik drang bis zu ihm herauf, untermalt von ausgelassenem Lachen, Gläserklirren und fröhlichen Stimmen. Er war dem Fest einen Augenblick lang entkommen und genoss jetzt die Ruhe hier draußen. Er feierte gern, aber er hatte auch nichts gegen eine Zigarette allein. Cyrus zog sein goldenes Etui aus dem Jackett. Während er die *Benson & Hedges* anzündete, beobachtete er ein Paar, das sich aus dem Haus schlich und in Richtung des Flusses verschwand. Er musste grinsen. Maskenbälle riefen immer wieder die verdorbene Seite der Menschen hervor. Die scheinbare Anonymität der Kostüme nahm ihnen sämtliche Hemmungen. Nun, ihm sollte es recht sein, er war erst gestern, nach vier Monaten in Harvard, nach Hause zurückgekehrt und würde sich die nächsten acht Wochen den Freuden des Landlebens widmen. Cyrus hatte an der Universität hart gearbeitet und seine Zwischenprüfungen mit Bravour gemeistert. Wenn es so weiterging, würde er schon bald seinen Vater William an der Spitze ihres Familienunternehmens ablösen können. Cyrus wusste, dass sein Vater nur darauf wartete, den Stab an seinen Sohn weiterreichen zu können.

Cyrus schlenderte zurück zum Haus. Er schnippte die Zigarette weg und zog seine Maske aus der Tasche. Natürlich würde ihn trotz der Maske jeder erkennen, aber das war auch seine Absicht. Schließlich war er einer der begehrtesten Junggesellen Oregons, und solange er noch keinen Ring am Finger trug, würde er diese Tatsache nach Kräften ausnutzen.

Die Eingangshalle der Villa war inzwischen gut gefüllt. Auf dem Tisch in der Mitte stand eine große Schüssel mit Bowle, um die sich eine Gruppe kostümierter Gäste drängte. In den Ecken unterhielten sich bunt gekleidete Gestalten, andere huschten die Treppe hinauf und sahen von den Galerien in die Halle hinunter. Junge Leute wippten im Takt der Musik, die aus dem angrenzenden Salon in die Eingangshalle klang. Champagnerflaschen wurden herumgereicht, Korken schossen in die Luft, Diener trugen gefüllte Tabletts und einzelne Paare tanzten eng umschlungen.

»Cyrus!«, rief ein Harlekin, der die Stimme seines Freundes Herbert hatte. »Wie schön, dass du in die Provinz zurückgekehrt bist!«

Cyrus lachte und blieb bei seinem Freund stehen, der eine Gruppe kostümierter Gäste um sich geschart hatte.

»Seit wann bist du wieder hier?«, wollte Bertram Hoobster wissen, der sich als Römer verkleidet hatte.

»Ich bin gestern Abend angekommen«, erklärte Cyrus und zwinkerte seiner Freundin Vera zu, die neben Bertram stand und in einem undefinierbaren Gewand steckte. Sie kicherte und errötete.

Cyrus' Blick wanderte durch die Halle. Federn tanzten auf und ab, Edelsteine glitzerten in den Frisuren und Dekolletés der Frauen. Die Kostüme spiegelten die gesamte Weltgeschichte wider. Die junge Heather McKenzie hatte sich als

Kleopatra verkleidet, was ihr ausgesprochen gut stand. Sie sah Cyrus aus ihren stark geschminkten Augen an und warf dann aufreizend den Kopf zurück.

Cyrus streckte den Arm nach ihr aus. »Kleopatra, schenken Sie mir den nächsten Tanz?«

Heather lachte. »Gern, auch wenn ich nicht weiß, wen Sie darstellen wollen.«

Cyrus nahm ihren Arm und zog sie eng an sich. »Finden Sie es heraus.«

Lachend liefen die beiden in den Salon, der als Tanzsaal diente. Die Möbel waren herausgeschafft worden und ein kleines Orchester hatte sich an der Stirnseite des Zimmers aufgestellt. Ungefähr zehn Paare bewegten sich zur Musik, und rundherum standen Menschen, die sich unterhielten. Cyrus erkannte seinen Vater, der mit den McKenzies in ein Gespräch vertieft war. Er nickte ihm zu. Eine junge Frau stand vor dem Orchester und sang mit voller Stimme von einer verlorenen Liebe.

Heather und Cyrus betraten die Tanzfläche. Cyrus genoss die Aufmerksamkeit, die ihm von allen Seiten entgegengebracht wurde. Viele seiner alten Freunde waren gekommen, aber auch die jungen Damen aus der Gesellschaft von Oregon schienen sich zu freuen, dass der zukünftige AHOR-Erbe in seine Heimat zurückgekehrt war. Als der Tanz endete, stand schon die nächste Frau bereit, um mit Cyrus über die Tanzfläche zu schweben.

Cyrus amüsierte sich prächtig und hatte bald mit allen Damen getanzt, die zum Ball geladen waren – außer mit einer. Nur die schönste und aufregendste Frau hatte es immer wieder geschafft, ihm zu entkommen. Sie hatte sich als die französische Königin Marie-Antoinette verkleidet und war jedes

Mal verschwunden, noch bevor er sie um einen Tanz bitten konnte. Das machte Cyrus beinahe verrückt. Je länger er versuchte, sich ihr zu nähern, und je weniger Erfolg er damit hatte, umso mehr wurde ihm bewusst, dass sie die begehrenswerteste Frau des Maskenballs war. Sie trug ein bauschiges Rokokokleid und eine hoch aufgetürmte Steckfrisur. Der tiefe Ausschnitt entblößte ihre weiße, zarte Haut und liebliche Rundungen, die wilde Fantasien in Cyrus weckten. Sie trug eine weiße Maske, die ihr Gesicht verdeckte.

Es war heiß im Saal. Cyrus ließ seine Tanzpartnerin lachend los und drängte sich an den Paaren vorbei in Richtung der Eingangshalle, um sich ein Glas Champagner zu gönnen. Er wollte gerade den Salon verlassen, als er an der Tür zum Arbeitszimmer seines Vaters eine Bewegung wahrnahm. Er hätte es vermutlich gar nicht bemerkt, wenn er nicht den ganzen Abend schon Ausschau nach dem auffälligen Kleid von Marie-Antoinette gehalten hätte. Sie schlüpfte in den Nebenraum. Cyrus hielt inne und kämpfte sich durch die Menschenmenge, ehe er ebenfalls in dem benachbarten Zimmer verschwand.

Er blieb an der Tür stehen und sah sich um. Das Büro lag im Dunkeln. Cyrus lauschte, aber nichts war zu hören. Sie schien nicht mehr hier zu sein. Langsam schlich er durch den Raum bis zur Verandatür. Er lächelte, als er das Rokokokleid draußen im Garten erblickte. Marie-Antoinette stand wenige Meter entfernt im Schein einer Fackel unter einem Rosenspalier und beobachtete ihn, als hätte sie nur darauf gewartet, dass er ihr folgte.

Cyrus trat zu ihr in die warme Nacht. Sie streckte ihm ihr Gesicht entgegen, das noch immer hinter der Maske verborgen war. Der Wind strich über seine Haut und die Schatten des Feuers huschten über ihre Stirn. Er hielt kurz den Atem an, so verzaubert war er von diesem Moment. Sie reichte ihm ihre Hand, und er nahm sie, ohne zu zögern. Sanft führte er sie an seinen Mund und fuhr mit seinen Lippen über ihre weiche Haut. Hinterher redete er sich ein, diese zarten, schlanken Finger nicht erkannt zu haben.

Nun setzte sich die Frau in Bewegung und zog ihn sanft, aber bestimmt mit. Er wusste genau, wohin sie ihn bringen würde. Der blumige Duft ihres Parfüms vermischte sich mit dem milden Geruch des nächtlichen Waldes. In der einen Hand hielt sie eine Fackel, die andere hatte sich fest um seine Finger geschlossen. Im Schein des Feuers fanden sie den Weg, der ihnen beiden so vertraut war. Sie gingen langsam und vorsichtig, aber zielstrebig. Eine Nachtigall sang. In der Ferne schrie ein Fuchs. Das Rauschen des Flusses wurde lauter. Der sanfte Nachtwind ließ die Blätter in den Bäumen wispern.

Cyrus spürte die Aufregung, Vorfreude erfasste ihn. Marie-Antoinettes kühle Hand in seiner, ihre verwirrende Nähe, ihre leisen Atemzüge unter der Maske und ihr betörender Duft erregten ihn. Cyrus schluckte und fuhr sich mit der Zunge über die Lippen.

Das alte Siedlercottage tauchte vor ihnen in der Dunkelheit auf. Sie verlangsamte ihren Schritt, ließ seine Hand für einen Moment los, um sich zum Türrahmen hinauf zu strecken. Mit den Fingerspitzen stieß sie den Schlüssel herunter. Sie bückten sich beide danach und hielten kurz inne, als ihre Hände sich berührten. Spätestens jetzt erkannte er, wer sie war. Er musste fort von hier, denn er wusste, dass er im Begriff war, eine Sünde zu begehen. Aber er konnte ihr nicht widerstehen, nicht hier und nicht heute.

Während sie die Tür aufschloss, hielt er die Fackel. Ihre

Taille war so zart, dass er die Hand danach ausstrecken wollte, doch er unterdrückte den Drang. Wie oft hatte er diesen Körper betrachtet, wie oft hatte er sich selbst verboten, an ihn zu denken! Was hatte diese Frau mit ihm vor? Er musste warten, bis sie sich ihm offenbarte, durfte nicht vorpreschen.

Marie-Antoinette hatte die Tür inzwischen aufgesperrt und griff nach einer Öllampe, die daneben stand. Sie entzündeten sie an der Fackel und betraten das einfache Haus. Cyrus schloss die Tür hinter ihnen. Die Luft roch muffig und abgestanden. Hier hatte seit vielen Jahren niemand mehr gewohnt. Die Frau führte ihn über die knarrenden Dielen in einen der hinteren Räume. Sie schien genau zu wissen, was sie wollte. Als sie das Zimmer mit dem schmalen Bett in der Mitte erreicht hatten, stellte sie die Lampe ab. Dann streckte sie die Arme in die Höhe und drehte ihm den Rücken zu. Cyrus trat dicht hinter sie und begann mit zitternden Fingern die Schnüre ihres Kleides zu lösen. Sein Atem beschleunigte sich und er riss sich die Maske vom Gesicht. Gierig näherten sich seine Lippen ihrem Nacken. Er küsste die duftende Haut und atmete ihren Geruch tief ein, der ihm so bekannt und doch völlig neu war. Dann fingerte er wieder an den Bändern des Kostüms herum. Es schien eine Ewigkeit zu dauern, bis er das Kleid so weit geöffnet hatte, dass er es ihr von den Schultern streifen konnte und es mit einem leisen Rascheln zu Boden fiel.

Marie-Antoinette trat aus dem Kleiderhaufen heraus und drehte sich zu ihm um. Cyrus stöhnte auf. Die Erregung hatte ihn dermaßen übermannt, dass er nicht mehr zurückkonnte. Nie hatte er etwas so Verführerisches gesehen. Sie trug ein Korsett, das die Brüste nach oben drückte, dazu seidene Strümpfe und einen Strumpfhalter. Cyrus trat näher.

Er zwang sich zur Ruhe und atmete tief durch. Sanft drehte er die Frau wieder um und machte sich an den Häkchen ihres Mieders zu schaffen. Nach und nach löste er auch die letzten Kleidungsschichten von dem perfekt geformten Körper. Sein Atem ging stoßweise. Sie stand vollkommen nackt vor ihm, nur noch durch die Maske geschützt. Cyrus streckte seine Hand nach ihr aus und strich zaghaft über die volle Brust. Wieder entfuhr ihm ein Stöhnen. Er knöpfte seine Hose auf, während Marie-Antoinette nur reglos verharrte und keine Anstalten machte, seiner Begierde Befriedigung zu verschaffen. Er zog sein Hemd über den Kopf und ließ die Hose zu Boden gleiten, bis er ihr ebenfalls unbekleidet gegenüberstand.

Jetzt endlich streckte sie ihre Arme nach ihm aus und er stürzte sich hinein. Er warf sie aufs Bett und legte sich auf sie. Gierig bedeckte er ihren Körper mit Küssen, spürte ihre Haut an seiner und konnte sich schließlich nicht mehr zurückhalten. Er zog ihr die Maske vom Gesicht und küsste nun auch das geliebte Gesicht, ihren süßen Mund.

In dieser lauen Sommernacht gab er sich endlich der brennenden Lust hin und schlief zum ersten Mal mit dieser Frau, die er so besessen liebte, dass alle moralischen Bedenken bedeutungslos wurden.

Cyrus und Marie-Antoinette kehrten erst in den Morgenstunden zu den Gästen des Balls zurück. Wenig später verabschiedete sich Cyrus von ihnen und ging zu Bett. Als er am frühen Nachmittag erwachte, schmeckte er noch immer ihre Küsse auf seinen Lippen. Er spürte ihren Körper an seinem und erneut stieg die Erregung in ihm auf. Aber er wusste, dass das, was in der letzten Nacht geschehen war, falsch gewesen war, eine Sünde, die sich nicht wiederholen durfte.

Cyrus stand auf und nahm ein kaltes Bad, um sich zu beruhigen. Doch immer wieder wanderten seine Gedanken zu Marie-Antoinette und den Stunden im Siedlercottage. Während er sich ankleidete, rief er sich zur Vernunft. Es war ein Fehler und niemand durfte jemals davon erfahren.

Er atmete tief durch, bevor er sein Zimmer verließ, das sich in der ersten Etage der großen Villa befand. Sein Großvater Sir Laurence Lancaster hatte das imposante Gebäude vor ungefähr siebzig Jahren für seine Frau Abigail bauen lassen. Laurence hatte Abigail vor einem brutalen Mann gerettet, der sie von ihrer Heimat England nach Amerika verschleppt hatte, und er hatte nicht nur die von den beiden gegründete Firma, sondern schließlich auch den Namen Riley übernommen, der bis heute ihr Familienname war. Riley war Teil des Firmennamens AHOR, der inzwischen weltweit bekannt geworden war, sodass Laurence entschieden hatte, ihn beizubehalten.

Buntes Licht fiel durch das Deckenfenster ins Treppenhaus und in die darunterliegende Eingangshalle. Die Angestellten hatten längst die letzten Spuren des Balls beseitigt. Cyrus schritt langsam die Treppe hinunter und zögerte einen Augenblick, bevor er das Esszimmer betrat. Aber der Raum war leer, das Frühstück längst abgetragen. Erleichtert zog Cyrus an der Klingel und wartete, bis Donahue, der Butler, kam. Bei ihm bestellte er Eier, ein Sandwich und Kaffee. Während er auf sein Frühstück wartete, blätterte er in der Zeitung, die wie immer auf einem Tisch neben der Tür bereitlag.

»Guten Morgen«, sagte seine Schwester Nancy, die beinahe lautlos die Tür geöffnet hatte.

Cyrus' Herzschlag beschleunigte sich. Sein Körper reagierte, ohne dass er es beeinflussen konnte. Nancy trug ein grünes Seidenkleid, das ihre helle Haut betonte. Das braune Haar war perfekt frisiert, und wenn sie die letzte Nacht Kraft gekostet hatte, sah man es ihr nicht an.

Cyrus legte die Zeitung zur Seite und betrachtete seine Schwester prüfend, bevor er ihren Gruß erwiderte. Sie trat lächelnd hinter ihn und beugte sich zu ihm. Cyrus hielt den Atem an, doch ihre Lippen berührten nur seine Wange – wenn auch einen Moment zu lang. Er sog ihren Duft ein, spürte ihre Nähe und schloss die Augen. Wieder schlug die Erregung über ihm zusammen. Seine Schwester richtete sich auf und er beruhigte sich langsam.

»Nancy«, seine Stimme klang belegt, als er endlich so gefasst war, dass er sprechen konnte, »wir dürfen das nicht wieder tun.«

»Nein«, sagte sie in einem Ton, der genau das Gegenteil auszudrücken schien. Sie zwinkerte ihm zu und setzte sich ihm gegenüber an den Tisch. Als sie sich mit der Hand durch das braune Haar strich, erinnerte er sich daran, wie diese Finger seinen Körper liebkost hatten. Schnell wandte er den Blick ab.

Donahue brachte ihnen ihr Frühstück und sie aßen schweigend. Als Cyrus aufstand, erhob sich auch Nancy. Sie folgte ihm bis zur Tür und flüsterte ihm dann ins Ohr: »Komm noch einmal ins Siedlercottage …«

Eine Gänsehaut lief ihm über den Rücken und er schauderte. Er wusste, dass er ihre Einladung nicht annehmen durfte, dass sie damit aufhören mussten. Nancys Hand strich zärtlich über seine Wange und wanderte hinunter in seinen Schritt. Ihre seidigen Lippen berührten seine, ihre Zungen umspielten einander, dann schlüpfte sie aus dem Esszimmer und ließ ihn in einem Zustand zurück, der kaum noch erträglich war.

Cyrus brauchte einen Moment, bis er sich wieder so weit im Griff hatte, dass er das Zimmer verlassen konnte. Aufgewühlt trat er in die Eingangshalle hinaus. Er musste vernünftig sein, er durfte nicht noch einmal mit seiner Schwester schlafen. Er eilte in sein Zimmer und warf sich auf das Bett. Am liebsten hätte er sich festbinden lassen, um nicht schwach zu werden. Er musste dem Siedlercottage unbedingt fernbleiben. Doch er konnte den Gedanken an Nancy nicht unterdrücken, die jetzt auf ihn wartete und sich genauso nach ihm verzehrte wie er sich nach ihr.

Entschlossen stand Cyrus auf. Also gut, er würde zu ihr gehen und ihr erklären, dass die Sache aufhören musste. Cyrus atmete tief durch. Auf dem Weg zum Cottage redete er sich ein, dass er mit seiner Schwester nur reden wollte. Doch als er das kleine Haus auf dem Gelände der Villa erreichte, stand die Tür offen und Nancy lag nackt und verführerisch auf dem schmalen Bett. Und noch bevor er wusste, wie ihm geschah, hatte er sich seine Kleider auch schon vom Leib gerissen und auf sie gestürzt. Noch nie hatte er sich einer Leidenschaft so hemmungslos hingegeben, nie eine Frau so sehr begehrt wie seine Schwester. Er liebte sie schon seit Jahren so hingebungsvoll und aufrichtig, wie er keine andere Frau jemals lieben würde. Und diese Verbindung von Liebe und Wollust raubte ihm den Verstand.

Als sie am frühen Abend aus dem Cottage traten, fuhr Cyrus erschrocken zusammen. Auf der Wiese davor stand ihr Vater William. Scham stieg in Cyrus auf. Hatte er sie etwa durch das Fenster beobachtet? Cyrus schloss entsetzt die Augen.

Warum hatte er sich nur so gehen lassen? Es gab doch genügend Frauen, die sich darum rissen, ihr Bett mit ihm teilen zu dürfen. Warum wollte er ausgerechnet die eine haben, die er nicht haben durfte? Sein Vater würde ihn sicher sofort nach Harvard zurückschicken, und das hatte er auch verdient. Wahrscheinlich war es so am besten.

Vorsichtig öffnete Cyrus die Augen in der Erwartung, das ganze Ausmaß der Enttäuschung und Verachtung im Gesicht seines Vaters zu sehen, das er selbst tief in sich spürte. Doch der Blick seines Vaters wanderte nur ruhig zwischen Cyrus und Nancy hin und her. Schließlich nickte William zufrieden und lächelte seine Kinder an. Cyrus sah überrascht zu Nancy und sie zwinkerte ihm verschmitzt zu. Dann griff sie nach seiner Hand und gemeinsam folgten sie ihrem Vater zurück zu Abigail's Place.

In diesem Sommer gab es keinen Tag, den Cyrus nicht mit Nancy im Siedlercottage verbrachte. Er lernte die Liebe in diesen Wochen ganz neu kennen, in dem kleinen Haus, in dem schon seine Großeltern Abigail und Laurence sich ihrer Leidenschaft hingegeben hatten. Cyrus dachte immer wieder an seinen Großvater, der ihm von der tiefen Liebe zu seiner Frau Abigail erzählt hatte. Was er wohl zu der inzestuösen Beziehung seiner Enkel gesagt hätte? Cyrus wischte den Gedanken fort. Sein Vater schien die Liebe zwischen ihm und Nancy jedenfalls zu billigen, ja sogar zu begrüßen, was Cyrus nur darin bestärkte, seine Gefühle, die Lust und glühende Hingabe in vollen Zügen zu genießen. Er wusste, dass er bald nach Harvard zurückkehren musste und dann Oregon für eine lange Zeit fernbleiben würde. Dann würde das alles zwischen ihnen abflauen. Cyrus würde sich in Harvard umsehen und ein Mädchen finden, das er lieben konnte und durfte. Und wenn er das nächste Mal nach Hause zurückkehren würde, wäre die Beziehung zwischen ihm und Nancy nur noch eine, wie sie zwischen Bruder und Schwester sein durfte.

Kapitel 3

Winter 1848/49

Abigail starrte in die Wellen, die sich am Rumpf des Klippers brachen. Am Horizont gingen Wasser und Himmel ineinander über. Sie kam sich winzig vor angesichts der überwältigenden Weite des Meeres. Die *Golden Star* war klein, ein Spielball der Wellen, genau wie Abigail zu einem Spielball des Lebens geworden war. Doch hier an Deck, auf den glitschigen Planken, mit dem Salz auf den Lippen, konnte sie ihren Gedanken freien Lauf lassen. Hier suchten sie nicht die schrecklichen Erinnerungen heim. Manchmal sah sie minutenlang selbstvergessen in die Gischt und dachte nur an das Kind, das sie unter ihrem Herzen trug und das sie Maroon bisher verschwiegen hatte. Doch irgendwann kam alles zurück. Dann plagten sie wieder die entsetzlichen Bilder jener Nacht, als sie Oliver für immer verlor, als sie seinem Mörder hilflos ausgeliefert war. Sie fragte sich immer wieder, was Sir Laurence so kaltherzig hatte werden lassen. Was hatte er erlebt, wie war er erzogen worden, dass er zu solchen Grausamkeiten fähig war? Sie würde es vermutlich nie erfahren.

Abigail sah zu den Segeln hinauf. Endlich waren sie wieder prall gefüllt. Tagelang hatten sie in einer Flaute festgesessen. Captain Maroon hatte ihr erklärt, dass das die Kalmen seien, eine windstille Zone im Bereich des Äquators, die rund um den Erdball verlief. Die ersten Wochen waren sie im günstigen Nordostpassat gefahren und jetzt hatten sie endlich Westwinde.

Abigail blickte auf die Wellen, auf denen sich Schaumkronen bildeten. Seit Tagen hatten sie kein Land mehr gesehen. Anfangs hatte Abigail sich die meiste Zeit in der Kajüte des Captains aufgehalten, und da dieser nur zum Schlafen herunterkam, war sie mehr als sechzehn Stunden am Tag allein gewesen. Nach einer Woche hatte sie sich schließlich an Deck begeben, und Maroon hatte widerstrebend eingewilligt, dass sie sich zumindest in seiner Sichtweite dort aufhalten durfte.

Jetzt stand der Captain auf der Brücke und blickte zu Abigail herüber, die an der Reling lehnte. Sie hatte den Eindruck, dass sie ihm ziemlich gleichgültig war, da er nur selten ein Wort mit ihr sprach. Abigail betrachtete einen Schwarm Fische, der in der Gischt unter ihr zu sehen war. Sie schwammen neben dem Schiff her und wirkten so getrieben wie Abigail selbst. Sie war dankbar für die Möglichkeit, mit der *Golden Star* fliehen zu können, und gleichzeitig fühlte sie sich müde und unendlich ausgelaugt. Sie war nach Amerika gekommen, um Frieden und Ruhe zu finden, mit dem Mann an ihrer Seite, den sie liebte. Aber ihre Hoffnungen waren nicht erfüllt worden. Stattdessen musste sie sich erniedrigen lassen und war schließlich wieder zu einer Flüchtenden geworden. Sie hatte längst keine Heimat mehr, keinen Menschen mehr, dem sie vertrauen konnte. Nachdem sie England hatte verlassen müssen, war Olivers Liebe zu ihrer neuen Heimat geworden. Doch jetzt hatte sie alles verloren und sie wurde umhergeworfen wie dieses Schiff auf hoher See.

Abigail blinzelte in die Sonne, die hoch oben am Himmel

stand und das Wasser in der Ferne glitzern ließ. Sie war des Lebens müde, fühlte sich alt und verbraucht, aber sie konnte sich nicht ausruhen. Noch nicht. Über ihr blähten sich die mächtigen Segel des Klippers.

»Ma'am?«

Abigail fuhr herum. Captain Maroon stand plötzlich vor ihr. Sie sah ihn abwartend an. Sein Gesicht war gebräunt und wettergegerbt, und seine stahlblauen Augen strahlten ihr entgegen. Das weiße Haar, das unter der Mütze hervorschaute, wehte im Wind. Der Geruch von Salz, Fisch und Algen hing in der Luft.

Der Captain räusperte sich. »Ich glaube, wir müssen uns unterhalten.«

Abigail zog besorgt die Augenbrauen zusammen. Würde er ihr nun doch die Stunden an Deck verbieten?

»Ich fürchte, es ist nicht mehr zu übersehen, dass Sie in anderen Umständen sind«, fuhr er fort und ein roter Schimmer legte sich auf seine Wangen.

Abigail war das Thema genauso unangenehm wie ihm. Sie senkte den Kopf und nickte.

»Wie haben Sie sich das vorgestellt?«, fragte er. Es lag keine Anklage in seinem Ton, kein Vorwurf, vielleicht nur ein wenig Sorge.

Abigail zuckte mit den Schultern.

»Sie sind die einzige Frau an Bord und unser Schiffsarzt hat keinerlei Erfahrung in diesen Dingen«, sagte der Captain. Sein Blick ruhte auf ihr und sie hätte nicht sagen können, ob er wütend auf sie war oder ob es ihn nervös machte, mit diesem Problem konfrontiert zu sein.

Abigail nickte. »Das weiß ich und es tut mir sehr leid, Ihnen diese Unannehmlichkeiten zu bereiten.«

»War Ihnen Ihre Schwangerschaft bewusst, als Sie sich auf diese beschwerliche Reise begeben haben?«, fragte er nach.

Sie nickte wieder.

»Dann haben Sie es also in Kauf genommen, dass wir uns um Sie und die Geburt kümmern müssen?«

»Ich hatte keine andere Wahl«, erklärte sie mit lauter Stimme, um das Tosen des Windes und das Rauschen der Wellen zu übertönen.

»Man hat immer eine Wahl«, entgegnete Maroon und sah sie nachdenklich an.

»Nicht in diesem Fall.« Abigail blinzelte gegen das Licht der Sonne. »Nicht, wenn ich weiterleben will.«

Er nickte und schwieg für eine Weile.

»Es ist das vierte Kind, das ich zur Welt bringen werde«, sagte sie und unterdrückte den aufsteigenden Schmerz bei dem Gedanken an ihre erstgeborenen Söhne Ebenezer und Hugo, die sie als Kinder in England zurücklassen musste. »Wenn mir jemand zur Hand geht, wenn Sie mir heißes Wasser und Tücher zur Verfügung stellen, wird es keine Schwierigkeiten geben.«

Der Captain schüttelte den Kopf. »Das ist zu riskant.« Er wandte sich von ihr ab und legte seine Hände auf die Reling. »Wann wird das Kind zur Welt kommen?«

»Im Dezember«, antwortete Abigail.

»Ich werde mir etwas einfallen lassen«, erwiderte er, wandte sich ab und ging zurück auf die Brücke.

Abigail hatte ein schlechtes Gewissen. Sie hätte ihre Schwangerschaft gleich zu Beginn ihrer Reise erwähnen müssen. Aber hätte er sie dann mitgenommen? Captain Maroon hätte wohl eher umgedreht und sie nach Fort Umpqua zurückgebracht. Nein, sie hatte keine Wahl gehabt, und schließlich war es nicht ihre Schuld, dass sie schwanger war. Sie hätte alles dafür gegeben, das Martyrium, das zu dieser Schwangerschaft geführt hatte, nicht erleiden zu müssen. Warum glaubte der Captain ihr nicht, dass sie das Kind problemlos zur Welt bringen würde, wenn einer seiner Männer nur einige Handgriffe übernahm, die sie ihm sagte? Natürlich gab es ein gewisses Risiko, das war ihr wohl bewusst. Aber sollte sie diese Geburt nicht überstehen, wäre ihr qualvolles Leben wenigstens vorbei.

Am Abend saß Abigail in der Kajüte und hatte gerade ihren Tagebucheintrag beendet, als der Captain den großen Raum betrat. Maroon hatte ihr seine Koje überlassen und schlief selbst auf dem Boden auf der anderen Seite des Zimmers. Zwischen ihnen stand ein großer Tisch mit vier Sesseln, die an den Dielen festgeschraubt waren. In einem dieser Stühle saß Abigail nun und klappte ihr Tagebuch zu.

Maroon blieb einen Augenblick in der Tür stehen und Abigail betrachtete den muskulösen, sonnengebräunten Mann. Er schien kaum älter als sie selbst zu sein, auch wenn sein Haar schon sämtliche Farbe verloren hatte. Abigail überlegte, ob das wohl der Sonne und dem Salzwasser zuzuschreiben war.

Maroon räusperte sich. »Ma'am, ich kann nicht verhehlen, dass ich enttäuscht von Ihnen bin. Ich hätte erwartet, dass Sie mich irgendwann in Kenntnis setzen. Stattdessen musste ich mich von meinen Schiffsjungen darauf hinweisen lassen. Das ist nicht gut. Auch nicht für die Männer.«

»Ich wusste nicht, wie ich es Ihnen erklären sollte«, sagte Abigail und errötete. »Es ist mir unangenehm, und außerdem war mir klar, dass Sie es nicht gutheißen würden. Aber ich war darauf angewiesen, dass Sie mich mitnehmen.«

»Ich könnte Sie immer noch von Bord schicken. Wir könnten die Küste ansteuern. Ich habe jedes Recht, Sie irgendwo da draußen in der Wildnis abzusetzen. Darüber haben Sie wohl nicht nachgedacht?«

»Doch«, gestand Abigail und sah ihn fest an. »Das wäre bei Weitem angenehmer für mich, als wieder nach Oregon zurückzukehren.«

»Ich werde Sie an Land bringen«, sagte Captain Maroon entschlossen.

Abigail sog erschrocken die Luft ein.

Er nahm ihr gegenüber auf dem Stuhl Platz. »Es ist undenkbar, dass Sie das Kind hier an Bord zur Welt bringen.«

Abigail presste die Lippen zusammen. Er würde sie tatsächlich aussetzen? In der Wildnis des südamerikanischen Kontinents sich selbst überlassen? Abigail wusste nicht viel über das fremde Land, an dessen Küste sie gerade entlangfuhren. Sie wusste nur, dass es von Spaniern und Portugiesen erobert worden war. Und die waren Engländerinnen gegenüber nicht unbedingt hilfsbereit, das hatte sie auch mitbekommen.

»Es gibt eine Missionarsstation von spanischen Mönchen, zu der auch ein kleines Krankenhaus gehört. Ich habe fünf Geistliche an Bord, die ich dort absetzen muss.« Captain Maroon betrachtete seine Hände, die auf dem Tisch lagen. »Wenn wir gut vorankommen, sollten wir es schaffen, die Station noch im Dezember zu erreichen.«

Abigail schluckte. Ihr Mund war trocken. »Sie wollen mich dort zurücklassen?«

Der Captain atmete tief durch und fuhr sich mit den Händen über das Gesicht. »Ich habe darüber nachgedacht. Verdient hätten Sie es.«

Abigail nickte.

»Wir halten sowieso dort«, erklärte er. »Und den Männern wird es guttun, ein paar Tage an Land zu gehen. Auch wenn es an diesem Ort kaum etwas gibt, was für Zerstreuung sorgen könnte. Trotzdem werden wir dort eine Woche vor Anker gehen. Ich hoffe, das Kind kommt in dieser Zeit auf die Welt, und Sie beide sind bald kräftig genug, um mit uns weiterzureisen. Sonst müsste ich Sie tatsächlich dort lassen, denn eine größere Verzögerung kann ich mir nicht erlauben.«

»Danke«, sagte Abigail leise und spürte, wie der Druck nachließ, der auf ihrer Brust gelegen hatte. Eine Woche, länger würde sie nicht zur Erholung brauchen. Blieb nur zu hoffen, dass das Kind pünktlich kam.

Der Wind blies stetig und in den nächsten Wochen sah es ganz danach aus, als würden sie zum geplanten Zeitpunkt die Südspitze des amerikanischen Kontinents erreichen. Abigail war bei dieser Schwangerschaft weniger rund als bei den vorausgegangenen, was sie unter anderem auf das dürftige Essen an Bord schob. Sie betrachtete gerade die Wolken, die sich in der Ferne auftürmten, als Captain Maroon neben sie trat.

»Wir werden bald in einen ordentlichen Sturm geraten«, sagte er und deutete mit einem knappen Nicken zum Horizont. Er hatte seine Stirn gerunzelt. »Ich hoffe, wir verlieren nicht allzu viel Zeit.«

»Vielleicht zieht das Unwetter ja vorbei«, überlegte Abigail.

Der Captain schüttelte den Kopf. »Nein. Wir fahren mitten hinein. Es wird nicht mehr lange dauern. Am besten, Sie bleiben in der Kajüte und halten sich gut fest, sonst werden Sie wie eine Puppe durch die Gegend geworfen. Ich werde keine Zeit haben, mich um Sie zu kümmern. Ich muss die *Golden Star* gut durch das Unwetter bringen.«

Damit tippte er sich an seine Mütze und verschwand in Richtung Kommandobrücke. Abigail sah wieder zum Horizont. Tatsächlich verdichteten sich die Wolken in atemberaubender Geschwindigkeit. Gerade hatten sie noch harmlos ausgesehen, doch im Nu waren sie immer dunkler geworden und hatten sich zu einer Wand aufgetürmt, auf die der Klipper geradewegs zuhielt. Der Wind nahm zu und spielte mit der Takelage, die wie eine Gitarrensaite summte und vibrierte. Die Wellen schlugen über die Reling. Sie hoben das Heck der *Golden Star* und brachen sich unter gewaltigem Getöse. Salzwasser überschwemmte immer wieder das Deck.

Abigail sah zu den Steuermännern, die sich zu dritt an dem riesigen Steuerrad abmühten.

Sie hörte die Stimme des Captains. »Alle Mann an Deck! Refft die Marssegel!«

Die Matrosen und Schiffsjungen trampelten eilig über die Planken. Abigail sprang zur Seite, als sie von zwei Männern angerempelt wurde. Wieder schlug eine Welle gegen den Rumpf des Schiffes und ließ es gefährlich schwanken. Abigail schaffte es gerade noch, sich an der Reling festzuklammern, als der erste Blitz den Himmel teilte. Im nächsten Moment setzte ein Sturzregen ein, der die Wellen glättete. Innerhalb von Sekunden konnte Abigail nichts mehr sehen. Das Wasser schien senkrecht in der Luft zu stehen. Neben ihr versuchten die Seeleute, die Segel zu reffen.

Abigail tastete sich an der glitschigen Reling entlang bis

zur Einstiegsluke. Mit aller Kraft gelang es ihr, die Klappe zu öffnen und in das dunkle Schiffsinnere zu klettern. Sie wartete einen Moment, bis sich ihre Augen an das dämmrige Licht gewöhnt hatten. Dann stieg sie vorsichtig die Treppe zum Aufenthaltsraum der Offiziere hinunter. Ihr Kleid war völlig durchnässt, ihre Hände rochen nach dem rostigen Eisen der Reling. Hier unten empfing sie der inzwischen vertraute Geruch nach feuchtem Holz, Salz, gekochtem Kohl und Kerzenrauch. Sie hielt sich an den Handläufen fest, die an den Wänden angebracht waren und die sie bislang nie benutzt hatte. Heute jedoch war sie froh darüber. Sie durchquerte die Messe. Durch das Oberlicht fiel kein Funken Licht herein. Am Ende des Raumes öffnete sie die Tür zur Kapitänskajüte.

Abigail hatte sich gerade mit einem Handtuch das Haar getrocknet, als ein lauter Schlag ertönte. Sie fuhr erschrocken zusammen. Über sich hörte sie eilige Schritte auf den Holzplanken. Männer schrien. Abigail starrte entsetzt zur Decke und machte sich darauf gefasst, dass gleich Wasser in die Kabine strömen würde. Jetzt war das Schiff sicher beschädigt, und sie waren ernsthaft in Seenot geraten!

Nachdem sie einige Minuten in höchster Anspannung ausgeharrt hatte und nichts weiter geschah, öffnete sie die Tür und eilte auf den Gang hinaus. Kein Mensch war zu sehen. Beklommen blickte sie nach oben zur geschlossenen Luke. Noch trat kein Wasser ein. Auch die Dielen hier unten waren trocken. Abigail beruhigte sich etwas und erinnerte sich an den schrecklichen Sturm, den sie mitten auf dem Atlantik erlebt hatten. Auch damals hatte sie geglaubt, das Schiff sei gekentert, und es war alles gut ausgegangen.

Abigail beschloss, sich in die Koje zu legen und abzuwarten. Sie würde ohnehin nichts ausrichten können.

Also ging sie zu Bett und deckte sich mit der klammen Wolldecke zu, aber in ihrem nassen Kleid fror sie entsetzlich. Da sie jedoch kein zweites besaß, musste sie die Kälte aushalten. Sie fand die ganze Nacht keinen Schlaf und am nächsten Morgen wütete der Sturm noch immer. Abigail stand auf und kämpfte sich die Treppe hinauf an Deck. Als sie durch die Luke des Schiffes schlüpfte, wurde sie sofort von einer heftigen Sturmböe erfasst, die sie von den Füßen riss und gegen das Deckhaus schleuderte. Einen Moment lang stockte ihr vor Schreck der Atem.

»Verdammt«, schrie der Captain, der plötzlich neben ihr stand, »warum bleiben Sie nicht unten? Hier haben Sie nichts zu suchen.«

Abigail spürte seinen festen Griff unter den Achseln und ignorierte den Schmerz, den er an ihren zarten Oberarmen verursachte. Maroon zerrte sie zurück zur Einstiegsluke und schubste sie die Treppe hinunter.

Jetzt konnte sie sich nicht mehr zurückhalten. »Seien Sie doch nicht so grob!«, rief sie empört.

Er zog an der Luke, um sie wieder zu verschließen. »Was fällt Ihnen eigentlich ein? Ich versuche, uns alle durch dieses Unwetter zu bringen, und kann wirklich keinen zusätzlichen Ärger brauchen. Von jetzt an bleiben Sie da unten, haben Sie verstanden?«

Abigail sah ihn trotzig an. Sie wusste, dass er genug Sorgen hatte, trotzdem hätte er etwas sanfter mit ihr umgehen können. Schließlich hatte sie lediglich nach ihm Ausschau halten wollen.

»Ich habe mir Sorgen gemacht«, gestand sie. »Um Sie.«

Er atmete tief durch und konnte sich offenbar nur mühsam beherrschen. »Heute Nacht sind zwei Stagsegel gerissen. Ich habe viel zu tun, um diesen Verlust irgendwie auszugleichen.«

Das war vermutlich der laute Knall gewesen, der Abigail aufgeschreckt hatte.

»Ich lasse Sie ja in Ruhe«, erwiderte sie und wandte sich in Richtung der Kajüte.

»Und lassen Sie sich nicht wieder an Deck blicken, bevor ich Ihnen die Erlaubnis erteilt habe.«

Abigail warf ihm über die Schulter einen bösen Blick zu und knallte die Tür zur Kajüte hinter sich zu.

Drinnen starrte sie wütend durch das Bullauge in die aufgepeitschte See. Sie konnte nichts als Wasser erkennen, das gegen das dicke Glas spritzte. Sie hatte durchaus Verständnis für den Captain, aber er schien absolut keines für sie zu haben.

Suchend sah sie sich um. Ihr Magen knurrte, aber natürlich brachte ihr heute niemand ein Frühstück. Die Abläufe an Bord waren durcheinandergeraten. Sie ließ sich in einen der Sessel fallen und schloss die Augen. Sie war unendlich müde nach der schlaflosen, stürmischen Nacht. Plötzlich durchfuhr sie ein heftiges Ziehen. Sie stöhnte auf.

»Oh nein, bitte nicht!«, keuchte sie. »Es ist doch noch viel zu früh.«

Sie atmete tief durch, aber so unerwartet der Schmerz gekommen war, so schnell war er auch wieder vorbei. Vielleicht war es ja nur eine Scheinwehe, eine Reaktion auf die Aufregung der letzten Stunden. Doch wenige Minuten später kam schon die nächste Wehe. Abigail schluckte gegen die Übelkeit an. Angst stieg in ihr auf. In diesem Moment wurde der Klipper von einer heftigen Welle erfasst. Der Raum schien sich zu drehen, das Schiff legte sich auf die Seite. Abigail rutschte aus dem Stuhl und prallte gegen die Wand. Panisch versuchte sie, die Orientierung wiederzugewinnen, aber ein paar Sekunden lang wusste sie nicht, wo oben und unten war. Es knarrte und krachte, und wieder wurde die *Golden Star* umhergeworfen. Und erneut schien Abigails Unterleib zu zerreißen.

»Oh mein Gott«, murmelte sie atemlos und musste würgen.

Sie hatte Angst. Wie sehr sehnte sie sich nach einem Freund an ihrer Seite. Nie war ihr die Einsamkeit so bewusst gewesen wie in diesem Moment. Wenn das Kind jetzt kam, wie sollte sie es zur Welt bringen? Ganz allein konnte sie das nicht schaffen.

Auf einmal spürte sie etwas Warmes, Nasses an ihren Beinen herunterlaufen. Tränen der Verzweiflung traten ihr in die Augen. Ihre Fruchtblase war geplatzt, das Kind würde bald zur Welt kommen. Jetzt, im furchtbarsten Sturm, den sie sich vorstellen konnte. Das Schiff wurde von einem Wellental ins nächste gerissen, es schlingerte, während durch das Bullauge nur weiße Gischt zu sehen war. Abigail versuchte, sich hochzustemmen und zur Koje zu gelangen, aber immer wieder warf sie eine neue, heftige Bewegung des Klippers zurück auf den Boden. Sie krümmte sich wimmernd vor Schmerz.

Plötzlich fassten sie zwei Arme. »Abigail?«

Sie sah in Captain Maroons besorgtes Gesicht.

»Das Kind«, stieß sie hervor.

»Jetzt?« Er sah sie entsetzt an.

Sie nickte kraftlos. »Es tut mir so leid. Ich wollte das nicht.«

Er nahm sie in seine Arme und trug sie hinüber zum Bett. Abigail unterdrückte ein Schluchzen.

»Was brauchen wir?«, fragte er, während er ihr behutsam die Haare aus dem schweißnassen Gesicht strich.

»Laken«, keuchte Abigail, »und heißes Wasser.«

»Das schaffen wir nicht. Es muss mit kaltem Wasser gehen.« Der Captain ging zur Tür und verschwand für ein paar Minuten. Dann kehrte er mit einem Stapel Leinentüchern zurück. »Das Wasser wird gleich gebracht. Sie müssen mir genau sagen, was ich tun soll.«

Gemeinsam legten sie Abigail die Tücher unter und rafften ihre Röcke. Maroon sah taktvoll zur Seite.

Die nächste Wehe kam zusammen mit einer gewaltigen Welle und beide mit solcher Kraft, dass Abigail sich an den Arm des Captains klammerte, während sie durch die Kabine geschleudert wurden. Einige Minuten konnten sie nichts weiter tun, als sich aneinander festzuhalten. Dann beruhigte sich die See für eine Weile und Maroon half Abigail zurück in die Koje.

Zwanzig Minuten später war das Baby da. Bei keiner ihrer Geburten hatte Abigail so wenig Schmerzen verspürt wie dieses Mal. Sie war viel zu sehr mit dem Unwetter beschäftigt gewesen und hatte sich so verzweifelt an ihrer Koje festgeklammert, dass sie die Schmerzen kaum wahrnahm. Nachdem Maroon auf Abigails Geheiß hin die Nabelschnur durchschnitten und das Baby in ihren Arm gelegt hatte, war er wieder an Deck geeilt. Ein Küchenjunge brachte ihr warmes Wasser, damit sie das Baby säubern konnte, und ein wenig Zwieback und kalten Tee. Die Nachgeburt kam eine halbe Stunde später und Abigail kümmerte sich allein darum. Sie fühlte sich zwar noch recht schwach, konnte aber schon wieder aufstehen. Allerdings hatte sie Angst um ihre Tochter, der sie den Namen Rosemary gab. Sie war winzig, kleiner als die anderen Kinder, die sie geboren hatte, und Abigail verspürte sofort eine tiefe Liebe und Zuneigung zu ihr, obwohl sie Rosemarys Vater, Sir Laurence Lancaster, abgrundtief hasste. Dem kleinen William gegenüber, der ebenfalls aus dieser unglückseligen Verbindung stammte, hatte sie nie tiefe Gefühle entwickelt.

Abigail legte das Mädchen an ihre Brust, doch es wollte einfach nicht trinken. Erst nach mehr als einer Stunde begann die Kleine langsam zu saugen. Erleichtert ließ sich Abigail wieder in die Koje fallen, klammerte sich jedoch mit der freien Hand fest, da das Unwetter wieder loszubrechen schien.

Abigail hatte in dieser Nacht Angst, einzuschlafen, weil der Sturm nach wie vor wütete. Sobald sie sich nicht mehr an den Haltegriffen der Koje festhielt, würde sie durch den Raum geschleudert werden und mit ihr auch Rosemary. Doch Abigail war so müde, dass sie immer wieder kurz einnickte, nur um erneut hochzufahren, wenn der Klipper von der nächsten großen Welle erfasst wurde. Irgendwann fiel sie dennoch in einen tiefen Schlaf, aus dem sie erst gegen Morgen aufschreckte. Erleichtert spürte sie ihre Tochter neben sich, sie atmete regelmäßig und hatte erstaunlich rosige Wangen. Abigail blieb einen Moment liegen, bis sie feststellte, dass sich der Sturm gelegt haben musste, denn die *Golden Star* segelte wieder ruhig und sanft dahin, wie sie es kannte. Also stillte sie Rosemary, wusch sich notdürftig und kleidete sich an. Dann band sie sich das Baby mit einem großen Tuch vor die Brust und machte sich auf den Weg an Deck.

Sie hielt einen Moment inne, als sie ins Freie trat und ihr Blick auf die Schiffsplanken fiel. Das Deck war von Holzsplittern und Bruchstücken der Reling übersät. Abigail schaute nach oben in die Takelage. Die gerissenen Stagsegel flatterten im Wind.

Abigail sah sich nach dem Captain um, der auf dem Achterdeck stand. Sie winkte ihm zu und bahnte sich einen Weg durch die Trümmer zu ihm.

Maroon lächelte ihr zu.

»Sie sehen gut aus«, stellte er zufrieden fest. »Und wie geht es Ihrer Tochter?«

»Sie ist sehr zart, aber sie trinkt gut«, antwortete Abigail. »Ich danke Ihnen für die Hilfe gestern. Ich weiß, dass Sie eigentlich andere Dinge zu tun hatten, als sich um eine Niederkunft zu kümmern.«

Er nickte. »Der Zeitpunkt hätte nicht ungünstiger sein können. Mitten in einem Unwetter.«

Abigail musste ihm beipflichten. Dann fragte sie: »Wie schlimm ist es?«

Er hob die Schultern. »Ich habe schon schlimmere Schiffsschäden nach einem Unwetter erlebt.«

»Sie meinen, wir sind glimpflich davongekommen?«

Er nickte. »Bis auf die gerissenen Segel lässt sich alles reparieren. Ich habe die Mannschaft in ihre Kojen geschickt. Sie waren sechsunddreißig Stunden auf den Beinen. Und wir werden bald Kap Hoorn erreichen.«

»Was bedeutet das?«, fragte Abigail, als sie die besorgte Miene des Captains sah.

»Dort sind die Wetterverhältnisse immer schwierig. Ich rechne damit, dass wir in einen weiteren Sturm geraten.«

»Oh …« Abigails Blick ging unwillkürlich zu den gerissenen Stagsegeln hinauf.

»Warten wir es ab«, versuchte Maroon sie zu beruhigen. »Vielleicht haben wir ja Glück.«

Abigail betrachtete den wolkenlosen Horizont. Sie hoffte inständig, dass er recht behalten würde.

Drei Tage später stand Abigail an der Reling. Rosemary schlief fest in dem Tuch vor ihrem Bauch, und sie genoss den Wind, der an ihren Haaren zerrte, und die Sonnenstrahlen, die sie wärmten. In der Ferne tauchten Vögel auf, und Abigail schirmte ihre Augen vor dem Licht ab, um sie genauer betrachten zu können. Zuerst dachte sie, es seien Möwen, obwohl sie eigentlich zu weit vom Festland entfernt waren. Dann fiel ihr jedoch auf, dass die Vögel deutlich größer waren und entenähnliche Füße hatten.

Abigail sah sich nach Maroon um, der die Tiere durch sein Fernglas beobachtete.

»Was sind das für Vögel?«, rief sie ihm zu.

Er ließ das Fernglas sinken und erklärte: »Albatrosse. Und Sturmschwalben.«

»Sturmschwalben?«

Maroon nickte. »Sie sind Vorboten eines Unwetters. Die Vögel lügen nie.«

Abigail bemühte sich, ihr Entsetzen zu verbergen. Sie war erleichtert gewesen, dass sie das letzte Unwetter glimpflich überstanden hatten. Und nun sollte schon das nächste kommen? Abigail durfte gar nicht daran denken. Sie nahm sich vor, sobald der Sturm tatsächlich losging, auf jeden Fall in ihrer Kabine zu bleiben.

Aber jetzt blieb sie noch den ganzen Vormittag an Deck und genoss die frische Luft und die ruhige See. Allmählich ließ die Anspannung nach und sie begann zu glauben, dass die Sturmschwalben sich getäuscht hatten. Nichts deutete auf ein Unwetter hin. Das Wasser glitzerte in der Sonne, einzelne Wolken zogen über den Himmel und der Klipper glitt sanft und schnell über den Ozean. Am Horizont hatte sich ein Wolkenband gebildet, das Abigail skeptisch beobachtete. Dann drehte der Wind auf Nordost, und Abigail spürte, wie er an Stärke gewann. Sie vergewisserte sich, dass das Tuch fest gebunden war und Rosemary sicher schlief.

»Leesegel reffen!«, hörte sie Captain Maroons Stimme vom Achterdeck.

Da Rosemary sich zu regen begann, beschloss Abigail, sich sicherheitshalber nach unten zurückzuziehen. Sie ging an der Schiffsküche vorbei, wo jetzt der Koch und sein Küchenhelfer Haferbrei zubereiteten und eingeweckte Pflaumen in Gläser füllten. Abigail bekam eine großzügige Portion von beidem und ließ sich auch eine Dose mit Schiffszwieback und eine Kanne Tee geben. Mit einem gefüllten Korb machte sie sich auf den Weg in ihre Kabine.

Die warmen Speisen taten ihr gut, und nachdem sie alles gegessen hatte, legte sie ihre Tochter an ihre Brust, und die begann sofort zu trinken. Sie hatte Rosemary gerade mit frischen Baumwolllaken gewickelt, die sie sich zugeschnitten hatte, als das Schiff wieder heftig zu schwanken begann. Abigail konnte sich in letzter Sekunde am Bettgestell festhalten. Sie presste das Baby fest an sich und versuchte, es sich in ihrer Koje so bequem wie möglich zu machen. Immer wieder wurde sie unsanft hin und her geworfen, bis sie endlich in einen leichten Schlaf fiel.

Irgendwann in der Nacht wurde sie durch den Lärm der Tür geweckt, die laut gegen den Rahmen knallte. Ein Lichtschein näherte sich. Abigail erkannte die große Gestalt des Captains in ihrer Kabine.

»Captain Maroon, ist an Deck alles in Ordnung?«, fragte sie, obwohl sie wusste, dass davon nicht die Rede sein konnte.

»Sie sind noch wach?«, entgegnete er, statt ihre Frage zu beantworten. »Ich komme, um nach Ihnen beiden zu sehen.«

»Uns geht es gut«, sagte Abigail.

Maroon griff nach einer Wolldecke und wickelte sich darin ein. Dann kam er zu ihr und setzte sich auf die Bettkante. Es war eine sehr intime Geste, die Abigail jedoch tröstete und die ihr Mut machte. Erst jetzt erkannte sie, dass Eiskristalle im Bart des Captains hingen.

»Wir haben den Kurs geändert«, sagte Maroon. »Nach meinen Berechnungen lag das Kap San Diego genau vor uns, aber bei diesem Wetter wäre es zu gefährlich gewesen, direkt darauf zuzusteuern. Wir hätten das Land zu spät gesichtet.«

»Ist der Regen denn so dicht?«, wollte Abigail wissen.

Maroon schüttelte den Kopf. »Wir sind in einen Schneesturm geraten. Der Schnee steht senkrecht in der Luft und es herrscht schwerer Seegang, wie Sie ja sicher schon mitbekommen haben.«

Der Captain stand auf und streifte die Decke ab. »Brauchen Sie irgendetwas?«

Sie schüttelte den Kopf. »Ich nicht. Aber Sie sollten eine heiße Tasse Tee trinken, bevor Sie wieder an Deck gehen.«

Der Captain machte eine abwehrende Handbewegung. »Bei dem Wetter ist der Koch nicht in der Kombüse. Ich brauche jeden Mann an Deck. Außerdem habe ich keine Zeit dafür.«

»Ich werde Wasser für Sie aufsetzen.« Abigail stand auf und griff nach dem Tuch, um sich ihre Tochter fest vor den Bauch zu binden.

»Nein, bleiben Sie hier, wo Sie einigermaßen in Sicherheit sind«, widersprach Maroon. »Außerdem ist es bei dem Seegang beinahe unmöglich, ein Feuer zu machen. Legen Sie sich wieder hin und versuchen Sie zu schlafen.« Damit wandte er sich zur Tür.

In diesem Moment erfasste eine Welle die *Golden Star* und Maroon wurde an die Schiffswand geschleudert. Er schüttelte sich, schwankte leicht und machte sich dann auf den Weg an Deck.

Abigail sah ihm einen Moment nach, während sie sich am Bettpfosten festhielt. Sie konnte nicht tatenlos hier herumliegen, während die Männer an Deck um ihrer aller Überleben kämpften. Sie legte sich ein dickes Baumwolltuch über die Schultern und machte sich auf den Weg in die Schiffsküche.

Die Feuerstelle wirkte verlassen. Abigail sah sich nach Kohle und Zündhölzern um. In einer Kiste neben dem großen Herd fand sie alte Zeitungen. Mit eiskalten Fingern riss sie ein paar Streifen ab und steckte sie zwischen die Kohlen. Dann versuchte sie, sie zu entzünden. Aber sosehr sie sich auch bemühte, das Feuer wollte nicht brennen. Immer wieder wurden die ersten Flämmchen durch den Luftzug gelöscht, der durch das Schiff wehte. Abigail griff nach einem großen Trichter, der an der Wand befestigt war, und probierte es erneut. Diesmal stülpte sie den Trichter über die Feuerstelle, um die Flammen zu schützen.

Tatsächlich loderte wenige Minuten später ein kräftiges Feuer. Abigail richtete sich auf und betrachtete einen Moment lang stolz die Flammen. Dann nahm sie den großen leeren Wasserkessel. Sie erinnerte sich daran, dass die Wasserfässer ganz unten im Schiffsrumpf aufbewahrt wurden. Sie stöhnte auf. Warum hatte sie nicht zuerst nach dem Wasser gesehen? Bis sie den Kessel gefüllt hatte, waren die Flammen bestimmt wieder erloschen. Als Maroon ihr anfangs das Schiff gezeigt hatte, war sie beim Anblick der Leiter zurückgeschreckt, über die man nach unten klettern musste. Aber jetzt blieb ihr nichts anders übrig. Wenn sie für den Captain und seine Männer Tee machen wollte, würde sie notgedrungen hinuntersteigen müssen.

Abigail vergewisserte sich, dass Rosemarys Tragetuch noch fest saß, und machte sich dann an den Abstieg, was mit dem Kessel in der Hand und dem Baby vor dem Bauch ausgesprochen schwierig war. Als sie unten ankam, bemerkte sie den Seilzug, der seitlich angebracht war. Gut, so würde sie das Wasser wenigstens problemlos nach oben bringen, denn mit dem gefüllten Kessel wäre der Aufstieg unmöglich gewesen.

Abigail entzündete eine Öllampe und sah in den engen Gang. Links von ihr schienen Mannschaftsunterkünfte zu sein, sie konnte Hängematten und Seesäcke erkennen. Natürlich war momentan keiner der Männer hier unten, schließlich wurden alle oben gebraucht. Sie wandte sich nach rechts und drückte sich an der Wand entlang. Der schwere Seegang war hier unten deutlich zu spüren. Rosemary gluckste zufrieden in ihrem Tuch, während Abigail sich bemühte, das Gleichgewicht zu halten. Sie wurde immer wieder von einer Seite zur anderen geschleudert. Je tiefer sie ins Innere des Schiffes gelangte, umso feuchter wurde es. Inzwischen waren ihre Schuhe schon ganz durchnässt, und bald stand sie knöcheltief im Wasser.

Abigail blieb stehen. Ihr Herz begann zu rasen. Auch wenn sie nie zuvor hier unten gewesen war, war ihr doch klar, dass irgendetwas nicht stimmen konnte, wenn das Wasser zentimeterhoch auf dem Boden des Schiffes stand. Sie ließ den Kessel fallen und eilte weiter. Als sie die Tür zum Lagerraum aufstieß, erkannte sie es: In der Wand des Lagers befand sich ganz oben ein Loch, durch das Wasser hereinströmte.

Abigail drehte sich um und rannte, so schnell sie konnte,

zurück zur Leiter. Sie rutschte immer wieder auf den Stufen aus, und ihre Hände waren so kalt, dass sie sich kaum festhalten konnte. Als sie endlich oben angekommen war, lief sie zum Aufgang, der zum Deck führte, und stürmte die Treppe hinauf. Als sie die Luke aufstieß, fuhr sie erneut vor Schreck zusammen. Der Schnee wirbelte waagerecht über das Deck und Abigail konnte im ersten Moment nichts anderes wahrnehmen als diese weiße Wand. Ein Rundholz flog nur knapp an Abigails Kopf vorbei. Sie sah entsetzt nach oben und erkannte in dem dichten Schneetreiben, dass die obere Takelage völlig zerstört war. Plötzlich gab es einen schrecklichen Knall und die Großmarsrah, eines der längsten Querhölzer des Klippers, brach los. Sie wurde von der Takelage nach unten gerissen.

Abigail sprang zur Seite und konnte dem Holz und dem Wirrwarr aus Seilen gerade noch ausweichen. Ihre Knie wurden weich. Die Kälte hatte ihre Hände und Füße längst taub werden lassen. Sie klammerte sich mit letzter Kraft an der Reling fest. Jetzt bloß nicht in Ohnmacht fallen! Der Wind peitschte die Rahen hin und her. Abigail konnte Maroon durch den dichten Schnee hindurch auf dem Achterdeck ausmachen, er brüllte gerade ein paar Schiffsjungen Befehle zu. Abigail kletterte über die Überreste der Takelage zu ihm. Als er sie sah, zog er seine Augenbrauen zusammen.

»Bleiben Sie unten, verdammt noch mal!« Er deutete auf die gebrochenen Stangen. »Sie sehen doch, was hier los ist! Ich kann hier oben nicht für Ihre Sicherheit garantieren.«

»Das Schiff hat ein Leck!«, schrie Abigail, ohne auf seine brüske Zurückweisung einzugehen. »Im Lagerraum.«

»Was?« Der Captain sah sie ungläubig an.

»Das Wasser steht da unten schon fünf Zentimeter hoch.«

Abigail versuchte, das Zittern ihrer Lippen zu unterdrücken, was ihr jedoch nicht gelang. Es war viel zu kalt, und es erforderte außerdem eine enorme Kraft, sich auf den Beinen zu halten.

»Verdammt«, entfuhr es Captain Maroon. »Sanders! Johannson!«

Zwei Offiziere erschienen neben ihm.

Maroon befahl ihnen, mit ein paar Männern und dem Zimmermann im Inneren des Schiffes nach dem Leck zu sehen.

»Aye, aye, Captain!«, riefen die Männer und eilten davon.

Abigail machte sich auf den Weg zur Luke. Hohe Wellen schlugen über die Schiffswände und schluckten die Schneeflocken. Männer wurden wie Spielfiguren umhergeworfen und über die Planken geschleudert. Irgendwie schaffte es Abigail zum Abstieg und war froh, als sie das Innere des Schiffes wieder erreicht hatte. Nun war sie noch unruhiger als zuvor. Zweifel stiegen in ihr auf, ob sie es jemals durch diese Nacht schaffen würden. Und ihre Zehen waren so eingefroren, dass sie sie kaum mehr spüren konnte.

Sobald sie in ihrem Zimmer war, zog sie die feuchten Schuhe aus und streifte auch die Strümpfe ab. Sie trocknete sich die Füße und schlüpfte aus ihrem durchnässten Kleid. Dann band sie ihr Baby eng an sich und deckte sich mit zwei Wolldecken zu. Augenblicklich fiel sie in einen tiefen Schlaf, während die *Golden Star* weiter durch die tosende Nacht rauschte.

Als Abigail wach wurde, hatte der Sturm nachgelassen. Sie öffnete die Augen und lächelte, als sie spürte, wie ruhig das Schiff segelte. Und sie war noch am Leben! Der Klipper war nicht im Sturm untergegangen.

»Wir haben einige Segel verloren«, hörte sie plötzlich Maroons Stimme.

Er saß am Tisch und sah sie an. »Es tut mir leid, dass ich gestern so grob zu Ihnen war.«

»Nicht der Rede wert«, sagte Abigail und richtete sich im Bett auf. »Es war viel zu tun.«

Er nickte. »Aber Sie haben uns allen das Leben gerettet. Wenn Ihnen das Leck nicht aufgefallen wäre, wären wir wohl gesunken.«

»Es wäre jemand anderem aufgefallen.«

»Nein«, seufzte er. »Schließlich hatten die Männer Anweisung, alle oben zu bleiben. Bis ich sie zum Schlafen geschickt hätte, wäre es zu spät gewesen.«

Abigail schloss einen Moment die Augen. Das war ihr gestern Nacht gar nicht bewusst gewesen.

»Ach was«, sagte sie mit einer wegwerfenden Handbewegung »Sie haben mir schon mehrmals das Leben gerettet. Zuerst, als Sie mich aufgenommen haben, dann während des ersten Sturms und jetzt wieder. Wenn Sie die Lage nicht so gut im Griff gehabt hätten, wären wir längst gekentert.«

Maroon schwieg einen Moment.

Abigail fragte: »Wie wird es nun weitergehen? Wir haben einige Verluste, nicht wahr?«

»Wir müssen die Segel ersetzen. Und wenn das Wetter hält, bringen wir morgen die Takelage wieder an ihren Platz.« Er stand auf und trat zu ihr an die Koje. »Danke.«

Maroon streckte seine Hand aus, als wollte er Abigail berühren, zog sie jedoch wieder zurück und wandte sich eilig ab, um die Kajüte zu verlassen.

Abigail sah ihm nachdenklich hinterher. Ja, es war Glück gewesen, dass sie sich seiner Anweisung, in der Kajüte zu bleiben, widersetzt hatte und nach unten gegangen war, um Wasser zu holen. Sie waren dem Tod alle nah gewesen, der Sturm hatte die *Golden Star* von allen Seiten bedroht. Abigail strich sich über das Gesicht. Sie hatte gestern kaum Angst empfunden. Sie hatte sich lediglich Sorgen um das Wohlergehen ihrer Tochter gemacht. Jetzt legte Abigail das Baby an ihre Brust. Rosemary war zart und Abigail konnte ihr kaum genug Milch geben. Hoffentlich erreichten sie bald die Missionsstation, wo Abigail sich frische Nahrung erhoffte, die dem Baby zugutekam.

Zwei Tage später waren die Schäden repariert und die *Golden Star* fuhr wieder mit voller Leistung. Die See war ruhiger geworden, auch wenn die Wellen immer noch hoch gegen den Bug schlugen. Abigail hatte sich in einen warmen Mantel gehüllt, den Captain Maroon ihr geliehen hatte, und lehnte mit Rosemary an der Reling. Maroon hatte wieder alle Segel setzen lassen, und Abigail beobachtete einen der Offiziere, der mit seinen Männern auf der anderen Seite des Schiffes stand. Einer der Matrosen warf ein Stück Holz über Bord, das an einem Seil befestigt war, während ein anderer auf eine Sanduhr sah. Abigail hatte diese Prozedur schon mehrmals beobachtet, auf diese Weise maßen die Seeleute die Geschwindigkeit des Klippers. Sobald der Sand durchgelaufen war, wurde die Leine festgehalten, und die Länge des von einer Rolle gelaufenen Seils verriet die Geschwindigkeit des Schiffes.

»Sechzehn Knoten, Sir!«, rief der Matrose, der das Seil in der Hand hielt.

Der Offizier nickte zufrieden. »Wir haben unsere volle Leistung zurück.« Er ging davon, um dem Captain Bericht zu erstatten.

Abigails Blick wanderte zum Horizont. Sie sog überrascht die Luft ein. Vor ihnen tauchte Land auf. Nach all den Wochen, in denen sie nichts als Wasser, die Wolken und den Himmel gesehen hatte, wirkte der Anblick der Felsen, die da aus dem Meer ragten, ungewohnt. Das musste Kap Hoorn sein! Maroon hatte heute Morgen gesagt, dass sie es wohl im Lauf des Tages erreichen würden. Abigail genoss den Blick auf die schneebedeckte Landspitze. Je näher sie der Küste kamen, umso mehr Einzelheiten konnte sie erkennen. Entenschwärme besiedelten das kahle Gebirge. Die gewaltigen Felsmassen ragten hoch aus den schäumenden Wellen auf. Die Umrundung der Südspitze des amerikanischen Kontinents erforderte viel Geschick vom Captain und seiner Mannschaft. Überall gab es Riffe und Felsen und es war nicht leicht, einen sicheren Weg um das Kap zu finden, der sie nicht zu weit südlich führte. Doch die Erfahrung Maroons, der diesen Weg schon oft gefahren war, brachte sie zügig um die Landzunge herum. Am Abend fuhren sie im Licht der untergehenden Sonne bei einer starken Brise die amerikanische Ostküste hinauf.

Eine Woche später erreichten sie endlich die Missionsstation. Einige Passagiere gingen von Bord und Captain Maroon beschloss, vier Tage in dem Hafen liegen zu bleiben, um die Vorräte aufzufüllen. Abigail vermutete, dass er ihretwegen diese lange Pause einlegte. Normalerweise wäre er sicher nur wenige Stunden hiergeblieben und dann wieder in See gestochen.

Nachdem sie ein Boot an Land gebracht hatte, brauchte Abigail eine Weile, um sich daran zu gewöhnen, wieder festen Boden unter den Füßen zu haben. Gemeinsam mit dem

Captain und zwei der Offiziere machte sie sich auf den Weg zu den flachen weißen Gebäuden, die auf einem der Felsen gebaut worden waren. Drei Mönche standen auf der Veranda, sie hatten die Landung der *Golden Star* beobachtet. Die Mönche begrüßten die kleine Gruppe freundlich. Captain Maroon sagte etwas auf Spanisch und sie wurden ins Haus geführt. Abigail hatte sich von den Mönchen Hilfe erhofft, aber als sie die Krankenstation dort sah, waren ihre Erwartungen enttäuscht. Das Krankenhaus bestand nur aus einem Zimmer mit zwei Matratzen und unzähligen Insekten, die in den Ecken umherschwirrten. Die Fenster waren zerbrochen und von Medikamenten konnte Abigail nichts sehen. Das Brot, das man ihnen anbot, war einigermaßen genießbar, aber der Brei war säuerlich, und Abigail bekam ihn kaum herunter. Nein, hier würde sie nicht zu Kräften kommen.

Captain Maroon erklärte den Mönchen, dass sie schon am nächsten Tag wieder in See stechen würden, und weder Abigail noch einer seiner Männer widersprach ihm.

Während der folgenden Wochen fuhren sie bei gutem Wind und ruhiger See, und sie erreichten New York an einem kristallklaren Februartag. Abigail stand neben Captain Maroon auf dem Achterdeck und betrachtete die Landzunge von Sandy Hook und den Signalturm, der auf einem Berg nahe dem Hafen stand und langsam größer wurde, je mehr sich die *Golden Star* New York näherte. Weiße Schaumkronen hatten sich überall auf dem Wasser gebildet.

Unvermittelt stiegen Tränen in Abigail auf. Sosehr sie sich in den letzten Monaten danach gesehnt hatte, den Klipper verlassen und an Land gehen zu können, so hilflos fühlte sie sich plötzlich, als ihr bewusst wurde, dass sie nun bald wieder ganz auf sich gestellt sein würde. Sie hatte sich an die Gesellschaft des Captains gewöhnt, und es hatte gutgetan, jemanden bei sich zu haben, der sich um sie sorgte.

Sie presste Rosemary fest an sich. Das kleine Mädchen war der einzige Mensch auf der Welt, den sie jetzt noch hatte. Abigail hatte zu viele Abschiede erleben müssen und der von der *Golden Star* und ihrem Captain stand ihr nun unmittelbar bevor. Ihre Kehle war wie zugeschnürt. Und doch musste sie sich zusammenreißen und nach vorn schauen.

Kapitel 4

März 1849

»Wie lange wird es dauern, bis mein Haus endlich fertig ist?« Hugo sah auf die ausgebreiteten Pläne des Architekten. Seine Wangen waren gerötet.

Ebenezer betrachtete seinen jüngeren Bruder. Hugo war inzwischen schon einundzwanzig Jahre alt, doch er wirkte auf Ebenezer manchmal wie ein kleiner Junge. In diesem Moment schien es beispielsweise, als würde Hugo ein Märchenschloss mit Bauklötzen errichten wollen. Nur leider war es kein Märchenschloss, sondern ein echtes Haus, das ein Vermögen kosten sollte. Dabei war es nicht Hugos Geld, das dafür verwendet wurde, sondern es stammte aus der Fabrik Hampton's Mill, die Hugo überraschend geerbt hatte.

Während Ebenezer den Architekten beobachtete, der über Hugos Frage nachdachte, stieg Verzweiflung in ihm auf. Das ganze Geld, das Hugo im Begriff war, für ein imposantes Herrenhaus auszugeben, wurde dringend in der Baumwollfabrik gebraucht, um die Arbeitsplätze der Angestellten zu sichern. Ebenezer konnte nicht begreifen, wie dieses Testament drei Jahre nach dem Tod seines Vaters so plötzlich auftauchen konnte. Er war immer davon ausgegangen, als ältester Sohn nicht nur den Titel, sondern auch das gesamte Vermögen der Familie und die Fabrik zu erben. Dabei ging es ihm nicht um seinen eigenen Vorteil, sondern um die Sorge wegen Hugos Unreife, die er ja soeben auch bewies. Ebenezers Bruder war nie auf eine verantwortungsvolle Position vorbereitet worden, und jetzt zeigte sich dieses Versäumnis nur allzu deutlich.

»Lord Hugo, Sie sollten sich auf eine Bauphase von zehn bis fünfzehn Jahren einstellen«, erklärte der Architekt, Mr Tresillick.

»So lange?« Hugo fuchtelte verärgert mit den Händen in der Luft herum. »Nein, ich kann nicht zehn Jahre auf mein Anwesen warten. Das muss schneller gehen. Fünf Jahre, dann will ich in das neu gebaute Haus einziehen. So lange werde ich mich in Europa aufhalten und Italien, Deutschland, Frankreich, Griechenland und Mesopotamien bereisen.«

»Eine Halbierung der Bauzeit würde Tausende Pfund mehr kosten«, gab Mr Tresillick zu bedenken. »Es müssten viel mehr Arbeiter eingestellt werden, auch bei den Baustoffen kämen höhere Kosten auf Sie zu.«

»Das ist mir gleich! Geld spielt keine Rolle«, erwiderte Hugo.

Ebenezers Blick wanderte zu Robert, der unauffällig neben der Tür stehen geblieben war und jetzt besorgt die Augenbrauen hochzog.

Ebenezer räusperte sich. »Mr Tresillick, vielleicht dürfen wir uns ein paar Tage Bedenkzeit erbitten?«

»Natürlich, Eure Lordschaft!«

»Ach was«, wischte Hugo den Einwand seines Bruders fort. »Ich gebe Hugo Hall hiermit in Auftrag. Es soll am Neujahrstag 1854 fertig sein – und nicht einen Tag später.«

Der Architekt nickte. »Wie Sie wünschen, Lord Hugo.« Er rollte seine Pläne ein.

Hugo läutete, und gleich darauf erschien ein Diener, der Mr Tresillick hinausbegleitete.

»Das wird zu teuer, Hugo«, platzte Ebenezer heraus, kaum dass die Tür hinter dem Architekten geschlossen war. »Du gibst für das Anwesen mehr aus, als du besitzt. Die Fabrik hat zwar Rücklagen, aber die sind gering und dafür gedacht, dass wir auch in einer Krise den Arbeitern ihren Lohn zahlen können.«

»Was interessieren mich die Arbeiter?« Hugo trank einen Schluck Tee, der auf dem Schreibtisch stand und inzwischen längst kalt sein musste.

Ebenezer runzelte die Stirn. »Du trägst Verantwortung für diese Menschen. Sie vertrauen darauf, dass du gut haushaltest. Dass du mit dem Vermögen, das du geerbt hast, umsichtig umgehst. Die Arbeiter sind die Grundlage für deinen Reichtum, ohne sie gäbe es keine Baumwollstoffe, die du verkaufen kannst.«

»Wenn sie nicht mehr da sind, suche ich mir eben andere«, erklärte Hugo und zuckte mit den Achseln. »Ich verstehe nicht, warum du wegen der Arbeiter so ein Aufheben machst. Ich werde sparen müssen, um Hugo Hall bauen zu können, wie du schon festgestellt hast. Und deshalb werde ich ihren Lohn empfindlich kürzen müssen. Dann werden natürlich einige von ihnen einen Aufstand proben. Die schmeiße ich raus und ersetze sie.«

Ebenezer starrte seinen Bruder entsetzt an. Hatte er denn nichts von dem verstanden, was ihre Mutter ihnen beigebracht hatte? Was hatte Ebenezer bei Hugos Erziehung falsch gemacht, dass sein Bruder so respektlos den Menschen gegenüber war, die für ihn arbeiteten? Wenn Ebenezer nur besser auf die wertvolle Statue, die Arbeitermadonna, aufgepasst hätte, die seine Mutter ihm vermacht hatte. Ihr Verkauf würde den Lohn der Arbeiter jetzt sichern. Aber sie war aus der Villa Abigail's Place, die sich auf dem Firmengelände befand, gestohlen worden.

Ebenezers Stimme zitterte vor Zorn und Enttäuschung. »Hugo, das meinst du nicht ernst. Denke bitte erst über deine Worte nach, bevor du so einen Unsinn redest. Wenn du den Lohn senkst, wird auch Victor Uman das auf der Stelle tun. Dabei geht es den Menschen sowieso schon schlecht. Der Wohnraum ist knapp, die Lebenskosten sind hoch. Ich würde ihnen lieber mehr als weniger zahlen, und das sind sie und ihre Arbeit auch wert.«

»Spar dir deine schlauen Worte, Brüderlein«, unterbrach Hugo ihn und stellte die leere Teetasse auf den Schreibtisch. »Ich habe mich entschieden, und die Fabrik gehört mir. Ich bin volljährig und kann tun und lassen, was ich will. Wenn es mir nicht gelingt, die Kosten so zu senken, dass ich Hugo Hall finanzieren kann, verkaufe ich die Fabrik an Uman. Er hat mir schon zwei Angebote gemacht.«

»Wenn du das tust, bekommst du Ärger mit mir.« Ebenezer starrte seinen Bruder fassungslos an. Das konnte Hugo ihm nicht antun. Die Fabrik bedeutete Ebenezer viel und sie hatte auch seinen und Hugos Eltern viel bedeutet.

»Du drohst mir? Was willst du machen? Deinen Sekretär auf mich hetzen? Mir schlottern die Knie vor Angst!« Hugo betrachtete Robert mit einem hämischen Blick. »Dein süßer kleiner Liebhaber.«

Ebenezers Magen krampfte sich zusammen. Wut stieg in ihm auf wie brennende Lava. Er machte einen Schritt auf Hugo zu und blieb dicht vor ihm stehen. »Wage es nicht, Robert da hineinzuziehen.«

»Eure Lordschaft«, sagte Robert. Er trat zwischen die beiden Brüder und griff sanft nach Ebenezers Arm. »Bitte nicht …«

Robbys Blick brachte die Glut sofort zum Abkühlen. Ebenezer atmete tief durch. »Wir sprechen später weiter darüber.«

»Wie du meinst«, sagte Hugo und grinste. »Aber meine Entscheidung ist gefallen. Ich muss schließlich auch irgendwo unterkommen. Und hier bei dir und deinem kleinen Liebessklaven will ich nicht auf Dauer leben müssen.«

»Nimm das sofort zurück!«, stieß Ebenezer zwischen den Zähnen hervor.

Aber Hugo lachte nur. »Meinst du, ich wüsste nicht, was hier vorgeht? Deine Ehe mit Deborah ist doch nur eine Farce. Es ist widerlich, was ihr beide treibt.«

Ebenezer starrte seinen Bruder an, unfähig, etwas zu erwidern. Hugo hatte recht, er und Robert liebten sich. Es war gottlos und widernatürlich, aber Ebenezer wollte sich nicht für seine Liebe schämen. Seine Gefühle für Robby waren viel zu tief und erfüllend. Er war glücklich und nahm die Angst vor Entdeckung in Kauf. Ebenezer hatte nicht geahnt, dass Hugo Bescheid wusste. Es war eine heikle Situation. Jetzt waren sie der Gunst seines Bruders ausgeliefert.

»Lord Hugo«, mischte sich Robert in das Gespräch ein. Er hielt immer noch Ebenezers Arm fest. »Ihr Bruder will Ihnen nicht dazu raten, auf eine eigene Villa zu verzichten. Aber vielleicht würde ja ein etwas kleineres Haus Abhilfe schaffen? Sie planen ein Anwesen mit weit über dreihundert Zimmern, aber brauchen Sie wirklich so viele? Hampton Hall ist nicht einmal halb so groß.«

»Was geht dich mein Haus an?«, sagte Hugo und sah Robert irritiert an. Es war nicht üblich, dass der Sekretär seines

Bruders seine Meinung äußerte. Normalerweise begleitete Robert Ebenezer zwar ständig, aber er sagte wenig, wenn andere dabei waren.

»Selbstverständlich geht es mich nichts an, Sir.« Robert ließ Ebenezers Arm los und drehte sich zu Hugo. Seine Stimme war eindringlich, als er weitersprach. »Und doch kann ich nicht schweigen. Ich kenne den Hunger und die Not der Arbeiter. Ich weiß, wie es sich anfühlt, wenn ein Magen leer ist. Es tut weh, macht Angst und lässt einen verzweifeln. Man ist bereit, viel zu tun, um etwas zu essen zu bekommen, auch Dinge, die nicht richtig sind. Ich kenne die Sorgen, die sich die Menschen um ihre Kinder, um ihre Eltern und Geschwister machen. Sie haben Glück und brauchten solche Not nie am eigenen Leib zu erfahren, weil Sie als Lord Hugo auf die Welt kamen. Aber gerade das verpflichtet Sie dazu, sich Gedanken über die Menschen zu machen, die weniger privilegiert sind als Sie. Bitte, Sir, denken Sie noch einmal in Ruhe darüber nach.«

Hugo sah ihn einen Moment nachdenklich an. Er schien zwischen Verärgerung und Neugier zu schwanken.

»Robert hat recht«, sagte Ebenezer, der die Irritation seines Bruders ausnutzen wollte. »Ich will damit doch nicht sagen, dass ich dir kein eigenes Haus gönne. Aber muss es so teuer und groß werden?«

»Wieso nicht?« Hugos Blick wanderte zwischen Ebenezer und Robert hin und her.

»Eine Villa dieser Größe verpflichtet«, erklärte Robert. »Aber Sie wollen doch auch reisen, Lord Hugo. Wäre es nicht viel besser, ein bescheideneres Haus zu besitzen, das nicht so hohe Kosten verursacht, und stattdessen lange Reisen zu unternehmen?«

Hugo zog die Augenbrauen zusammen. »Ich will beides haben. Einen Palast und teure Reisen.«

Hugo wirkte wie ein trotziges Kind. Ebenezer konnte kaum glauben, dass er und Robert gleich alt waren. Das Leben hatte Robby frühzeitig reifen lassen. Hugo hingegen schien noch lange nicht erwachsen zu sein.

»Aber Sie wären doch kaum zu Hause und ein solcher Palast braucht die dauerhafte Anwesenheit seines Herrn«, gab Robert zu bedenken. »Sie machen sich sonst angreifbar. Bei diesem Anwesen sind Sie auf die Aussagen Ihrer Verwalter angewiesen, und die können, wenn Sie viel unterwegs sind, das Geld in die eigene Tasche fließen lassen.«

»Da kennst du dich sicher bestens aus«, murmelte Hugo und ging auf die große Tür von Ebenezers Arbeitszimmer zu. »Du hast meinen Bruder ja schon lange um den Finger gewickelt.«

»Bitte denke noch einmal darüber nach«, sagte Ebenezer, ohne auf die spitze Bemerkung seines Bruders einzugehen.

Hugo brummte etwas Unverständliches und verließ den Raum.

Ebenezer lehnte sich gegen die geschlossene Tür und streckte seine Arme nach Robert aus. »Mein Liebling, es tut mir so leid, dass Hugo dich beleidigt hat.«

Robert schüttelte den Kopf. »Ich mache mir viel mehr Sorgen um die Arbeiter. Ihr Bruder scheint gefährliche Pläne zu haben, und selbst wenn wir ihn für den Moment vielleicht davon überzeugen konnten, auf ein Haus wie Hugo Hall zu verzichten, macht er mir nicht den Eindruck, als würde er gut mit dem Geld der Fabrik haushalten.«

Ebenezer musste seinem Geliebten recht geben. »Ich fühle

mich schrecklich«, gestand er. »Ich bin vollkommen machtlos, was die Angelegenheiten der Fabrik angeht. Hugo ist der Erbe und er kann entscheiden. Gleichzeitig frage ich mich, ob ich irgendetwas hätte besser machen können, um ihn zu mehr Umsicht, zu mehr Menschlichkeit zu erziehen. Ich wünschte, meine Mutter wäre noch hier. Sie wüsste, was zu tun wäre. Hugo wäre unter ihrem Einfluss ein besserer Mensch geworden.«

»Nein, Eure Lordschaft, Sie haben keine Schuld daran, dass Ihr Bruder keine Einsicht zeigt.« Robert streichelte sanft Ebenezers Gesicht.

Ebenezer schloss die Augen und schlang seine Arme um seinen Geliebten. Er zog ihn sanft zu sich heran, und sein Herzschlag beschleunigte sich sofort, als ihre Lippen sich trafen. Er atmete den Duft von Roberts Haut ein, genoss ihre Wärme, und wie immer übermannten ihn seine Gefühle. Es erregte ihn, Robbys Körper an seinem zu fühlen, und nur mit Mühe konnte er sich beherrschen, ihm nicht die Kleider vom Leib zu reißen. Aber sie mussten vorsichtig sein, denn es konnte jederzeit ein Dienstbote ins Zimmer kommen. Ihre Liebe war gegen Gottes Willen, sie war unnatürlich und noch dazu strafbar. Wenn jemand Ebenezers und Roberts Verhältnis anzeigen würde, wäre ihnen die Todesstrafe gewiss. Ebenezer hatte anfangs immer wieder mit sich und seinen Gefühlen gehadert, aber inzwischen stellte er das Glück, das er mit Robert gefunden hatte, über alle moralischen Bedenken. Seit fast fünf Jahren waren sie nun ein Liebespaar, und es verging kein Tag, an dem Ebenezer nicht spürte, wie glücklich er war. Wenn er Robert sah, wenn er in seinen Armen lag oder sie beide durch die weiten Gärten Hampton Halls spazierten, dann breitete sich eine große Wärme in seinem Inneren aus.

Nach dem schrecklichen Vorfall in der Fabrik damals, als er seinen Onkel erwürgt hatte und seine Mutter das Land verlassen musste, hatte er sich nie vorstellen können, jemals wieder froh sein zu können. Aber Robert hatte es nicht nur geschafft, die Dämonen zu vertreiben, die Ebenezer damals in seiner blinden Wut hatten handeln lassen, sondern er war auch der Grund dafür, dass Ebenezer sich selbst vergeben konnte. Wenn er seinen Onkel damals nicht davon abgehalten hätte, das wehrlose und ohnmächtige Kind zu Tode zu prügeln, würde Robert heute nicht mehr leben. Ebenezer war nun zwar ein Mörder, und diese Tatsache konnte er nicht beschönigen, aber andernfalls wäre Robert unschuldig gestorben und die unendlich große Liebe zwischen ihnen wäre nie entstanden.

Ebenezer stöhnte leise auf, als Roberts Hände weiter nach unten wanderten. Sein Atem ging schneller, seine Erregung war kaum mehr auszuhalten. Er presste Robert fester an sich. Auch Robby entfuhren süßeste Laute und einen Moment lang vergaßen sie sich beide. Schritte auf dem Flur rissen sie wieder in die Wirklichkeit.

Robert hielt inne. Er flüsterte Ebenezer ins Ohr. »Später, Eure Lordschaft. Wir müssen achtgeben.«

Ebenezer nickte. Er hatte den Eindruck, zerspringen zu müssen. Es war grausam von Robert, ihn jetzt nicht weiter zu liebkosen, und doch wusste er, dass sein Geliebter recht hatte. Sie durften nicht leichtsinnig werden.

»Heute Abend, sobald Stanton fort ist …«, murmelte Ebenezer.

Robby lächelte und warf ihm mit seinen wundervollen tiefblauen Augen einen Blick zu, der nicht dafür geeignet war, Ebenezers Erregung zu verringern. »Wie jede Nacht, Eure

Lordschaft. Und doch kommt mir die Zeit bis dahin unendlich lang vor.«

Ebenezer nickte. Auch er konnte die nächtlichen Stunden kaum erwarten und sehnte sich nach den Momenten, die er mit Robert allein verbringen konnte, ohne Angst haben zu müssen, von einem Dienstboten überrascht zu werden.

»Oh Robby, sieh, was du mit mir gemacht hast!« Ebenezer lächelte. »Du lässt mich sämtliche Sorgen vergessen, und dabei habe ich doch allen Grund, pessimistisch zu sein. Meiner Mutter lagen die Arbeiter immer besonders am Herzen und ich habe versucht, die Fabrik in ihrem Sinne weiterzuführen. Aber was soll ich jetzt tun?«

Robert schüttelte hilflos den Kopf.

»Vielleicht sollte ich meinem Bruder die Fabrik abkaufen«, sagte Ebenezer nachdenklich. »Dann könnte ich besser für die Arbeiter sorgen.« Er fuhr sich mit den Händen über das Gesicht und trat an seinen Schreibtisch. »Was denkst du? Habe ich die nötigen finanziellen Mittel dafür?«

»Vielleicht«, sagte Robert, während er sich auf die Schreibtischkante setzte. »Aber es würde vermutlich den Großteil Ihres Vermögens kosten, Eure Lordschaft.«

»Gut.« Ebenezer nickte. »Ich bin bereit, Hampton's Mill zu erwerben. Und doch hoffe ich auf ein Wunder, das Hugo zur Einsicht bringen wird.«

»Wenn Sie die Arbeitermadonna noch hätten«, überlegte Robert laut.

Ebenezer stöhnte auf. »Ich ärgere mich über mich selbst. Dass ich die Statue unbewacht in Abigail's Place habe stehen lassen. Was habe ich mir nur dabei gedacht?«

»Das ist doch verständlich, Eure Lordschaft. Damals waren Ihre Gedanken beim Schicksal Ihrer Mutter.« Robert sah ihn mitfühlend an. »Und niemand konnte damit rechnen, dass sich jemand Zutritt zum Haus verschaffen und in den geheimen Raum eindringen würde. Immerhin war die Statue gut versteckt.«

»Ich überlege, ob wir nicht versuchen sollten, sie zurückzubekommen.« Ebenezer nahm auf dem Stuhl hinter dem Schreibtisch Platz.

»Sie wollen sie zurückkaufen?«, fragte Robert überrascht. »Soweit ich gehört habe, befindet sich die Statue in New York.«

»Ja, bei einem gewissen Mr Setterwolds. Er hat sie Sir Laurence Lancaster abgekauft. Wir müssen unbedingt nachweisen, dass sie uns gestohlen wurde«, sagte Ebenezer. »Ich werde mit Mr Scott sprechen. Er hat die Figur damals für meine Mutter angefertigt. Wenn er mir schriftlich bestätigt, dass die Arbeitermadonna einst im Besitz unserer Familie war, kann ich Sir Laurence Lancaster zur Rede stellen. Er hatte kein Recht dazu, sie an Setterwolds zu verkaufen.«

Ebenezer machte sich sofort daran, einen Brief an Mr Scott zu verfassen.

Kapitel 5

März 1849

Mrs Middleton?« Auf Mr Harpers Gesicht zeigten sich in rascher Abfolge Überraschung, Unglaube und Verärgerung. »Ich hatte nicht damit gerechnet, Sie noch einmal wiederzusehen.«

Abigail drückte Rosemary fest an sich und trat vor den schweren Eichenschreibtisch, hinter dem Mr Harper thronte.

»Ich entschuldige mich in aller Form für unser plötzliches Verschwinden vor fast sieben Jahren«, sagte sie. »Es tut mir sehr leid, dass wir Ihnen keine persönliche Mitteilung machen konnten.«

Mr Harper stand auf und suchte einen Moment nach Worten. Schließlich schüttelte er den Kopf. »Ich begreife das nicht. Sie und Ihr Gatte sind damals mit der Idee zu uns gekommen, eine Armenspeisung in den Five Points ins Leben zu rufen. Ich dachte, wir täten Ihnen einen Gefallen, wenn wir Ihr Projekt finanzieren. Und dann verschwinden Sie von einer Sekunde auf die andere.«

Abigail wand sich vor Verlegenheit. Mr Harper hatte natürlich recht, er hatte ihnen damals geholfen, auch wenn er und sein Bruder ebenso von dem Arrangement profitiert hatten wie die Armen. Trotzdem hatten Abigail und Oliver die Harper-Brüder mit dieser Idee am Ende alleingelassen.

»Es war eine Notsituation. Glauben Sie mir, es war keine leichte Entscheidung für uns. Wir konnten nicht länger bleiben, keine Minute mehr.« Abigail sah ihm fest in die Augen.

»Sie haben uns da in einen ganz schönen Schlamassel gebracht«, sagte Mr Harper und strich sich über den dichten Bart. »Erst haben wir eine große Kampagne gestartet, und dann verdrücken Sie sich und wir stehen alleine da.«

»Es gab damals Entwicklungen, die uns zu diesem plötzlichen Aufbruch zwangen«, sagte Abigail und zwinkerte ins Licht der Sonne, die hinter Mr Harper durch das große Fenster schien. Rosemary begann sich in ihrem Tuch zu rühren und Abigail wiegte sie hin und her.

»Bitte«, Mr Harper schien sich auf seine guten Manieren zu besinnen, »nehmen Sie doch Platz. Möchten Sie einen Kaffee?«

Abigail schüttelte den Kopf, setzte sich aber auf den Stuhl, der vor seinem Schreibtisch stand.

Er nahm ebenfalls Platz. »Und Ihr Gatte? Ist er mit Ihnen nach New York zurückgekehrt?«

Abigail schluckte. »Oliver ist nicht mehr am Leben.«

Mr Harper sah überrascht auf. »Das tut mir leid.«

»Mr Harper, ich weiß, dass Sie mir schwerlich noch einmal vertrauen werden. Aber ich kenne kaum jemanden in New York, daher wende ich mich mit meiner Bitte an Sie.« Abigail machte eine Pause, um ihre Worte wirken zu lassen.

Mr Harper sah sie mit dem Blick eines Mannes an, der auf der Hut war.

»Ich brauche Arbeit«, begann Abigail vorsichtig. »Und da ich vor Kurzem meine Tochter geboren habe, die ich außerdem betreuen muss, suche ich eine Anstellung als Amme oder

Kindermädchen in einem der gehobenen New Yorker Haushalte.«

Harper zog die Augenbrauen hoch und lehnte sich in seinem Stuhl zurück. »Ich glaube nicht, dass ich da etwas für Sie tun kann.«

»Bitte, Mr Harper.« Abigail hörte selbst den flehenden Ton in ihrer Stimme. »Ich weiß, dass die Damen der Gesellschaft ihre Kinder nicht selbst stillen. Und ich kenne mich mit den Gepflogenheiten der gehobenen Gesellschaft aus. In England habe ich ihr selbst angehört.« Sie biss sich auf die Unterlippe. Was ihre Vergangenheit betraf, war sie Mr Harper gegenüber nicht ganz ehrlich gewesen. Doch inzwischen war Oliver tot. Es war nicht mehr nötig, zu lügen, und sie wusste, dass sie, wenn sie das Vertrauen des Verlegers zurückgewinnen wollte, Argumente liefern musste, die er nicht leugnen konnte. »Ich stamme aus dem englischen Adel.«

»So?« Er musterte sie und schien zu überlegen, inwieweit er ihr glauben sollte. »Davon haben Sie damals nichts erwähnt.«

Abigail atmete tief durch. »Sie kennen mich unter dem Namen Abigail Middleton, aber mein richtiger Name ist Abigail Hampton, Lady of Mahony.«

»So?«, wiederholte er und legte seine Fingerspitzen zu einem Dreieck zusammen. »Und das soll ich Ihnen glauben?«

»Es gab damals einen Skandal. Mein Geliebter, Oliver Rashleigh, den Sie als meinen Ehemann Mr Middleton kennen, soll meinen Schwager getötet haben, während dieser dabei war, einen kleinen Jungen zu Tode zu prügeln. Dass Oliver nicht der wahre Mörder war, ist nebensächlich. Aber er wurde zum Tode verurteilt. Wir bekamen die Möglichkeit zu fliehen, um sein Leben zu retten. Doch nun ...«

»… ist er tot und Sie können das Versteckspiel aufgeben?«, vollendete er ihren Satz, als Frage formuliert.

Abigail nickte.

»Dann haben Sie ihm bei seiner Flucht geholfen?« In seinem Blick lag Missbilligung. »Einem verurteilten Mörder?«

»Bitte glauben Sie mir!« Abigails Stimme war eindringlich. »Er ist unschuldig. Ich war dabei, ich kenne den wahren Mörder, den ich jedoch niemals verraten werde. Bitte dringen Sie nicht weiter in mich. Glauben Sie mir nur, dass sowohl meine Absichten als auch die meines Geliebten immer ehrenhaft waren. Keiner von uns beiden wollte, dass mein Schwager starb.«

Mr Harper stand auf und ging zu dem großen halbrunden Fenster, von dem er einen weiten Blick über die Stadt hatte. Die Morgensonne warf einen goldenen Schein auf die Gebäude New Yorks. Nach einer Weile sprach Harper weiter, ohne sich umzudrehen.

»Und Sie glauben, dass Sie durch Ihre Vergangenheit dazu befähigt sind, eine Anstellung als Amme zu bekommen?«

»Nein«, sagte Abigail leise. »Ich habe Ihnen das nur erzählt, um keine Geheimnisse mehr vor Ihnen zu haben. Ich war eine Dame der Gesellschaft und habe alles verloren. Nicht nur meine Stellung, sondern auch alle Menschen, die ich jemals geliebt habe. Dabei habe ich immer nur aus besten Absichten heraus gehandelt und werde das auch weiterhin tun.«

Er drehte sich zu ihr um, ohne etwas zu erwidern.

Abigail fuhr fort. »Ich weiß, dass ich Ungeheuerliches von Ihnen verlange. Aber ich bin verzweifelt. Ich habe Dinge erleben müssen, nicht nur in England, sondern auch hier in Amerika, die so grausam waren, dass ich sie Ihnen nicht schildern kann. Ich bin erniedrigt worden und musste miterleben, wie mein Geliebter getötet wurde. Ich habe eine anstrengende Flucht hinter mir, und nur durch das Wohlwollen Captain Maroons, der mich auf der *Golden Star* hat mitfahren lassen, der mich Tag und Nacht beschützt hat und mich in den letzten Monaten versorgt hat, sind meine Tochter und ich noch am Leben.« Abigail traten Tränen in die Augen, als sie an die Freundlichkeit des Captains dachte. Sie schluckte. »Aber jetzt komme ich nicht weiter, wenn mir nicht geholfen wird.«

Der Geschäftsmann sah sie nachdenklich an. Er stand auf und zog an der Klingel. Kurze Zeit später erschien ein Diener, bei dem er Kaffee und die Morgenzeitung bestellte.

»Ich weiß nicht, ob ich Ihnen glauben kann«, sagte Mr Harper schließlich. Er setzte sich wieder hinter seinen Schreibtisch und fuhr sich über das Gesicht. »Die Geschichte ist haarsträubend. Wenn ich Sie bei einer der führenden Familien New Yorks empfehlen würde und Ihre Vergangenheit käme irgendwann einmal heraus …«

»Niemand wird davon erfahren. Sie sind der Einzige, dem ich die Wahrheit erzählt habe«, versicherte ihm Abigail.

Mit leisen Schritten trat der Dienstbote ein und stellte ein Tablett mit einer Kanne Kaffee und zwei Tassen auf den Schreibtisch. Die Morgenzeitung reichte er Mr Harper, der sofort darin zu blättern begann. Schließlich hatte er gefunden, was er gesucht hatte.

Er las vor: »*Gestern Nachmittag hat die* Golden Star *im New Yorker Hafen angelegt und ihre Ladung gelöscht.*« Er sah zu Abigail auf. »Und Sie sind von Bord gegangen?«

Abigail nickte. Die Zeitung bestätigte ihre Worte.

Mr Harper reichte ihr eine Tasse Kaffee. Der Duft des heißen Getränks war köstlich und Abigails Magen begann zu knurren.

»Bitte, helfen Sie mir!«, sagte sie beschämt.

Mr Harper gab Milch und zwei Stück Zucker in seinen Kaffee und Abigail tat es ihm nach. Dann trank sie gierig ein paar Schlucke. Es kam ihr vor, als hätte sie noch nie einen so guten Kaffee getrunken.

»Ich werde darüber nachdenken«, sagte Mr Harper und leerte seine Tasse. »Aber ich verspreche Ihnen nichts. Wie kann ich Sie erreichen?«

»Ich werde wiederkommen.« Abigail hatte noch keine feste Adresse, wo er sie antreffen konnte. Die letzte Nacht hatte sie auf der *Golden Star* verbracht, aber sie konnte nicht weiter auf die Freundlichkeit des Captains vertrauen.

Eilig stand sie auf.

»Warten Sie.« Harper deutete auf den Stuhl. »Trinken Sie erst aus. Wo wohnen Sie?«

Abigail errötete. »Ich habe noch keine Unterkunft und auch leider keine finanziellen Mittel. Deshalb ist Ihre Hilfe für mich und meine Tochter ja so wichtig.«

Mr Harper seufzte. »Mrs Middleton … Lady Mahony, ich werde mich nach einer Anstellung für Sie umhören. Bis dahin kommen Sie erst einmal im Carlton House Hotel unter, ich werde die Kosten übernehmen.«

»Oh nein, Mr Harper, das ist nicht nötig. Ich werde schon zurechtkommen, bis Sie eine Arbeit für mich gefunden haben«, wehrte Abigail ab.

»Mit einem Säugling, auf den Straßen New Yorks? Nein, das kann ich nicht zulassen.« Er schüttelte den Kopf und erhob sich.

Abigail traten Tränen in die Augen. »Vielen Dank, Mr Harper, das ist wirklich sehr freundlich von Ihnen.«

Er reichte ihr seine Visitenkarte. »Und wenn Sie etwas benötigen, Essen, Kleidung … lassen Sie mir die Rechnungen schicken.«

Abigail nickte stumm. So viel Güte hatte sie nicht erwartet. Früher war sie es gewesen, die den Arbeitern geholfen und stets versucht hatte, die Not anderer Menschen zu lindern. Heute bekam sie etwas von dieser Güte zurück.

»Danke«, sagte sie unter Tränen, nahm die Karte und verließ das Büro des Mannes.

Zum ersten Mal seit Monaten schlief Abigail wieder in einem komfortablen Bett. Sie hatte sich am Nachmittag zuvor mit schlechtem Gewissen auf Mr Harpers Rechnung etwas Brot, Milch und Käse gekauft, war ins Carlton House Hotel zurückgekehrt – in dem sie schon vor sieben Jahren mit Oliver gewohnt hatte –, hatte Rosemary gestillt, ein Bad genommen, etwas gegessen und war dann in einen tiefen Schlaf gefallen, aus dem sie erst gegen Morgen durch das Geschrei des Babys geweckt wurde. Während sie die Kleine an ihre Brust legte, dachte sie an die Zeit, die sie mit ihrem Geliebten hier verbracht hatte. Damals hatten sie schwere Entscheidungen treffen und große Verluste hinnehmen müssen, aber die Hoffnung darauf, dass alles besser werden würde, hatte sie immer begleitet. Diese Hoffnung war trügerisch gewesen. Vielleicht war es gut, dass sie damals nicht wissen konnten, was noch alles auf sie zukommen würde. Abigail wusste nicht, wie viel Leid ein Mensch ertragen konnte, wie oft ein Herz zerbrechen konnte, bevor es aufhörte zu schlagen. Viel mehr Schmerz würde sie jedenfalls nicht mehr verkraften können, da war sie sicher.

Während sie den glucksenden Geräuschen ihrer Tochter lauschte, sah sie aus dem Fenster, hinunter auf die erwachende

Stadt. Dienstboten und Geschäftsleute eilten über die Bürgersteige. Pferdekarren mit Milch, Gemüse und Fleisch waren auf dem Weg zum Markt. Straßenkehrer liefen hinter den Pferden her und sammelten ihre Hinterlassenschaften ein. Rosemary schien satt zu sein und Abigail legte sie auf das große Bett. Kaum war das Kind eingeschlafen, holte sie den Zeitungsausschnitt aus ihrem Strumpf und überflog noch einmal den Text, der unter der Abbildung der Arbeitermadonna abgedruckt war: »*Neueste Errungenschaft des New Yorker Millionärs Mr Tiberius Setterwolds: eine kostbare Madonnenstatue aus Gold und Edelsteinen. Ihr Wert wird auf mehr als eine Million englische Pfund geschätzt. Mr Setterwolds erwarb dieses Kunstwerk von Sir Laurence Lancaster aus Northumberland, England.*«

Dieser Bericht war ein entscheidender Grund für Abigails Flucht gewesen. Sie hatte die Tage mit ihrem Peiniger wie in einer Lethargie über sich ergehen lassen, sich selbst beinahe aufgegeben, doch die Information, dass Sir Laurence irgendwie an die wertvolle Statue gelangt war, die Abigail als Notgeld für die Arbeiter von Hampton's Mill vorgesehen hatte, war wie ein Weckruf für sie gewesen. Ihr einziges Ziel war es jetzt, die Arbeitermadonna zurückzubekommen und sie nach Stockmill zu Ebenezer zurückzubringen. Es ging um das Schicksal vieler Familien, für die die wertvolle Statue eine finanzielle Sicherheit darstellen sollte. Sie musste sich Zugang zu Mr Setterwolds' Haus verschaffen und die Figur an sich bringen. Wenn sie dank Mr Harpers Hilfe als Amme in die gehobene Gesellschaft kam, würde es ihr schon irgendwie gelingen, früher oder später in die Dienste von Mr Setterwolds zu gelangen.

Während Abigail sich ankleidete, überlegte sie, ob sie Kontakt zu den Straßenbanden in den Five Points aufnehmen sollte, die ihr bei dem Diebstahl bestimmt helfen würden, oder ob es besser wäre, damit zu warten, bis sie eine Anstellung gefunden hatte. Sie streifte sich ihr schmutziges Kleid über und beschloss, nach Theo zu suchen, einem Jungen, den sie in den Five Points kennengelernt hatte. Er hatte mit Sicherheit Kontakt zu einer der Banden, die für Geld bereit dazu wären, Abigails Plan zu unterstützen.

Doch als sie das Hotel gerade verlassen wollte, übergab der Portier ihr eine Nachricht. Sie stammte von Mr Harper.

Mrs Middleton – ich werde bei dieser Anrede bleiben –, bitte kommen Sie nächsten Donnerstag zu umseitig stehender Adresse und melden Sie sich bei Mrs Parker. Sie sucht für ihren Herrn, der seine Gattin auf tragische Weise verloren hat, eine Kinderfrau und ich habe Sie empfohlen. Sie werden unter dem Namen Mrs Middleton erwartet, alles andere schien mir zu kompliziert in der Erklärung. Scheuen Sie sich nicht, noch heute den Schneider meiner Gattin aufzusuchen, Mr Frederik Klein in der 83. Straße.

Abigail lächelte. Einen Schneider aufzusuchen war vermutlich dringend nötig. Mr Harper war sicher nicht entgangen, wie schmutzig und fadenscheinig Abigails Kleid inzwischen war. Monatelang hatte sie es jeden Tag auf See getragen. Es war dem Salzwasser und heftigen Stürmen ausgesetzt gewesen und hatte Schlamm, Regen und Gischt abgehalten. Sie dankte Mr Harper im Stillen für seine große Freigiebigkeit und machte sich gleich auf den Weg zu dem genannten Schneider. Natürlich würde sie Mr Harper das Geld ersetzen, sobald sie eigene Einkünfte hatte. Auch Captain Maroon würde sie jeden Cent bezahlen, den sie ihm für ihre Überfahrt schuldete. Aber im Moment war sie auf die Freundlichkeit anderer angewiesen. Und sie durfte keine Zeit verlieren. Denn sie wusste, dass der Schneider sich beeilen musste, wenn das Kleid bis zu dem Termin in der nächsten Woche fertig sein sollte.

Als Abigail zehn Tage später in ihrem neuen Kleid vor der angegebenen Adresse in der 57. Straße stand, sah sie an der Fassade des eleganten Stadthauses empor. Es war strahlend weiß gestrichen und wirkte, als wäre es erst gestern gebaut worden. Akkurat geschnittene Buchsbäume säumten den Eingang, zu dem man über drei Treppenstufen gelangte. Abigail betätigte den Türklopfer und hörte das Echo jenseits der Tür verhallen. Schritte näherten sich und dann öffnete eine Dame im mittleren Alter die Tür.

»Mrs Middleton?«, fragte sie mit einem angedeuteten Lächeln.

Abigail nickte und folgte ihr in eine kleine Eingangshalle. Geradeaus führte ein Flur in die Tiefe des Hauses, eine schmale Treppe ging in die oberen Stockwerke.

»Ich bin Mrs Parker und suche für meinen Dienstherrn eine Kinderfrau, da er sich nicht den ganzen Tag um seinen Sohn kümmern kann.« Mrs Parker deutete in Richtung des Flures und Abigail folgte ihr.

»Ich werde Ihnen die Kinderzimmer zeigen.« Mrs Parker stieg die Treppe hinauf und führte Abigail über die breiten Stufen aus hellem Stein in die oberste Etage des Hauses. »Hier hat William sein Spielzimmer und sein Schlafzimmer.

Für Sie steht auch ein Raum zur Verfügung, er grenzt direkt an das Schlafzimmer des Jungen.«

Mrs Parker öffnete die Tür zu dem Kinderzimmer und Abigail betrat einen hellen, freundlich eingerichteten Raum. Auf dem Boden spielte ein kleiner Junge. Als er Mrs Parker und Abigail bemerkte, drehte er sich um.

Abigail schrie auf. Erschrocken presste sie ihre Tochter an sich. Das war unmöglich! Vor ihr saß William, ihr eigener Sohn!

»Was für eine Überraschung«, hörte sie eine Stimme hinter sich.

Sie fuhr herum und erstarrte. Sir Laurence stand in der Tür zum benachbarten Schlafzimmer. »Die streunende Katze ist zurückgekehrt. Danke, Mrs Parker, ich kläre den Rest mit Mrs Middleton selbst.«

»Nein!«, rief Abigail mit erstaunlich fester Stimme. »Mrs Parker, ich kann diese Stellung nicht annehmen. Sie wissen vielleicht nicht, was für ein Mensch Ihr Dienstherr ist. Aber ich kann Sie aufklären. Er hat meinen Geliebten ermordet und mich jahrelang gefangen gehalten. Er hat mich zur Zeugung dieser beiden Kinder gezwungen, und ich sah keine andere Möglichkeit, als vor ihm zu fliehen.«

Mrs Parker starrte Abigail an. Ihr Blick wanderte zu Sir Laurence.

Er lächelte und streckte seine Hand nach Abigail aus. »Meiner Gattin geht es nicht gut. Sie ist krank. Ich musste sie einsperren, um sie vor sich selbst zu schützen. Und ich fürchte, mir bleibt auch jetzt nichts anderes übrig. Mrs Parker, helfen Sie mir bitte, meine Frau ins Nebenzimmer zu bringen. Bis der Arzt kommt, sehe ich mich gezwungen, sie dort festzuhalten.«

Kapitel 6

Februar 1927

Cyrus strich sich nervös durch die Haare. Er stellte den Bugatti Royale, den er aus Frankreich mit nach Amerika gebracht hatte, auf dem Parkplatz ab und zögerte einen Moment, bevor er ausstieg. Sein Blick wanderte zu Yvette, die neben ihm saß. Ihre zarten Finger steckten in cremefarbenen Seidenhandschuhen, das blasse Gesicht lag unter einer dicken Schicht Puder. Yvette war Französin, und alles, was man über französische Frauen sagte, traf auf sie zu. Sie war schön und von einer beispiellosen Eleganz. Cyrus war seit fast zwei Jahren mit ihr verheiratet, und er hatte noch nie erlebt, dass ihre Frisur einmal nicht tadellos saß oder sie ihre Haltung verlor. Die Männer drehten sich nach ihr um und die Frauen bedachten sie mit neidischen Blicken.

Jetzt sah Yvette zu ihm herüber und er lächelte ihr aufmunternd zu. Er hatte sich gewundert, dass sie sich sofort dazu bereit erklärt hatte, Paris zu verlassen. Yvette war in dieser Stadt aufgewachsen, und als Cyrus sie bat, mit ihm nach Oregon zu ziehen, hatte er mit großem Widerspruch gerechnet. Aber so war Yvette! Sie überraschte ihn immer wieder. Wer sie nicht kannte, sah eine unnahbare und verschlossene, aber bildschöne Frau. Doch wenn sie sich einem einmal öffnete, dann tat sie es mit solch einer Hingabe, dass es fast schon rührend war. Vermutlich war ihre Liebe zu Cyrus stärker gewesen als der Wunsch, zu Hause zu bleiben. Er hatte sie vor ihrer Hochzeit darauf vorbereitet, dass er nicht ewig in Europa bleiben würde. Aber sie hatte ihn dennoch geheiratet und war schließlich mit ihm in Le Havre an Bord der *Paris* gegangen, die sie nach New York gebracht hatte. Der Luxus auf diesem Überseedampfer und die illustre Gesellschaft der ersten Klasse hatten Yvette über ihren Verlust hinweggetröstet.

Cyrus stieg aus und ging um den Wagen herum. Es war klirrend kalt, aber es lag kein Schnee. Cyrus konnte sich an kaum einen Februar seiner Kindheit erinnern, in dem die Wiese vor Abigail's Place nicht mit einer dicken weißen Schicht überzogen gewesen war. Er öffnete seiner Frau die Tür und streckte ihr die Hand entgegen. Währenddessen wanderte sein Blick zu den Bäumen, hinter denen die Villa lag. Er hätte auch der Auffahrt folgen und hinter dem Haus parken können, aber er wollte, dass Yvette es in all seiner Schönheit auftauchen sah, am Ende einer Wiese und eingebettet in die umliegenden Wälder. Außerdem brauchte er selbst eine Weile, um sich auf alles vorzubereiten.

Fast sieben Jahre war er nicht mehr hier gewesen. Zuerst hatte ihn sein Studium davon abgehalten, nach Oregon zurückzukehren, und die letzten drei Jahre hatte er in Europa verbracht, um auf Wunsch seines Vaters die Expansion der Firma voranzutreiben. Inzwischen hatten sich AHOR-Geschäfte in Paris, Rom und Berlin etabliert. Cyrus hatte Männer eingestellt, die nun die Verantwortung für die Niederlassungen in Europa trugen und hoffentlich im Sinne der Familie Riley entscheiden würden. Ihm war nicht ganz wohl dabei, aber er konnte nicht ewig in Europa bleiben. Während

Yvette sich bei ihm einhakte, erinnerte er sich an den letzten Sommer, den er in Abigail's Place verbracht hatte. Es war ein Sommer des Lasters gewesen, eine Zeit der Lust und Sünde. Er hatte sich den süßen Verlockungen seiner Schwester hingegeben, die er schon immer körperlich anziehend gefunden hatte. Noch heute dachte er oft an die Stunden der Lust, die er noch nie so intensiv erlebt und genossen hatte. So schön Yvette auch war, im Bett gab es keinerlei Überraschungen mit ihr. Wie aufregend war da die Zeit mit Nancy gewesen! Schnell riss er sich von diesen Erinnerungen los und drückte sanft Yvettes Hand.

»Alles in Ordnung?«, fragte er sie.

Sie lächelte. »Ich bin ein wenig aufgeregt. Es ist schließlich das erste Mal, dass ich deinen Vater und deine Schwester treffe.«

Ihre freie Hand, die in einem eleganten Lederhandschuh steckte, wanderte unwillkürlich zu der leichten, noch kaum wahrnehmbaren Wölbung ihres Bauches. In wenigen Wochen würde ihre Schwangerschaft nicht mehr zu übersehen sein. Cyrus hatte einen Erben gezeugt und brannte darauf, seinem Vater die gute Neuigkeit zu überbringen.

»Du wirst sie mögen«, sagte Cyrus mit einer Überzeugung in der Stimme, die er nicht wirklich empfand. Wie würde Nancy auf Yvette reagieren? Cyrus hatte versucht, sich einzureden, dass die Gefühle, die seine Schwester ihm einst entgegengebracht hatte, ebenso abgeklungen waren wie sein Begehren ihr gegenüber. Er hatte es nicht gewagt, in den Briefen an seinen Vater nach Nancy zu fragen, und der hatte Nancy allenfalls in Randbemerkungen erwähnt.

Cyrus atmete den Duft des Waldes tief ein, der ihn an seine Kindheit erinnerte. Als Junge war er tagelang durch die hiesigen Wälder getobt und hatte sich abends nur am Stand der Sonne orientiert, um nach Abigail's Place zurückzufinden. Jetzt nickte er seiner Frau mit einem Lächeln zu und führte sie den schmalen Pfad hinter dem Parkplatz entlang. Sie mussten achtgeben, denn der Frost machte den Weg stellenweise sehr glatt.

Cyrus blieb stehen, als das Haus unvermittelt vor ihnen lag. Abigail's Place ruhte friedlich in der Februarsonne. Plötzlich konnte er seine Aufregung nicht mehr unterdrücken. Sein Herz schlug wild gegen die Rippen, und seine sonst so ruhigen Hände zitterten leicht, während er Yvette festhielt. Er freute sich auf das Wiedersehen mit seinem Vater. Und er freute sich auch auf seine Schwester. Gleichzeitig hatte er aber auch Angst vor dem Wiedersehen mit ihr. Wenn er an die sündhaften Wochen vor mehr als sechs Jahren dachte, schwankte er zwischen Scham und Erregung.

Langsam führte er Yvette die letzten Schritte zum Haus hinunter. Er öffnete die Eingangstür und trat in die Halle. Im Kamin loderte ein wärmendes Feuer. Das bunte Licht, das durch das Deckenfenster hoch über ihnen fiel, erinnerte ihn an seine Kindheit. Auch der Geruch der Villa war unverwechselbar. Er war nach Hause zurückgekehrt.

»Cyrus!«

Er sah zur Galerie hinauf und erkannte seine Schwester Nancy.

»Du bist da!« Sie stürmte die Treppen herunter, als wäre sie noch immer zehn Jahre alt.

Als er ihre Gestalt sah, die schlanke Taille, die wohlgeformten Brüste, reagierte sein Körper sofort und er verfluchte sich dafür. Sie warf sich in seine Arme und er atmete den Duft ihrer Haare ein.

Nancy löste sich von ihm und starrte ihn mit zusammengezogenen Augenbrauen an. Ehe Cyrus sich dessen versah, spürte er einen stechenden Schmerz auf seiner Wange. Sie hatte mit aller Kraft zugeschlagen und ihm eine Ohrfeige verpasst.

Yvette schrie erschrocken auf.

»Was soll das denn?«, rief er empört und fasste sich an die Wange.

»Du Blödmann! Du Schwein! Du … du …« Sie brach hilflos ab.

»Was hab ich dir denn getan?« Sein Gesicht brannte höllisch, nie hätte er ihr eine solche Kraft zugetraut.

»Du hast mich einfach verlassen. Sechs Jahre lang hast du dich hier nicht blicken lassen.« Tränen traten Nancy in die Augen. »Warum bist du zwischendurch nie nach Hause gekommen? Du hast nicht einmal angerufen.«

»Doch, natürlich! Ich habe mit Dad telefoniert. Jede Woche. Ich habe immer Grüße an dich ausrichten lassen.« Er hörte selbst, wie lahm seine Ausrede klang, die noch dazu eine Lüge war. Sein Blick fiel auf Yvette, die zurückgewichen war und Nancy mit weit aufgerissenen Augen und ängstlichem Gesichtsausdruck beobachtete. »Das hier ist übrigens Yvette. Meine …«

»Du Ekel!«

Nancy hob die Hand, um noch einmal zuzuschlagen, aber dieses Mal war Cyrus vorbereitet. Er fasste ihr Handgelenk und hielt sie fest. Tränen liefen die hübschen Wangen hinunter. Ihre Lippen glänzten seidig und verführerisch. Ihre Augen sprühten vor Wut und Kränkung. Gleichzeitig lag aber auch eine unendliche Sehnsucht darin.

Cyrus zog seine Schwester an sich und sie gab den Widerstand auf. Sie schmiegte sich an ihn, und er spürte, wie ihr Körper weich und warm an seinem ruhte.

»Warum?«, flüsterte sie an seinem Hals.

»Oh Nancy ...« Er streichelte ihren Rücken, und in diesem Moment vergaß er Yvette hinter sich. Erst als er ihr nervöses Hüsteln hörte, löste er sich von seiner Schwester. »Ich hatte in Europa viel zu tun. Und ich habe geheiratet.«

»Nein!« Nancy stieß ihn von sich. »Warum?«

»Weil ich mich verliebt habe«, setzte er mit einer Erklärung an, die er sich selbst in den letzten Jahren immer wieder gegeben hatte. »Darf ich dir Yvette vorstellen, meine Frau?«

Mit einem unbefangenen, souveränen Lächeln trat die zarte Französin neben ihn und streckte Nancy die Hand entgegen. Wenn sie von Nancys Auftritt noch schockiert war, ließ sie es sich jedenfalls nicht anmerken.

»Das ist meine Schwester Nancy«, sagte Cyrus und bemühte sich, seine Anspannung zu verbergen, die kaum noch auszuhalten war.

Die beiden Frauen reichten sich die Hand. In Nancys Augen erkannte Cyrus ein boshaftes Funkeln und tiefe Verletzung.

»Cyrus!« In diesem Moment wurde die Tür zum Salon geöffnet und sein Vater trat in die Halle. »Ich hatte doch gedacht, dass ich diese Stimme kenne.« Er zwinkerte seinem Sohn zu und umarmte ihn. »Ich bin so froh, dass du wieder da bist. Wie war die Fahrt von der Ostküste hierher? Du bist wahnsinnig, diese weite Strecke mit dem Automobil zurückzulegen. Du hättest den Zug nehmen sollen.« Erst jetzt schien er Yvette wahrzunehmen. »Oh, hallo! Das muss deine Frau sein.«

»*Oui, c'est ça*«, hauchte Yvette.

»Du wusstest davon?«, rief Nancy wütend.

»Nancy, bitte!« William brachte seine Tochter mit erhobener Hand zum Schweigen.

»Mit meinem neuen Wagen war die Fahrt ein reines Vergnügen.« Cyrus bemühte sich um einen fröhlichen Ton, obwohl er das Zittern in seiner Stimme kaum verbergen konnte. »Und so haben wir das ganze Land kennengelernt. Es gibt viele komfortable Hotels unterwegs. Wirklich, wir haben die Fahrt sehr genossen. Und ich freue mich, dass ihr Yvette nun endlich kennenlernen könnt.«

»Komm mit, ich lasse uns einen Imbiss bringen, und du erzählst mir alles über eure Fahrt, die Ozeanüberquerung und die Geschäfte in Europa.« Sein Vater legte ihm den Arm um die Schultern und führte ihn in Richtung seines Arbeitszimmers, das sich hinter dem Salon befand. Dann drehte er sich noch einmal um und sagte zu seiner Tochter: »Zeig deiner Schwägerin bitte ihre Zimmer. Und schick einen der Diener hinaus zu Cyrus' Wagen, er soll das Gepäck holen. Und sag der Köchin bitte, sie soll deinem Bruder und mir Tee und Sandwiches ins Arbeitszimmer bringen.«

Cyrus sah Nancys Blick und die Traurigkeit darin. Yvettes hilflose Miene berührte ihn kaum.

»Wie findest du sie?«, sagte Cyrus und sah seinen Vater an.

William zuckte mit den Schultern. »Sie ist sehr schön, aber war es nötig, sie gleich zu heiraten?«

Cyrus war einen Augenblick lang verwirrt, begriff dann aber, was sein Vater meinte.

»Es tut mir leid, dass du nicht bei der Hochzeit dabei sein konntest«, sagte er.

William machte eine wegwerfende Handbewegung und

lehnte sich in seinem Sessel zurück. »Es ist nur eine Ehe. Sie ist nicht relevant für uns.«

Cyrus atmete erschrocken aus, aber noch ehe er etwas erwidern konnte, sprach sein Vater auch schon weiter.

»Das, was wirklich wichtig ist, sind deine Wurzeln. Ich bin ganz ehrlich, der Zeitpunkt ist nicht gerade günstig, eine Fremde ins Haus zu bringen.«

»Yvette ist keine Fremde, sie ist meine Ehefrau«, widersprach Cyrus und hörte selbst die Mattigkeit in seiner Stimme.

»Wir können sie hier nicht gebrauchen«, sagte sein Vater mit scharfer Stimme.

Cyrus sah erschrocken auf. »Wie bitte?«

»Herrgott, Junge! Deine Schwester ist wunderschön. War sie nicht ausreichend für dich?«

Cyrus sah ihn verständnislos an. Wieder stiegen Scham, Entsetzen und, zu seiner eigenen Schande, auch Begehren in ihm auf. »Sie ist meine Schwester! Das, was wir getan haben ...« Er brach hilflos ab, schüttelte den Kopf und verbarg sein Gesicht in den Händen.

»Ach, Junge, was kann dir Besseres, Schöneres, Reineres passieren als deine Schwester, meine Tochter und Abigails und Laurence' Enkelin? Nur so können wir die beiden am Leben erhalten.«

Cyrus ließ die Arme sinken. Er sah seinen Vater verwirrt an. »Ich verstehe nicht, was du meinst.«

William stand auf und schlurfte zum Fenster. Er sah einen Moment lang hinaus. Dann sagte er, den Blick noch immer in den Garten gerichtet: »Du bist etwas Besonderes, wir alle sind es. Wir tragen das Erbe von Abigail und Laurence in uns.« Er machte eine Pause und drehte sich langsam zu Cyrus um. »Nun kommt es darauf an, unser Erbgut so rein wie möglich zu halten.«

Cyrus wusste nicht, wie er die Worte seines Vaters verstehen sollte. Aber er wollte nicht schon wieder nachfragen. Also schwieg er, in der Hoffnung, gleich mehr zu erfahren.

»Ich werde dir in den nächsten Wochen alle Geheimnisse anvertrauen und ich zähle auf dich. Es ist wichtig, dass du sie bewahrst, hütest und pflegst.« William trat an den Tisch mit den Karaffen und schenkte sich einen Whiskey ein. »Du hast bei deinem Aufenthalt in Europa einen Überblick über sämtliche geschäftliche Angelegenheiten erhalten. Bald wirst du meinen Platz einnehmen müssen.«

Cyrus sah ihn erschrocken an. »Wieso?«

Erst jetzt fiel ihm auf, dass sein Vater müde wirkte. Er hatte auf Cyrus' Rückkehr gedrängt.

»Mein Sohn, wir müssen alle irgendwann sterben. Die einen früher, die anderen später.« Er nahm einen Schluck Whiskey und begann dann seine Pfeife zu stopfen. Nachdem er sie entzündet hatte, ließ er sich schwerfällig in den Sessel neben Cyrus fallen. »Ich habe ein Geschwür im Magen, Doktor Johansson sagt, dass wir jederzeit damit rechnen müssen, dass es aufbricht.«

»Oh Gott«, Cyrus starrte seinen Vater entsetzt an, »kann man denn nichts dagegen unternehmen?«

»Er hat mir eine Diät verordnet und ich soll mich nicht aufregen«, sagte William. »Aber machen wir uns nichts vor. Es kann jederzeit vorbei sein. Und vorher muss ich sichergehen, dass du in alle Angelegenheiten eingewiesen bist.«

»Wovon sprichst du?«, fragte Cyrus und lehnte sich in seinem Sessel nach vorn. »Ich bin doch schon seit Jahren mit den Firmenangelegenheiten vertraut.«

»Es geht nicht um AHOR«, sagte William und schüttelte den Kopf. »Es geht um die Familie. Um unser Erbe, das hier im Haus aufbewahrt wird.«

»Das verschlossene Zimmer?« Cyrus beugte sich näher zu seinem Vater hin. »Wir durften den Raum nie betreten. Was ist darin verborgen?«

»Nicht so eilig, du wirst es gleich erfahren«, sagte William lächelnd. »Es wird Zeit, dass ich dir von deinen Großeltern erzähle. Von Sir Laurence und Abigail.«

Cyrus hob die Augenbrauen. »Aber ich kenne die Geschichte doch schon lange. Sie kamen damals mit dem ersten großen Siedlertreck hierher und haben dieses Land für sich beansprucht. Sie haben AHOR aufgebaut. Und dann ist da noch dieser dunkle Fleck in Großmutters Vergangenheit. Sie hat ihren ersten Ehemann im Wahn ermordet, er hat sie ein Leben lang gequält.«

»Sie war eine Lady, mein Sohn.« William klopfte seine Pfeife aus und trank wieder einen Schluck von seinem Whiskey. »Eine englische Lady. Abigail Hampton, Lady Mahony. Ihr erster Mann wurde verrückt und starb, dein Großvater Laurence hat sich um sie gekümmert. Aber dann kam ein Arbeiter, der sie abgöttisch verehrte. Er hat ihren Schwager George ermordet, der ein Freund deines Großvaters war. Dieser Arbeiter, ein gewisser Mr Rashleigh, hat Abigail nach Amerika entführt, wo dein Großvater sie schließlich fand. Abigail hat ihren Peiniger ermordet und Laurence hat sich ihrer angenommen.«

»Was für eine grausame Geschichte.« Cyrus richtete sich auf und betrachtete seinen Vater. »Und wie großmütig Laurence war.«

»Ja, er war mir immer ein Vorbild und auch dir soll er das

sein. Mein Vater hat sich stets darum bemüht, das Beste aus der Firma und aus unserer Familie herauszuholen.« William stand auf. »Und jetzt werde ich dir dein Erbe zeigen.«

Er verließ sein Arbeitszimmer und Cyrus folgte ihm. Intuitiv spürte er, dass er im Begriff war, gleich etwas sehr Wichtiges und Großes zu erfahren. Beinahe feierlich durchquerten sie die Halle und stiegen die Treppe ins erste Stockwerk hinauf. Von Nancy und von Yvette war keine Spur zu sehen. Nur der Duft von Yvettes teurem Parfüm lag in der Luft. Vor einer Tür im ersten Stock zog William einen großen Schlüssel aus seiner Tasche und steckte ihn ins Schloss. Mit einem leisen, schabenden Geräusch drehte er ihn herum und öffnete die Tür.

Cyrus hatte bisher immer nur flüchtig in dieses Zimmer sehen dürfen. Manchmal hatte sein Vater ihm einzelne Exponate gezeigt, die darin aufbewahrt wurden, einen ausgestopften Waschbären, einen Bussard oder ein Eichhörnchen. Cyrus hatte immer geahnt, dass in diesem Zimmer noch andere, wertvollere Dinge lagern mussten. Und er hatte gewusst, dass sein Vater sie ihm eines Tages zeigen würde.

»Schau dich in aller Ruhe um«, sagte William und deutete auf die Glaskästen mit den ausgestopften Tieren, die an den Wänden standen. »Ich möchte, dass du erst alles in dich aufgenommen hast, bevor ich dir die kostbarsten Erbstücke offenbare.«

Cyrus nickte und trat an die beschrifteten Vitrinen heran. Die Ausstellungsstücke waren gut erhalten.

»Wer hat all die Tiere zusammengetragen?«, fragte er, während er den leuchtenden Schnabel eines Rotkardinalweibchens betrachtete.

»Deine Mutter«, antwortete William. »Sie hat sie auch alle präpariert. Sie war unglaublich gut darin.«

Cyrus musste ihm recht geben. Die Vitrinen waren liebevoll hergerichtet worden. Neben den Tierkörpern befanden sich Nachbildungen typischer Nahrungsmittel oder Brutnester. Es musste viel Arbeit, Mühe, Zeit und Liebe gekostet haben, diese Ausstellung anzulegen. Cyrus konnte sich nur schwach an seine Mutter erinnern, ein feengleiches, melancholisches Wesen mit mahagonifarbenem langem Haar. Sie war gestorben, als Cyrus zehn Jahre alt war.

Er betrachtete ehrfürchtig die zahlreichen Tiere, die leuchtenden Farben ihrer Gefieder und Felle. Glaskasten für Glaskasten arbeitete er sich weiter in den großen Raum vor. Seine Schritte waren nur leise auf den Holzdielen zu hören. Als er den hinteren Teil des Zimmers erreicht hatte, sah er, dass sein Vater dort auf ihn wartete. Er stand neben einer Art Baldachin aus rotem Samt. William lächelte seinem Sohn zu und forderte ihn mit einer Geste auf, in das zeltartige Gebilde zu treten. Cyrus hielt den Atem an. Hinter dem samtenen Vorhang befand sich eine weitere Vitrine. Cyrus starrte auf den Inhalt des Schaukastens und schnappte nach Luft.

»Sind das … menschliche Köpfe?«

Sein Vater nickte.

Cyrus betrachtete die Gesichter, die seltsam entstellt wirkten. Unter ihnen lagen einige rot eingebundene Bücher.

»Wer ist das?«, fragte Cyrus. Seine Beine waren plötzlich weich geworden, er musste sich hinsetzen. Cyrus sah sich nach einem Stuhl um, aber es gab keinen.

»Das sind unsere Vorfahren«, erklärte sein Vater feierlich. »Unser Erbgut. Das Beste von uns. Wir müssen es in Ehren halten und es beschützen. Denn das sind wir.«

William sah ihn eindringlich an. Cyrus spürte, wie wichtig dieser Moment für ihn war. Er hatte noch nicht ganz verstanden, was sein Vater ihm zu erklären versuchte, aber er wusste, dass es etwas Ungeheuerliches war. Etwas, das niemand begreifen konnte, der nicht das Blut von Sir Laurence Lancaster und Lady Abigail Mahony in sich trug.

»Diese Tagebücher enthalten die wirren Gedanken deiner Großmutter«, sprach William weiter. »Leider sind es nur Lügen. Aber Vater und ich wollten sie nicht vernichten, weil sie schließlich von meiner Mutter stammen. Es ist jedoch wichtig, dass wir um jeden Preis verhindern, dass sie jemals gelesen werden. Nicht von uns und nicht von fremden Menschen.«

Cyrus nickte. »Und wer sind … ich meine, von wem stammen die …?«

»Diese Köpfe?« William lächelte die Exponate liebevoll an.

»Sind das Abigail und Laurence?«, fragte Cyrus.

William grinste verschmitzt. »Nein und ja.«

Cyrus sah seinen Vater verwirrt an.

Der lachte. »Das sind die Köpfe von Sir Laurence und Rosemary, seiner Tochter.«

Cyrus zog die Augenbrauen zusammen. »Ich dachte, Rosemary war meine Mutter?«

William lächelte erneut. »Das war sie, in der Tat. Sie war Laurence' und Abigails Tochter … und deine Mutter.«

»Aber du … du bist doch auch das Kind der beiden …« Langsam begann Cyrus zu begreifen.

Sein Vater nickte. »Sie war meine Schwester und meine Geliebte. Dadurch seid ihr beide so rein, so perfekt und vollkommen.«

»Willst du damit sagen, dass Rosemary nicht nur meine

Mutter, sondern auch meine Tante war?« Cyrus atmete schwer ein und aus.

William sah seinem Sohn tief in die Augen. »Sei dir dieser Verantwortung immer bewusst und pflege dieses Erbe gut. Abigail und Laurence waren perfekte Menschen, und um ihre Gene unverfälscht weiterzutragen, sollten wir sie so wenig wie möglich mit fremdem Erbgut mischen. Verstehst du das?«

Cyrus nickte. Ein Schauer überlief ihn. Er verstand, was sein Vater ihm sagen wollte. Ein Leben lang hatten ihn seine Großeltern Abigail und Laurence in seinen Gedanken begleitet. Er wusste, dass sie die vollkommensten Menschen auf Erden gewesen waren. So gut und rein, dass seine Großmutter, die von bösen Menschen ausgenutzt worden war, sich am Ende nicht anders zu helfen wusste, als zu töten. Aber gerade das zeichnete sie aus. Sie war bereit, zu kämpfen und zu vernichten. Und Laurence war ein starker Mensch gewesen, der Abigail all seine Liebe geschenkt hatte.

William legte seinem Sohn die Hand auf die Schulter. »Dein Großvater hatte eine schlimme Kindheit. Sein Vater war brutal und gewalttätig. Laurence' Mutter musste sehr unter ihm leiden, genau wie Laurence selbst. Er wurde als Junge immer wieder von seinem Vater gezwungen, dabei zuzusehen, wie er die Mutter auf brutalste Weise quälte. Als dein Großvater ein junger Mann war, kam es zu einem heftigen Streit, bei dem sein Vater in blinder Wut auf seine Frau einprügelte. Sie hätte es nicht überlebt, wenn Laurence seinen Vater nicht erschlagen hätte.«

»Mein Gott!« Cyrus sah entsetzt auf die Schrumpfköpfe. »Wurde Laurence dafür zur Rechenschaft gezogen?«

William schüttelte den Kopf. »Er hat den Leichnam in ein nicht mehr benutztes Eishaus auf dem Gelände seines Anwesens in Northumberland geworfen. Die Leiche wurde nie entdeckt. Damals gingen wohl alle davon aus, dass Laurence' Vater im Meer ertrunken sei, das an das Anwesen grenzte.«

»Und was war mit Laurence' Mutter?«, fragte Cyrus.

»Sie starb kurz darauf, ich weiß nicht, woran. Laurence traf wenig später Abigail und hat sich sofort in sie verliebt. Sie erinnerte ihn wohl an seine Mutter, wie er mir einmal verraten hat. Als er ihr nach Amerika gefolgt ist, hat er das elterliche Anwesen verkauft und dafür sehr viel Geld bekommen.«

»Und von diesem Geld hat er dieses Haus hier gebaut?«

William nickte. »Für deine Großmutter.«

»Ich verstehe, dass er nicht mehr nach Northumberland zurückkehren wollte.« Cyrus dachte an die Leiche im Eishaus.

»Laurence hat durch all diese Geschehnisse viel gelernt. Er hat zu mir und Rosemary immer wieder gesagt, wie gefährlich fremde Menschen sind. Wie schnell sie unsere Reinheit und unser Erbe verwässern können. Verstehst du, was ich dir damit sagen will?« William sah seinen Sohn eindringlich an.

Cyrus nickte. »Ich habe mich zwar nie mit Rassenkunde und Eugenik beschäftigt, aber ich kenne die Versuche, hochwertige Menschen zu züchten. In Europa sind sie schon sehr weit damit.«

»Natürlich. Die Deutschen und die Österreicher sind gerade führend auf diesem Gebiet. Sie schaffen das durch gezielte Partnerwahl.« Williams Augen leuchteten. »Die Europäer haben zum Teil hervorragende Blutlinien, und unsere Linie stammt nur von den besten Europäern ab. Das Blut meiner Eltern, Abigail und Laurence, muss reingehalten werden. Jede Vermischung mit dem von minderwertigen Kreaturen wäre fatal. Es muss so viel Abigail und so viel Laurence weitergegeben werden wie nur möglich.« William beugte sich näher zu Cyrus. »Deshalb freue ich mich nicht über deine Ehe. Aber sie kann uns nützlich sein.«

»Wie meinst du das?« Cyrus schwirrte der Kopf. Er konnte all diese Informationen noch nicht verarbeiten und nahm sich vor, sich ausführlich mit den Rassentheorien zu beschäftigen. Er musste herausfinden, was das alles zu bedeuten hatte. Cyrus wusste instinktiv, dass sein Vater recht hatte und dass es ein Privileg war, in diese Familie hineingeboren worden zu sein.

»Ich möchte nicht, dass du ein Kind mit ihr zeugst. Dieses Recht hat ausschließlich Nancy«, sagte William.

Cyrus schluckte und dachte mit Unbehagen an Yvettes wachsenden Bauchumfang.

»Aber du brauchst natürlich eine Ehefrau. Die Gesellschaft ist noch nicht dafür bereit, reine Familien zu akzeptieren.« William wiegte den Kopf hin und her. »Und ihre Familie ist weit weg. Das wird uns von Vorteil sein.«

Cyrus sah seinen Vater fragend an.

Der aber hob die Hand. »Ich muss erst in Ruhe darüber nachdenken und überlegen, was Laurence wohl getan hätte.« William reichte Cyrus den dicken Schlüsselbund. »Von nun an soll er dir gehören. Gehe sorgsam damit um und verrate niemandem unser Geheimnis.«

Cyrus nickte feierlich. Er verspürte einen seltsamen Zwiespalt in sich. Einerseits sorgte er sich um Yvette, andererseits war er erleichtert, dass seine Leidenschaft, die er für seine Schwester empfand, doch nicht so widernatürlich war, wie er immer geglaubt hatte. Aber er musste seinem Vater bald Yvettes Schwangerschaft beichten. Denn lange würde er es sowieso nicht mehr verschweigen können.

Kapitel 7

Oktober 2018

»Oh Gott«, stöhnte Melody und legte das Tagebuch zur Seite. »Das ist ja abartig!«

Dan nickte. »Aber diese kranken Rassentheorien waren tatsächlich in den Zwanzigerjahren weit verbreitet. Erinnere dich an die Deutschen und Hitler.«

»Ich bin nur froh, dass ich nicht von William und Cyrus abstamme, sondern von Abigails erstem Ehemann, Anthony«, sagte Melody. »Die arme Abigail. Ob Sir Laurence seine Kinder Rosemary und William wohl zum Inzest gezwungen hat?« Sie zuckte mit den Schultern. »Vielleicht erfahren wir darüber noch mehr aus Cyrus' Tagebüchern. Hier sind noch einige, die wir lesen müssen. Obwohl ich gestehen muss, dass es mir schwerfällt.«

Dan, der neben Melody an dem alten Schreibtisch des Turmzimmers gesessen hatte, stand auf und streckte sich. Die kleine Abigail lag neben ihnen in ihrem Kindersitz.

»Und was ist aus Abigail geworden, nachdem sie aus Oregon geflohen ist?«, fragte Dan.

»Ich befürchte, die Flucht ist misslungen«, überlegte Melody laut. »Denn als sie floh, war sie schwanger mit Rosemary. Und wenn Rosemary später hier in Abigail's Place war, muss auch Abigail wieder hierhergekommen sein.«

Dan stützte sich auf eine der Fensterbänke und sah in den Garten hinunter. »Vermutlich. Aber warum gibt es dann keine weiteren Tagebücher von ihr hier im Haus? Zumindest haben wir bisher noch keine finden können.«

Melody nickte. »Ich wünschte, wir wüssten, wie es mit Abigail weitergegangen ist.«

Die kleine Abi begann, sich zu regen. Ihr Gesicht verzog sich, und Melody wusste, dass sie gleich anfangen würde zu schreien. Sie nahm das Baby aus der Trage und legte es gerade noch rechtzeitig an ihre Brust, bevor es laut wurde.

Dan wandte sich zu Melody um. »Lass uns erst mal eine Pause machen, und wenn Abi satt ist, drehen wir eine Runde durch den Wald.«

»Einverstanden.« Melody betrachtete ihre Tochter, die zufrieden an ihrer Brust trank. »Ich kann einen Spaziergang jetzt gut vertragen.«

Eine halbe Stunde später war die kleine Abigail gestillt und gewickelt und Melody band sie in dem Tragetuch vor ihren Bauch. Doch gerade als sie die steile Treppe in Louises Schlafzimmer hinunterstiegen, fing Dans Handy an zu vibrieren. Er nahm den Anruf an und Melody ging voraus in den Garten. Als sie in die Mittagssonne trat, die für den Oktober noch ziemlich kräftig war, fiel ihr auf, wie kühl es im Inneren der Villa gewesen war.

»Da sind Sie ja wieder!«

Melody fuhr herum. Josephine stand vor ihr. Die alte Frau stützte sich auf einen Gehstock, den Rücken gekrümmt, die wässrigen Augen spöttisch auf Melody gerichtet. Es schien, als hätte sie auf sie gewartet. »Sie haben es gefunden, das Böse.«

Melody brauchte einen Moment, um sich von dem Schrecken zu erholen. Auch wenn sie wusste, dass die alte Frau in dem Cottage auf dem Gelände der Villa lebte, hatte sie nicht mit ihrem plötzlichen Auftauchen hier im Garten vor Abigail's Place gerechnet. Einen Moment lang sah sie Josephine schweigend an, dann fragte sie: »Sie meinen die Köpfe?«

Die alte Frau nickte. »Seinen.«

»Den von Sir Laurence?«

»Ja.«

Melody schirmte ihre Augen mit der Hand gegen die Sonne ab, mit der anderen Hand hielt sie ihre Tochter. »Josephine, Sie behaupten, dass Cyrus nicht nur Louises Vater war, sondern auch Ihrer.«

Die alte Frau nickte wieder, während sie sich auf ihren Stock stützte.

»Was hat er Ihnen erzählt?«, fragte Melody vorsichtig.

Josephine lächelte. »Das ist alles lange her. Ich will nicht daran erinnert werden. Und Louise ist fort, das ist mir das Wichtigste.«

Melody fiel auf, dass Josephine tatsächlich fröhlicher wirkte als bei ihrer letzten Begegnung. Sie schien irgendwie befreit zu sein – oder bildete Melody sich das nur ein?

»Wie hieß Ihre Mutter?«, fragte Melody. Sie dachte an die beiden Frauen in Cyrus' Leben, von denen sie bisher erfahren hatte. Yvette und seine Schwester Nancy. War Nancy vielleicht Josephines Mutter gewesen? Das würde erklären, warum Cyrus sie nicht heiraten konnte und sie irgendwann dauerhaft im Cottage unterbringen musste. Und hatte Josephine ihr beim letzten Mal nicht erzählt, dass ihre Mutter Cyrus' erste Liebe gewesen sei und Louise' Mutter ihn erst später kennengelernt habe? Das würde alles passen. Aber Josephine wirkte gesund und war schon sehr alt geworden. Ein Kind, das nach zwei Generationen der Inzucht entstanden war, würde vermutlich krank oder behindert sein, oder etwa nicht?

Josephine schien Melodys Frage nicht gehört zu haben, vielleicht wollte sie ihr aber auch nicht antworten. Mit gesenktem Blick stocherte die alte Frau mit ihrem Stock im Gras und schwieg. Melody beschloss, nicht weiter nachzufragen, schließlich hatten sie ja Cyrus' Tagebücher, und darin würden sie sicher mehr über seine Geschichte erfahren. Melody hatte sich nie mit dem Thema Inzucht befasst und nahm sich vor, gleich heute Abend, wenn sie zurück in Eugene waren, im Internet darüber zu recherchieren.

»Was haben Sie mit Abigail's Place vor?«, riss Josephine sie aus ihren Gedanken.

Melody zuckte mit den Schultern. »Ich weiß es nicht.«

Die alte Frau nickte. Dann wandte sie sich ab und schlurfte über die Wiese in Richtung des kleinen Cottages davon. Melody sah ihr nachdenklich hinterher. Sie musste es irgendwie mitbekommen haben, dass Melody, Dan und Abi angekommen waren, und war extra zum Haus heraufgekommen. Ein beschwerlicher Weg für eine über neunzigjährige Frau.

»Hey!« In diesem Moment trat Dan aus dem Haus und zog die Tür hinter sich zu. »Bist du so weit?«

»Schließ bitte ab«, bat Melody ihren Freund und reichte ihm den Schlüssel. »Josephine war gerade hier.«

Er hob überrascht die Augenbrauen. »Die alte Dame? Hast du Angst, dass sie einbricht?« Er zwinkerte ihr zu.

Melody lachte und schüttelte den Kopf. »Sie kommt auch so hinein.« Sie erinnerte sich an das letzte Mal, als sie mit Miranda und Mia hier gewesen war und sie sich erschrocken hatten, als sie Geräusche im Haus hörten. Hinterher hatte sich herausgestellt, dass es Josephine gewesen war, die einen Schlüssel zur Verandatür besaß und regelmäßig in Cyrus' altes Arbeitszimmer ging. Melody nahm an, dass Josephine diese Angewohnheit beibehalten hatte.

Sie machten sich auf den Weg. In der Ferne war das Rauschen des McRae Creek zu hören, der das Grundstück auf der östlichen Seite begrenzte. Eine Zeit lang schwiegen sie. Melody war noch immer mit Cyrus' Geschichte beschäftigt. Auch er und seine Schwester waren im Grunde Opfer von Sir Laurence gewesen. Dieser Mann musste etwas an sich gehabt haben, das andere Menschen überzeugte. Er hatte es immer wieder geschafft, andere zu kriminellen Handlungen zu überreden. Während sie in den dichten Kiefernwald oberhalb des Anwesens traten, überlegte Melody, dass Sir Laurence vermutlich eine psychische Störung gehabt hatte. Die brutale Behandlung, die er in seiner Kindheit durch seinen eigenen Vater erfahren hatte, musste Spuren hinterlassen haben. Seine Besessenheit von Abigail, die anscheinend so stark ausgeprägt gewesen war, dass er die Kinder, die Abigail ihm geboren hatte, zur Inzucht gedrängt hatte, deutete auf seinen Wahnsinn hin.

»Ich frage mich, was Sir Laurence so hat werden lassen. Was hat sein Vater ihm wohl alles angetan, als er klein war?«, sagte Melody, während sie über den weichen Fichtennadelteppich gingen. Der süßliche Duft stieg ihnen in die Nase. Vögel zwitscherten über das Rauschen des Flusses hinweg. »Ich meine, das war alles ganz schön krank. Und er hat es geschafft, nicht nur seine Kinder, sondern sogar seine Enkel zu beeinflussen.«

Dan blieb stehen und sah an den hohen Bäumen hinauf.

»Vermutlich auch seine Urenkelinnen. Irgendwas scheint da nicht normal gelaufen zu sein bei Josephine und Louise, oder? Sie konnten sich ihr Leben lang nicht von diesem Grundstück lösen, haben nie eine eigene Familie gegründet …«

»Doch«, erwiderte Melody. »Louise hatte Kinder, sie sind aber früh gestorben.«

»Ach ja, die Unfälle«, antwortete Dan nachdenklich. »Das klingt alles sehr konstruiert.«

»Vielleicht erfahren wir ja noch mehr darüber.« Melody folgte wieder dem schmalen Pfad durch den dichten Wald. Die Sonne warf winzige Sprenkel auf den Boden. »Das Haus ist groß und es sind so viele Geheimnisse darin versteckt. Ich glaube, dass Josephine mehr weiß, als sie uns bisher verraten hat.«

Melody erinnerte sich an das letzte Mal, als sie hier gewesen war. Damals hatte sie den Eindruck gehabt, dass die alte Frau ihnen etwas verschwieg.

Sie wanderten fast eine Stunde durch die Wälder, die sich rund um Abigail's Place erstreckten. Beide schienen nicht besonders erpicht darauf, wieder in das Haus zurückzukehren, in dem so viele Grausamkeiten geschehen waren. Und doch wusste Melody, dass sie sich der Vergangenheit der Villa stellen musste, um sich endgültig von der schrecklichen Geschichte ihrer Vorfahren zu befreien.

Nach ihrer Rückkehr stiegen sie wieder die Treppe zu dem Panoramazimmer hinauf, in dem sie Cyrus' Tagebücher gefunden hatten. Dans Handy klingelte, und er zog sich zurück, um ungestört telefonieren zu können. Melody setzte ihre Tochter in die Trage, schlug das nächste Tagebuch auf und begann zu lesen.

Kapitel 8

Juli 1927

Cyrus küsste seine Frau auf die Stirn und verließ leise ihr Zimmer. Die Geburt war für Yvette eine Tortur gewesen, aber auch für ihn und den gesamten Haushalt. Zwanzig Stunden lang hatte die zarte Französin in den Wehen gelegen, bis das Kind endlich den Weg in die Welt gefunden hatte. Und als alle gerade erleichtert aufgeatmet hatten, stieß der Arzt einen erstaunten Ausruf aus und kündigte ein zweites Kind an. Die beiden neugeborenen Mädchen waren inzwischen von der Amme ins Kinderzimmer unter dem Dach gebracht worden.

Cyrus ging in den Flur hinaus. Durch das bunte Deckenfenster fiel das erste Tageslicht. Er streckte sich und überlegte, ob er überhaupt noch zu Bett gehen sollte. Es musste bald sechs Uhr sein, eine heiße Dusche und schwarzer Kaffee würden vermutlich reichen, um ihn über den Tag zu bringen. Bestimmt würde er sowieso nicht schlafen können, denn die letzten Stunden, in denen er Yvette hatte schreien hören, in denen die Hebamme immer wieder nach heißem Wasser geschickt und der Arzt mit ernster Miene erklärt hatte, dass es eine sehr schwere Geburt sei, hatten ihn zu sehr aufgewühlt. Müde ging er in sein Zimmer. Er zog die Schuhe aus und begann sein Hemd aufzuknöpfen. Als er eine Bewegung wahrnahm, fuhr er herum und entdeckte Nancy, die sich nackt auf seinem Bett räkelte.

Er schüttelte den Kopf. »Bitte nicht jetzt.«

Nancy schlug die Bettdecke zurück und klopfte auf das seidene Laken. »Komm nur einen Moment zu mir.«

Cyrus seufzte. Seit er ihr Familiengeheimnis kannte und sein Vater ihm erklärt hatte, wie wichtig die Reinhaltung ihrer Gene war, hatte er beinahe jede Nacht mit Nancy verbracht. Yvette war aufgrund ihrer Schwangerschaft glücklicherweise nicht stutzig geworden, dass Cyrus sie nachts nicht mehr besuchte. Natürlich würde er sich jetzt bald etwas überlegen müssen, ein paar Wochen lang war Yvette wohl noch unpässlich, aber danach erwartete sie sicher wieder seine Besuche.

William hatte Yvettes Schwangerschaft gefasst aufgenommen, aber er hatte Cyrus auch erklärt, dass er danach keine weiteren Verfehlungen mehr von ihm erwarte. Immer wieder hatte Cyrus über das nachgedacht, was sein Vater ihm erzählt hatte. Und dabei fielen ihm viele Details aus seiner Kindheit ein, die er nie für wichtig erachtet hatte, die ihm nun jedoch in neuem Licht erschienen. Zum Beispiel hatte William ihn immer wieder auf die Schönheit seiner Schwester hingewiesen, und Nancy hatte er oft gebeten, sich für ihren Bruder hübsch zu machen. Vor ein paar Wochen war nun eingetreten, worauf William die ganze Zeit gewartet hatte: Nancy war schwanger. Noch sah man es ihr nicht an, aber bald würde sich ihr süßes Geheimnis nicht mehr verbergen lassen.

Cyrus streifte die Hose und das Hemd ab und legte sich zu ihr. Während seine Finger ihre Brüste liebkosten und an der samtenen Haut ihres Bauches entlangfuhren, während er ihren süßen Seufzern lauschte und eine immer stärker werdende Erregung ihn ergriff, wanderten seine Gedanken zu Yvette. Auch wenn er die Argumente seines Vaters verstehen konnte und die Liebe zu seiner Schwester genoss, hatte er dennoch ein schlechtes Gewissen seiner Frau gegenüber. Aber als er sich jetzt zwischen Nancys Schenkel schob, ihn die Hitze ihres Schoßes empfing, entfuhr ihm ein wohliges Stöhnen, und er vergaß seine Frau und die beiden Säuglinge, die jetzt oben unter dem Dach in ihrer Wiege lagen. In diesem Moment ließen ihn die Wellen der Lust die Scham vergessen, die er immer wieder tief in seinem Inneren verspürte, wenn er sich zu seiner Schwester legte, so gern er auch den Worten seines Vaters Glauben schenken wollte.

»Könnte das Siedlercottage nicht geeignet sein?«, fragte Nancy, als sie hinterher nebeneinander unter der Bettdecke lagen.

»Wofür?« Cyrus richtete sich auf und sah sie an.

»Ich dachte, du suchst nach einer Lösung für Yvette?«, sagte Nancy erstaunt.

Sie fasste über ihn und griff nach den Zigaretten auf Cyrus' Nachttisch. Er beobachtete, wie sie sich eine ansteckte und den Rauch in die Luft atmete. Selbst das Rauchen wirkte bei seiner Schwester aufreizend.

»Wie kommst du darauf?«, fragte Cyrus, während er ihr eine Haarsträhne aus dem Gesicht strich.

»Auf die Dauer werden wir nicht beide hier leben können. Ich will mein Haus nicht mit ihr teilen.«

In Cyrus stieg leichtes Unbehagen auf. Er reichte Nancy den Aschenbecher. »Aber ich kann meine Frau doch nicht ins Siedlercottage schicken. Ich habe sie geheiratet. Sie wird einmal die Hausherrin hier sein.«

»Nein!«, rief Nancy und sah ihn mit gerunzelter Stirn an. »Die Hausherrin bin ich, und ich werde nicht zulassen, dass Yvette hier irgendetwas zu sagen hat.«

»Oh Liebling«, Cyrus seufzte, »ich werde mich nicht mit dir darüber streiten. Wir werden schon eine Lösung finden, aber Yvette wird definitiv nicht in dem alten, zugigen Cottage wohnen.«

Er wusste selbst nicht, wie er dieses Problem lösen sollte. Seine Ehe war ein Fehler gewesen, das war ihm inzwischen klar. Sein Vater hätte viel früher mit ihm reden müssen. Dann hätte er sich gar nicht erst nach einer Frau umgesehen und hätte auch kein schlechtes Gewissen bezüglich seiner Beziehung zu Nancy haben müssen. Jetzt konnte er dieses Gefühl der Scham aber nicht mehr unterdrücken. Und doch zählten die Stunden, in denen er mit Nancy auf intimste Weise zusammen war, zu den schönsten und aufregendsten seines Lebens.

Cyrus ließ sich in die Kissen zurückfallen und schloss die Augen. Allmählich überkam ihn doch der Schlaf. Er spürte, wie Nancy sich an ihn schmiegte, und schon im nächsten Moment war er eingeschlafen.

In den nächsten Tagen ging Cyrus sowohl seiner Schwester als auch seiner Frau aus dem Weg. Bei Yvette war die Sache leichter, weil sie noch nicht kräftig genug war und das Bett hüten musste.

Jetzt stand Cyrus am Fenster seines Schlafzimmers und sah in den nebelverhangenen Garten hinaus. Es hatte den ganzen Morgen geregnet, und tiefe Pfützen standen auf dem Weg, der über die Wiese führte. Seine Töchter besuchte Cyrus einmal am Tag, und er war überwältigt von der Schönheit und Anmut der kleinen Geschöpfe. William hingegen hatte seine Enkelinnen noch kein einziges Mal angesehen, und Cyrus wusste, dass sein Vater auf das Kind wartete, das Cyrus und Nancy gezeugt hatten. Und auch wenn Cyrus verstand, dass dieses Kind reiner und besser sein würde, konnte er seine Gefühle für Josephine und Louise kaum verbergen. Die Mädchen erschienen ihm perfekt, und er konnte sich nicht vorstellen, wie ein Baby noch schöner sein konnte. Er genoss den süßen Duft ihrer Haut und die Wärme ihrer kleinen Körper in seinem Arm.

Wenn Nancy nachts zu ihm kam, verschloss er ihren Mund mit Küssen, sobald sie begann, von Yvette zu sprechen. Aber er wusste, dass er dem Thema nicht ewig aus dem Weg gehen konnte. Doch es erschien ihm falsch, Yvette ins Siedlercottage zu bringen. Wie sollte er ihr das erklären? Selbst wenn er ihr die Wahrheit verriet, würde sie es nicht verstehen. Cyrus zweifelte daran, dass überhaupt jemand, der nicht zur Familie gehörte, die Wahrheit verstehen konnte. Er musste ja selbst erst seine Gedanken ordnen. Seit sein Vater ihm die Verantwortung für das verschlossene Zimmer übertragen hatte und Cyrus die Geheimnisse darin kannte, gingen ihm die Tagebücher seiner Großmutter nicht mehr aus dem Kopf. Er dachte darüber nach, selbst damit zu beginnen, seine Gedanken und Gefühle und auch die Ereignisse seines Lebens aufzuschreiben.

Er wandte sich vom Fenster ab und stieg die Treppe hoch, die von seinem Schlafzimmer aus in den Turm hinaufführte. Dort hatte er sich ein Arbeitszimmer eingerichtet. Er setzte sich an den Schreibtisch und griff nach Papier und Füllfederhalter. Er musste zurückgehen in seiner Erinnerung bis zu jener Nacht, in der er das erste Mal mit seiner Schwester geschlafen hatte. Es war vor sieben Jahren gewesen, als der Kostümball stattgefunden hatte. Cyrus konnte sich noch an jedes Detail erinnern, als wäre es erst gestern gewesen. Er setzte das entsprechende Datum oben auf die Seite, als würde er die Ereignisse ganz frisch aufschreiben. Seine Feder flog nur so über das dicke Papier. Er schrieb, bis seine Finger vollkommen verkrampft waren. Inzwischen war er mit seinem Bericht am Ende jenes Sommers angekommen. Er legte den Füllfederhalter zur Seite und streckte sich. Einen kleinen Moment lang ließ er sich in der Erinnerung treiben. Dann nahm er einen neuen Stoß Papier, füllte Tinte nach und fuhr mit seiner Beschreibung an dem Tag fort, als er mit Yvette im letzten Jahr nach Abigail's Place zurückgekehrt war.

Er dachte gerade über seine widersprüchlichen Gefühle für Yvette und Nancy nach, als er seinen Kammerdiener von unten rufen hörte. Erschrocken fuhr er auf. Cyrus war so in seine Aufzeichnungen vertieft gewesen, dass er gar nicht bemerkt hatte, wie der Tag vergangen war. Er musste sich beeilen, in wenigen Minuten würde das Dinner beginnen.

Als Cyrus den Salon betrat, saßen sein Vater und Nancy bereits vor dem Kamin, der an diesem warmen Sommerabend jedoch nicht zum Einsatz kommen würde. Sobald sie Cyrus sahen, verstummten sie, und ihm war klar, dass sie über Yvette geredet hatten.

Er zog die Augenbrauen hoch und setzte sich zu ihnen.

»Ich weiß, dass …«, begann Cyrus, doch im selben Moment wurde die Tür geöffnet und Yvette kam in den Salon. Sie wirkte noch geschwächt, aber ihr sorgfältiges Make-up und die elegante Kleidung ließen sie schon wieder fast wie früher aussehen.

Cyrus sprang auf und ging einen Schritt auf sie zu. »Liebling, ich hatte noch nicht mit dir gerechnet.«

Sie lächelte ihn an, aber das Lachen schien ihre Augen nicht zu erreichen. »Ich vereinsame dort oben in meinem Zimmer.«

»Ich dachte, du brauchst Ruhe, um wieder zu Kräften zu kommen«, erwiderte Cyrus, der den Vorwurf durchaus verstanden hatte.

Und Yvette hatte ja recht, er hatte sie nicht einmal besucht, obwohl sie ihm vor wenigen Tagen zwei Töchter geboren hatte.

William räusperte sich. »Ich nutze die Gelegenheit, um dir herzlich zu gratulieren, Yvette.« Er nickte seiner Schwiegertochter zu.

»Danke«, antwortete sie, ebenso unterkühlt wie er.

»Ich frage mich, ob es für euch nicht besser wäre, in ein eigenes Haus zu ziehen«, sagte William und nippte an seinem Sherry.

»So?« Yvette sah mit gehobener Augenbraue zu Cyrus, dem plötzlich übel wurde.

»Es gibt hier auf dem Gelände ein hübsches Cottage«, fuhr William fort. »Es müsste natürlich renoviert werden, aber für die Kinder wäre es bestimmt sehr schön, dort aufzuwachsen.«

»Kennst du das Haus?«, wandte sich Yvette an ihren Mann.

Cyrus errötete. Ihm fielen die lustvollen Stunden ein, die er mit Nancy dort verbracht hatte. »Ja, als meine Großeltern hierher nach Oregon kamen, haben sie zuerst in diesem Cottage gewohnt.«

»Es ist ein Haus mit Geschichte«, warf Nancy ein. Sie zwinkerte Cyrus zu und fuhr sich mit der Zunge über die Lippen.

Schnell wandte er den Blick von seiner Schwester ab.

»Nun, wenn du es möchtest, dann bin ich einverstanden«, lenkte Yvette ein und sah Cyrus lächelnd an. Sie schien beinahe erleichtert zu sein, Abigail's Place verlassen zu können.

Cyrus nickte, doch er wusste, dass weder Yvette noch Nancy mit dieser Lösung zufrieden sein würden. Sobald seine Frau das Haus sehen würde, würde sie protestieren. Sie war in einem vornehmen Stadthaus in Paris aufgewachsen, das nicht im Entferntesten mit dem Siedlercottage zu vergleichen war. Außerdem würde Yvette verständlicherweise davon ausgehen, dass ihr Ehemann ebenfalls dorthin übersiedelte, was für Nancy unvorstellbar sein würde. Zudem würde es deutlich schwerer werden, Nancy nachts zu treffen, wenn er nicht mehr in Abigail's Place wohnte.

»Cyrus wird bei uns im Haus wohnen«, verkündete Nancy gerade und Cyrus stockte der Atem. Er hatte nicht damit gerechnet, dass seine Schwester so direkt sein würde.

»Wie bitte?«, erwiderte Yvette prompt. »Ich soll mit den Mädchen allein ins Cottage ziehen?«

William hob die Hand. »Natürlich wird Cyrus euch häufig besuchen kommen, aber ich brauche ihn hier. Wir haben Geschäfte zu besprechen und Entscheidungen zu treffen.«

»Auch in der Nacht?« Yvette zog die Augenbrauen zusammen.

»Immer«, antwortete William in einem Ton, der keinen Widerspruch duldete.

Yvette stieß einen empörten Laut aus und faltete die Hände im Schoß. Sie sah Cyrus an und in ihrem Blick lag eine stumme Aufforderung. Er wusste, dass sie von ihm erwartete, dass er ihre Partei ergriff und erklären würde, sie niemals allein ins Cottage ziehen zu lassen.

Cyrus atmete tief durch. Es war nicht richtig, seine Frau

im Stich zu lassen, auch wenn er die Gene der Lancasters oder Rileys, wie sich die Familie inzwischen nannte, reinhalten wollte. »Ich …«

»Cyrus entscheidet immer im Sinne der Firma«, erklärte William, bevor sein Sohn Position für Yvette beziehen konnte. »Und jetzt sprechen wir nicht weiter darüber, sondern gehen zum Dinner.«

Cyrus war erleichtert, dass er sich nicht gegen seinen Vater stellen musste, aber er wusste, dass die Konfrontation nicht ewig aufgeschoben werden konnte. William und Nancy würden auf Yvettes Umzug ins Siedlercottage drängen und dann musste er sich zu Yvette bekennen.

Am nächsten Nachmittag rief William seinen Sohn zu sich ins Arbeitszimmer. Cyrus hatte Yvette am vorangegangenen Abend, nachdem sie gemeinsam nach oben gegangen waren, versichern müssen, dass er sie nicht allein umziehen lassen würde. Yvette hatte keinen Zweifel daran gelassen, dass sie mit den beiden Kindern sofort zu ihren Eltern nach Paris zurückkehren und sich scheiden lassen würde, sollte er in diesem Punkt nicht zu ihr stehen. Als Cyrus seiner Schwester letzte Nacht von Yvettes beunruhigender Drohung erzählt hatte, hatte sie nur die Augenbrauen gehoben und ihn gefragt, warum er darüber besorgt sei.

»Das wäre doch perfekt«, hatte sie erklärt und an ihrer Zigarette gezogen. »Es war ein Fehler, sie zu heiraten.«

Cyrus hatte nur mit den Schultern gezuckt und später darüber nachgedacht. Es stimmte, es ging ihm nicht darum, Yvette zu verlieren, im Gegenteil, durch ihren Weggang würde sich sein größtes Problem tatsächlich lösen. Aber er wusste, dass sie die Mädchen mitnehmen würde und dass er von seinem Vater und seiner Schwester keinerlei Rückendeckung erhalten würde, wenn er darauf bestand, die Kinder zu behalten. Er wäre ohne Hilfe jedoch nicht in der Lage, die beiden Mädchen zu versorgen, und sie wären vermutlich bei ihrer Mutter besser aufgehoben. Aber der Gedanke, Louise und Josephine für immer zu verlieren, war unerträglich für ihn.

»Du wolltest mich sprechen?«, fragte Cyrus, als er das Arbeitszimmer seines Vaters betrat.

William lächelte. »Komm zu mir, mein Junge!«

Cyrus ging zu dem Schreibtisch, hinter dem sein Vater saß, und nahm ihm gegenüber Platz.

»Ich will noch einmal mit dir über Yvette sprechen«, sagte William und lehnte sich nach vorn.

Cyrus unterdrückte einen Seufzer.

»Ich kann sie nicht allein ins Siedlercottage schicken«, sagte er, um seinem Vater zuvorzukommen.

»Das musst du aber, Cyrus!« William sah ihn mit ernstem, beinahe drohendem Blick an. »Sie stört hier nur. Wir können keine Fremde im Haus gebrauchen. Wenn das Kind auf der Welt ist, wirst du all deine Zeit und Liebe diesem kleinen Geschöpf schenken. Und es bleibt ja hoffentlich nicht bei dem einen, ich erwarte noch mehr Enkelkinder.«

»Du hast schon zwei Enkelinnen«, konnte Cyrus sich nicht verkneifen ihn zu erinnern.

William machte eine ungeduldige Handbewegung. »Das war ein Ausrutscher und darf dir nicht wieder passieren.«

»Vater, ich liebe meine Töchter!« Cyrus spürte, wie Wut in ihm aufstieg.

»Nicht so, wie du das Kind lieben wirst, das deine Schwester dir gebären wird«, widersprach ihm sein Vater. »Und deshalb will ich weder Yvette noch die beiden Mädchen hier im Haus haben. Sie würden schlechten Einfluss auf das Kind nehmen. Außerdem musst du dich um AHOR kümmern, die Geschäfte dürfen nicht wegen deiner privaten Belastungen zu kurz kommen.«

»Ich verstehe nicht, warum du mich nicht früher über all das informiert hast. Dann hätte ich mich doch niemals vermählt.« Cyrus schüttelte den Kopf. »Aber jetzt habe ich Yvette geheiratet, und es ist nicht richtig, sie so schlecht zu behandeln. Sie kann nichts dafür, dass wir die Aufgabe haben, die Gene unserer Familie reinzuhalten.«

»Du sprichst von unserem Erbe, als wäre es eine Last.« William zog die Augenbrauen zusammen und strich über die Tischplatte.

»Nun, es ist ja auch eine große Verantwortung, die mich gravierend einschränkt«, erwiderte Cyrus. »Zumal ich nichts davon wusste und mein Leben anders geplant hatte.«

»Aber du hast doch schon vor deiner Ehe mit Yvette ein unwiderstehliches Verlangen nach deiner Schwester gespürt. Das habe ich unterstützt, seit ihr klein wart. Schon dein Großvater Laurence hat alles dafür in die Wege geleitet, dass ihr zwei euch ineinander verliebt«, antwortete sein Vater. »Ich dachte, dass du dir in Europa vielleicht ein wenig die Hörner abstoßen würdest, dass du danach aber zu uns zurückkommen und mit deiner Schwester Kinder zeugen würdest.«

Cyrus dachte an sein schlechtes Gewissen, an die Zweifel und Selbstvorwürfe, die er gehabt hatte, nachdem er sich das erste Mal auf seine Schwester eingelassen hatte. »Das war mir nicht klar. Ganz im Gegenteil, ich dachte, du würdest mich dafür verurteilen und erwartest von mir eine vorteilhafte Heirat.«

»Oh mein Sohn«, seufzte William. »Vielleicht war ich tatsächlich dir gegenüber nicht deutlich genug, aber das ist ein sensibles Thema, und ich wollte, dass du ganz von allein zu diesem Entschluss kommst. Das war vermutlich ein Fehler und ich hätte dich früher aufklären müssen. Jetzt ist es jedoch zu spät, und wir müssen sehen, wie wir den Schaden beheben.«

»Ich weiß nicht …«, murmelte Cyrus und schlug die Beine übereinander. Es gefiel ihm nicht, dass sein Vater im Zusammenhang mit Yvette und seinen beiden wundervollen Töchtern von einem »Schaden« sprach, aber er konnte darüber nicht mit ihm diskutieren. Schließlich hatte William ja recht, Abigail und Laurence waren die perfekten Menschen gewesen, und ihr Blut reinzuhalten hatte oberste Priorität.

»Was schlägst du vor?«, fragte er schließlich.

»Nun«, William lehnte sich in seinem Stuhl zurück und legte die Fingerspitzen aneinander, »wir müssen dafür sorgen, dass Nancy sich nicht aufregt. Die Frucht, die sie im Leib trägt, muss geschützt werden, um jeden Preis. Verstehst du mich?«

Cyrus nickte zögernd. Er war sich nicht ganz sicher, was sein Vater meinte.

»Das bedeutet«, fuhr William fort, »dass die Französin möglichst rasch verschwinden muss. Es ist nicht schön, eine Fremde hier zu haben. Nicht jetzt.«

Cyrus seufzte. »Ich kann sie nicht ins Cottage abschieben. Sie würde sofort nach Frankreich zurückkehren und Louise und Josephine mitnehmen.«

»Und? Das wäre nicht die schlechteste Lösung, oder?«

Williams Antwort war für Cyrus wie ein Schlag in die Magengrube. Einen Moment lang fiel ihm das Atmen schwer, als er daran dachte, dass er seine Töchter dann nie wiedersehen würde. Das musste er unbedingt verhindern, auch wenn er nicht wusste, wie er das anstellen sollte.

»Also abgemacht«, sagte sein Vater, der Cyrus' Schweigen als Zustimmung zu werten schien. »Dann werde ich mich darum kümmern, dass das Cottage hergerichtet wird. Wir müssen es sowieso dringend renovieren. Schließlich ist auch das ein wichtiges Erbe unserer Vorfahren und es sollte nicht verfallen.«

Cyrus nickte wie betäubt und stand auf. Während er zur Tür ging, dachte er fieberhaft darüber nach, wie er Yvette und seine Töchter in Oregon halten konnte. Als er in die Halle trat, wanderte sein Blick zur Galerie in der ersten Etage hinauf. Der Schlüssel zu dem verschlossenen Zimmer steckte in seiner Tasche. Er trug ihn immer bei sich, und doch hatte er den Raum noch nicht wieder betreten, seit er sein Geheimnis kannte. Jetzt stieg er langsam die Treppe hinauf, den Blick fest auf die Tür gerichtet. Als er den Schlüssel ins Schloss steckte, atmete er tief durch.

Der Geruch von Moder, Chemikalien und Mottenkugeln empfing ihn. Er verschloss die Tür wieder und ging zum Fenster, um die Vorhänge zur Seite zu ziehen und Licht hereinzulassen. Dann schritt er bedächtig durch das Zimmer bis zu der großen Vitrine unter dem roten Baldachin an der Stirnseite. Ein Schauer überlief ihn, als er die beiden Köpfe sah. Das waren die Überreste seiner Mutter und seines Großvaters. Er betrachtete die Exponate mit einer Mischung aus Ehrfurcht, Stolz und Abscheu. Sie waren reine Menschen gewesen mit besten Genen, die es zu erhalten galt. Aber wie gut und erhaben sie auch gewesen sein mochten, heute war nichts anderes mehr von ihnen übrig als diese Schrumpfköpfe. Und so mächtig sein Großvater auch einst gewesen war, heute konnte er nichts mehr ausrichten und war darauf angewiesen, dass seine Erben den Stammbaum in seinem Sinne fortführten.

Cyrus stöhnte laut auf. Mit einem Mal war ihm die ganze Verantwortung überdeutlich bewusst. Wer war er, dass er auch nur in Erwägung zog, aus purem Egoismus die Reinheit und Schönheit dieser Familie aufs Spiel zu setzen? Er musste Nancy schützen und dem Kind, das sie in sich trug, das bestmögliche Leben bieten – aber wie sollte er das tun, wenn Yvette, Louise und Josephine ebenfalls hier waren? Wie konnten Nancys und seine Kinder heranwachsen und sich zu der meisterhaften Perfektion entfalten, die in ihnen angelegt war, wenn gleichzeitig eine andere Frau hier war, die Ansprüche an Cyrus stellte? Er musste auf seine Töchter verzichten, für Laurence und Abigail, für seine Mutter und seinen Vater und für all seine Erben, die das reine Blut und die besten Gene in sich tragen würden. Cyrus musste Yvette ins Siedlercottage schicken, und wenn sie daraufhin nach Frankreich zurückkehrte, war es umso besser.

Kapitel 9

März 1849

Abigails Herz pochte und Schweiß lief ihr den Rücken hinunter. Ihre Schritte hallten auf dem Kopfsteinpflaster. Sie presste Rosemary an sich und rannte weiter, die Gefahr im Nacken, während ihr die Gedanken wild durch den Kopf wirbelten. Sir Laurence hatte sie gefunden. Würde sie denn nie vor ihm sicher sein? Wie hatte er so schnell hier sein können? War er über Land gekommen, während sie auf der *Golden Star* gesegelt war? Aber woher wusste er, dass sie nach New York unterwegs war? Er hatte sie einsperren wollen, aber sie waren hier nicht in Oregon. Als er Mrs Parker befohlen hatte, Abigail in den Nebenraum zu bringen, hatte die Frau ihn mit entsetztem Blick angesehen und sich nicht vom Fleck gerührt. Abigail hatte Sir Laurence zur Seite gestoßen und seinen Arm abgeschüttelt. Er wollte sie aufhalten, aber Abigail wusste, dass ihm das kein weiteres Mal gelingen würde. Sie wäre bereit gewesen, ihn die Treppe hinunterzustoßen, ihm in den Unterleib zu treten oder ihn so lange zu würgen, bis er blau anliefe. Aber nichts von alledem war erforderlich gewesen. Sir Laurence war von Abigails Gegenwehr so überrascht gewesen, dass sie aus dem Haus stürzen konnte. Jetzt eilte sie über die Gehwege zu dem großen Firmengebäude von Mr Harper, den sie zur Rede stellen wollte.

Sie sah sich um, aber niemand schien ihr zu folgen. Die Menschen betrachteten Abigail irritiert, da ihr die Panik wohl anzusehen war, doch sie vergaßen sie sofort wieder. Um Abigail herum herrschte Gedränge. Elegant gekleidete Herren, Frauen in pastellfarbenen Kleidern, Dienstboten und Geschäftsleute eilten durch die Straßen. Als Abigail endlich das Gebäude erreicht hatte, in dem die Harper-Brüder ihre Geschäftsräume hatten, blieb sie einen Moment vor der Tür stehen, um durchzuatmen, und betrat dann die Eingangshalle.

»Ich muss mit Mr Harper sprechen«, sagte Abigail, sobald sie vor seinem Sekretär stand.

Fünf Minuten später wurde sie von Mr Harper empfangen, der sie überrascht ansah.

»Mr Harper, wie konnten Sie mir das antun?« Abigail konnte nur mit Mühe die Tränen zurückhalten.

»Wovon sprechen Sie?«, fragte Mr Harper.

»Von Sir Laurence«, stieß Abigail hervor. »Er hat meinen Mann umgebracht und mich jahrelang gefangen gehalten.«

Mr Harpers Augenbrauen zogen sich zusammen. »Liebe Mrs Middleton, Lady Mahony, was hat das alles zu bedeuten?«

Abigail sah ihn hilflos an. »Laurence war einer der Gründe dafür, dass Oliver und ich vor sieben Jahren New York verlassen mussten. Er hat mir schon in England nachgestellt und ist in Oregon nicht vor einem Mord zurückgeschreckt, um sein Ziel zu erreichen. Ich musste fliehen, und nun hat er mich gefunden. Sie haben ihm geholfen, ich dachte, ich könnte Ihnen vertrauen.«

Mr Harper schüttelte verwirrt den Kopf. »Ich verstehe die Geschichte nicht, aber glauben Sie mir, dass ich im besten

Wissen gehandelt habe. Sir Laurence hat mich schon vor Wochen aufgesucht und mich gebeten, ihn zu informieren, falls Sie sich mit mir in Verbindung setzen sollten. Als Sie mich besuchten, fiel mir das hinterher wieder ein und ich habe Sir Laurence eine Nachricht geschickt. Daraufhin meldete sich Mrs Parker bei mir und sagte, sie suche eine Kinderfrau für ihren Herrn. Ich habe nicht gewusst, dass Sie Sir Laurence nicht sehen wollen.«

Abigail ließ sich erschöpft in den Stuhl vor Mr Harpers Schreibtisch fallen. Sie schloss die Augen. Am liebsten hätte sie New York sofort verlassen, wäre einfach davongelaufen. Aber sie wusste, dass er sie wieder finden würde.

»Bitte, Mr Harper …« Abigail öffnete die Augen und sah ihn eindringlich an. »Dieser Mann wird sich eine List überlegen, und er ist sehr geschickt darin, Leute für sich einzunehmen. In Oregon hat er zwei Bauarbeiter bestochen, die für ihn gelogen haben. Sogar meine beste Freundin dort hat ihm geglaubt. Bitte trauen Sie ihm nicht, wenn er Ihnen etwas über mich erzählt. Er hat nur eine Absicht: wieder Gewalt über mich zu erlangen.«

»Das hört sich ja sehr abenteuerlich an«, erwiderte Mr Harper skeptisch.

Rosemary begann in ihrem Tragetuch zu quengeln. Abigail schaukelte sie beruhigend hin und her. »Ich sage die Wahrheit. Ich brauche Ihre Hilfe, Mr Harper. Bitte besorgen Sie mir eine Anstellung in einem der Haushalte der Gesellschaft. Aber nicht bei Sir Laurence Lancaster.«

Mr Harper zog die Augenbrauen hoch. »Ich werde sehen, was ich tun kann. Warten Sie im Carlton House Hotel. Ich melde mich bei Ihnen.«

Zurück im Hotel, stillte und wickelte Abigail ihr Baby, das wenig später zufrieden in dem großen Bett einschlief. Abigail stand am Fenster und sah auf den Broadway hinunter. Sie versuchte, ihre Gedanken zu ordnen. Sir Laurence war unerbittlich, sie schaffte es nicht, ihn abzuschütteln. Abigail hoffte, dass er ihr hier in New York, in einer Stadt, in der es Gesetze gab und Polizisten, die für ihre Einhaltung sorgten, nicht gefährlich werden konnte. In Oregon hatte es all das nicht gegeben. Sie musste Laurence, so gut es ging, ignorieren und sich auf ihre Aufgabe konzentrieren, die ihr am Herzen lag. Sobald sie eine Anstellung gefunden hatte, würde sie versuchen, in den Haushalt von Mr Setterwolds zu gelangen, und einen Plan entwickeln, wie sie die Arbeitermadonna an sich bringen konnte.

Einem Impuls folgend, setzte sie sich an den Schreibtisch und schrieb einen Brief an Ebenezer, in dem sie die Ereignisse der letzten Jahre in wenigen Sätzen zusammenfasste, von ihrer Flucht auf dem Schiff berichtete und davon, dass sie wisse, wo sich die Arbeitermadonna befand, die sie versuche zurückzubekommen. Sie unterzeichnete den Brief mit »Abigail Hampton, Lady of Mahony«. Oliver war tot und es gab keinen Grund mehr, sich zu verstecken.

Während der nächsten Wochen blieb Sir Laurence Abigail fern. Mr Harper hielt Wort und brachte sie als Amme bei einer reichen New Yorker Familie unter, die ein großes Haus am Broadway bewohnte. Abigail und Rosemary zogen dort in einem Zimmer unter dem Dach ein. Die Dame des Hauses, Mrs Peterson, hatte gerade ihr erstes Kind bekommen, ein kleines Mädchen namens Annabelle, das sie nun Abigail überließ, deren Aufgabe es war, das Baby zu stillen und zu versorgen. Mr Peterson arbeitete in der Wall Street und verdiente dort anscheinend eine Menge Geld. Abigail bekam einen geringen Lohn, durfte aber umsonst im Haus wohnen und erhielt drei Mahlzeiten am Tag. Es war ihr egal, wie viel Geld sie bekam, sie suchte hauptsächlich nach einer Möglichkeit, Mr Setterwolds kennenzulernen. Das gestaltete sich jedoch schwierig, denn Abigail stellte schnell fest, dass sie zwar in dem Haus der Petersons leben durfte, sich jedoch möglichst unsichtbar machen musste. Wenn Besucher ins Haus kamen, eine Dinnergesellschaft geladen war oder Mrs Peterson anderweitig Besuch empfing, durfte Abigail nicht einmal in die Nähe der unteren Zimmer. Das hatte sie sich im Vorfeld anders vorgestellt.

Doch nun verbrachte sie die Tage im Dachgeschoss oder flanierte mit den beiden Babys, die in einem großen Kinderwagen lagen, über die breiten Bürgersteige des Broadway. Jeden Nachmittag kam Mrs Peterson zu ihr ins Zimmer, um nach ihrer Tochter zu sehen, blieb aber selten länger als eine halbe Stunde.

Am Ende blieb Abigail nichts anderes übrig, als sich auf den Weg in die Five Points zu machen, um Kontakt zu Theo aufzunehmen. Sie fragte sich bis zu dem Jungen durch und fand ihn schließlich in einer dunklen Spelunke. In diesem Moment ärgerte sie sich, das Angebot der Köchin im Haushalt der Petersons nicht angenommen zu haben, die sich um die Kinder kümmern wollte, bis Abigail zurück war.

»Mrs Middleton!« Theo sprang von der Holzkiste auf, auf der er gesessen hatte, und strahlte sie an. Er war inzwischen ein junger Mann geworden. Abigail konnte aber noch immer den verzweifelten Jungen in ihm erkennen, den sie und Oliver vor wenigen Jahren in den Five Points vorgefunden hatten.

»Theo, ich brauche deine Hilfe«, kam Abigail ohne Umschweife zum Thema. »Vielleicht können wir an die frische Luft gehen?«

»Na klar«, sagte Theo und führte sie aus der Kellerbar hinauf ins Licht. »Kommen Sie, wir gehen zum Hafen.«

Abigail atmete erleichtert auf, als sie mit den Babys die dunkle und nach Alkohol stinkende Spelunke verlassen konnte. Sie folgte dem jungen Mann durch die schmutzigen Straßen der Stadt, bis sie den Hudson River erreicht hatten. Unzählige Schiffe waren am Pier festgemacht, deren Masten in den Himmel ragten. Abigail beobachtete einige Möwen, die sich auf dem Gehweg um ein Stück weggeworfenes Brot stritten.

»Ich hätte nicht erwartet, Sie noch einmal wiederzusehen«, sagte Theo und sah sie neugierig an. »Sind das Ihre Babys? Wo ist Ihr Mann?«

Abigail berichtete Theo von den Ereignissen der letzten Jahre. Der junge Mann hörte mit wachsendem Entsetzen zu.

»Und dann habe ich diesen Bericht in der Zeitung gelesen, in dem geschrieben stand, dass Sir Laurence hier in New York eine wertvolle Statue an Mr Setterwolds verkauft hat. Diese Statue hat er meiner Familie gestohlen. Ich muss sie unbedingt zurückbekommen«, schloss sie ihren Bericht.

»Haben Sie denn genügend Geld, um die Figur zu kaufen?«, fragte Theo.

»Nein«, sagte Abigail und sah wehmütig auf die Schiffe, die in den Docks lagen. »Ich brauche Hilfe. Denn ich muss diese Figur stehlen. Ich weiß, dass ich mich dadurch strafbar mache, aber der Dieb darf sie nicht behalten. Diese Figur soll die Löhne der Arbeiter in unserer englischen Baumwollfabrik sichern.«

»Und dafür brauchen Sie meine Hilfe?«, fragte Theo.

Abigail nickte. »Dabei habe ich keine Ahnung, wie ich Kontakt zu Mr Setterwolds bekommen kann. Ich weiß nicht einmal, wo er wohnt.«

»Also gut.« Theo lehnte sich an das Geländer des Piers. »Ich werde mich ein wenig umhören. Wo kann ich Sie finden?«

Abigail gab ihm die Adresse der Familie Peterson. Sie verabredeten sich für die nächste Woche, vielleicht hatte Theo bis dahin ja schon brauchbare Informationen.

»Mr Setterwolds wohnt gar nicht weit von hier entfernt«, erklärte Theo Abigail, als sie sich wie verabredet auf dem Broadway trafen. »Dahinten, in dem Haus mit den Löwen vor dem Eingang.«

Abigails Blick wanderte die Straße hinunter. »Gut. Was wissen wir sonst noch?«

»Er ist ledig und ein seltsamer Vogel.« Theo grinste. »Ich habe mich mit einem seiner Hausmädchen angefreundet. Gerda sagt, das Haus sei ein Museum. Alles sehr edel und wertvoll, und er passt höllisch auf, dass niemand was anfasst, außer zum Abstauben.«

»Geht er seinen gesellschaftlichen Verpflichtungen nach?«, fragte Abigail, während sie die Frauen beobachtete, die ihre bunten Frühlingsmäntel auf dem Broadway spazieren trugen.

Theo folgte Abigails Blick. »Ja, er zeigt wohl allen gern seine Kunstgegenstände.«

Abigail und Theo gingen langsam weiter die Straße entlang. Abigail schob den breiten Kinderwagen mit den beiden Babys vor ihnen her.

»Ich muss es irgendwie schaffen, zu einer solchen Gesellschaft eingeladen zu werden«, überlegte sie. »Dann kann ich mir ein besseres Bild machen. Wir brauchen mehr Informationen. Wie wird die Arbeitermadonna gesichert? Wer bewacht sie? Wo bewahrt er sie auf?«

»Ich denke, das ist aussichtslos. Soweit ich Gerda verstanden habe, ist er sehr wählerisch mit seinen Gästen. Da sind nur Politiker und die Reichsten der Reichen geladen.« Theo blieb stehen und sah Abigail nachdenklich an. »Sie wissen, dass ich vor nichts zurückschrecke, aber wenn etwas wenig Erfolg versprechend ist, dann lasse ich die Finger davon. Und in diesem Fall besteht wirklich keine Chance, die Figur zu stehlen.«

Abigail biss sich auf die Unterlippe. Sie betrachtete die Kutschen, die vorüberfuhren. Sie müsste ihren alten Namen Lady Mahony benutzen, um von Mr Setterwolds eingeladen zu werden. Doch auf diese Weise würde sie sofort den Verdacht auf sich ziehen, denn die Lords of Mahony wären schnell mit Sir Laurence Lancaster in Verbindung zu bringen. Vielleicht hatte er Setterwolds ja sogar berichtet, dass die wertvolle Statue von ihnen stammte.

Abigail musste eine andere Möglichkeit finden.

»Wie gut verstehst du dich mit Gerda?«, fragte sie den Jungen.

Theo zuckte mit den Schultern. »Sie ist anstrengend. Ich habe nur so getan, als ob sie mich interessieren würde, um Ihnen zu helfen.«

»Sehr gut, dann mach bitte noch eine Weile so weiter.« Abigail zwinkerte ihm zu. »Was meinst du? Würde sie uns vielleicht helfen?«

»Ich weiß es nicht«, erwiderte Theo. »Das kommt wohl ganz darauf an, was sie für uns tun soll.«

»Also gut«, sagte Abigail und dachte nach.

Da ertönte plötzlich die Stimme eines Mannes hinter ihr.

»Abigail?«

Sie fuhr herum. Auf dem Hafendamm stand Captain Maroon. Als sie den Seemann sah, durchströmte sie sofort ein warmes Gefühl.

»Captain! Was für eine schöne Überraschung. Sie sind noch in New York?« Abigail war inzwischen seit beinahe zwei Monaten in der Stadt und hatte angenommen, die *Golden Star* wäre längst wieder ausgelaufen.

Er lächelte sie an. »Ich musste mich um einiges kümmern.«

Abigail sah ihn forschend an. Aber er redete nicht weiter und sie wollte nicht insistieren. Also lächelte sie und stellte ihm den Jungen vor. Maroon fragte sie, wie es ihr in den letzten Wochen ergangen sei, und sie erzählte ihm von Sir Laurence, der ihr in New York aufgelauert hatte. Auf der langen Überfahrt hatte sie dem Captain in groben Zügen ihre Geschichte anvertraut, auch wenn sie nicht ins Detail gegangen war, und er war jetzt genauso erschrocken wie Abigail, dass Sir Laurence sie schon wieder gefunden hatte.

»Was hält Sie noch hier in dieser Stadt? Können Sie nicht nach England zurückkehren?«, fragte der Captain schließlich.

Abigail errötete. »Ich verfüge leider nicht über die nötigen Mittel, um die Überfahrt bezahlen zu können, und außerdem habe ich hier noch eine wichtige Erledigung zu machen.«

Theo grinste. Von dem Raub der Arbeitermadonna als »wichtige Erledigung« zu sprechen, war tatsächlich ein wenig untertrieben.

Abigail berichtete Maroon von der wertvollen Figur.

Zu dritt schlenderten sie nun den Broadway hinunter.

»Und wir überlegen gerade, wie es mir gelingen könnte, in

Mr Setterwolds' Haushalt zu gelangen, um die Arbeitermadonna zurückzubekommen«, schloss Abigail ihren Bericht.

Captain Maroon strich sich über seinen silbernen Bart. »Ich werde Ihnen natürlich nicht dabei helfen, einen Diebstahl zu begehen. Aber vielleicht kann ich trotzdem etwas für Sie tun.«

Abigail und Theo sahen ihn neugierig an.

»Ich bin mit vielen einflussreichen Leuten in dieser Stadt befreundet«, erklärte der Captain. »Ich werde mich umhören. Bestimmt kennt einer meiner Freunde Mr Setterwolds und kann uns eine Einladung in sein Haus beschaffen.«

Einige Tage später trafen Abigail und Captain Maroon sich auf dem Broadway. Seit sie sich wiederbegegnet waren, hatten sie es sich angewöhnt, jeden Nachmittag gemeinsam spazieren zu gehen. Hier an Land lernte sie den wortkargen Mann auf eine ganz neue Weise kennen. An Bord der *Golden Star* war er stets angespannt und eher mürrisch gewesen, und sie hatten sich kaum einmal länger als fünf Minuten unterhalten. Abigail hatte größtes Verständnis dafür gehabt, schließlich lastete auf See eine gewaltige Verantwortung auf dem Captain. Doch hier in New York stellte er sich nicht nur als ein angenehmer Begleiter auf Abigails Spaziergängen mit den Kindern heraus, sondern auch als ein guter Zuhörer. Abigail erzählte ihm in diesen Tagen ihre gesamte Geschichte. Er fragte viel nach, und sie konnte seinen Reaktionen entnehmen, dass er ebenso erschüttert von Sir Laurence' Grausamkeiten war wie sie selbst.

An diesem Mittag kam er ihr mit ungewöhnlich guter Laune entgegen.

»Ich habe eine Einladung zu Mr Setterwolds erhalten«, sagte er zu Abigail und hielt ihr ein Papier entgegen.

»Oh, wie großartig!«, rief sie freudig und betrachtete die schwarze Karte, die mit goldener Schrift bedruckt war. Der Termin war in drei Tagen. »Handelt es sich um eine Abendeinladung?«

Captain Maroon schüttelte den Kopf. »Er lädt für zwei Uhr am Nachmittag ein. Ich weiß nicht, ob noch weitere Gäste erwartet werden, die Einladung verrät nicht viel.«

Abigail musste ihm recht geben. Auf der Karte waren nur das Datum und die Uhrzeit sorgfältig mit weißer Tinte auf das schwarze Papier geschrieben, dazu der Name ihres Gastgebers in Gold. Nicht einmal eine Adresse war angegeben.

»Abigail.« Captain Maroon war im Begriff, nach ihrem Arm zu fassen, besann sich dann aber offenbar, da sie sich in der Öffentlichkeit und nicht mehr auf der *Golden Star* befanden. »Wir werden dieser Einladung folgen, um uns ein erstes Bild zu machen. Ich verlasse mich darauf, dass Sie sich zu keinerlei kriminellen Handlungen hinreißen lassen.«

Abigail musste lächeln. »Natürlich.« Es war absurd, ihr etwas Derartiges zu unterstellen, und doch lief ihr Plan ja genau darauf hinaus: Sie wollte die Statue entwenden. Wie weit war es mit ihr gekommen, dass sie sich zu einem Diebstahl gezwungen sah?

Wenige Tage später stiegen Abigail und Captain Maroon die breite Treppe zu dem Haus am Broadway hinauf, in dem Mr Setterwolds residierte. Sie betraten eine imposante Eingangshalle, die aus schwarzem Marmor bestand, der mit goldenen Maserungen durchzogen war. Der Boden, die Wände und die Säulen waren alle aus diesem Material gefertigt. Vitrinen standen an den Wänden, in denen filigrane Schmuckstücke, teures Porzellan und exotische Schnitzereien aus

Ebenholz ausgestellt waren. Bodentiefe Fenster sahen auf den Broadway hinaus und schenkten dem Raum helles Licht.

Außer ihnen war niemand anwesend. Der Butler reichte Abigail und Captain Maroon zwei Gläser Champagner und bat sie, sich einen Moment zu gedulden. Sie würden gleich zu Mr Setterwolds gebracht.

Während sie an ihrem Getränk nippten, führte Maroon Abigail zu den Glaskästen.

»Er lässt uns absichtlich warten«, flüsterte der Captain ihr zu.

Abigail starrte auf die goldenen Schatullen, die in der Vitrine lagen. Aber sie war zu aufgeregt und konnte sich nicht darauf konzentrieren. Noch nie hatte sie eine so merkwürdige Einladung erlebt.

»Es scheint, dass außer uns niemand eingeladen wurde«, entgegnete sie leise und sah sich in dem großen Raum um.

Mr Setterwolds schien sich zu verspäten. Die Champagnergläser waren lange geleert, als sich endlich eine goldene Tür am Ende des Raumes öffnete. Abigail und Captain Maroon zögerten. Langsam stiegen sie die drei flachen Stufen bis zu dieser Tür hinauf. Weihrauchgeruch schlug ihnen entgegen, als sie den benachbarten Raum betraten. Es war dämmrig und ihre Augen hatten sich erst nach einem kurzen Moment an die veränderten Lichtverhältnisse gewöhnt. Abigail sah sich um. Sie befanden sich in einer großen Halle. Auch hier waren die Wände und der Boden aus schwarzem Marmor, der von goldenen Maserungen durchzogen war. Große Marmorsäulen stützten die hohe Decke mit dem Kuppeldach, das mit einem gigantischen Fresko versehen war. Abigail erkannte Engel und Elefanten in einem wilden Durcheinander. Verschiedene Galerien erstreckten sich über mehrere Stockwerke des gewaltigen Raumes, und Abigail kam sich plötzlich ganz klein vor. Auch hier befanden sich überall Vitrinen und exotische Pflanzen.

»Da! Sehen Sie!«, flüsterte Captain Maroon und deutete geradeaus zum anderen Ende der Halle.

Abigail folgte seinem Blick. Auf einem Podest stand eine Art goldener Thron, auf dem ein Mann saß. Alles an ihm wirkte rund. Der kahle Kopf glänzte im Schein der Gaslichter. Die dunklen Knopfaugen waren auf sie gerichtet. Langsam schritt Abigail an Maroons Seite durch den hohen Raum.

»Meine lieben Gäste«, schallte ihnen die hohe Stimme des Mannes entgegen. »Wir kennen uns noch nicht persönlich. Aber Sie wurden mir durch Freunde empfohlen, weil Sie ein besonderes Interesse an meinen Kunstsammlungen besitzen.«

»Wir fühlen uns geehrt, dass Sie uns heute Nachmittag empfangen«, antwortete der Captain. Dann stellte er Abigail und sich selbst vor.

Mr Setterwolds nickte, machte aber keine Anstalten, seinen Thron zu verlassen. »Mrs Riley? Sie wurden mir als Lady Mahony angekündigt.«

Abigail zuckte zusammen.

»Wer hat Mrs Riley so genannt?«, fragte Maroon ihren Gastgeber. »Ich selbst habe bei meinen Freunden, die den Kontakt zu Ihnen herstellten, nie diesen Namen erwähnt.«

»Das tut nichts zur Sache.« Setterwolds machte eine wegwerfende Handbewegung, bei der die goldenen Armreifen klimperten, die er am Handgelenk trug. Die Juwelen an seinen Fingern funkelten im Gaslicht. »Sie sind Abigail Hampton, die vierte Lady of Mahony. Sie nennen sich auch Mrs Middleton oder Mrs Riley und sind mit Sir Laurence

Lancaster verheiratet. Sie sind eine Mörderin, Diebin und Betrügerin.«

Abigail erstarrte. »Was … nein! Nichts davon ist wahr.«

»Und heute sind Sie hier, um mir die Arbeitermadonna zu stehlen«, fuhr Setterwolds unbeirrt fort.

Abigail spürte ihren Herzschlag am Hals pulsieren. Ihr Mund war trocken. Sie sah entsetzt zu Captain Maroon. Wieder war Sir Laurence ihr zuvorgekommen. Wo auch immer Abigail hinkam, was auch immer sie unternahm, er war stets vor ihr dort. Würde sie ihm denn nie entkommen können?

»Woher haben Sie diese Informationen?«, fragte Maroon nun ihren Gastgeber.

Setterwolds lachte und entblößte dabei eine Reihe strahlend weißer Zähne. »Von einem gemeinsamen Freund.«

»Sir Laurence!«, stieß Abigail hervor.

»Er wusste, dass Sie sich früher oder später an mich wenden würden«, sagte Mr Setterwolds süffisant und legte seine Fingerspitzen zu einem Dreieck zusammen. »Ich brauchte nur abzuwarten. Ein Freund von Ihnen hat sich an mein Dienstmädchen herangemacht. Ich habe die beiden gewähren lassen und war gespannt, was Sie sich als Nächstes ausdenken würden.«

Abigail stieß die Luft aus, die sie instinktiv angehalten hatte. Sir Laurence schien sie genau berechnen zu können. Es hatte keinen Sinn, ihre Absichten abzustreiten. Mit rauer Stimme sagte sie: »Diese Statue sollte eine Art Versicherung darstellen für unsere Arbeiter in Stockmill. Es gibt regelmäßig Krisen im Baumwollgeschäft, und um in einer solchen Zeit nicht massenhaft Arbeiter entlassen zu müssen, habe ich damals sämtliche Schmuckstücke meiner Familie zu der Arbeitermadonna gießen lassen, um in der Not etwas für die

Armen zu haben. Diese Figur ist unser Vermögen, das Vermögen meiner Familie. Sie haben es gestohlen.«

Setterwolds lachte. »Meine Liebe, das müssen Sie erst einmal beweisen! Alles, was ich sehe, ist, dass Sie einen jungen Mann in meinen Haushalt eingeschleust haben, der sich mit meinem Hausmädchen befreundet hat, und dass Sie selbst gerade dabei sind, den Schatz an sich zu bringen. Meine Theorie ist folgende: Ihnen war klar, dass nach dem Tod Ihres Mannes all diese Kostbarkeiten an den Erben fallen würden – an Ihren Sohn. Um sie nicht zu verlieren, haben Sie die Schmuckstücke in die Statue einarbeiten lassen, in der Hoffnung, dass niemand davon erfahren würde. Es war hinterher leichter, eine Statue zu entwenden, die es offiziell gar nicht gab, als den Schmuck an sich zu nehmen, der natürlich in ganz England als das Familienerbe der Lords of Mahony bekannt war.«

Abigail sah den unsympathischen kleinen Mann eindringlich an. »Ja, das war tatsächlich mein Gedanke. Allerdings hatte ich nicht vor, die wertvolle Figur für mich selbst zu nehmen, sondern – wie ich Ihnen gerade erklärt habe – für unsere Arbeiter. Und mein Sohn, der gegenwärtige Lord of Mahony, dem unser gesamter Besitz gehört, ist darüber informiert. Er war in diesen Prozess involviert.«

Wieder lachte Mr Setterwolds.

»Entschuldigen Sie, Mr Setterwolds«, mischte sich nun Captain Maroon in die Unterhaltung ein. »Was bezwecken Sie mit dieser Einladung? Wenn Sie so viel über Ihre Ladyschaft wissen, muss Ihnen doch klar sein, dass sie die Statue zurückgewinnen möchte. Warum haben Sie uns dann überhaupt hergebeten?«

»Na schön.« Ihr Gastgeber klatschte in die Hände. »Kommen wir zum Grund meiner Einladung. Ich habe Sie auf den Wunsch meines Geschäftspartners hierherkommen lassen.«

»Sie meinen Sir Laurence?«, fragte Abigail, die Übles ahnte.

Mr Setterwolds nickte. »Er macht Ihnen ein Angebot. Sie bekommen die Arbeitermadonna zurück, wenn Sie ihm seine Tochter überlassen.«

»Was?« Abigail sah ihn entsetzt an. »Er will Rosemary?«

Setterwolds grinste. »Dafür wird er die Statue von mir zurückkaufen. Sie soll wieder Ihnen gehören.«

Captain Maroon räusperte sich. »Verzeihung, wie kann sich Sir Laurence diese Statue leisten? Wenn ich Lady Mahony richtig verstanden habe, ist Sir Laurence mittellos und konnte sein Anwesen in Oregon nur mit dem Geld bauen, das die Arbeitermadonna ihm eingebracht hat.«

»Die Finanzen meiner Geschäftspartner gehen mich nichts an«, erwiderte Setterwolds frostig.

»Auch nicht, wenn Sie befürchten müssen, dass Sir Laurence Ihnen die Statue niemals bezahlen kann?«, hakte der Captain nach.

»Sir Laurence Lancaster ist solvent, glauben Sie mir«, sagte Setterwolds. »Schließlich gehört ihm die erfolgreiche Firma AHOR.«

Abigail zog die Augenbrauen zusammen. Sie konnte sich nicht vorstellen, dass ihr Unternehmen inzwischen so viel Geld abwarf, dass er die wertvolle Statue davon bezahlen konnte. Andererseits konnte er sie und Oliver damals auch angelogen haben, als er von seinen finanziellen Schwierigkeiten berichtete.

»Sie können in Ruhe darüber nachdenken«, riss Setterwolds' Stimme sie aus ihren Gedanken. »Die Statue ist hier.

Gut bewacht übrigens. Ich kenne jeden Ihrer Schritte, ein Diebstahl ist also aussichtslos. Aber Sie wissen jetzt, wie Sie an die Figur gelangen können – im Austausch gegen Ihre Tochter Rosemary.«

Kapitel 10

April 1849

»Ebenezer, darf ich dich einen Augenblick sprechen?«, sagte Deborah, die in der Tür zu seinem Arbeitszimmer stand.

Ebenezer sah von seinen Unterlagen auf und betrachtete seine Frau. »Selbstverständlich, komm bitte herein. Möchtest du Tee?«

Deborah schüttelte den Kopf. »Es geht um deinen Bruder und meine Tochter.«

Ebenezer deutete auf die Sitzgruppe neben dem Kamin. Er wartete, bis Deborah sich gesetzt hatte, und nahm dann in dem schweren Ledersessel neben ihr Platz. Sein Blick wanderte zu seinem Geliebten, der noch am Schreibtisch saß. »Setz dich zu uns, Robert.«

Deborah strich sich eine Haarsträhne aus dem Gesicht, die sich aus ihrer aufwendigen Frisur gelöst hatte.

»Hugo hat sich gestern mit Victor Uman getroffen«, sagte sie. »Mary hat sie gesehen. Sie beobachtet deinen Bruder, wann immer es ihr möglich ist. Ich befürchte, sie ist in ihn verliebt.«

»Oh, wir müssen ein Auge auf die beiden haben. Sie ist zwar erst vierzehn, aber ausgesprochen attraktiv. Die beiden wissen nicht, dass sie Halbgeschwister sind, und es wäre gut, wenn sie es nie erfahren würden.« Ebenezer rutschte auf die Sesselkante und lehnte sich nach vorn. Er dachte an die hübsche Mary, die Deborah seinem Vater noch vor dessen Tod geboren hatte. »Aber warum hat sich Hugo mit Victor getroffen?«

»Es geht um den Verkauf der Firma«, sagte Deborah besorgt. »Zumindest behauptet das Mary.«

»Hugo hat uns versprochen, dass er zuerst mit Lord Mahony darüber verhandeln wird«, warf Robert entsetzt ein. »Er scheint sich nicht an sein Wort zu halten.«

Ebenezer zog die Augenbrauen zusammen. »Gut, ich werde mit meinem Bruder reden und versuchen, ihn zur Vernunft zu bringen. Ein Verkauf an Uman wäre katastrophal für die Arbeiter.«

»Tu das«, sagte Deborah und stand auf. »Aber ich fürchte, viel Zeit bleibt dir nicht. Sie haben wohl gestern schon über einen Notartermin gesprochen.«

»Meine Güte, Mary scheint ja bestens informiert zu sein.«

Deborah wandte sich zur Tür. »Ich werde sie selbstverständlich zur Rede stellen. Sie muss lernen, die Privatsphäre anderer Menschen zu respektieren.«

»In diesem Fall ist es ja gut, dass sie so indiskret war«, seufzte Ebenezer. »Ich danke dir für diese Nachricht, Deborah.«

Ebenezer wartete, bis seine Frau den Raum verlassen hatte, dann rief er nach Stanton und bat ihn, Hugo zu ihm zu schicken.

Kurze Zeit später betrat sein Bruder das Arbeitszimmer.

»Du hast mit Uman verhandelt, wie ich höre?«, sagte Ebenezer ohne Umschweife.

Hugo sah ihn überrascht an. »Woher weißt du davon? In

diesem Haus kann man wirklich nichts machen, ohne dass die Dienstboten sich das Maul darüber zerreißen. Es wird Zeit, dass ich hier wegkomme.«

»Es waren nicht die Dienstboten, die mir davon erzählt haben. Wieso hast du nicht zuerst mit mir gesprochen? Ich dachte, wir sind uns darüber einig, dass ich das Vorkaufsrecht für die Fabrik habe.«

Hugo zuckte die Schultern. »Victor Uman ist die Fabrik aber sehr wichtig. Er sagt, egal, was du mir bezahlst, er zahlt mehr.«

Ebenezer atmete tief durch. Uman war ein gefährlicher Gegner. Er wollte Hampton's Mill, koste es, was es wolle.

»Das gilt auch für mich«, sagte er rasch. »Ich zahle dir mehr, als Uman jemals zahlen könnte.«

Hugo sah ihn verwirrt an. »Das bedeutet, dass ich den Preis unendlich in die Höhe treiben kann.« Er grinste, als ihm der Sinn seiner Worte bewusst wurde.

»Sei nicht albern«, sagte Ebenezer ungeduldig. »Du weißt genau, dass weder ich noch Victor Uman über unbegrenzte Mittel verfügen.«

Ebenezer ging zum Fenster und sah in den Frühling hinaus. Unten in der Stadt breitete sich die dunkle Wolke aus, die jeden Tag über Stockmill lag.

»Hugo, diese Firma haben unsere Vorfahren gegründet«, fuhr er fort. »Sie war unserem Vater wichtig und auch unserer Mutter. Wie kannst du sie so bedenkenlos unserem schärfsten Konkurrenten anbieten? Er hat doch nur eines im Sinn: Er will sie zerschlagen, in seiner eigenen Fabrik aufgehen lassen und auf diese Weise uneingeschränkte Macht über die Arbeiter erlangen. Uman wird hier in Stockmill dann konkurrenzlos sein und kann sich alles mit ihnen erlauben.«

»Das ist doch nicht mein Problem«, erwiderte Hugo mit einem Schulterzucken. Er trat neben seinen Bruder ans Fenster. »Und ich kann das Geld gut gebrauchen.«

»Ich gebe dir dein verdammtes Geld«, knurrte Ebenezer. »Dann kannst du dir deinen Palast bauen, in der Welt umherreisen und deinem oberflächlichen Leben frönen, ohne jegliche Verantwortung.«

Hugo sah seinen Bruder bedauernd an. »Ich würde dein Angebot ja gern annehmen, aber ich habe Mr Uman schon zugesagt, dass ich die Fabrik an ihn verkaufe. Und ich will mein Versprechen nicht brechen. Daher muss ich dein Angebot leider dankend ablehnen.«

Er schlenderte durch den Raum zur Tür. »Nächsten Samstag haben wir einen Termin mit unseren Anwälten. Dann werden die notwendigen Schritte für den Verkauf eingeleitet.«

»Nein!«, schrie Ebenezer ihm nach. »Das kannst du nicht tun.«

Hugo hob nur schwach die Hand, ohne sich umzudrehen, und verließ dann das Arbeitszimmer.

Ebenezer und Robert starrten ihm entsetzt hinterher.

Dann ließ sich Ebenezer in einen der Sessel fallen. Er verbarg sein Gesicht in den Händen. Das war das Ende von Hampton's Mill. Seine Familie würde das Schicksal der Arbeiter schon bald nicht mehr beeinflussen können. Dabei hätte er Hugos Preis sicher ohnehin nicht zahlen können, denn sein eigenes Vermögen war begrenzt. Und die Arbeitermadonna blieb verschwunden. Er hatte sich vor einigen Tagen an den Juwelier gewandt und ihn um eine schriftliche Versicherung gebeten, dass er diese Figur aus dem Familienschatz der Lords of Mahony angefertigt habe, aber Mr Scott hatte sich gewunden und schließlich geweigert, ein solches Schriftstück zu unterzeichnen. Ebenezer war klar, dass Victor Uman dahinterstecken musste. Er hatte vermutlich nicht nur die Figur damals entwenden lassen, sondern auch den Juwelier bestochen, niemals zu bezeugen, dass der kostbare Schatz ursprünglich aus den Schmuckstücken Hampton Halls bestand.

»Wo ist das Testament Ihres Vaters?«, drang Roberts Stimme plötzlich in seine Gedanken.

Ebenezer sah auf. Dann zuckte er mit den Schultern. »Ich vermute, dass es bei Walter Lutlow liegt.«

»Ob ich es wohl einmal sehen darf?«, überlegte Robert. »Ich würde es mir gern genauer anschauen.«

»Warum?«, fragte Ebenezer und ging zu seinem Schreibtisch. »Walter hat das Testament gründlich untersucht. Es hat alles seine Richtigkeit.«

Robby lächelte. »Und doch würde ich gern einen Blick darauf werfen. Ich habe in den letzten Jahren so viele Dokumente mit der Handschrift Ihres Vaters gesehen, dass ich genau erkennen kann, ob es auch wirklich von ihm verfasst wurde. Vermutlich stellt sich heraus, dass das Testament eindeutig von Ihrem Vater stammt. Aber wir sollten auf jeden Fall sichergehen.«

Ebenezer griff nach Papier und Tinte.

»Warum nicht?«, sagte er. »Wir sollten keine Möglichkeit außer Acht lassen. Ich schreibe Walter und lade ihn zum Dinner morgen Abend ein. Er soll das Testament mitbringen.«

Der Regen prasselte gegen die Fensterscheiben, das Feuer im Kamin knisterte, und Öllampen und Kerzen tauchten Ebenezers Arbeitszimmer in dämmriges Licht.

»Das Essen war köstlich«, stellte Lord Lutlow fest und steckte sich die Zigarre an, die Ebenezer ihm gereicht hatte.

Hugo nickte und sah dann zu seinem Bruder. »Aber nun sag uns doch bitte, warum du Walter gebeten hast, das Testament unseres Vaters mitzubringen.«

»Da du gravierende Änderungen mit unserem Familienbetrieb vorhast«, erklärte Ebenezer mit ruhiger Stimme, »möchte ich mich noch einmal vergewissern, dass auch alles mit rechten Dingen zugeht.«

»Warum sollte es anders sein?« Hugo zog die Schultern hoch. »Und muss *er* dabei sein?« Er deutete auf Robert, der abwartend in der Ecke des Zimmers stand. »Schließlich sind das Familienangelegenheiten, und die gehen ihn nichts an.«

»Falsch«, entgegnete Ebenezer. »Als mein Sekretär und Assistent hat Robert die Aufgabe, alles gewissenhaft zu überprüfen. Und jetzt, da du angekündigt hast, Hampton's Mill verkaufen zu wollen …«

»Wie bitte?« Lord Lutlow sah auf. »Davon weiß ich ja noch gar nichts.«

Ebenezer seufzte und setzte den Richter von den Plänen seines Bruders in Kenntnis.

Walter sah Hugo empört an. »Wie kannst du auch nur darüber nachdenken, die Fabrik an Victor zu verkaufen? Er ist seit Jahren hinter ihr her und möchte sich damit nur selbst bereichern. Das wird den Arbeitern schaden, für die du die Verantwortung trägst.«

»Das habe ich ihm auch schon versucht zu erklären«, sagte Ebenezer grimmig. »Aber leider interessiert es ihn nicht.«

»Genau«, erwiderte Hugo und grinste. »Ich habe keine Lust, mich mit der Fabrik herumzuschlagen. Ich will leben, reisen, Hugo Hall bauen und Bälle veranstalten. Ich will mich nicht um die Arbeiter kümmern müssen, um ihre Wünsche und Sorgen. Sie stellen heutzutage immer mehr Forderungen! Es bilden sich Zusammenschlüsse, die gegen die Fabrikanten vorgehen. Ha! Was für ein Unsinn! Damit will ich mich gar nicht befassen. Das ist nichts für mich.«

»Wie undankbar und verantwortungslos«, sagte Ebenezer und funkelte seinen Bruder zornig an. »Selbstverständlich haben die Arbeiter ein Recht darauf, sich zu organisieren. Sonst haben sie doch überhaupt keine Möglichkeit, gegen Ausbeuter wie Uman vorzugehen.«

»Ich schlage vor, wir sehen uns das Testament jetzt doch einmal an«, unterbrach Walter den Streit zwischen den beiden Brüdern. »Auch wenn ich befürchte, dass wir nichts Überraschendes daran feststellen werden.«

Er zog das Dokument aus der Ledermappe, die er bei sich trug, und breitete es auf dem Tisch aus.

Robert beugte sich als Erster darüber und studierte das Schriftstück. Hugo hatte sich auf einen der Stühle fallen lassen und rauchte schweigend seine Zigarre.

»Eure Lordschaft«, rief Robert plötzlich und winkte Ebenezer und Walter aufgeregt zu sich. »Dieses Testament wurde nicht von Lord Anthony Mahony unterschrieben.«

»So ein Unsinn!«, rief Hugo. »Das ist nur ein Trick, ein ganz mieses Komplott.«

»Einen Moment, Hugo.« Walter Lutlow erhob sich von seinem Stuhl und ging um Ebenezers Schreibtisch herum.

»Hier habe ich die Dokumente, mit denen der Bau von Abigail's Place in Auftrag gegeben wurde«, sagte Robert und holte ein paar Schriftstücke hervor, die er offenbar zum Vergleich bereits herausgesucht hatte. »Betrachten Sie die Großbuchstaben. Sie sind anders geschrieben.«

Der Richter studierte die Dokumente einen Moment lang gründlich. Dann richtete er sich auf. »Seltsam. Sie haben recht. Aber ich habe das Testament doch vor einiger Zeit, als es so plötzlich aufgetaucht ist, genaustens überprüft. Die abweichende Unterschrift hätte mir damals schon auffallen müssen.«

»Eben«, rief Hugo. »Das ist ein billiger Trick. Ich weiß nicht, wie sie es gemacht haben, aber Ebenezer will um jeden Preis verhindern, dass ich die Fabrik an Victor Uman verkaufe. Deshalb hat er die Unterschrift meines Vaters gefälscht.«

Ebenezer zog die Augenbrauen zusammen. »In seinen letzten Lebensjahren hat unsere Mutter sämtliche Schriftstücke für unseren Vater unterzeichnet. Die Unterschrift hier scheint von Abigail zu stammen«, überlegte er laut.

»Aber warum sollte sie das Testament gefälscht haben?«, fragte Lord Lutlow und begann im Esszimmer auf und ab zu gehen.

Ebenezer hob die Schultern. »Ich weiß es nicht. Vielleicht wurde sie dazu gezwungen?«

»Mutter ist tot!«, schrie Hugo und seine Augen sprühten vor Zorn. »Das Testament stammt von Vater, das ist doch eindeutig.«

»Hugo, ich weiß, dass du Hampton's Mill so schnell wie möglich verkaufen möchtest«, erwiderte Lord Lutlow ungerührt. »Aber das kann ich im Augenblick nicht zulassen. Zuerst muss ich das Testament noch einmal überprüfen.« Lord Lutlow rollte die Dokumente zusammen. »Die nehme ich mit.«

»Was soll das denn für ein Unsinn sein?«, sagte Hugo und starrte den Richter böse an. »Es ist mir egal, ob du das erlaubst oder nicht. Hampton's Mill ist meine Fabrik und ich werde sie am Samstag an Uman verkaufen.«

Walter seufzte. »Dann lässt du mir keine andere Wahl. Ich werde das Testament öffentlich anzweifeln, sodass dir die Hände gebunden sind, bis darüber entschieden wurde.«

Hugo sah Walter einen Augenblick lang sprachlos an. Dann wandte er sich an seinen Bruder.

»Das werde ich dir heimzahlen, Ebenezer. Ich schwöre dir, dass ich Hampton's Mill an Victor verkaufen werde. Du kannst versuchen, mir Steine in den Weg zu legen, aber du wirst es nicht verhindern.« Hugo war knallrot geworden und starrte seinen Bruder feindselig an. »Und vergiss nicht, du bist angreifbar. Dein Lebenswandel entspricht nicht dem eines gottesfürchtigen, ehrbaren Gentleman. Ich werde nicht davor zurückschrecken, deine Unzucht zur Anzeige zu bringen.«

Ebenezer schluckte. Dann atmete er tief durch. »Tu, was du für richtig hältst. Ich stehe zu meinem Leben und zu allem, was ich liebe.«

»Bitte, Eure Lordschaft«, sagte Robby, der vorgetreten war. Sein Gesicht war blass, die Augen waren geweitet. »Ich beschwöre Sie …«

»Halt den Mund!«, fuhr Hugo ihn an. »Die Entscheidung liegt bei Ebenezer. Wenn er es wagt, das Testament anzufechten, werde ich euch zwei als das entlarven, was ihr in Wahrheit seid. Und dann sind eure Tage gezählt.«

»Oh, Hugo!«, sagte Ebenezer bitter. »Können wir denn nicht in Ruhe über alles sprechen? Warum bist du so starrsinnig?«

»Nein, nicht ich bin stur, sondern du. Du willst die Fabrik unbedingt in der Familie behalten und den Arbeitern helfen. Aber warum? Was geht dich das Gesindel aus der Stadt an?«

Ebenezer schüttelte überdrüssig den Kopf. Er hatte oft genug versucht, Hugo zu erklären, dass das Schicksal der Arbeiter auch das Schicksal ihrer Fabrik und ihres Wohlstands war. Es war Zufall, dass sie beide nicht in Armut geboren worden waren, und es war absurd, Geld für überflüssige neu gebaute Paläste zu verschwenden, während Menschen in ihrer Stadt verhungerten. Auch wenn Hugo anderer Auffassung war als Ebenezer, musste das nicht heißen, dass er sich seinen Argumenten so sehr verschloss. Was war geschehen, dass es zu solch einem fürchterlichen Streit zwischen ihnen gekommen war?

»Denkt gut darüber nach, bevor ihr handelt«, sagte Hugo und betrachtete Ebenezer, Robert und Walter mit abschätzigen Blicken. Dann wandte er sich zur Tür und verließ den Raum.

Ebenezer räusperte sich. »Es tut mir sehr leid, Walter, dass du diese Szene mitbekommen musstest.«

Der Richter sah ihn besorgt an. »Ebenezer, ich weiß nicht, in welcher Beziehung du zu Robert stehst. Aber wenn die Andeutungen deines Bruders stimmen, müsst ihr euch vorsehen.«

»Das weiß ich«, antwortete Ebenezer, dem das Abendessen plötzlich schwer im Magen lag. »Aber ich lasse mich nicht erpressen. Kümmere dich bitte um das Testament.«

Walter nickte. »Ich werde es mir genau ansehen und mich dann bei euch melden.«

Kapitel 11

April 1849

»Was werden Sie jetzt tun?«, fragte Captain Maroon, der neben Abigail den Broadway entlangspazierte.

Sie sah ihn an und zuckte mit den Schultern, ehe sie antwortete. »Ich kann Sir Laurence meine Tochter nicht geben. Ich könnte keinen Menschen an ihn ausliefern. Er ist ein Monster, er ist brutal. Und auch wenn Rosemary durch Gewalt entstanden ist, liebe ich sie und würde sie niemals gegen die Arbeitermadonna eintauschen wollen.«

»Und was ist mit Ihrem Sohn William? Er ist noch bei Ihrem Peiniger, nicht wahr?«, fragte Captain Maroon.

Abigail presste die Lippen zusammen. Sie fühlte sich schuldig. Sie hatte den kleinen Jungen gehasst, als er auf die Welt gekommen war. Zu diesem Zeitpunkt war Abigail noch in Sir Laurence' Gefangenschaft gewesen und der Mord an Oliver nicht lange her. Sie wusste, dass es unverantwortlich von ihr gewesen war, den Jungen bei Lancaster zu lassen, und doch sah sie jetzt keine Möglichkeit mehr, das Kind an sich zu bringen und dadurch zu retten.

»Es war eine schreckliche Situation«, gestand Abigail schließlich. »Sir Laurence hat in Oregon einfach behauptet, dass er mit mir verheiratet sei, was gar nicht stimmt. Es gibt selbstverständlich keine Unterlagen darüber. Und doch haben ihm alle Menschen geglaubt. Sogar meine Freunde. Als William auf die Welt kam, war er also dem Gesetz nach gar nicht sein Sohn. Und ich weiß nicht, wie er heute rechtfertigt, dass der Junge bei ihm lebt. Vermutlich wird es nie kontrolliert. Aber auch ich kann nicht beweisen, dass William mein Kind ist, denn ich habe keine Geburtsurkunde oder andere Dokumente, die das belegen würden.«

Sie wichen einem Pferdekarren aus, der mitten auf dem Gehweg gehalten hatte.

»Als Frau haben Sie sowieso kein Recht darauf, Ihre Kinder zu behalten, wenn Sie sich von Ihrem Mann trennen«, fuhr Captain Maroon fort.

»Nein«, sagte Abigail traurig und umklammerte den Griff des Kinderwagens fester, in dem die beiden Mädchen lagen. »Aber Sir Laurence kann auch nicht nachweisen, dass Rosemary seine Tochter ist.«

»Es sieht also ganz danach aus, als läge das Los des kleinen Mädchens in Ihrer Hand«, stellte Maroon fest.

»Und auch das der Arbeiter«, ergänzte Abigail. »Ich werde meine Tochter nicht opfern. Selbst wenn ich dadurch das Schicksal so vieler armer Menschen besiegle.«

Captain Maroon nickte und betrachtete lächelnd die Babys im Kinderwagen.

In diesem Moment legte sich ein Schatten auf die Kinder. Abigail sah erschrocken auf.

»Verzeihung, Ma'am …« Inspektor Firelli trat auf Abigail zu und verneigte sich.

»Oh.« Abigail blieb überrascht stehen. Sie hatte den Polizisten vor sieben Jahren kennengelernt, als sie und Oliver zum ersten Mal in die Five Points gegangen waren. »Inspektor! Wie schön, Sie wiederzusehen. Das ist Captain Maroon«, stellte sie ihren Begleiter vor.

Die Männer nickten sich zu.

»Ist das Ihre Tochter?«, fragte der Polizist und deutete auf den Kinderwagen.

Abigail betrachtete ihn skeptisch. Plötzlich hatte sie ein ungutes Gefühl, ohne sagen zu können, wo es herrührte.

»Was kann Mrs Middleton für Sie tun, Inspektor?«, fragte Captain Maroon.

Firelli zog ein Dokument aus seinem Rock und reichte es ihm. »Ich bin gezwungen, dieses Kind zu seinem Vormund zu bringen.«

Abigail wurde schwindlig. Sie sog scharf die Luft ein. »Ich bin Rosemarys Vormund, schließlich bin ich ihre Mutter.«

»Das mag sein«, sagte Firelli. »Aber Sie sind eine Frau und somit nicht berechtigt, Entscheidungen im Sinne des Kindes zu treffen.«

Captain Maroon sah den Inspektor mit durchdringendem Blick an.

»Das Mädchen hat sonst niemanden«, sagte er. »Es ist mir neu, dass Mütter, deren Männer gestorben sind, ihre Kinder nicht behalten dürfen. Will die Stadt New York etwa für die Versorgung des Kindes aufkommen?«

»Nicht die Stadt, aber der Vater«, erklärte der Inspektor.

Abigails Herz setzte ein paar Schläge aus. Ihr wurde eiskalt, obwohl sie mitten auf dem Broadway in der wärmenden Frühlingssonne stand. Um sie herum wimmelte es von gut gelaunten Menschen in teurer Kleidung, die freudig einen der ersten warmen Tage des Jahres genossen.

»Das Kind hat keinen Vater mehr«, erwiderte Captain Maroon an Abigails Stelle.

»Falsch«, sagte der Polizist und deutete auf das Dokument in Maroons Hand. »Lesen Sie.«

Der Captain entfaltete das dicke Papier und las es mit gerunzelter Stirn. Dann reichte er das Papier wortlos an Abigail weiter.

Es war eine Urkunde, die eine Hochzeit zwischen ihr, Abigail Riley, und Sir Laurence Lancaster bescheinigte.

Abigail wurde übel. Die Stadt um sie herum begann sich zu drehen. Sie strauchelte und ließ das Stück Papier fallen. Instinktiv tastete sie nach dem Kinderwagen und klammerte sich daran fest. Sie atmete einen Moment lang gegen die Übelkeit an. Als sie sich ein wenig beruhigt hatte, schüttelte sie den Kopf.

»Das ist nicht möglich. Ich habe ihn nie geheiratet. Ich weiß nicht, wie er an dieses Dokument gelangt ist, wen er bestochen oder erpresst hat, damit es ausgestellt wurde. Aber ich habe ihn wirklich niemals geheiratet, und das ist nicht meine Unterschrift.«

»Nun«, der Inspektor bückte sich und hob die Heiratsurkunde vom Bürgersteig auf, »das kann ich leider nicht überprüfen, da mir keine anderen Dokumente von Ihnen vorliegen, mit denen diese Unterschrift zu vergleichen wäre.«

»Ich schwöre Ihnen, dass ich diesen Mann niemals geheiratet habe«, stammelte Abigail, während Tränen in ihr aufstiegen. Gab Lancaster denn niemals Ruhe? Ließ dieses Monster nie von ihr ab?

Hinter Abigail stritten sich zwei Männer, sie nahm es kaum wahr. Kutschen fuhren vorbei, irgendwo bellte ein Hund.

»Ich kenne Sie als Mrs Middleton, aber in Oregon tauchten Sie plötzlich als eine Mrs Riley auf«, fuhr Inspektor Firelli fort. »Sir Laurence Lancaster hingegen hat einen untadeligen Leumund und wandte sich hilfesuchend an die New York City Police. Er hat diese Heiratsurkunde vorgelegt und die Geburtsurkunde Ihres gemeinsamen Sohnes.«

»Aber keine Urkunde der Tochter, nicht wahr?«, fragte Captain Maroon.

Erste Passanten blieben stehen und schauten der Szene neugierig zu.

»Nein«, gestand der Polizist. »Aber das konnte Sir Laurence uns einwandfrei erklären. Er sagte, dass seine Gattin unter einer schweren Nervenerkrankung leide, die von anerkannten Fachärzten bestätigt worden sei.«

»Per Ferndiagnose«, rief Abigail aufgebracht und hielt sich noch immer am Kinderwagen fest. War ihr gerade kalt gewesen, so lief ihr jetzt der Schweiß den Rücken hinunter.

»Und dann ist ihm die nervenkranke Frau weggelaufen, die zu diesem Zeitpunkt bereits schwanger war«, fuhr der Inspektor unbeirrt fort.

Inzwischen hatte sich eine Traube von Menschen um sie herum gebildet, die Abigail mit sensationslüsternen Blicken betrachteten.

»Ich wurde von ihm gefangen gehalten. Er hat mir Gewalt angetan, nachdem er meinen Mann umgebracht hatte.« Jetzt traten Abigail Tränen der Wut in die Augen. »Inspektor Firelli, Sie kennen mich doch. Sie haben mich und meinen Mann Oliver vor sieben Jahren hier getroffen. Das beweist doch meine Worte. Ich war damals nicht mit Sir Laurence verheiratet und ich habe ihn auch danach nie zum Mann genommen.«

Rosemary begann leise zu wimmern.

»Sie haben Ihren Gatten umgebracht, und daraufhin hat sich Sir Laurence Ihrer angenommen.« Inspektor Firelli schien keinerlei Zweifel an der Geschichte zu haben, die Sir Laurence ihm aufgetischt hatte.

Abigail sah Captain Maroon verzweifelt an.

»Nein, Inspektor«, erwiderte Maroon und trat näher an Abigail heran. »Das sind dreiste Lügen dieses Mannes.«

»Sir Laurence ist ein Gentleman«, warf Inspektor Firelli entrüstet ein.

»Das scheint mir nicht so zu sein.« Der Captain legte Abigail seine Hand auf die Schulter. Es war eine intime Geste, die ihr in diesem Moment ein wenig Trost spendete. »Sir Laurence ist vielleicht der Herkunft nach ein Gentleman, aber er verhält sich nicht wie einer. Er hat meiner Freundin Lady Mahony schon in England nachgestellt, sodass sie fliehen musste, und hier hat er sie wieder aufgespürt und bis in den Westen verfolgt. Glauben Sie mir, ich habe die Lady kurz nach ihrer Flucht kennengelernt und die Angst erkannt, die dieser Mann ihr einflößt. Wir haben an Bord meines Schiffes viele Stunden zusammen verbracht und mir ist keinerlei Nervenerkrankung an ihr aufgefallen.«

»Aber Sie sind nicht der Vater des Kindes, oder?«, fragte Inspektor Firelli beinahe gelangweilt.

Der Captain schüttelte den Kopf.

»Gut, dann sagen Sie mir, woher dieses Kind stammt«, sagte der Inspektor und deutete auf den Kinderwagen.

Der gesamte Broadway schien den Atem anzuhalten. Abigail spürte die Blicke der Schaulustigen auf sich.

»Sir Laurence ist der Vater, aber er hat … er hat mir Gewalt angetan«, flüsterte Abigail und glaubte, vor Scham zu sterben. Mit den beiden Männern und vor den Passanten über diese Gräueltaten sprechen zu müssen fiel ihr unsagbar schwer.

»Dann gehört dieses Kind hier Sir Laurence«, stellte der Polizist fest, offenbar zufrieden, die Sache geklärt zu haben.

»Nein!«, rief Abigail. Die Angst raubte ihr beinahe den Atem. »Er darf sie nicht bekommen, er ist brutal und gewalttätig. Er ist krank, nicht ich. Meine Tochter würde schrecklich leiden müssen. Sie darf nicht in Sir Laurence' Hände geraten.«

»Es tut mir leid«, sagte Inspektor Firelli und zog eine Trillerpfeife aus seiner Tasche, in die er jetzt blies. Abigail zuckte zusammen, als der kurze, schrille Ton erklang. Dann fuhr der Inspektor fort: »Aber Sie kennen das Gesetz genau wie ich, nehme ich an. Und ein Kind gehört immer dem Vater, egal wie die Umstände sind.«

Um sie herum erhob sich zustimmendes Gemurmel.

Captain Maroon runzelte die Stirn. »Auch wenn bekannt ist, dass das Kind bei der Mutter besser aufgehoben ist?«

»Auch dann«, sagte der Inspektor und sah sich suchend um, ehe er erneut in seine Pfeife blies. »Und außerdem wissen wir nicht, ob das Kind es bei der Mutter tatsächlich besser hätte als bei Sir Laurence. Diese Frau hier hat so viele unterschiedliche Namen benutzt, wie ich Krawatten im Schrank hängen habe. Niemand kann wissen, wer sie in Wirklichkeit ist und warum sie aus England geflohen ist, falls das überhaupt stimmt.«

In diesem Moment kamen zwei Polizisten den breiten Bürgersteig entlanggelaufen. Als sie die Menschenmenge um den Inspektor sahen, blieben sie sofort stehen.

»Nehmt das Kind mit«, wies der Polizist die beiden Uniformierten an und deutete in Abigails Richtung.

»Nein!« Abigail klammerte sich an den Kinderwagen, an dem sich die Polizisten bereits zu schaffen machten.

»Es sind zwei, Sir«, entgegnete einer der beiden verblüfft.

»So?« Der Inspektor sah zum ersten Mal genauer in den Kinderwagen. »Merkwürdig. Sir Laurence hat von einem einzigen Kind gesprochen.«

»Lady Mahony arbeitet als Amme, das ist das Baby, das sie betreut«, klärte Maroon die Polizisten auf.

»Und welches ist das Kind von Sir Laurence Lancaster?«, fragte Inspektor Firelli.

Abigail stürzte sich auf ihre Tochter und hob sie aus dem Wagen. Verzweifelt drückte sie den Säugling an sich. Sie küsste das kleine Köpfchen, und Tränen fielen auf seinen weichen Flaum.

»Ich bitte Sie«, wimmerte Abigail. »Das ist mein Kind. Ich kann es nicht abgeben.«

Die Polizisten griffen nach Abigails Armen, die sich fest um Rosemary geschlungen hatten. Niemals würde Abigail ihre Tochter hergeben. Aber die Männer waren stärker als sie und nahmen ihr das Baby weg.

Abigail schrie verzweifelt: »Geben Sie mir mein Kind zurück!«

»Bringt es fort«, befahl Firelli seinen Männern, während er Abigail fest am Oberarm packte.

»Lassen Sie mich los!«, fauchte sie.

»Hören Sie, Ma'am.« Firellis Griff tat weh, aber körperliche Schmerzen waren Abigail in diesem Moment gleichgültig. »Wenn Sie sich weiterhin wie eine Wilde aufführen, werde ich Sie einsperren lassen, bis Sie wieder zur Vernunft gekommen sind.«

Inzwischen war die Menschentraube um Abigail, Maroon und die Polizisten größer geworden. Die Schaulustigen beobachteten mit amüsierten Blicken das Geschehen.

»Nein!«, schrie Abigail, als der Polizist mit Rosemary in der Menge verschwand. Sie versuchte, sich von Inspektor Firelli loszureißen, aber sein Griff war zu fest. Irgendwann gab sie auf und ließ sich kraftlos auf den schmutzigen Gehweg sinken.

An die Stunden danach konnte Abigail sich später kaum erinnern. Der Captain brachte sie und die kleine Annabelle zu den Petersons zurück und schickte einen Arzt zu ihr, der Abigail ein Schlafpulver verabreichte. Die nächsten Tage verbrachte sie in einem Dämmerzustand. Als sie wieder wach wurde, hatten die Petersons ein anderes Kindermädchen eingestellt, und Abigail zog ins Carlton House Hotel. Captain Maroon besuchte sie jeden Tag. Ein anderer Arzt kam zu ihr und behandelte Abigails entzündete Brüste, die plötzlich keine kleinen Münder mehr stillen durften.

Abigail schlief den ganzen Tag und die ganze Nacht, und in den wenigen Momenten, die sie bei sich war, zwang Maroon sie, etwas zu essen. Abigail verlor jedes Zeitgefühl. Sie lebte, weil ihr Herz weiterschlug. Doch in ihrer Seele herrschte finstere Nacht.

Erst Tage später trat Abigail zum ersten Mal wieder auf die Straße. Sie selbst hätte diesen Schritt nicht getan, es war Captain Maroon, der sie sanft, aber mit Nachdruck dazu brachte, ihre Lethargie aufzugeben. Mit weichen Beinen stützte Abigail sich auf den Captain, der sie auf den sonnigen Broadway führte. Abigail fühlte sich innerlich wund, leer geweint, sämtlicher Gefühle beraubt. Sie vermisste Rosemary so sehr, es war, als hätte Inspektor Firelli einen Teil von ihr selbst mitgenommen.

»Abigail, ich weiß, dass der Verlust, den Sie erlitten haben, unbeschreiblich ist. Ich kann nicht einmal erahnen, was Sie durchmachen«, begann Captain Maroon und betrachtete sie besorgt von der Seite, während sie langsam den Bürgersteig entlanggingen.

Abigail nickte nur.

»Ich habe versucht, noch einmal mit Mr Setterwolds zu sprechen. Schließlich hatte er versprochen, die Arbeitermadonna im Tausch gegen Ihre Tochter herauszugeben«, sagte der Seemann vorsichtig.

Abigail bohrte die Fingernägel so fest in ihre Handballen, dass es schmerzte.

»Auch wenn Sie Rosemary nicht freiwillig hergegeben haben«, fuhr er fort, »habe ich die Arbeitermadonna von ihm gefordert.« Captain Maroon starrte finster geradeaus. »Aber er hat mich nur ausgelacht.«

Darüber wunderte Abigail sich nicht. Warum sollte jetzt noch irgendwer etwas bezahlen? Sir Laurence hatte, was er wollte, und Mr Setterwolds ebenfalls. Abigail wollte sich nicht vorstellen, was Rosemary in Oregon erwartete.

»Diese Statue ist mir gleichgültig«, flüsterte sie. Alles war unwichtig geworden. Sie hatte keine Kraft mehr zu kämpfen.

»Vertrauen Sie uns. Wir werden uns um die Arbeitermadonna kümmern.« Captain Maroon streichelte sanft Abigails Arm, der immer noch in seinem lag. »Theo und seine Freunde haben einen Plan ausgeheckt.«

»So?« Abigail sah nun doch interessiert auf.

Der Captain zwinkerte ihr zu. »Er wird es Ihnen selbst erzählen. Da vorn wartet er schon auf uns.«

Und tatsächlich stand Theo nicht weit von ihnen entfernt

an eine Mauer gelehnt und schien bereits auf sie gewartet zu haben. Als er sie kommen sah, tippte er sich an seine Mütze.

»Mrs Middleton, ich hab versucht, Ihr Mädchen zurückzuholen. Aber sie haben sie so gut bewacht, dass ich nicht rankam. Und letzte Woche ist Sir Laurence mit ihr nach Oregon aufgebrochen.«

Abigail traten Tränen in die Augen. Sie atmete tief durch. Dann versuchte sie, Theo anzulächeln, was ihr jedoch nicht gelang.

»Lasst uns über die Arbeitermadonna sprechen«, wechselte der Captain rasch das Thema und führte sie in eine kleine Nebengasse.

Theo nickte. Er redete mit leiser Stimme, sodass Abigail sich anstrengen musste, um ihn zu verstehen.

»Ich habe die Pläne bekommen, und heute Nacht klettern wir hinunter.«

»Sehr gut, Theo«, sagte der Captain lächelnd. Dann wandte er sich an Abigail. Auch er sprach leise und in einem verschwörerischen Tonfall. »Theo glaubt, dass man durch die Abwasserkanäle direkt unter Setterwolds' Haus gelangen kann.« Dann drehte er sich wieder zu dem Jungen. »Und wie wollt ihr in die Villa hineinkommen?«

»Durch ein Abwasserrohr. Ich hatte zuerst an das Wasserklosett gedacht. Mr Setterwolds hat einen eigenen Abort im Haus. Aber das Rohr ist leider zu schmal. Allerdings führt es in einen Hauptabwasserkanal, durch den sämtliche Gewässer des Hauses in die Kanalisation geleitet werden. Der ist breiter.« Der Junge grinste, dann wurde er wieder ernst. »Das Problem ist, dass wir nicht genau wissen, wo er die Arbeitermadonna aufbewahrt. Wir müssen uns also im gesamten Haus umsehen, bis wir sie gefunden haben.«

Einen Moment hielten sie inne, als zwei Postboten mit großen Paketen an ihnen vorbeigingen.

»Das ist heikel«, sagte der Captain, als die Gasse wieder leer war, und betrachtete Theo nachdenklich. »Ihr könntet schnell dabei entdeckt werden, und was dann geschieht, ist klar.«

»Wir wandern ins Gefängnis«, stellte der Junge nüchtern fest. »Aber wir haben nicht vor, uns erwischen zu lassen.«

»Ich hoffe, es geht alles gut«, seufzte der Captain.

»Mrs Middleton«, Theo sprach sie noch immer mit dem Namen an, unter dem er sie kennengelernt hatte. »Können Sie mir noch einmal den Zeitungsbericht mit dem Foto zeigen, den Sie aus Oregon mitgebracht haben? In Mr Setterwolds' Haus wimmelt es sicher von wertvollen Figuren und Statuen. Ich möchte sichergehen, dass wir auch die richtige mitnehmen.«

Abigail blieb stehen. Dann schüttelte sie den Kopf. »Ich werde mitkommen, Theo.«

»Nein, Abigail, das ist zu gefährlich«, warf der Captain ein.

»Es ist meine Statue, und deshalb bin ich diejenige, die sie zurückholen muss. Ich bin sehr dankbar für die Hilfe, die ich sicher auch benötigen werde, aber ich kann nicht tatenlos im Carlton House Hotel sitzen und warten, während andere sich für mich in Gefahr begeben.« Abigail sah Captain Maroon mit festem Blick an. »Ich werde mich nicht davon abhalten lassen.«

»Aber sie werden als Erstes bei Ihnen nach der Statue suchen, Mrs Middleton«, gab Theo zu bedenken.

»Dann muss ich mich schnellstens damit auf den Weg nach England machen«, überlegte Abigail.

»Sie wollen sie selbst nach Europa bringen?«, fragte der Captain erstaunt.

Abigail nickte. »Hier hält mich nichts mehr. Oliver ist tot, meine Tochter wurde mir genommen. Ich werde sie niemals zurückbekommen, wenn ich mich nicht wieder diesem Monster ausliefere. Und auch damit würde ich sie nicht retten. Aber ich kann das Schicksal Hunderter Arbeiter beeinflussen, indem ich diese Statue meinem Sohn Ebenezer übergebe.«

»Wie wollen Sie nach England gelangen?«, fragte Maroon und sah sie nachdenklich an.

Abigail zuckte mit den Schultern. »Ich werde vermutlich unter falschem Namen eine Kabine auf einem Dampfschiff buchen. Mithilfe der Statue werde ich sie bezahlen können. Ich werde einen der Edelsteine lösen und …«

»Brauchen Sie dafür keine Papiere?«, unterbrach Theo sie.

»Die werde ich mir irgendwie besorgen. Kennst du vielleicht jemanden, der Papiere fälschen kann?«, wandte sie sich an den Jungen.

Theo nickte und wollte gerade antworten, als der Captain ihn mit einer Handbewegung zum Schweigen brachte. »Ich habe noch keine neue Route. Was halten Sie davon, wenn ich einen Auftrag annehme, der die *Golden Star* nach Liverpool führt?«

Abigail sah ihn überrascht an. »Das würden Sie tun?«

Er lächelte sie an. »Ich kann Sie doch nicht mit einem fremden Schiff fahren lassen. Noch dazu mit so wertvollem Gepäck.«

»Danke«, flüsterte Abigail, überwältigt von dem Beweis seiner Freundschaft, den er ihr damit gab.

»Aber das bedeutet, dass ihr noch ein wenig warten solltet, ehe ihr in Setterwolds' Haus einsteigt«, sagte der Captain zu Theo. »Ich werde erst alles klären, eine Mannschaft zusammenstellen, und dann muss der Diebstahl in der Nacht vor unserem Auslaufen stattfinden.«

»Dann warten Sie am besten noch, bis Mr Setterwolds in die Berge reist«, sagte Theo. »Das Hausmädchen hat mir erzählt, dass er jeden Sommer dorthin fährt, um der Hitze der Stadt zu entkommen.«

»Abgemacht«, sagte Abigail und nickte. Sie war plötzlich ganz begeistert von der Idee.

Juni 1849

Captain Maroon eilte neben Abigail durch die nächtlichen Straßen New Yorks. Inzwischen hatte Maroon mit seiner Reederei gesprochen und vereinbart, dass die nächste Fahrt der *Golden Star* nach Liverpool gehen würde. Mr Setterwolds war in die Sommerfrische abgereist und sein New Yorker Stadthaus wurde nur noch von einigen Dienstboten bewohnt. Allerdings schien er nicht vergessen zu haben, dass Abigail noch in der Stadt war und es auf seine Figur abgesehen hatte. Sein Haus wurde von allen Seiten von Wachmännern bewacht. Von außen konnte man also definitiv nicht hineinkommen, umso mehr hofften sie, dass Theos Weg durch die Kanalisation tatsächlich bis zu Setterwolds' Haus führte und dass der Millionär nicht auch diesen Zugang versperrt hatte.

Abigail, die ein schwarzes Hemd und schwarze Männerhosen trug, huschte hinter Theo und seinen Kumpanen über den Gehweg. Die Kleidung hatte ihr der Junge besorgt, nachdem sie erneut darauf bestanden hatte, sie zu begleiten. Mit ihren eigenen unpraktischen Röcken wäre der Weg durch die Kanalisation viel zu unbequem für sie geworden. Abigail wunderte sich über das angenehme Gefühl der Hose an ihren Beinen. Sie fühlte sich zwar sehr ungewohnt an, aber auch deutlich lockerer.

»Abigail, bitte überlegen Sie es sich noch einmal, ob Sie uns wirklich begleiten möchten«, flüsterte Captain Maroon mit eindringlicher Stimme.

Sie schüttelte den Kopf, während sie in die Canal Street einbogen. »Ich muss es tun. Schließlich steht für mich nichts mehr auf dem Spiel. Es ist mir gleichgültig, ob ich lebe oder sterbe. Aber ich muss für die Arbeiter kämpfen, deren Schicksal seit Jahrzehnten vom Wohlwollen meiner Familie abhängt. Mein Entschluss steht fest.«

Sie hatte ihr weniges Hab und Gut schon auf die *Golden Star* gebracht, die bereit zum Auslaufen im New Yorker Hafen lag. In der Kabine des Captains hatte sie sich umgezogen.

Maroon öffnete den Mund, vermutlich um weitere Argumente anzuführen, schloss ihn jedoch, als Theo langsamer wurde und sich verstohlen umsah. Es war bereits finstere Nacht und Abigail konnte die Gestalten der Jugendlichen vor ihnen kaum ausmachen. Ein schabendes Geräusch ertönte und sie spürte Theos Griff an ihrem Arm.

»Mrs Middleton, hier ist der Eingang zur Kanalisation. Es stinkt bestialisch. Vielleicht wollen Sie doch lieber hier warten und achtgeben, dass niemand kommt?«, hörte sie seine Stimme. »Das wäre sehr hilfreich für uns.«

»Nein«, fuhr sie ihn an und im selben Moment tat es ihr leid. »Entschuldige, Theo, aber ich habe es satt, dass mich alle wie ein unnützes Stück Holz behandeln. Ich habe gesagt, dass ich mitkomme, also werde ich es auch tun. Und jetzt lasst uns die Sache endlich erledigen.«

Theo nickte und deutete auf die Öffnung, die sich hinter

einer verrosteten Eisentür befand. Abigail musste schon oft daran vorbeigelaufen sein, ohne sie jemals entdeckt zu haben. Nacheinander kletterten sie eine steile Leiter hinunter. Als Abigail an der Reihe war, klammerte sie sich mit zitternden Händen an den Streben fest. Sprosse für Sprosse stieg sie in die Dunkelheit hinab. Das rostige Eisen der Leiter schnitt ihr in die Handflächen. Vorsichtig sah sie sich um. Sie befanden sich in einem Rohr mit einem Durchmesser von weniger als einem Meter, das unendlich tief hinunterzuführen schien. Feuchtigkeit umfing sie. Wassertropfen fielen in die Tiefe, und als sie unten auftrafen, klang ihr Echo laut in Abigails Ohren. Es roch nach Fäulnis und Rost, doch je weiter sie hinabstiegen, umso mehr mischte sich ein stinkender Kloakengeruch darunter, der alles andere überdeckte.

Abigail unterdrückte ein Würgen. Am liebsten hätte sie sich die Nase zugehalten, aber sie brauchte beide Hände, um sich an der Leiter festzuklammern.

Es wurde immer dunkler. Hatte in der Canal Street das schwache Licht der Gaslaternen noch für etwas Helligkeit gesorgt, war die Finsternis hier unten undurchdringlich. Der Gestank wurde immer schlimmer und Übelkeit stieg in Abigail auf. Wenn sie nur daran gedacht hätte, sich ein Tuch um Mund und Nase zu wickeln!

»Alles in Ordnung?«, hörte sie Captain Maroons Stimme auf der Leiter über sich.

»Ja«, keuchte sie und unterdrückte den Würgereiz.

In diesem Moment zuckte ein Lichtstrahl auf. Abigail hielt inne und sah nach unten. Anscheinend hatten die Jungen das Ende des Abstiegs erreicht, und Theo entzündete gerade die Fackeln, die sie sich mit Stofffetzen auf ihren Rücken festgebunden hatten. Abigail beeilte sich mit den letzten Sprossen und presste die Lippen aufeinander, als sie endlich unten angekommen war. Hier war der Gestank kaum mehr auszuhalten.

Captain Maroon trat neben sie und Abigail folgte seinem Blick. Sie waren an einem Knotenpunkt des unterirdischen Kanalsystems gelandet. Sternförmig führten lange Gänge in den Untergrund New Yorks.

»Wo ist das Abwasser?«, fragte Abigail, während sie auf die feuchten Steine zu ihren Füßen sah. »Ich dachte, wir stünden jetzt knöcheltief im Dreck.«

»Das ist ein Stück tiefer«, sagte Theo und grinste. »Das hier sind die Versorgungswege für die Arbeiter. Schauen Sie, durch die Gitter da vorn kann man noch weiter runter und dort ist der ganze Mist.«

Abigail nickte kurz. Das erklärte auch den Gestank.

Jetzt wandte sich Theo an den Captain. »Haben Sie Ihren Kompass mitgebracht? Wir müssen uns in nordwestlicher Richtung halten. Setterwolds' Haus müsste in der Nähe des nächsten Verteilerpunktes liegen.«

»Warum sind wir dann nicht gleich dort hinuntergestiegen?«, fragte der Seemann, während er seinen Kompass aus der Tasche zog und ins Licht der Fackel hielt. »Der Gestank ist unerträglich.«

»Der Verteilerpunkt ist verschlossen und weithin einsehbar, sodass wir Gefahr gelaufen wären, entdeckt zu werden, wenn wir das Schloss geknackt hätten«, antwortete Theo und studierte die Nadel an dem goldenen Gerät. Dann richtete er sich auf und deutete auf einen der Gänge. »Der müsste es sein. Wir müssen ein ganzes Stück zurücklegen, bis wir zu diesem Knotenpunkt gelangen. Sind alle bereit?«

Die drei Jungen, die er mitgebracht hatte, nickten.

»Also dann«, mischte sich Abigail ungeduldig ein, »lasst uns aufbrechen. Im Morgengrauen müssen wir mit der Arbeitermadonna auf der *Golden Star* sein.«

Kurz darauf setzten sie sich in Bewegung. Die vier Jugendlichen marschierten vorneweg, dann kam Abigail, und der Captain bildete den Schluss der kleinen Prozession. Im Schein der Fackeln hasteten sie den langen Gang entlang, Meter um Meter. Schmatzende Geräusche erfüllten die Stille, als sie durch den Matsch wateten, der stetig zunahm. Abigails Füße wurden nass. Sie zuckte zusammen, als ein Schatten über ihre Zehen huschte. Eine Ratte!

»Oh Mist!«, hörte sie plötzlich Theo vor sich.

Abigail versuchte zu erkennen, warum der Junge angehalten hatte. Aber der Schein der Fackeln war zu schwach. Sie konnte nur die schwachen Umrisse ihrer Begleiter sehen.

»Eine Mauer«, sagte Theo, dessen Stimme von den Wänden widerhallte. »Ich dachte, der Gang führt bis zur Park Avenue.«

»Das tut er auch«, entgegnete sein Freund. »Schau mal dort, die Leiter. Wir müssen durch das Loch da oben, dann kommen wir weiter.«

Abigail folgte mit ihrem Blick dem ausgestreckten Arm des Jungen. Er hatte recht. Einige Meter über ihnen befand sich ein großes, rechteckiges Loch in der Backsteinwand. Eine rostige Eisenleiter führte hinauf. Abigail biss sich nervös auf die Unterlippe, ein Sturz von dort oben würde nicht glimpflich ausgehen, so viel war ihr bewusst.

Unwillkürlich drehten sich die Männer zu Abigail um.

»Mrs Middleton«, sagte Theo und kam durch die Dunkelheit auf sie zu. »Wenn Sie und der Captain vielleicht hier warten wollen?«

»Nein«, Abigails Tonfall ließ keine Widerrede zu, »ich werde mitkommen. Es wird kein Problem für mich sein, durch das Loch da oben zu klettern.«

Der Junge nickte knapp und wandte sich wieder nach vorn. Dann griff er nach der rostigen Leiter, die an der Mauer befestigt war. Flink wie ein Eichhörnchen stieg er die Sprossen hinauf und hechtete durch das Loch.

»Auf der anderen Seite ist auch eine Leiter«, rief er, bevor sein Kopf dahinter verschwand.

Die drei Jungen folgten ihm, und schließlich war Abigail an der Reihe. Captain Maroon reichte ihr seine Hand, um ihr auf die erste Sprosse zu helfen. Einen Moment lang schien es Abigail, als wollte er sie nicht wieder loslassen. Sie wollte ihm gerade noch einmal versichern, dass sie fest entschlossen war, hinaufzuklettern, als er ihre Finger endlich freigab.

Abigail zog sich an dem kalten, feuchten Eisen hoch, bis sie das Loch unter der Decke erreicht hatte. Ihre Hände schmerzten und sie hatte bereits unzählige wunde Stellen und Schnitte von dem scharfkantigen Eisen. Auf der anderen Seite sah sie die Fackeln von Theo und seinen Freunden. Es war gar nicht so einfach, durch das Loch zu ihnen zu gelangen. Aber glücklicherweise trug sie Männerhosen, sonst hätte sie es wohl nicht geschafft.

Als sie die Leiter drüben hinunterstieg, rutschte sie aus. Sie konnte sich im letzten Augenblick an der untersten Sprosse festklammern und einen harten Sturz vermeiden.

Keiner der Männer sagte ein Wort, inzwischen war ihnen klar, dass Abigail sich nicht von ihrem Entschluss abbringen ließ, sie zu begleiten. Zum Umkehren wäre es ohnehin längst zu spät. Nein, Abigail hatte nichts mehr zu verlieren. Ihr Kampf hatte vor vielen Jahren in Stockmill begonnen, als sie zufällig die junge Frau Nelly und ihren Sohn auf der Straße gefunden hatte, die am Verhungern waren. Bis zu diesem Moment hatte sie nicht gewusst, wie viele Menschen im Elend lebten und wie groß die Not in ihrer englischen Heimatstadt war. Seitdem hatte Abigail unendlich viel erlebt und erlitten. Sie hatte alle Menschen verloren, die sie jemals geliebt hatte, und war eine Getriebene geworden. Sie hatte sich selbst beinahe aufgegeben. Nur den Kampf für die Gerechtigkeit und gegen die Not der Arbeiter und ihrer Kinder würde sie bis zu ihrem Tod weiterführen. Sie musste die Arbeitermadonna unbedingt zurückbekommen, die ihrer Familie gestohlen worden war und die als Absicherung der Arbeiter in Stockmill gedacht war.

Inzwischen war auch Captain Maroon auf der anderen Seite angekommen. Er warf Abigail einen anerkennenden Blick zu, aber sie konnte auch die Besorgnis darin erkennen. Obwohl sie sich darüber ärgerte, dass die Männer ihr offenbar nicht zutrauten, an ihrer Seite durch die Katakomben New Yorks zu laufen, breitete sich Wärme in ihr aus, als sie das Mitgefühl im Blick des Captains sah.

»Wie weit ist es noch?«, fragte sie, um ihr Selbstvertrauen zu demonstrieren. »Müssten wir nicht längst unter Setterwolds' Haus angekommen sein?«

Theo leuchtete mit der Fackel die Wand ab. Schließlich fand er ein kleines metallenes Schildchen, das etwa auf Augenhöhe angebracht war. »Was steht da?«

»*Broadway Ende*«, las Abigail den Straßennamen vor, der in das Schild eingeritzt worden war.

»Dann ist es noch ein ganzes Stück«, stellte Theo fest und setzte sich wieder in Bewegung.

Abigail unterdrückte ein Seufzen. Der üble Gestank brachte sie zum Würgen und trieb ihr Tränen in die Augen.

»Abigail?«

Sie wandte sich um und erkannte den Captain in der Dunkelheit.

»Wollen wir …?«, sagte Maroon und deutete nach vorn, wo sich die Lichter der Fackeln bereits entfernten.

Abigail nickte und beeilte sich, Theo und seinen Freunden zu folgen. Sie wateten durch immer mehr Matsch, und von der niedrigen Decke fielen regelmäßig Wassertropfen auf sie herab. Der Gang führte leicht, aber stetig bergab. Immer wieder gelangten sie an Abzweigungen, bei denen Theo auf Captain Maroons Kompass sah, sofern sie nicht mit einem kleinen Straßenschild versehen waren, das Abigail oder Maroon ihm vorlesen musste.

Irgendwann blieb Theo stehen und deutete nach oben. »Hier muss es sein.«

»Woher weißt du das?«, fragte Abigail erstaunt. Für sie sah diese Stelle des dunklen Ganges genauso aus wie jede andere.

»Der Verlauf der Abwasserkanäle entspricht dem der Straßen an der Erdoberfläche.«

Abigail nickte, das hatte sie inzwischen auch erkannt. »Aber wie kannst du sicher sein, dass sich Setterwolds' Haus genau hier befindet und nicht ein paar Hundert Meter weiter? Der Broadway ist lang, und es ist schwer, die richtige Stelle hier unten zu finden.«

Theo strich sich das feuchte Haar aus der Stirn. »Mithilfe des Kompasses, und außerdem habe ich vom letzten Knotenpunkt an die Schritte gezählt. Wir müssten ungefähr am richtigen Ort sein. Da oben sind die Schächte, durch die das Abwasser in den Kanal unter uns geleitet wird.«

»Hoffentlich hast du recht«, sagte Abigail mit einem skeptischen Blick nach oben. »Und wie sollen wir jetzt ins Haus gelangen?«

Theo runzelte die Stirn. »Durch den Schacht.«

Sie bemühte sich, ihren Ekel zu verbergen.

»Abigail, bleiben Sie hier und warten Sie auf uns«, sagte Captain Maroon und sah sie eindringlich an. »Der Aufstieg ist nicht ungefährlich und mit Sicherheit auch anstrengend. Einer der Jungen kann bei Ihnen bleiben.«

Abigail presste die Lippen zusammen und schüttelte den Kopf.

Theo zögerte. Er schien mit sich zu hadern, ob er ein weiteres Mal versuchen sollte, auf Abigail einzuwirken. »Es ist jederzeit möglich, dass schmutziges Wasser durch den Schacht herunterfließt«, gab er zu bedenken. »Mr Setterwolds ist zwar verreist, aber sein Personal ist zu Hause.«

»Hoffen wir, dass sie jetzt alle schlafen und keiner von ihnen die Toilette benutzt«, sagte Abigail. »Und jetzt sollten wir uns beeilen. Wer steigt als Erstes hoch?«

Theo seufzte. »Ich gehe voran. Dann folgen Sie mir am besten, Mrs Middleton, und zum Schluss die Männer.«

Die Jungen hatten inzwischen eine der langen Leitern geholt, die an verschiedenen Stellen in den Gängen verstaut waren, und stellten sie an die Wand. Während Theos Freunde sie festhielten, kletterte er selbst gewandt hinauf, die Laterne in der Hand, deren Schein über die feuchte Mauer tanzte.

Abigail schluckte, als sie sah, wie er in den Schacht hineinschlüpfte. Im Licht der zweiten Fackel folgte Abigail ihm die Leiter hinauf. Sie unterdrückte ihr Zittern, so gut es ging, aber die Aufregung ließ sich nicht abschütteln.

Als sie das Loch in der Wand erreicht hatte, presste sie die Lippen aufeinander und tastete sich vorsichtig in den schmalen Schacht vor, in dem der Gestank unerträglich schien. Sie musste sich zusammenreißen! Schließlich ging es um die Arbeitermadonna, um das Schicksal ihrer Freunde, der einfachen Menschen in Stockmill. Ihre Finger stießen an feuchte, glitschige Metallsprossen. Sie griff nach dem Eisen und nahm all ihren Mut zusammen, als sie sich von der Leiter abstieß und in den Schacht hinaufzog. Über ihr konnte sie Theos Laterne sehen. Langsam kletterte sie hinter ihm die schmale Eisenleiter hinauf, die an der Schachtwand befestigt war. Ihre Füße fanden nur schwer Halt auf den glatten Sprossen, und sie versuchte, nicht darüber nachzudenken, was schon alles über diese Wände hinuntergespült worden war. Der Aufstieg erforderte höchste Konzentration, und je höher sie kam, umso gefährlicher wurde es. Sie verbot sich, nach unten zu sehen. Dort hatte inzwischen auch der Captain den Abwasserschacht erreicht. Abigail hörte ihn auf der Leiter und seine Anwesenheit gab ihr Zuversicht.

Der Aufstieg schien ewig zu dauern und kostete sie viel Kraft. Ihre Hände und Oberarme schmerzten, die Füße waren eisig kalt und von dem Wasser durchnässt, das längst ihre ledernen Schuhe durchdrungen hatte. An den Wänden lief permanent Wasser herunter.

Wenig später stockte Abigail. Theo hatte angehalten. Dann verschwand der Junge in einem Loch seitlich in der Mauer. Neugierig folgte sie ihm und fand sich in einem niedrigen Tunnel wieder, in dem man sich nur kriechend fortbewegen konnte. Langsam bewegte sich Abigail hinter Theo her, der in der einen Hand die Laterne hielt und mit der anderen das Mauerwerk über ihnen abklopfte. Schließlich hielt er inne und zog einen Gegenstand aus dem Beutel auf seinem Rücken. Hammerschläge erklangen.

Abigail zuckte zusammen. »Theo, ist das nicht zu laut?«

»Wir müssen irgendwie ins Haus kommen«, stieß er zwischen den Schlägen hervor. »Und wenn ich mich nicht schwer täusche, sind wir hier direkt unter der Waschküche. Das Personal schläft unter dem Dach, außer dem Housekeeper und dem Butler.«

»Und wo schlafen die?«, fragte Abigail leise.

»Ich hoffe, nicht in der Nähe der Waschküche«, sagte Theo, während er sich wieder seiner Arbeit zuwandte.

Mit kurzen, harten Schlägen hatte er im Handumdrehen ein paar Ziegel aus der Mauer entfernt und machte sich an die darüberliegenden Holzdielen, die er mit einer Säge bearbeitete. Nach einer Weile wurde Theo von einem seiner Freunde abgelöst. Eine halbe Stunde später war ein Loch entstanden, durch das sich die Gruppe einer nach dem anderen zwängte.

Sobald Abigail durch die schmale Öffnung geschlüpft war, sah sie sich um. Laugen- und Essiggeruch mischten sich unter den Kloakengestank, der ihnen aus dem Loch in den großen Kellerraum folgte. Erleichtert atmete sie auf. Sie waren tatsächlich in einem Nebenraum der Waschküche gelandet. Stapel mit weißen Laken türmten sich in Regalen und geflochtene Weidenkörbe waren ordentlich aufgereiht neben den schmalen Fenstern. Theo stand in der Tür und lauschte. Dann winkte er ihnen und schlich sich in den Flur. Abigail folgte ihm leise und hinter ihr der Captain und die drei Jungen.

Hierher drang der Gestank nicht mehr. Abigail hatte das Gefühl, noch nie so frische Luft gerochen zu haben, und genoss den angenehmen Duft nach Reinigungsmitteln und Kaminrauch. Die Fackeln hatten sie gelöscht, denn ihre Augen hatten sich an das Dämmerlicht gewöhnt. Der Flur war schmal und schmucklos. An seinem Ende führte eine Stiege nach oben, wo sie durch eine Schwingtür in eine Halle mit einem langen Holztisch und Stühlen gelangten. Das war vermutlich der Aufenthaltsraum der Dienstboten, dachte Abigail, während sie über den schwarz-weiß gekachelten Boden schlich. Theo schien den Weg genau zu kennen, er hatte seine Informationen ja von dem Dienstmädchen erhalten, dem Mr Setterwolds inzwischen gekündigt hatte, wie Theo ihr berichtet hatte. Abigail unterdrückte ihr schlechtes Gewissen dem Mädchen gegenüber. Hoffentlich hatte sie eine neue Stellung finden können.

Wenig später stiegen sie eine Steintreppe hinauf, die sie in einen elegant eingerichteten Flur führte. Nur spärliches Licht sickerte von irgendwo herein, sodass Abigail kaum mehr als Umrisse erkennen konnte. Der dicke Teppich unter ihren Füßen und der Geruch von kaltem Tabakrauch und Rosenwasser verrieten ihr jedoch, dass sie den Dienstbotentrakt verlassen haben mussten.

Theo öffnete vorsichtig eine Tür zu ihrer Linken und schüttelte den Kopf, ehe er sich dem nächsten Zimmer zuwandte. Mit einer knappen Geste bedeutete er Abigail, auf der anderen Seite des Flurs zu suchen. Sie hatte verstanden. Theo hatte keine Ahnung, wo die Statue sich befand, doch sie mussten sich jetzt beeilen. Es war bestimmt schon zwei Uhr nachts, vielleicht auch später, und die ersten Dienstboten würden gegen vier Uhr aufstehen.

Leise schlich sich Abigail zu der Tür auf der rechten Seite. Das Zimmer dahinter lag in undurchdringlicher Finsternis.

»Theo«, flüsterte sie so laut, dass der Junge sich umsah. »Ich brauche Licht. Hier ist nichts zu erkennen.«

Theo trat zu ihr. Mit einem Streichholz entzündete er eine Öllampe, die er aus der Dienstbotenhalle mitgenommen hatte. »Aber seien Sie vorsichtig, das Licht kann uns schnell verraten.«

Mit der brennenden Laterne in der Hand betrat Abigail den Raum. Jetzt erkannte sie, dass es sich um einen Herrensalon handeln musste. Schwere Ledersessel standen um einen runden Tisch, ein Spieltisch, der mit grünem Samt bezogen war, befand sich in der Mitte des Raumes, und an den Wänden standen Kommoden und Eichentische. Aber von der Arbeitermadonna war nichts zu sehen.

Enttäuscht schloss Abigail die Tür und folgte ihren Gefährten, die bereits tiefer in das Haus vorgedrungen waren. Sie inspizierten der Reihe nach jeden Raum, bis sie in den Saal kamen, in dem Mr Setterwolds Abigail und Captain Maroon empfangen hatte.

»Mein Gott!«, stieß einer der Jungen hervor. »Was für ein Plunder hier überall herumsteht!«

»Das ist alles Millionen wert«, erklärte Theo seinem Freund leise. Dann wandte er sich an Abigail. »Was meinen Sie, könnte sie hier sein? In einer der Vitrinen?«

Abigail leuchtete auf die zahlreichen Glaskästen, in denen sich die unterschiedlichsten Kunstschätze befanden. Goldene und mit Edelsteinen besetzte Buddha-Figuren standen neben kostbaren venezianischen Vasen und afrikanischen Schnitzereien aus Ebenholz. Hier lag der Duft von Weihrauch in der Luft, der sich mit dem von Sandelholz mischte. Auf dem Marmorboden konnte man unmöglich lautlos schleichen. Immer wieder war das leise Klacken ihrer Sohlen zu hören.

»Hier ist sie nicht«, flüsterte Abigail, nachdem sie die Vitrinen alle in Augenschein genommen hatte.

»Verdammt«, entfuhr es Theo. »Ich hatte fest damit gerechnet, dass wir sie hier finden.«

»Gibt es noch weitere Räume mit Exponaten?«, fragte Captain Maroon leise.

Theo zuckte mit den Schultern.

»Was ist mit dieser Tür?« Abigail deutete auf den Thron, auf dem Mr Setterwolds gesessen hatte, als sie und der Captain hier gewesen waren. Hinter dem goldenen Stuhl, der auf einem Podest stand, befand sich eine Tür, die mit Schnitzereien verziert war.

Theo stieg hastig die hohen Stufen zu dem Ehrensitz empor und drückte die Türklinke herunter.

»Abgeschlossen«, stellte er fest, während er einem seiner Freunde bedeutete, zu ihm hochzukommen.

Mit katzenhaften Bewegungen huschte der Junge hinter Theo die Treppe hinauf und zog verschiedene kleine Eisengeräte und Drähte aus seiner Tasche. Geschickt machte er sich an dem Schloss zu schaffen, und Abigail wurde klar, dass er nicht zum ersten Mal eine Tür auf diese Weise öffnete.

»Na bitte«, sagte Theo wenige Sekunden später grinsend und zog die Tür auf.

Abigail und Maroon folgten ihm in einen Gang. Im Licht der Lampe erkannten sie mit Seide bezogene Wände und dicke Teppiche mit orientalischen Mustern. Der Duft nach Sandelholz wurde stärker. Vorsichtig öffnete Abigail eine Tür zu ihrer Linken, während Theo die Öllampe hochhielt. Sie standen in einem relativ großen Raum mit hohen Schränken, die Abigail einen nach dem anderen durchsah. Sie waren mit bunten Gewändern und seidenen Hosen und

Röcken gefüllt, ähnlich der Kleidung, die Mr Setterwolds bei ihrem Treffen getragen hatte.

»Sein Ankleidezimmer«, flüsterte Maroon.

Da auch hier keine Spur von der wertvollen Statue zu sehen war, schlichen sie weiter den Flur entlang. An seinem Ende standen sie vor einer weiteren verschlossenen Tür, die Theos Freund wieder mit seinen Drähten und Eisen bearbeiten musste. Das Zimmer dahinter war überwältigend. Die Wände waren mit Blattgold verziert und schimmerten im Licht der Laterne. Unter der Decke war eine Art Baldachin aus Seidentüchern angebracht und in der Mitte hing ein kostbarer Kronleuchter. Genau darunter stand auf einem Podest ein prunkvolles Bett, das von Ebenholzsäulen umgeben war. Schalen mit getrockneten Blumen waren auf zierlichen Tischen überall im Raum verteilt, daneben standen wertvolle Vasen und Statuen.

»Da ist sie!«, rief Abigail und schlug sich erschrocken die Hand vor den Mund.

»Pst«, zischte Theo und folgte Abigails Blick zum Kopfende des Bettes. Dort stand die Arbeitermadonna auf einem Podest aus Ebenholz. Sie fiel in dem Raum kaum auf, der aus allen Ecken golden strahlte.

»Na los, dann schnappt sie euch und lasst uns hier verschwinden«, flüsterte Theos Freund, der sich schon wieder dem Flur zugewandt hatte. »Nicht, dass die Wachleute draußen doch noch auf uns aufmerksam werden.«

Theo nickte und eilte die Stufen zum Bett hinauf. Doch als er nach der Statue griff, fluchte er leise.

»Was ist?«, fragte Abigail erschrocken.

»Sie lässt sich nicht bewegen«, erklärte Theo. Er rüttelte und zog nun mit beiden Händen daran, aber die Statue rührte sich keinen Zentimeter. Theo runzelte die Stirn und nahm die Tasche, die er über den Schultern trug. »Sie muss festgeschraubt worden sein.«

Einen Moment lang kramte er in dem schwarzen Beutel, ehe er schließlich eine kleine Säge hervorzog. »Wir müssen das Holz durchsägen, sonst können wir sie nicht mitnehmen.«

»Ich übernehme die erste Schicht«, sagte Captain Maroon und nahm Theo die Säge ab.

Er begann mit der Arbeit, während Theo weiter an der Statue zerrte. Er schien die Hoffnung noch nicht aufgegeben zu haben, die Figur doch noch vom Podest lösen zu können, aber auch diese Bemühungen blieben erfolglos. Nach einer Viertelstunde löste er den Captain an der Säge ab, der sich den Schweiß von der Stirn wischte.

Abigail war inzwischen zum Fenster gegangen und schaute durch einen schmalen Spalt der zugezogenen Vorhänge. Unter ihr lag der Garten, der in der Dunkelheit kaum zu erkennen war. Am Horizont zeigte sich bereits ein schmaler Silberstreifen.

»Wir haben nicht mehr viel Zeit«, flüsterte Abigail, als der Captain neben sie trat. »Wie lange wird es noch dauern?«

»Es ist ziemlich viel Arbeit, das Holz ist dick und massiv«, seufzte der Captain. »Wir können nur hoffen, dass die Angestellten diesen Teil des Hauses erst später betreten, schließlich ist ihr Dienstherr verreist.«

Abigail drehte sich besorgt zu Theo um, der sich mit der kleinen Säge redlich abmühte. Sie mussten es einfach schaffen. Nach dem mühevollen Weg durch die Kanalisation und dem gefährlichen Aufstieg durch den Abwasserschacht konnten sie jetzt nicht unverrichteter Dinge wieder verschwinden.

Zumal sie ihre Spuren nicht würden verwischen können. Ein zweites Mal würden sie nicht so leicht in das Haus eindringen können, Mr Setterwolds würde sicher noch mehr Vorsichtsmaßnahmen ergreifen.

Hin und wieder kam einer der drei Jungen, die in der Halle Wache hielten, um nach ihnen zu schauen, und übernahm für ein paar Minuten das Sägen. Abigail beobachtete den Himmel draußen, und je heller es wurde, umso aufmerksamer lauschte sie auf die Geräusche des Hauses. Aber das monotone Sägegeräusch ließ sie kaum etwas anderes wahrnehmen. Schließlich schlich sie durch eine Seitentür in den angrenzenden Flur, der offenbar ein Dienstbotenzugang war, um besser hören zu können, falls sich Schritte näherten. Die Wände waren hier schmucklos und einfach verputzt, die Türen schmaler und ein Arbeitsraum mit einem großen Spülstein zum Entleeren und Säubern der Nachttöpfe verströmte einen sauren Gestank.

Nach über einer Stunde hatten die Männer die Hälfte geschafft, aber ein guter Teil des Podestes musste noch durchgesägt werden. Abigail war wieder in den Nebenflur geschlichen, als sie plötzlich zusammenzuckte. Ein Summen hatte sich unter das schleifende Geräusch der Säge gemischt. Abigail lauschte unruhig. Das Summen wurde lauter. Ihr Herz schlug bis zum Hals. Ein Lichtschein erschien in der Dunkelheit. Abigail musste die Männer nebenan warnen, aber der Lichtschein kam näher, und sie konnte nicht mehr unbemerkt aus dem Flur verschwinden. Ein Dienstmädchen tauchte vor ihr auf, das unbeschwert vor sich hin summte und das Geräusch der Säge deshalb wohl nicht hören konnte. Aber bald würde sie es sicher bemerken. Sie kam immer näher. Abigail sah sich um. Der Gang war leer, und es gab hier nichts, mit dem sie die junge Frau hätte abwehren können. Dabei war es sowieso unmöglich, dass sie das unschuldige Dienstmädchen angriff. Nein, ihr musste eine andere Lösung einfallen. Und zwar schnell, denn gleich würde der Lichtschein der Öllampe Abigail offenbaren.

In diesem Moment blieb die junge Frau stehen. Ihr Summen verstummte und Abigails Herz setzte einen Schlag lang aus.

»Ach, ich habe ja die Laken vergessen!«, murmelte die Frau, schlug sich mit der Hand vor den Kopf und kehrte mit einem Mal um. Summend verschwand sie den Flur hinunter.

Abigail rannte zur Tür und schlüpfte in den Nebenraum.

»Schnell, ein Dienstmädchen ist auf dem Weg«, raunte sie. »Es wird nicht lange dauern, bis sie hier ist.«

»Verdammt«, stieß Theo wieder hervor. »Wir brauchen noch ein wenig.«

»Dazu ist jetzt keine Zeit mehr«, sagte Abigail panisch und betrachtete die Schnitte der Säge, die auf der einen Seite des Podestes bereits ein Loch geschaffen hatten.

»Gib mir den Schraubenzieher«, befahl der Captain und Theo reichte ihm das Werkzeug.

Maroon zwängte seinen Arm in das Loch und hantierte mit konzentriertem Gesichtsausdruck im Verborgenen. Im Gegensatz zu Abigail selbst schien er seelenruhig zu sein.

Abigail huschte wieder zur Tür und lauschte in den benachbarten Flur. Alles war still. Nervös wartete sie, bis Captain Maroon seine Arbeit beendet hatte. Wenig später hielt er zwei massive Schrauben in der Hand, die er an dem Holz entfernt hatte. Er legte sein Werkzeug zur Seite und griff nach der Statue, die sich jetzt mühelos vom Sockel nehmen ließ.

»Dann nichts wie weg hier«, flüsterte Theo und warf den

Schraubenzieher in seinen Beutel. Der Captain nahm die wertvolle Statue an sich, ehe sie alle drei aus dem prunkvollen Schlafzimmer schlichen und den Flur entlang in die Ausstellungshalle eilten. Theos Freunde erwarteten sie schon nervös.

»Das hat ja ewig gedauert«, flüsterte einer von ihnen. »Hier kam schon dreimal ein Dienstmädchen durch die Halle. Wir mussten höllisch aufpassen und immer wieder in Deckung gehen.«

»Ich weiß«, zischte Theo zurück. »Aber es war schwerer als gedacht. Eigentlich wollten wir längst fertig sein.«

Als sie den Gang zur Dienstbotenhalle entlangliefen, hörten sie schon von Weitem Schritte, Stimmen und Klappern von Geschirr.

Theo schüttelte den Kopf.

»Da kommen wir nicht unbemerkt durch«, stellte er fest. »Wir müssen einen anderen Weg finden.«

»Vielleicht können wir das Haus durch die Hintertür verlassen?«, schlug Abigail vor, der schon beim Gedanken an den Abwasserkanal grauste.

»Ich befürchte, da werden auch nicht weniger Dienstboten sein als in der Halle«, antwortete Theo leise.

»Und die Vordertür?«, fragte Captain Maroon.

Theo wiegte den Kopf hin und her. »Das wäre eine Möglichkeit. In der Eingangshalle sollte es um diese Zeit ruhig sein. Andererseits fallen wir mit Sicherheit den Passanten auf, wenn wir das Haus verlassen. Wir sind zwar unauffällig gekleidet, aber nicht fein genug, um durch die Vordertür eines hochherrschaftlichen Hauses zu spazieren.«

»Gut, dann müssen wir uns eben irgendwelche Mäntel oder Umhänge überwerfen«, überlegte Abigail und versuchte sich zu orientieren. Schließlich deutete sie nach links. »Ich denke, in dieser Richtung müssten wir zur Eingangshalle gelangen, oder?«

Theo und der Captain dachten einen Augenblick nach und gaben ihr schließlich recht. So geräuschlos wie möglich schlichen sie sich durch die Gänge, bis sie tatsächlich die marmorne Eingangshalle erreichten. Allerdings fanden sie dort weder Mäntel noch Umhänge noch irgendetwas anderes, mit dem sie sich hätten einkleiden können. Und um in Setterwolds' Ankleidezimmer zurückzukehren, war es zu spät. Die Dienstboten schwirrten bereits überall im Haus umher und hätten sie sicher dabei bemerkt.

»Wir müssen es wagen und das Haus einfach so verlassen, wie wir sind«, flüsterte Abigail, während sie an einer großen Bronzestatue vorbeischlich, die mitten in der Halle stand und offenbar eine antike Gottheit darstellen sollte.

»Das geht nicht«, sagte Theo entsetzt. »Das da draußen ist der Broadway, die belebteste Straße der Stadt. Die Passanten werden die Polizei schneller rufen, als Sie glauben. Außerdem patrouilliert die Nachtwache hier regelmäßig und Setterwolds hat mehr Wachmänner vor dem Haus postiert, als Bäume im Park stehen.«

»Es ist früh am Morgen«, warf Captain Maroon leise ein. »Um diese Uhrzeit ist auf dem Broadway nicht viel los und die Wachmänner werden erschöpft sein. Sie stehen schließlich schon die ganze Nacht dort und werden erst später am Morgen abgelöst. Abigail hat recht, wir müssen es versuchen.«

»Da kommt jemand«, wisperte einer von Theos Freunden plötzlich. »Schnell, hinter die Vitrine!«

So rasch wie möglich huschten sie in eine der dunklen Ecken und kauerten sich hinter zwei große Glaskästen. Sie waren kaum in ihrem Versteck, da wurde auch schon die Tür geöffnet und der Butler kam mit drei Hausmädchen in die Halle.

»Die Vitrinen müssen alle abgestaubt werden. Ich möchte, dass jedes Exponat herausgenommen und poliert wird«, befahl der Mann und sah sich flüchtig um. Abigail konnte ihn durch die Scheibe der Vitrine sehen, und es war ein reines Wunder, dass er sie nicht alle entdeckte. »Bis zum Frühstück sind die Reihen da vorne fertig. Und bis zum Mittag ist hier alles sauber. Also nicht trödeln, verstanden?«

»Ja, Sir!«, murmelten die Mädchen und der Butler nickte ihnen zu. Dann verschwand er genauso, wie er gekommen war, und ließ die drei Hausmädchen mit ihren Eimern, Tüchern und Putzmitteln zurück.

Abigail spähte zu Captain Maroon und Theo hinüber. Was sollten sie jetzt tun? Wenn sie bis zum Frühstück der Dienerschaft warteten, wäre schon viel mehr Betrieb auf der Straße vor dem Haus. Außerdem bestand die Gefahr, dass die Mädchen sie entdeckten oder dass das Verschwinden der Statue auffiel. Wenn sie den Diebstahl bemerkt hatten, würde es hier von Polizisten und Nachtwächtern nur so wimmeln. Aber es war beinahe unmöglich, durch die Halle zur Tür zu gelangen, ohne dass die Dienstmädchen sie sahen.

Abigail blickte zu den anderen und vermutete, dass ihnen dieselben Gedanken durch den Kopf gingen. Theo und Captain Maroon starrten finster vor sich hin.

Plötzlich drang ein schriller Schrei von irgendwoher durchs Haus. Nicht nur die Dienstmädchen, auch Abigail und ihre Begleiter zuckten erschrocken zusammen. Im nächsten Moment hörten sie eine hohe Stimme kreischen: »Diebe! Einbrecher! Mr Porlock!«

Die Hausmädchen ließen alles stehen und liegen und rannten aus der Halle. Diese Gelegenheit ließ sich Theo nicht entgehen. Er winkte den anderen, ihm zu folgen. So schnell sie konnten, rannten sie zu der breiten Eingangstür, deren Schlüssel von innen steckte. Theo sperrte auf und sie schlüpften nacheinander aus dem Haus. Eilig sahen sie sich nach den Wachmännern um, die aber gerade in Richtung Hintertür liefen und sie nicht bemerkten. Erleichtert sprang Abigail die Stufen zum Broadway hinunter.

»Nicht rennen«, warnte Theo sie. »Das fällt zu sehr auf. Lasst uns hinter der nächsten Hausecke in Deckung gehen.« Er zeigte auf das gegenüberliegende Gebäude.

Tatsächlich waren sie gerade hinter dem Mauervorsprung verschwunden, als sie auch schon den Butler hörten. Er schrie lautstark nach der Polizei, und kurze Zeit später waren Trillerpfeifen zu hören.

Vorsichtig lugte Abigail um die Ecke. Als drei Polizisten ins Haus gestürmt waren, beeilten sie sich, den Broadway über die Park Avenue in Richtung Osten zu verlassen. Captain Maroon trug die Arbeitermadonna unter seinem Rock verborgen. Schweigend gingen sie mit zügigen, aber ruhigen Schritten zum Hafen. Die Kirchturmuhr schlug sieben, als sie am Kai ankamen.

»Was meinst du, Theo?«, fragte Abigail, als sie die *Golden Star* im Hafen liegen sah. »Willst du nicht mit mir nach England kommen? Ich kann dir dort bestimmt Arbeit besorgen.«

Theo schüttelte den Kopf. »Das hier ist meine Heimat, Mrs Middleton. Meine Freunde sind hier und ich werde schon zurechtkommen.«

Abigail seufzte. »Versprich mir, dass du auf dich aufpasst.«

Theo grinste verlegen.

Schnell fuhr sie fort: »Ich weiß nicht, wie ich dir danken kann, dass du mir dabei geholfen hast, die Arbeitermadonna zurückzubekommen. Ich habe leider nicht viel Geld …«

»Nein«, wehrte Theo ab. »Sie haben mir damals geholfen, indem Sie für mich da waren. Ohne Sie und die Armenspeisung, bei der ich Arbeit und Essen bekam, würde ich heute vielleicht gar nicht mehr leben. Ich möchte nichts von Ihnen haben.«

»Aber von mir wirst du doch etwas annehmen, nicht wahr?« Captain Maroon drückte dem Jungen eine große Silbermünze in die Hand, auf die Theo ungläubig starrte. Dann überreichte der Captain den anderen dreien auch je eine Münze zum Dank.

Abigail traten Tränen in die Augen, als sie sich von den jungen Männern verabschiedete. Dann wurden sie jedoch jäh unterbrochen, als eine Horde Polizisten pfeifend an ihnen vorüberging und Theo und seine Freunde es für besser hielten, von der Straße zu verschwinden.

Maroon übergab die Statue an Abigail, um ins Büro des Hafenmeisters zu gehen und die letzten Erledigungen zu machen, damit sie mit der einsetzenden Flut auslaufen konnten.

Kapitel 12

April 1849

Das Klopfen drang von weit her in Ebenezers Bewusstsein. Mühsam öffnete er die Augen. Robert lag neben ihm und schmiegte sich eng an ihn. Er begann sich gerade ebenfalls zu regen.

»Eure Lordschaft«, hörte Ebenezer Stantons Stimme hinter der Tür. »Sie haben Besuch.«

»Verdammt noch mal, machen Sie auf«, vernahm er eine andere Stimme.

Ebenezer erstarrte. Er spürte, wie Robert vor Schreck zusammenzuckte.

»Wer kann das sein?«, wisperte Robby.

»Mach dir keine Sorgen«, antwortete Ebenezer leise und richtete sich auf. Einen Moment lang starrte er in die Finsternis. Dann tastete er noch einmal nach Robert, aber das Bett war bereits leer. Nur die Wärme, die Robbys Körper in den Laken hinterlassen hatte, erinnerte an ihn. Ebenezer hörte gerade noch, wie die Verbindungstür geschlossen wurde. Er seufzte und sprang nun ebenfalls eilig aus dem Bett. In der Dunkelheit fand er seinen Morgenmantel nicht. Während er danach suchte, wurde ungeduldig gegen die Tür gehämmert. Was für ein impertinentes Betragen! Es musste etwas Schreckliches geschehen sein, sonst würde man ihn nicht mitten in der Nacht aus dem Schlaf reißen. Er spürte, wie die Angst in ihm emporkroch. Hoffentlich war Hugo nichts zugestoßen!

Endlich hatte er seinen Rock gefunden und schlüpfte hinein. Im Dunkeln tastete er sich durch das Zimmer zur Tür. Er sperrte auf und sofort drangen das flackernde Licht von Öllampen, der Lärm von Schritten und fremde Männer in sein Schlafzimmer.

»Lord Mahony?«, vernahm er eine unbekannte, tiefe Stimme mit walisischem Akzent.

Ebenezer blinzelte ins Licht. »Ja?«

»Sir, wir haben eine Anzeige erhalten. Ihnen wird widernatürliches Verhalten vorgeworfen.« Ein großer, bulliger Mann in Uniform baute sich vor ihm auf.

»W...wer sind Sie?«, stammelte Ebenezer.

»Das ist Inspektor Gimlet«, warf Stanton ein, bevor der Polizist ihn aus dem Zimmer schob und die Tür schloss.

»Ihr Verhalten ist nicht zu dulden«, sagte Ebenezer und starrte auf die Zimmertür, hinter der sein Kammerdiener verschwunden war. Er bemühte sich, das Zittern in seiner Stimme zu unterdrücken. »Was fällt Ihnen ein, mitten in der Nacht in mein Anwesen einzudringen!«

»Sie sollten sich mit Ihren Beschwerden zurückhalten, Sir.« Inspektor Gimlet sah mit gerunzelter Stirn auf ihn herab. »Die Anklage gegen Sie stammt aus höchsten Kreisen.«

»So?« Ebenezer schluckte gegen die Panik an, die in ihm aufstieg. »Und was wird mir vorgeworfen?«

»Unzucht mit Männern!«, schleuderte der Polizist ihm entgegen.

Ebenezer rang nach Luft. Sein Herz raste. Jetzt war der

Augenblick gekommen, vor dem er immer Angst gehabt hatte. Sie waren verraten worden. Er wollte etwas erwidern, aber seine Stimme versagte.

»Ziehen Sie sich an«, befahl der Mann und sah sich zu seinen beiden Kollegen um, die im Hintergrund stehen geblieben waren. »Holt den Kammerdiener wieder herein.«

Einer der Polizisten ging hinaus und kam mit dem bleichen Stanton zurück, der sich sofort am Kleiderschrank zu schaffen machte. Mit zitternden Händen suchte er Kleidung für seinen Herrn zusammen. Ebenezer beobachtete ihn, ohne sich zu rühren. Plötzlich schienen seine Glieder bleischwer zu sein. Erst als Stanton vor ihm stand und seine Hände ausstreckte, um ihm den Morgenmantel abzunehmen, erwachte Ebenezer aus seiner Starre.

»Nein!«, rief er mit rauer Stimme. »Ich verlange eine Erklärung. Wer hat mich angezeigt? Und wieso hat das nicht bis morgen Zeit? Sie dringen mitten in der Nacht in mein Haus ein und erteilen meinem Personal Anweisungen. Das dulde ich nicht.«

»Sie sind nicht in der Position, Fragen zu stellen«, antwortete Gimlet.

»Und Sie verlassen auf der Stelle mein Haus, wenn Sie mir nicht darlegen können, mit welcher Berechtigung Sie hier eindringen«, entgegnete Ebenezer, der inzwischen wieder etwas ruhiger klang.

»Das habe ich doch schon gesagt«, brummte der Polizist, nun etwas freundlicher. »Uns liegt eine Anzeige vor, die Sie der Unzucht mit Männern bezichtigt.«

Ebenezer wich Stantons Blick aus, der kurz innegehalten hatte.

»Von wem stammt diese Anzeige?«, fragte er nach.

»Das ist vertraulich. Und jetzt bitte, Sir! Ziehen Sie sich etwas an.«

Ebenezer betrachtete die drei Männer, die ihm stumm gegenüberstanden. Dann schüttelte er den Kopf. »Warten Sie bitte draußen, bis ich fertig bin.«

»Das geht leider nicht«, sagte Inspektor Gimlet. »Ich möchte Sie nicht suchen müssen.«

Ebenezer starrte ihn an. Unterstellte er ihm tatsächlich, fliehen zu wollen?

Jetzt wandte sich der Polizist an seine Untergebenen. »Wartet draußen, ich komme hier so lange allein zurecht.«

Die Männer nickten und verließen das Schlafzimmer.

Schweigend kleidete Ebenezer sich unter den durchdringenden Blicken des Polizisten an. Angst wütete in seinem Inneren. Seine Hände flatterten, die Gedanken rasten durch seinen Kopf. Er musste sich zwingen, nicht zu der Tür hinüberzusehen, hinter der Robert verschwunden war. Robby! Hoffentlich wussten sie nichts von ihm. Hauptsache, sie ließen seinen Geliebten in Ruhe! Ebenezer würde sich schon zu helfen wissen, aber Robby war so zart und so schutzlos. Wenn sie ihn ins Gefängnis steckten, wäre er der Grausamkeit der echten Verbrecher dort ausgeliefert. Ebenezer sah verstohlen zu Inspektor Gimlet. Er schien nicht nach einem zweiten Mann zu suchen.

Als Ebenezer fertig war, traten die beiden Polizisten wieder ins Zimmer und nahmen ihn in ihre Mitte. Wie einen Verbrecher führten sie ihn aus Hampton Hall hinaus zu einer Kutsche, die vor der Tür auf sie wartete. Bevor er ins Innere der Equipage kletterte, huschte sein Blick hinauf zu Robbys Zimmer. Er stand hinter der Fensterscheibe und starrte ihn an. Im Halbdunkel wirkte sein Gesicht ganz bleich.

Ebenezers Herz krampfte sich zusammen, als er die Angst auf den Gesichtszügen seines Geliebten erkannte.

Er musste sich auf die Kutschbank setzen, während die Uniformierten ihm gegenüber Platz nahmen. Ihm war übel. Er war kaum in der Lage, einen Gedanken zu fassen. Die Bilder jener schrecklichen Nacht stiegen in ihm auf, als alles seinen Anfang genommen hatte, und legten sich über Robbys Gesicht oben am Fenster. Damals hatte ein anderer Ebenezers Schuld auf sich genommen – war das alles umsonst gewesen? Hätte Ebenezer sich seine Gefühle zu Robby verbieten müssen? Hätte er stark bleiben müssen?

Die Kutsche setzte sich in Bewegung, und er musste sich zusammennehmen, um nicht aus dem Fenster nach Robert zu sehen. Aber die Polizisten beobachteten ihn und er wollte sie nicht auf ihn aufmerksam machen.

Ebenezer war müde und hellwach zugleich. Später würde er sich nur noch undeutlich an diese Fahrt erinnern können. Irgendwann hielten sie an und er wurde in ein hohes Backsteingebäude geführt. Sie brachten ihn in einen schmalen, langen Raum, in dem eine Matratze auf dem Boden lag. Dann fiel hinter ihm die Tür ins Schloss und er wurde seiner Ungewissheit überlassen.

Stunden später hörte er Schritte. Inzwischen war es Tag geworden, und durch ein schmales vergittertes Fenster, das so hoch in der unverputzten Wand angebracht war, dass man nicht hinaussehen konnte, fiel helles Licht. Ebenezer saß auf dem Stroh, das an einer der Wände aufgeschichtet worden war. Die Schritte verstummten vor seiner Zelle. Der Schlüssel wurde im Schloss gedreht, und als die Tür aufging, erkannte er seinen Freund Walter Lutlow und neben ihm einen Uniformierten. Ebenezer sprang auf. Sein Körper schmerzte von den Stunden, die er auf dem unbequemen Bett zugebracht hatte.

Walter nickte ihm zu und wartete, bis der Polizist sie allein gelassen hatte.

Ebenezer sah den Richter hilflos an.

»Es tut mir leid, Ebenezer.« Walter sah müde aus. »Ich konnte es nicht verhindern. Dein Bruder hat Anzeige erstattet und es so geschickt eingeleitet, dass ich sie nicht zu Gesicht bekommen habe. Als ich davon erfuhr, war es schon zu spät.«

Ebenezer stöhnte auf. »Hugo hat seine Drohung also tatsächlich wahr gemacht! Er versteht einfach nicht, dass ich ihm nicht persönlich schaden möchte, sondern nur an das Wohl der Arbeiter denke. Und das Testament meines Vaters ist offenbar gefälscht.«

Der Richter nickte. »Das ist richtig. Hugo verlangt von dir, dass du ihm die Fabrik überlässt, dann wird er die Anzeige zurückziehen. Wenn du darauf bestehst, das Testament anzufechten, und die Fabrik dadurch in deinen Besitz gelangt, hält er daran fest.«

»Darüber brauche ich nicht nachzudenken«, sagte Ebenezer verzweifelt. »Selbstverständlich werde ich die Arbeiter nicht ihrem Schicksal überlassen!«

»Dir ist sicher bewusst, dass auf Unzucht mit Männern immer noch die Todesstrafe steht«, erinnerte Walter ihn mit besorgtem Blick.

»Ich weiß.« Ebenezer lehnte sich gegen die feuchte Wand. »Aber wie könnte ich mein bescheidenes Leben über das so vieler anderer stellen? Und außerdem, wo soll das hinführen? Wenn ich mich einmal von ihm erpressen lasse, wird er es immer wieder tun.«

»Du bist ein mutiger junger Mann«, sagte Walter und legte ihm die Hand auf die Schulter. »Die Menschen in Stockmill brauchen dich. Ich werde mir etwas überlegen.«

Ebenezer schluckte. »Ich danke dir.«

Der Richter nickte und verließ den Raum.

Ebenezer blieb die nächsten Stunden in der Zelle eingesperrt. Ein Mann brachte ihm sauren Haferbrei und kalten Tee zum Frühstück, doch Ebenezer rührte nichts davon an. Gegen Mittag tauchte Inspektor Gimlet auf.

»Sie können gehen«, sagte er und musterte Ebenezer abfällig. »Der Richter hat sich für Sie eingesetzt.«

»Gott sei Dank«, stieß Ebenezer hervor und stand auf. Er wollte sich gar nicht vorstellen, wie unbequem wohl auch die kommende Nacht in dieser Zelle gewesen wäre.

»Unser Herrgott hat damit nichts zu tun«, entgegnete der Mann kopfschüttelnd.

Ebenezer hob die Schultern und schob sich an dem Polizisten vorbei durch die enge Zellentür.

Draußen im Flur kam ihm Walter Lutlow mit einem strahlenden Lächeln im Gesicht entgegen.

»Eure Lordschaft!«

»Danke«, sagte Ebenezer leise und folgte dem Richter, der ihn zum Ausgang brachte.

»Es ist noch nicht vorbei«, antwortete Walter ebenso leise.

Ebenezer nickte. »Ich weiß.«

Sie verließen das Polizeigebäude und bestiegen die Kutsche, die vor dem Eingang gewartet hatte. Als sich die Pferde in Bewegung setzten, erklärte Walter: »Es wird zu einem Prozess kommen, das konnte ich leider nicht verhindern.«

Ebenezer seufzte. »Wirst du der Richter sein?«

Walter schüttelte den Kopf. »Nein, das geht leider nicht. Unsere Verbindung ist bekannt, und da ich sogar dein Vormund war, gelte ich als befangen.«

Ebenezer presste die Lippen aufeinander. Was sollte er nur tun? Er konnte nicht ohne Robert leben und war nicht bereit, ihn aus seinem Umfeld zu verbannen.

»Es gibt eine Möglichkeit, die uns weiterhelfen würde«, sagte Walter und unterbrach seine Grübeleien.

Ebenezer sah auf. Er konnte im Augenblick nichts sehen, was Robert und ihm helfen könnte.

»Deborah«, sagte Walter. »Sie ist deine Frau. Und sie kann deine Neigung zum weiblichen Geschlecht bestätigen.«

Ebenezer sah ihn skeptisch an. »Ich bin mir nicht sicher, wie viel ihr Wort vor Gericht zählen wird. Du weißt, dass sie eine ehemalige Dirne ist und außerdem die Geliebte meines Vaters war, was dank der Indiskretion meines Onkels George und seiner Freunde sicher bekannt sein dürfte. Jeder weiß, dass meine Ehe nur als Alibi dient.«

»Mag sein«, sagte Walter und strich sich über seinen Bart. »Die Sache sähe jedoch anders aus, wenn sie dir einen Erben schenken würde.«

»Wie bitte?«, sagte Ebenezer und errötete.

»Die Ehe wird vielleicht von manchen als vorgetäuschte Verbindung angesehen«, fuhr Walter Lutlow fort. »Wenn deine Frau jedoch schwanger würde und du ihr Kind als deinen Erben anerkennst, müssen die Kritiker verstummen.«

Ebenezer musste Walter recht geben. Er nickte zögernd.

»Aber wie würde sie … ich meine, Deborah müsste in andere Umstände kommen.«

»Und du fragst dich, wer der Vater sein würde?« Walter zog eine Augenbraue hoch.

Ebenezer nickte.

»Nun, ich fürchte, diese Pflicht kann dir niemand abnehmen.« Walter drehte sich auf der bequemen Kutschenbank zu ihm. »Wenn du sie einem anderen Mann überlassen würdest, wäre das Deborah gegenüber nicht gerecht, die schließlich keine Dirne mehr ist. Außerdem würdest du dich dadurch wieder angreifbar machen, denn der Vater des Kindes könnte dich jederzeit erpressen. Und schließlich solltest du auch bedenken, dass es sich ja um deinen Erben handeln wird. Du bist es deinen Eltern schuldig, die Verantwortung zu tragen, die sie dir auferlegt haben. Abigails und Anthonys Gene sollten auch den künftigen Mahonys erhalten bleiben.«

Ebenezer nickte und starrte aus dem Kutschenfenster auf die saftigen Wiesen. Die Bäume wurden langsam wieder grün, der Frühling war da.

Doch dann schüttelte er den Kopf. Er konnte nicht mit Deborah zusammenkommen, nicht so wie mit Robert. Es war für ihn unvorstellbar, einen anderen Menschen so nah an sich heranzulassen wie seinen Geliebten. Und was würde Robby dazu sagen?

»Bist du sicher, dass uns Deborahs Schwangerschaft vor Gericht helfen würde?«, fragte er.

Der Richter nickte. »Ganz bestimmt. Ich kann dir natürlich nichts versprechen, aber wenn ich über einen solchen Fall zu richten hätte und wenn mir ein Mann, der der Unzucht mit Männern angeklagt würde, seine schwangere Frau vor den Richterstuhl bringt, dann würde mich das von seiner Unschuld überzeugen.«

»Auch wenn der Bruder des Angeklagten gegen ihn aussagen würde?«

»Auch dann. Besonders wenn dieser Bruder in der Erbfolge direkt hinter dem Angeklagten stünde«, sagte Walter und lächelte ihm zu.

Ebenezer dachte einen Augenblick nach. Dann sagte er: »Wenn ich einen Erben bekäme, würde das Hugo in der Erbfolge nach hinten rücken.«

Walter nickte. »Ich glaube nicht, dass er damit gerechnet hat.«

»Ich muss mit Robert und Deborah darüber sprechen.« In Ebenezer stieg jetzt schon Scham auf, wenn er nur daran dachte.

»Aber lasst euch nicht zu viel Zeit. Die Schwangerschaft muss so schnell wie möglich eintreten. Schließlich wird die Verhandlung in wenigen Wochen stattfinden.«

Ebenezer sah ihn entsetzt an. »Aber was ist, wenn sie nicht schwanger wird?«

»Du musst sicherheitshalber mehrere … Versuche unternehmen.« Walter lehnte sich zurück. »Ich werde alles dafür tun, um die Verhandlung hinauszuzögern. Ich kenne die anderen Lords. Bestimmt kann ich den zuständigen Richter dazu bewegen, deinen Fall noch eine Weile zu vertagen.«

»Eure Lordschaft!«

Robby hatte in Ebenezers Schlafzimmer auf ihn gewartet und warf sich in seine Arme, sobald sie allein waren.

Während Ebenezer seinen Geliebten fest an sich drückte,

den Duft seiner Haare einsog und seinen Herzschlag spürte, schloss er die Augen und schüttelte den Kopf. Das, was Walter von ihm verlangte, war ihm einfach unmöglich! Er liebte Robby und niemals würde er sein Bett mit einem anderen Menschen teilen können.

»Es tut mir so leid, Eure Lordschaft«, murmelte Robby an seinem Hals. »Es ist alles meine Schuld. Nur durch mich habt Ihr diese Probleme.«

»Nein, sag so etwas nicht! Ich liebe dich und das ist mein Schicksal.« Ebenezer seufzte. »Vielleicht bestraft Gott mich damit, einen Menschen zu lieben, den ich nicht lieben darf, für das, was ich getan habe.«

Robert drückte sich fester an ihn. »Wenn ich damals nur nicht in der Kinderverwahranstalt gespielt hätte!«

»Es war nicht deine Schuld«, sagte Ebenezer und streichelte zärtlich Robbys Kopf. »Du warst ein Kind.«

Roberts Lippen streiften über Ebenezers Hals. »Wie wird es jetzt weitergehen?«, fragte er leise.

Ebenezers Augen wanderten zu dem großen Bett, in dem er schon so viele schöne Stunden mit Robert verbracht hatte. Dann seufzte er und schob seinen Geliebten so weit von sich, dass er in seine Augen sehen konnte. »Es wird zu einem Prozess kommen.«

»Oh nein!«, stöhnte Robert. »Ich habe Angst.«

Ebenezer nickte. »Aber Walter hat sich eine Strategie überlegt, wie ich freigesprochen werden könnte.«

»Wie ist das möglich?« Die Hoffnung in Roberts Augen versetzte Ebenezer einen schmerzhaften Stich.

Er atmete tief durch. Dann sagte er leise: »Er schlägt vor, dass ich meine Liebe zu Frauen unter Beweis stelle, indem ich meine eigene Ehefrau schwängere.«

»Lady Mahony?« Roberts Augen weiteten sich.

Ebenezer nickte. »Deborah.«

Einen Moment lang schien Robert nachzudenken. Eine kleine Falte bildete sich zwischen seinen Augen. Dann sagte er mit tonloser Stimme: »Ich verstehe.« Er löste sich aus Ebenezers Armen und trat ans Fenster, ohne jedoch hinauszusehen.

Ebenezer gab in knappen Worten wieder, was Walter ihm erklärt hatte. Als er geendet hatte, schwieg Robert.

»Selbstverständlich müsste Deborah damit einverstanden sein«, fügte Ebenezer hinzu. »Ich würde das niemals tun, wenn sie es nicht wollte.«

»Möchten Sie das denn, Eure Lordschaft?« Die Angst in Robbys Augen nahm Ebenezer beinahe die Luft zum Atmen.

Er schüttelte den Kopf. »Ich weiß nicht einmal, ob ich es kann.«

»Gibt es keine andere Möglichkeit?«, fragte Robert.

Ebenezer hob die Augenbrauen. »Wenn Hugo seine Anzeige zurückziehen würde, wären wir erst einmal sicher. Bis zum nächsten Mal.«

»Das ist ungerecht«, entfuhr es Robert mit einem Mal. Er wandte sich ab und griff nach der Bronzestatue, die auf dem Kaminsims stand. Ebenezer glaubte schon, Robby würde sie wütend gegen die Wand schleudern, doch der junge Mann stellte sie wieder ab. Dann sank er in sich zusammen und sein Körper bebte.

Ebenezer stürzte zu ihm. Seit sie in Hampton Hall lebten, war Robert der Starke gewesen. Immer wenn Ebenezer verzagen wollte, hatte Robby ihm die Kraft und den Mut gegeben, weiterzumachen. Ihn jetzt so gebrochen zu sehen, versetzte Ebenezer in Schrecken.

»Robby, mein Liebling.« Er drückte ihn an sich. »Ich werde das nicht tun, wenn du es nicht willst.«

»Nein!«, rief Robert unter Tränen. »Ich will nicht, dass Ihnen irgendetwas geschieht. Aber ich ertrage auch den Gedanken nicht, dass Sie mit Ihrer Ladyschaft … Ich bin in den letzten Stunden beinahe verrückt vor Sorge um Sie gewesen. Alles ist meine Schuld!«

»Oh Robby.« Ebenezer küsste seine nassen Wangen. »Ich werde eine Lösung finden, auch ohne mit Deborah schlafen zu müssen. Ich werde niemals etwas tun, das dich verletzen könnte. Hab keine Angst.«

Aber Robert wirkte alles andere als zuversichtlich. Ebenezer konnte die Qualen auf dem Gesicht seines Geliebten sehen.

Mühsam stand Robert auf. »Ich werde gehen, Eure Lordschaft.«

»Nein!«, schrie Ebenezer und fasste nach seinem Arm.

»Ich muss.« Robby sah ihn an, in seinen Wimpern schimmerten Tränen. »Ich bin gefährlich für Sie.«

»Mein Liebling, das überstehe ich nicht«, schluchzte Ebenezer. »Hugo kann mich anzeigen, er kann mir alles nehmen – solange du an meiner Seite bist, ist mir das egal. Aber ich kann nicht ohne dich leben.«

Robert schüttelte den Kopf. »Lassen Sie mich gehen. Denken Sie an die Arbeiter, an die Fabrik. Was geschieht, wenn Sie gehenkt werden? Wer wird sich dann für die Menschen in Stockmill einsetzen?«

»Ich weiß es nicht«, krächzte Ebenezer, der plötzlich kaum noch Luft bekam. »Aber du darfst mich nicht verlassen.«

»Ich habe keine Wahl«, sagte Robert und küsste ihn. »Sie haben so viel für mich getan. Ich liebe Sie und werde Sie immer lieben. Und aus diesem Grund muss ich jetzt gehen.«

Tränen strömten noch immer über Roberts Gesicht.

»Wohin willst du?«, fragte Ebenezer mit erstickter Stimme.

Der junge Mann hob die Schultern. »Vielleicht nach London. Ich werde mir eine Anstellung suchen.«

»Nein, Robby, nein«, wimmerte Ebenezer.

Robert wandte sich zur Tür, aber Ebenezer sprang hinter ihm her und fasste seinen Arm.

»Dann bleib wenigstens noch heute Nacht! Bitte!« Er hörte das Flehen in seiner eigenen Stimme.

Sein Geliebter sah ihn nachdenklich an. Ebenezer konnte sehen, wie der Wunsch nach einer letzten Nacht gegen die Angst in ihm kämpfte. Schließlich gab er nach und nickte.

Ebenezer zog Robert in seine Arme und bedeckte seinen Kopf mit Küssen. Er sog den Duft seiner Haare ein, strich sanft über seine Wangen und prägte sich jeden einzelnen seiner Gesichtszüge genau ein.

Kapitel 13

Oktober 2018

Als Abi zu schreien begann, klappte Melody erschrocken das Tagebuch zu. Sie brauchte einen Moment, um in die Gegenwart zurückzukehren. Vorsichtig hob sie ihre Tochter aus der Trage. Eine neue Windel war dringend fällig. Während sie die Wickeltasche öffnete und sich nach einem geeigneten Platz umsah, kehrten ihre Gedanken zu Cyrus' Aufzeichnungen zurück. Louise und Josephine waren also Zwillinge! Das hätte Melody niemals gedacht. Die beiden alten Frauen hatten sich so sehr gehasst. Und warum war die eine in Abigail's Place, die andere aber im Siedlercottage aufgewachsen? Außerdem hatte sowohl Louise und als auch Josephine ihnen erzählt, dass sie unterschiedliche Mütter gehabt hatten. Louise bestritt sogar, dass ihr Vater gleichzeitig auch Josephines Vater war.

Und wie schrecklich Yvettes Schicksal gewesen war! Sie hatte Cyrus Zwillinge geboren, und er schob sie ins Siedlercottage ab, während er mit seiner Schwester in Abigail's Place lebte. Und Nancy war auch noch schwanger von Cyrus gewesen!

Melody breitete ein Tuch auf Cyrus' altem Schreibtisch aus und legte ihre Tochter darauf. Während sie das Baby wickelte, überlegte sie, dass all das Leid, das Yvette ertragen musste, wohl auf Sir Laurence zurückzuführen war. Schließlich hatte er seine Kinder zur Inzucht getrieben, und sein Sohn hatte später dafür gesorgt, dass auch Laurence' Enkelkinder eine inzestuöse Beziehung führten. Waren Menschen wirklich so leicht zu beeinflussen? Melody schauderte und hielt inne. Erst jetzt fiel ihr auf, dass Dan noch immer nicht da war. Sie sah auf die Uhr. Eine Stunde lang war sie in Cyrus' Tagebuch vertieft gewesen. Sie hatte gar nicht bemerkt, dass Dan noch nicht von seinem Telefonat zurückgekehrt war. Es musste irgendetwas passiert sein, sonst wäre er doch längst wieder bei ihr.

So schnell sie konnte, wickelte sie Abi und band sie in ihr Tragetuch. Dann machte sie sich auf den Weg nach unten. Schon auf der Treppe konnte sie Dans Stimme in der Eingangshalle hören und sie atmete erleichtert auf. Es ging ihm also gut, sein Telefonat dauerte anscheinend noch etwas länger.

Da es Zeit für den Tee war, beschloss Melody, in die Küche zu gehen. Während sie darauf wartete, dass das Wasser kochte, suchte sie nach dem Tee, den sie im Frühjahr gekauft hatte. Er stand noch immer im Schrank. Nachdem sie die beiden Tassen mit heißem Wasser gefüllt hatte, stellte sie sie auf ein Tablett und ging in den Salon.

Als sie eintrat, sah Dan erschrocken auf.

»Ich … ruf dich später wieder an«, sagte er, legte auf und grinste sie an. »Sorry, es hat länger gedauert.«

»Das hab ich gemerkt«, antwortete Melody, während sie das Tablett zum Sofa balancierte.

Dan sprang zu ihr und nahm es ihr ab.

»Du wirkst, als hättest du ein schlechtes Gewissen«, stellte sie fest und betrachtete ihn kritisch.

»Unsinn«, erwiderte er und lachte eine Spur zu laut. »Ich habe nur die Zeit vergessen.«

Melody nahm eine der Tassen und setzte sich. »Wer war denn am Telefon?«

»Kennst du nicht«, antwortete er einsilbig.

Melody nickte und atmete den Duft des heißen Tees ein. Plötzlich hatte sie ein seltsames Gefühl. Verschwieg Dan ihr etwas? Sie hatte es nie leiden können, wenn ihr Ex-Mann sie nach ihren Telefonaten befragt hatte, und jetzt tat sie das Gleiche bei Dan. Aber warum sagte er ihr nicht, mit wem er telefoniert hatte? Oder war sie zu empfindlich geworden, nachdem Philip sie über Jahre mit ihrer Haushaltshilfe betrogen hatte? Sie hatte sich in den letzten Monaten oft vorgeworfen, zu gutgläubig gewesen zu sein. War das der Preis dafür? War sie zu einer misstrauischen Person geworden?

»Was hast du oben gefunden?«, fragte Dan und riss Melody damit aus ihren Grübeleien.

»Puh«, stieß sie hervor und nippte an ihrem Tee. »Ziemlich unangenehme Dinge, fürchte ich.«

Sie fasste zusammen, was sie gelesen hatte, und Dan hob entsetzt die Augenbrauen.

»Sollen wir weitermachen?«, fragte er, als sie den letzten Schluck getrunken hatten.

Melody schüttelte den Kopf. »Ich glaube, das schaffe ich heute nicht mehr. Lass uns nach Eugene zurückfahren.«

Auf der Rückfahrt war Melody die ganze Zeit in Gedanken bei Yvette, Cyrus und Nancy. Ob Abigail wohl geahnt hatte, dass Sir Laurence nicht nur ihr Leben zerstört hatte, sondern auch das seiner Kinder und Enkelkinder? Ja, es schien sogar, als hätte er selbst seine Urenkelinnen Louise und Josephine mit seinen Gedanken vergiftet, denn die beiden Frauen waren ein Leben lang auf krankhafte Weise mit diesem Ort verbunden gewesen.

Dans Telefon klingelte wieder. Melody sah den hellen Schein des Displays in seiner Hemdtasche. Er ignorierte es, den Blick starr auf die Straße gerichtet. Dan wirkte verschlossen, als würde er angestrengt über etwas nachdenken. Melody bemühte sich, den Anrufer zu ignorieren, und doch ließ es ihr keine Ruhe. Noch drei Mal leuchtete sein Bildschirm auf, bis sie endlich in Eugene waren.

Als sie beim Abendessen in einem kleinen Restaurant saßen, war Melody so müde, dass ihr beinahe die Augen zufielen. Der Jetlag machte ihr zu schaffen und auch die Aufregungen des Tages hinterließen ihre Spuren. Wieder klingelte Dans Handy, und mit gerunzelter Stirn zog er es aus der Tasche und drückte den Anruf weg.

»Was ist denn heute bei dir los?« Melody versuchte ihrer Stimme einen unbeschwerten Tonfall zu geben, was ihr jedoch gründlich misslang.

Dan hob die Schultern. »Die Arbeit. Selbst im Urlaub hat man keine Ruhe.«

Sie nickte und war sich ziemlich sicher, dass er log. Warum sollte er so oft von seinen Kollegen angerufen werden, wo sie doch genau wussten, dass er Urlaub hatte und zurzeit in Oregon war?

Eine Stunde später betraten sie ihr Hotelzimmer. Während Melody Abi vorsichtig in ihr kleines Bettchen legte, ging Dan in das Badezimmer, um zu duschen. Melodys Blick fiel auf sein Hemd und das Handy in der Tasche, das wieder leuchtete und vibrierte. Wer auch immer ihn anrief, er war hartnäckig. Sie sah zur geschlossenen Badezimmertür, und im nächsten Moment zog sie das Handy hervor und warf einen Blick auf das Display. »Hester«. Sie ließ das Telefon wieder zurückgleiten und sank aufs Bett. Hester war Dans Ex-Frau. Sie waren schon eine ganze Weile nicht mehr zusammen. Warum rief sie ihn heute ständig an? Und wieso erzählte er es ihr nicht? Ganz im Gegenteil, er belog sie sogar.

Melody schämte sich. Noch nie hatte sie ein fremdes Telefon kontrolliert und war auch während ihrer Ehe mit Philip immer der Meinung gewesen, dass eine Beziehung, in der ein Partner dem anderen nachspionieren musste, zum Scheitern verurteilt sei. Sie war noch nicht lange mit Dan zusammen und hatte sein Telefon überwacht. Wie armselig! Und trotzdem: Warum hatte er ihr die Anrufe seiner Ex-Frau verschwiegen? Dachte er vielleicht, dass sie eifersüchtig sein würde? Oder gab es einen anderen triftigen Grund für ihn, ihr nichts davon zu verraten? Nein, Melody verbot sich, weiter darüber nachzudenken und sich in Fantasien zu ergehen, die nicht begründet waren. Sie war als Staatsanwältin immer stolz auf ihre Wahrheitsliebe gewesen. Das war ihre Lebensmaxime: Komme der Wahrheit so nah wie möglich. Sie versuchte, Spekulationen zu vermeiden. Das hatte sie immer angetrieben. Letztendlich auch bei der Suche nach ihrer Familiengeschichte.

Ihre Gedanken wanderten wieder zu Cyrus. Ihr graute davor, weiter in seinen Tagebüchern zu lesen. Streng genommen gehörte er nicht zu ihrer Familie. Ebenezer und Hugo waren ihre Ahnen gewesen, William und Rosemary nur deren Halbgeschwister. Auch wenn Abigail ihrer aller Vorfahrin war, konnte man bei Cyrus kaum mehr von Verwandtschaft sprechen. Melody überlegte, morgen nicht wieder nach Abigail's Place zu fahren und stattdessen nach einem Käufer für das Anwesen zu suchen. Abigails Tagebücher waren längst bei ihr in England, in der Villa gab es nichts, das noch an ihre Vorfahrin erinnerte.

»Alles in Ordnung?«

Sie sah überrascht auf. Dan setzte sich neben ihr auf das Bett. Er trug nur seine Unterhose und duftete nach Zitrone, Bergamotte und Minze.

Melody zuckte die Schultern. »Ich habe gerade darüber nachgedacht, das Haus zu verkaufen. Ich weiß nicht, ob ich Cyrus' Geschichte zu Ende lesen kann. Das ist alles so schrecklich, so …«

»Krank?«, fragte Dan.

»Ja, irgendwie schon«, erwiderte Melody. »Am liebsten würde ich gar nicht mehr in das Haus zurückkehren.«

Er sah sie nachdenklich an. »Ich verstehe, was du meinst. In dem Gebäude herrscht wirklich eine seltsame Atmosphäre, die einem Gänsehaut bereitet.«

Melody nickte. »Es sind schlimme Dinge darin geschehen, aber schon bevor ich davon wusste, habe ich mich dort unwohl gefühlt.«

Einen Moment lang schwiegen sie. Dann fragte Dan: »Also gehen wir morgen zu einem Makler? Der könnte dir alles abnehmen, und du bräuchtest nie wieder in das Haus zurückzukehren.«

Sie zögerte. Es war verlockend, mit dem Thema abschließen zu können. Aber würde sie es tatsächlich fertigbringen, die Villa zu verkaufen, ohne das Ende der Geschichte zu kennen?

»Ich weiß nicht«, sagte sie und ließ sich in die Kissen fallen. »Ich will heute Nacht darüber schlafen und morgen entscheiden. Okay?«

Er lächelte sie liebevoll an. »Natürlich.«

Dan glitt neben sie und sein Gesicht kam ihrem ganz nah. Er flüsterte: »Ich liebe dich.«

Melody schluckte. Seine Worte klangen aufrichtig und sie wollte sie zu gern glauben. Wieder sah sie sein Display vor sich. *Hester*. Als seine Lippen ihre berührten, versuchte sie, das Bild zu verdrängen. Seine Hände schoben ihr T-Shirt nach oben und liebkosten ihre Haut. Melody wollte sich fallen lassen. Sie konzentrierte sich auf seine Lippen, die zärtlich und liebevoll ihren Mund bedeckten, auf seine Zunge, die ihre umspielte. Ganz langsam stieg Erregung in ihr auf, sie erwiderte seine lustvollen Bewegungen erst zurückhaltend, dann immer leidenschaftlicher.

Hinterher lag sie erschöpft neben ihm, verschwitzt und mit pochendem Puls. Dan hielt sie im Arm und küsste sanft ihre Stirn. Sie konnte ihn nicht ansehen, so sehr schämte sie sich dafür, auf sein Handy geschaut zu haben.

Obwohl sie müde war, konnte sie nicht einschlafen. Melody löste sich vorsichtig aus seinem Arm und drehte sich auf die andere Seite. Sie starrte in die Dunkelheit. Plötzlich zuckte wieder ein heller Lichtschein durch die Nacht. Es musste schon nach zwölf Uhr sein. Sie schloss die Augen, aber das Summen des vibrierenden Handys klang ohrenbetäubend durch die Stille. Melody hörte, wie Dan sich aufrichtete. Die Laken raschelten, als er sich wieder zurücksinken ließ. Sie rührte sich nicht und wartete darauf, dass es endlich wieder ruhig wurde. Auch ohne einen Blick auf das Display wusste sie, welcher Name darauf angezeigt wurde.

»Und?«, fragte Dan am nächsten Morgen, als Melody gerade dabei war, Abigail zu stillen. »Hast du dir überlegt, ob wir zu einem Makler gehen sollen?«

Melody war müde, sie hatte kaum geschlafen. Als sie gegen drei Uhr endlich eingedöst war, hatte sie das Summen von Dans Smartphone wieder aufgeschreckt.

»Ich glaube, ich sollte abwarten, bis wir mit Mr Truman gesprochen haben«, sagte sie. »Ich habe noch keinen Überblick über das Erbe.«

»Soll ich bei ihm anrufen und ihn fragen, ob wir vielleicht einen früheren Termin bekommen können?«

Er fuhr sich mit beiden Händen über das Gesicht, und Melody ahnte, dass er genauso müde war wie sie. Er hatte sich die ganze Nacht unruhig hin und her gewälzt, und sie fragte sich, ob es nur die acht Stunden Zeitverschiebung waren, die ihn wach hielten. Oder beschäftigten ihn die Anrufe seiner Ex-Frau so sehr, dass er keinen Schlaf fand?

»Nein«, erwiderte Melody.

Dan hatte schon sein Smartphone gezückt und suchte nach der Nummer des Anwalts im Internet.

»Er ist diese Woche verreist. Sonst hätte ich doch schon längst einen Termin mit ihm vereinbart.«

Dan ließ sich auf den Stuhl vor dem winzigen Schreibtisch fallen. »Dann machen wir uns eben ein paar schöne Tage in Eugene. Wir könnten an die Westküste fahren.«

»Ich muss noch ein letztes Mal zum Haus«, sagte Melody und war selbst überrascht von ihren Worten. Bis vor wenigen Sekunden hatte sie nicht gewusst, ob sie noch einmal ins amerikanische Abigail's Place zurückkehren wollte. »So belastend es auch für mich ist, ich muss Cyrus' Geschichte zu Ende lesen.«

Dan sah sie schweigend an. Sie konnte sehen, dass er ihr Vorhaben nicht billigte.

»Louise hat mir die Villa anvertraut, weil sie der Meinung war, dass ich das Erbe immer in Ehren halten würde. Die Geheimnisse des Hauses …«

»Die Köpfe von Sir Laurence und Rosemary?«, fragte Dan mit leichtem Ekel in der Stimme.

»Ich weiß nicht, ob es ihr nur um diese Köpfe ging«, überlegte Melody. »Was ist geschehen, dass Louise und Josephine sich so entfremdet haben? Mal angenommen, sie sind wirklich die Zwillinge, die Yvette 1927 zur Welt gebracht hat – warum sind sie dann getrennt aufgewachsen und warum haben sie sich zum Schluss so gehasst?«

»Und warum sind sie nie von hier fortgegangen?«, ergänzte Dan.

»Ich bin sicher, dass weder Josephine noch Louise wirklich glücklich waren. Und ich muss den Grund dafür finden.« Melody nahm ihre Tochter hoch, die inzwischen satt war, und legte sie über ihre Schulter. »Es sind nicht mehr viele Tagebücher, die Cyrus hinterlassen hat. Was auch immer darin steht und wie ungern ich die Wahrheit auch wissen möchte, ich fühle mich verpflichtet dazu, sie zu ergründen.«

»Dann fahren wir also nach dem Frühstück wieder ins Willamette-Tal?«, fragte Dan.

»Ja«, antwortete Melody und klopfte sanft auf den Rücken ihrer Tochter.

Drei Stunden später saßen sie wieder in Cyrus' Turmzimmer. Der Ordner mit den letzten Tagebucheinträgen lag vor ihnen auf dem Tisch. Dan hatte gerade ein kurzes Telefonat geführt, und Melody hatte nicht nachgefragt, mit wem. Sie wusste es. Unruhig hatte sie auf ihn gewartet. Es hatte kaum fünf Minuten gedauert, und als er zurückkam, machte er keine Anstalten, etwas über seinen Anruf zu erzählen.

Melody klappte den Deckel des Ordners auf und begann laut zu lesen.

Kapitel 14

Januar 1928

Cyrus fröstelte. Er schirmte seine Augen mit der Hand gegen den Schnee ab, der ihm entgegenwirbelte. Wieder einmal hatte er das Wetter unterschätzt und nur seine Jacke übergezogen, als er Abigail's Place verlassen hatte. Seine Füße waren schon nach wenigen Schritten so kalt, dass sie begannen zu schmerzen, und die frostige Luft brannte in seiner Nase. Er musste beim nächsten Mal unbedingt daran denken, sich Handschuhe und einen Schal anzuziehen. Bei diesem Wetter schien der Weg vom Haus hinunter zum Siedlercottage unvorstellbar lang zu sein. Als auch seine Hände schon fast taub vor Kälte waren, tauchten endlich die warmen Lichter des Cottages vor ihm auf, die in den Abend hinausstrahlten.

Cyrus öffnete die Tür, die immer unverschlossen war, und schüttelte sich den Schnee aus den Haaren.

»Yvette!«, rief er.

»Ich bin im Salon.«

Cyrus lächelte. Das war typisch für Yvette. Auch wenn das beengte Zimmer, in dem es nichts weiter gab außer einem kleinen Sofa, einem Sessel, Tisch und winzigem Buffet, schäbig und einfach war, würde sie nie etwas anderes dazu sagen als »Salon«.

»Hallo, mein Liebling«, begrüßte er sie, als er in den warmen Raum trat, in dem das Kaminfeuer loderte. »Ich bin vollkommen durchgefroren.«

Sie warf ihm einen liebevollen Blick zu. »Warum ziehst du dir auch keinen warmen Mantel an?«

Er zuckte die Schultern und ließ sich neben sie aufs Sofa fallen. Louise und Josephine schliefen in der Wiege, die zwischen dem Sofa und der Wand gerade noch Platz fand. Yvettes Sorge rührte ihn. Das, was er ihr zumutete, war kaum zu ertragen und er fühlte sich schlecht dabei. Denn obwohl Yvette schockiert gewesen war, als sie das Siedlercottage zum ersten Mal sah, hatte sie sich nie bei ihm beklagt. Er wusste auch so, dass sie unter den Lebensbedingungen hier draußen litt. Er sah es an ihrem müden und traurigen Blick, und er spürte ihre Wehmut und die Resignation, in die sie nach dem Umzug verfallen war. Das Einzige, was sie ihm immer wieder vorwarf, war, dass er nicht jede Nacht zu ihr ins Cottage kam. Cyrus hatte es trotz seiner Vorsätze, seinen Vater nicht zu enttäuschen, nicht übers Herz gebracht, sich gänzlich von Yvette zurückzuziehen. Nancys fortgeschrittene Schwangerschaft half ihm dabei. Denn seine Schwester litt zunehmend unter Übelkeit und Schwindelanfällen und war längst nicht mehr dazu bereit, das Bett mit ihm zu teilen. So zog Cyrus sich abends nach dem Dinner in sein Zimmer zurück und schlich sich aus dem Haus, sobald alle eingeschlafen waren. Yvette beklagte sich häufig, dass er so spät kam, aber er erklärte es damit, dass er nach dem Dinner noch geschäftliche Dinge mit seinem Vater oder den Gästen besprechen musste. Yvette litt darunter, dass sie nicht mehr zum Abendessen in die Villa eingeladen wurde, aber auch darüber verlor sie kein Wort.

Cyrus tastete jetzt nach ihrer Hand und starrte ins Feuer. Er dachte mit schlechtem Gewissen an den Brief, den er im Dezember zufällig gefunden und gelesen hatte. Yvette hatte damals schon seit ein paar Monaten im Cottage gewohnt. Es war ein Brief von ihr an ihre Schwester in Paris gewesen, der bei den anderen Briefen in der Halle gelegen und darauf gewartet hatte, von einem Dienstboten aufgegeben zu werden.

Cyrus hatte gezögert, dann jedoch nicht widerstehen können. Er wollte wissen, was in seiner Frau vorging, und hatte den Umschlag an sich genommen. Mit zitternden Fingern hatte er ihn in seinem Zimmer geöffnet. Warum hatte Yvette ihn nicht längst verlassen? Als er den Inhalt gelesen hatte, wusste er Bescheid. Noch immer sah er das Schreiben Wort für Wort vor sich.

Liebe Hélène,
ich danke Dir für Deine Nachricht und die aufmunternden Worte. Deinen Wunsch, hierherzukommen und Deine Nichten kennenzulernen, kann ich nur zu gut verstehen, aber ich bitte Dich, es nicht zu tun. Ich liebe Dich, das weißt Du, aber ich ertrage es nicht, Dich oder irgendjemanden aus meinem früheren Leben wiederzusehen. Die Erinnerungen kämen wieder hoch, und ich genieße gerade die Entfernung zu allem, was mich an damals erinnert. Außerdem habe ich Angst, er könnte Dich dann begleiten, und das würde ich nicht überleben. Warum verreist Du nicht woanders hin? Es würde Dir guttun, wenn Du weit fort von ihm kämst, und sei es nur für ein paar Wochen. Vielleicht könntest Du dann endlich einen Mann finden, irgendei-

nen, und Dich so von unserem Vater lösen. Ich habe es schließlich auch geschafft! Das, was er uns immer wieder angetan hat, ist unverzeihlich, und ich bin froh, ihn und Mutter, die all die Jahre nur zugeschaut hat, nie wiedersehen zu müssen. Du kannst Dir nicht vorstellen, wie schön es ist, nachts nicht mehr voller Angst auf Schritte vor der Tür lauschen zu müssen und zu wissen, dass er jeden Moment kommen und sich zu mir legen könnte.

Auch wenn ich hier wie eine Fremde behandelt werde und mir niemand, mein Mann eingeschlossen, das Gefühl vermittelt, zu dieser Familie zu gehören, ist es für mich eine Wohltat, nachts ohne diese Angst einschlafen zu können.

Ich denke, dass meine Schwägerin Nancy Ähnliches ertragen muss. Sie ist hochschwanger, wie ich erst vor wenigen Tagen herausgefunden habe, als ich sie zufällig im Garten sah. Selbst der dicke Wintermantel konnte ihren Bauchumfang nicht verbergen. Dabei ist sie weder verheiratet, noch hat sie einen Kavalier, von dem ich wüsste. Mein Schwiegervater William hegt eine unnatürliche Zuneigung zu ihr und scheint sie zu vergöttern. Daher liegt mein Verdacht nahe, dass es sich hier um einen schrecklichen Unfall handelt … Und wir beide wissen nur zu gut, dass derartige Beziehungen in den meisten Familien vorkommen.

Ich wünsche mir sehnlichst, dass Cyrus mir mehr Aufmerksamkeit schenkt, aber ich bin gleichzeitig froh darüber, dass er mich weitgehend in Ruhe lässt. Schließlich habe ich genug Schmerzen ertra-

gen müssen, auch wenn ich gestehen muss, dass Cyrus sehr einfühlsam und zärtlich ist. Er ist absolut nicht mit Vater zu vergleichen.
So, meine liebe Hélène, verbrenne den Brief, wenn Du ihn gelesen hast, ich habe Angst, dass er ihn finden und es dann an Dir auslassen könnte.
In Liebe
Yvette

Cyrus war entsetzt von dem Inhalt des Briefes. Yvette und ihre Schwester waren offenbar von ihrem Vater missbraucht worden. Er wusste seitdem, dass seine Frau ihn niemals verlassen würde, denn sie würde nie wieder zu ihrem Vater zurückkehren. Außerdem verfügte sie über keine eigenen Mittel und war nicht in der Lage, selbst Geld zu verdienen. Jetzt verstand er auch ihre Unnahbarkeit und kühle Eleganz. Sie hatte gelernt, den größten Schmerz mit Würde zu ertragen.

Cyrus wandte den Blick von den lodernden Flammen ab und spürte, wie die Kälte langsam aus seinen Knochen wich. Die Wärme des Feuers verursachte ein Kribbeln auf seiner Haut. Neben ihm saß Yvette und beobachtete mit liebevoller Miene ihre schlafenden Töchter. Cyrus überlegte, ob das Verhalten seines Schwiegervaters wohl auch in der Erhaltung eines reinen Stammbaums begründet lag, doch er zweifelte daran. Schließlich hatte er mit seinen Töchtern nie Kinder gezeugt, und die Brutalität, die er dabei offenbar an den Tag legte, deutete nicht darauf hin, dass ihm seine Familie besonders wichtig wäre. Er schien sich vielmehr aus einer Art krankhaftem Bedürfnis an seinen Töchtern vergangen zu haben, und dafür hatte Cyrus kein Verständnis. Ja, auch

Cyrus hatte seine Schwester begehrt und schlief mit ihr, aber er tat es aus Liebe und mit so viel Zärtlichkeit, dass sie keine Schmerzen leiden musste. Jedenfalls verstand er jetzt, warum Yvette sich all diese Erniedrigungen von Cyrus und seiner Familie bieten ließ. Dieses Cottage gab ihr Schutz und Geborgenheit, auch wenn sie sich von der Heirat mit Cyrus sicher mehr versprochen hatte.

Er schrak hoch, als gegen die Haustür gehämmert wurde. Louise und Josephine begannen in ihrer Wiege zu schreien. Yvette sah ihn entsetzt an, bevor sie sich zu den Mädchen hinunterbeugte, um sie zu beruhigen.

Cyrus stand auf und eilte in den Flur. Die Kälte des Hauses schlug ihm entgegen. Als er die Tür öffnete, wirbelten Schneeflocken herein. Donahue stand vor ihm auf der Schwelle.

»Sir, Sie sollen unverzüglich ins Haus kommen. Ihre Schwester kommt nieder«, erklärte der Butler mit einer leichten Verneigung.

Cyrus' Magen krampfte sich schmerzhaft zusammen. Ausgerechnet heute, bei dem Wetter! »Ist nach der Hebamme geschickt worden?«

Donahue nickte. In seinen Brauen hatten sich Schneeflocken verfangen. »Und auch nach dem Arzt. Aber es schneit immer stärker, niemand weiß, wann sie hier eintreffen werden.«

»Ich kann helfen.« Cyrus hatte gar nicht bemerkt, dass Yvette ihm gefolgt war. »Sie braucht die Hilfe einer Frau. Ich habe erst vor Kurzem zwei Kinder zur Welt gebracht und kenne die nötigsten Handgriffe.«

»Nein, Yvette«, widersprach Cyrus. »Du bist nicht kräftig genug. Die Hebamme wird sicher bald hier sein, dann hat Nancy jede Hilfe, die sie braucht.«

»Bis dahin werde ich ihr beistehen. Bitte kümmere du dich um die Mädchen«, sagte Yvette energisch. Sie griff nach ihrem Mantel und zog die Handschuhe über. Dann schlüpfte sie in ihre dicken Winterstiefel.

»Warte!« Cyrus wandte sich an den Butler. »Donahue, bitte bleiben Sie einen Moment hier bei den Kindern. Ich schicke Ihnen gleich jemanden, der Sie ablösen kann. Ich muss bei Nancy und Yvette in der Villa sein.« Cyrus beeilte sich, seiner Frau in die Winternacht hinaus zu folgen.

Die Sonne war bereits aufgegangen, es hatte aufgehört zu schneien, und ein kristallklarer, eisig kalter Tag war angebrochen, als der Arzt endlich eintraf. Cyrus hatte die ganze Nacht mit seinem Vater im Salon gewartet. Von oben war nichts als gespenstische Stille zu hören gewesen. Cyrus erinnerte sich an Yvettes Schreie, die man während Louises und Josephines Geburt hören konnte. Wie anders es bei dieser Geburt war! Cyrus hatte seinen Vater noch nie so unruhig gesehen, gleichzeitig war William aber auch von größter Vorfreude ergriffen. Während er Runde um Runde durch den Salon drehte, überlegte er, welche Schule für seinen Enkel wohl die beste sein würde. Als Cyrus anmerkte, dass es möglicherweise ein Mädchen werden könnte, winkte William ab. Er schien überzeugt davon zu sein, einen Jungen als Enkel zu bekommen.

Um Mitternacht tranken sie einen Grog vor dem Kamin und ein Hausmädchen servierte ihnen eine heiße Suppe. Gegen zwei Uhr morgens wurde Cyrus so müde, dass er immer wieder einnickte. William stieß ihn jedes Mal unsanft an und erinnerte ihn an das wichtige Ereignis, das gerade im Stockwerk über ihnen stattfand. Sein Vater starrte ungeduldig zur Tür, jeden Augenblick darauf gefasst, dass jemand ihnen die frohe Kunde überbringen würde. Aber es verging Stunde um Stunde ohne Nachricht. Irgendwann hielt William das Warten nicht mehr aus und läutete nach einem Diener. Donahue erschien und teilte ihnen mit, dass Yvette vor einer Stunde nach heißem Wasser und Tüchern habe schicken lassen. Erst eine halbe Stunde danach war der Arzt eingetroffen.

Jetzt saßen William und Cyrus beim Frühstück. Cyrus fühlte sich übermüdet und matt, es fiel ihm schwer, die Augen offen zu halten, und Appetit hatte er überhaupt keinen. Er stocherte gerade in seinem Rührei herum, als der Arzt das Esszimmer betrat.

William sprang auf und eilte dem Mann entgegen. »Doktor Johansson! Ist das Kind da?«

Cyrus hielt inne. Etwas am Gesichtsausdruck des Arztes gefiel ihm ganz und gar nicht.

Doktor Johansson sah die beiden Männer an. »Ja, es ist vor ein paar Minuten zur Welt gekommen.«

»Wunderbar«, sagte William strahlend. »Ist es ein Junge? Wie ich vermute?«

Doktor Johansson nickte zögernd und atmete tief durch. »Mr Lancaster-Riley, es tut mir leid, aber …«

»Was?«, rief William alarmiert.

Auch Cyrus' Herz pochte mit einem Mal heftig.

Der Arzt sagte leise: »Ich muss Ihnen leider mitteilen, dass Ihr Enkel die nächsten Stunden nicht überleben wird.«

»Nein!« William war blass geworden. Er sank auf einen der Stühle. »Das … das ist unmöglich. Wie …? Diese Französin! Ich wusste, dass es nicht gut ist, wenn sie bei der Geburt anwesend ist. Das ist ihre Schuld, nicht wahr?« Er sah mit funkelnden Augen zu Cyrus. »Es ist die Schuld deiner Frau.«

»Beruhigen Sie sich, Mr Riley«, sagte Doktor Johansson und stellte seine Tasche auf das Schränkchen neben der Tür. »Ihre Schwiegertochter kann nichts dafür. Im Gegenteil, sie hat Ihrer Tochter vermutlich das Leben gerettet. Wenn sie es nicht geschafft hätte, die Blutungen zu stoppen, wäre ich vermutlich zu spät gekommen.«

»Daran ist mein Enkel also gestorben? An den Blutungen?«, fragte William atemlos.

»Nein, Sir.« Der Arzt machte eine beruhigende Geste. »Ihre Tochter hatte die Blutungen, und es stand eine Weile sehr schlecht um sie.«

»Woher wollen Sie wissen, dass die Französin nicht dafür verantwortlich war? Erst sorgt sie dafür, dass Nancy verblutet, dann stellt sie sich als Lebensretterin dar.«

»Ihre Tochter hat es ja überstanden. Und noch lebt auch das Kind«, sagte Doktor Johansson und hob beschwichtigend die Hände. »Mr Riley, das Kind ist jedoch so stark missgebildet, dass es keine Überlebenschance hat. Nach den äußeren Verwachsungen zu urteilen werden mit Sicherheit auch lebensnotwendige innere Organe betroffen sein.«

»Nein«, keuchte William und sackte in sich zusammen.

»Es tut mir wirklich leid«, sagte der Arzt. »Und ich fürchte, das ist noch nicht alles. Ihre Tochter wird nie wieder Kinder bekommen können.«

Einen Moment lang starrten William und Cyrus Doktor Johansson entsetzt an. Das bedeutete, dass die Gene von Abigail und Laurence nicht mehr in ihrer reinsten Form weitergegeben werden konnten. Sie würden von nun an mit schlechterem Erbgut vermischt werden müssen.

William stieß einen Schrei aus und kippte vom Stuhl. Cyrus sprang erschrocken zu ihm, aber der Arzt war schneller. Ein dünnes rotes Rinnsal tropfte aus Williams Mundwinkel.

»Das Geschwür!«, rief Doktor Johansson. »Es ist geplatzt! Holen Sie Hilfe, schnell! Wir müssen ihn in sein Zimmer bringen.«

An diesem Tag hätte Cyrus beinahe auch seinen Vater verloren. Es war großes Glück, dass der Arzt gerade im Haus war und dass die Blutung, entgegen Doktor Johanssons erster Vermutung, nicht aus dem Geschwür stammte, sondern aus einem kleinen Gefäß, das bald ganz von selbst aufhörte zu bluten. Gegen Mittag war William schon wieder ansprechbar und musste mit Nachdruck daran gehindert werden, sofort zu seiner Tochter Nancy zu eilen. Nur durch gutes Zureden war er dazu zu bewegen, im Bett zu bleiben. Doktor Johansson wies noch einmal deutlich darauf hin, dass William sich nicht aufregen dürfe und strikte Diät einhalten müsse. Er sei dem Tod gerade noch entkommen, beim nächsten Mal habe er vermutlich weniger Glück. Das Familienoberhaupt winkte jedoch nur müde ab.

Nachdem Cyrus sich vergewissert hatte, dass sein Vater sich an die Anweisungen des Arztes hielt, erklärte er Donahue, dass er nicht gestört werden wolle. Sein Sohn war längst gestorben, er hatte kaum eine Stunde gelebt. Cyrus hatte das Kind nicht einmal gesehen. Er ging wie betäubt zu Bett und hatte weder die Kraft, seine Schwester zu besuchen, noch, zu Yvette ins Siedlercottage zu gehen. Sobald er in seinem Bett lag, schlief er ein.

Als er am späten Abend erwachte, überkam ihn die Erinnerung wie eine Welle salzigen Wassers. Er rang nach Luft, aber die Trauer und der Schmerz waren kaum auszuhalten. Er vergrub sein Gesicht im Kissen und weinte. Er weinte um seinen Vater, den er beinahe verloren hatte, um sein totes Kind, um Yvette und um seine Familie, deren Gene nun nicht mehr zu retten waren. Dann stand er auf, zog seinen Morgenmantel an und stieg über die steile Treppe in den Turm hinauf. Er knipste das elektrische Licht an und holte sein Tagebuch hervor. Während er die Ereignisse der letzten Stunden auf dem Papier festhielt, spürte er, wie sein Schmerz nachließ. Er schrieb die halbe Nacht hindurch und ging bei Morgengrauen wieder zu Bett. Den nächsten Tag verschlief er gänzlich, und als er gegen Abend von Donahue geweckt wurde, knurrte sein Magen heftig.

Unten im Speisezimmer empfingen ihn Stille und Einsamkeit. William schien noch das Bett zu hüten, und auch Nancy brauchte Zeit, um sich zu erholen. Der Verlust, den sie alle erlitten hatten, schien auch die Dienerschaft zu berühren, sämtliche Hausmädchen, der Butler und sein Kammerdiener schlichen mit gesenkten Köpfen umher. Cyrus bekam eine Suppe und Brot serviert, und nachdem er gegessen hatte, zögerte er, vom Tisch aufzustehen. Wen sollte er zuerst besuchen? Seinen Vater, der vor Enttäuschung und Gram beinahe gestorben und der vermutlich noch immer verzweifelt war, oder Nancy, die gerade ihr gemeinsames Kind verloren und erfahren hatte, dass sie nie wieder schwanger werden würde?

Cyrus wollte am liebsten zu keinem von beiden, aber er wusste, dass sie seinen Besuch erwarteten. Also zwang er sich, nach oben zu gehen. Er beschloss, zuerst seinen Vater aufzusuchen. Als er jedoch die Schlafzimmertür öffnete, fand er sein Bett verwaist vor. Wut stieg in ihm auf. Warum hatten die

Dienstboten nicht aufgepasst? Er hatte ihnen doch befohlen, dafür zu sorgen, dass sein Vater nicht leichtsinnig wurde und das Bett verließ. Cyrus wandte sich nach links, wo sich Nancys Räume befanden. Als er die Tür öffnete, sah er William neben Nancys Bett sitzen.

»Vater!« Er hörte selbst die Erleichterung in seiner Stimme. »Wieso liegst du nicht im Bett? Wir hätten dich gestern beinahe verloren.«

»Reg dich nicht auf, mein Sohn. Komm, setz dich zu uns.«

William deutete auf die Bettkante und Cyrus kam zögernd näher.

Er stutzte. Nancy hielt einen Säugling im Arm. War sein Sohn etwa doch noch am Leben? Das Kind wirkte weder missgebildet noch krank, sondern hatte eine rosige Hautfarbe. Als er neben Nancy trat und sich zu dem Baby hinabbeugte, erkannte er, dass sie Louise im Arm hielt. Er sog überrascht die Luft ein.

»Louise?«, fragte er überrascht.

Nancy lächelte das Mädchen liebevoll an. »Unsere Tochter. Ist sie nicht perfekt?«

Cyrus sah irritiert von seinem Vater zu Nancy und wieder zurück.

»Sie ist nicht deine Tochter, Nancy«, sagte er.

»Unsinn«, mischte sich William ein. »Die Französin hat doch noch ein zweites Kind. Ich möchte, dass Louise als Nancys Tochter und deine Erbin aufwächst.«

»Das geht nicht«, widersprach Cyrus. Er wollte möglichst rasch zu Yvette zurück, die sich vermutlich vor Sehnsucht nach ihrer Tochter verzehrte.

»Was hier im Haus geschieht und was nicht, bestimme immer noch ich«, entgegnete sein Vater mit Entschlossenheit. »Und jetzt sei still, du weißt, dass ich keinerlei Aufregung vertrage.«

Cyrus starrte ihn entsetzt an. Ja, William hatte eine lebensbedrohliche Krankheit, aber er konnte nicht zulassen, dass er ihn damit erpresste.

Er atmete einen Augenblick bewusst ein und aus, um sich zu beruhigen. Dann fragte er: »Wie habt ihr Louise hierhergebracht?« Er ahnte, dass Yvette sie ihnen nicht freiwillig gegeben hatte.

»Das ist nicht wichtig«, antwortete Nancy und lächelte das Baby liebevoll an.

Cyrus wiederholte seine Frage, dieses Mal in schärferem Ton.

William zuckte mit den Schultern. »Ein Hausmädchen hat sie uns gebracht, als Yvette gerade anderweitig beschäftigt war.«

Cyrus sog scharf die Luft ein und griff nach dem Kind. »Ihr habt sie gestohlen?«

»Wage es nicht!« Sein Vater stand schwankend auf. »Dieses Kind gehört Nancy.«

Nancy umklammerte Louise.

Cyrus zog seine Hand zurück.

»Na schön«, presste er hervor. »Aber diese Angelegenheit ist noch nicht geklärt.«

Mit diesen Worten eilte er zur Tür. »Ich werde mich um Yvette kümmern, danach kehre ich zurück, um Louise wieder zu ihrer Mutter zu bringen.«

Als er im Siedlercottage ankam, war Yvette bereits vollkommen verzweifelt. Sie hielt Josephine fest im Arm, als befürchtete sie, auch dieses Kind könne ihr jeden Moment genommen werden.

Cyrus versuchte sie zu beruhigen und versprach ihr, Louise zurückzubringen.

Doch seine Frau schüttelte unter Tränen den Kopf. »Wenn dein Vater dafür verantwortlich ist, wirst du nichts ändern können. Er hat dich vollkommen in seiner Gewalt.«

»Aber ich stehe in dieser Sache nicht hinter ihm.« Cyrus kochte vor Wut auf William. »Er kann nicht einfach unser Kind nehmen und es Nancy geben wie eine Puppe.«

»Das sagst du jetzt«, sagte Yvette und sah ihn mit tränennassem Gesicht an. »Aber dein Vater gewinnt immer. Ich werde meine Tochter niemals zurückbekommen, da bin ich sicher.«

Sie schluchzte auf und Cyrus' Herz krampfte sich zusammen. Hatte Yvette wirklich recht, und er ließ sich von seinem Vater alles gefallen? Nein, nicht in diesem Fall, nicht wenn es um seine Familie ging.

Er drehte sich abrupt um und verließ das Siedlercottage. Entschlossen stapfte er wieder durch den Schnee zum Haus hinauf, und als er dort ankam, war ihm trotz der eisigen Kälte heiß vor Zorn. Die Haustür warf er so laut zu, dass die Scheiben klirrten und er einen Moment lang glaubte, sie würden zerbersten.

»Cyrus!«, rief sein Vater empört. Er stand auf dem Treppenabsatz, auf den Stock gestützt und so zittrig, dass Cyrus glaubte, er würde jeden Moment zusammenbrechen.

Er holte tief Luft, doch bevor er etwas sagen konnte, hob William die Hand und winkte ihn zu sich.

Cyrus schluckte die Worte hinunter, die er schon auf der Zunge hatte, und stieg langsam die Treppe zu seinem Vater hinauf.

»Ich bitte dich.« William sah ihn mit müden Augen an.

»Ich weiß, dass Louise nicht Nancys Kind ist und dass sie die Kleine nicht auf Dauer behalten kann.«

»Gut«, sagte Cyrus, überrascht von der plötzlichen Einsicht.

»Nur im Moment können wir sie ihr nicht nehmen«, fuhr sein Vater fort. »Sie würde das nicht überstehen.«

»Was soll das heißen?«, fragte Cyrus vorsichtig.

»Du hast sie nicht gesehen, nach dem großen Verlust ...« William schwieg. Und in seinem Schweigen lag ein lauter Vorwurf.

Sein Vater hatte recht. Obwohl nicht Cyrus die Wehen und die Schmerzen der Geburt hatte durchstehen müssen, sondern seine Schwester, hatte er sich nicht imstande gefühlt, sie zu besuchen und ihr Trost zu spenden.

»Bist du etwa nach der Geburt noch zu ihr gegangen?«, fragte er seinen Vater. »Obwohl es Doktor Johansson verboten hatte?«

»Ja.« William sah ihn mit festem Blick an. »Denn anders als du habe ich meine eigenen Befindlichkeiten nicht über die meiner Familie gestellt.«

»Auch Yvette und die Zwillinge sind meine Familie«, sagte Cyrus lauter, als er beabsichtigt hatte.

»Aber Yvette hat nicht ihren Sohn verloren.« Sein Vater ging einen Schritt rückwärts und lehnte sich an die Wand. »Und sie hat auch nicht erfahren müssen, dass sie nie wieder ein Kind bekommen kann.«

Darauf hatte Cyrus keine Antwort.

»Ich bitte dich, die kleine Louise deiner Schwester zu überlassen. Nur für ein paar Tage«, sagte William. Er kam kaum zu Atem, hob aber trotzdem die Hand, als Cyrus etwas erwidern wollte. Es dauerte einen Moment, bis er weitersprechen konnte. »Sie braucht das Kind. Bitte!« William sah seinen Sohn eindringlich an.

Cyrus wusste, dass Nancys Körper das Baby tatsächlich dringend brauchte. Vermutlich würde sie bereits Milch für das Kind haben. Und Louise konnte ihr sicher in den ersten Tagen der Trauer über den Verlust hinweghelfen. Aber würde sie das Kind später wieder hergeben können?

»Glaubst du, dass sie uns Louise nach ein paar Tagen wieder zurückgeben wird? Wenn sie sich an die Kleine gewöhnt hat, wird es ihr vielleicht schwerfallen«, sagte Cyrus. Dann deutete er zum oberen Stockwerk. »Du solltest hier nicht so lange herumstehen, komm, ich bringe dich in dein Zimmer.«

»Ganz im Gegenteil«, widersprach sein Vater, während er neben Cyrus die Treppe hinaufschlurfte. »Die kleine Louise wird ihr in den ersten Tagen helfen, bis Nancy mental wieder stabiler ist. Die Trauer wird schwinden, und dann hat sie die Kraft, sich von dem Baby zu lösen. Denk an Abigail. Sie war psychisch auch schwach, verfügte andererseits aber über enorme Kräfte.«

»Sie hat einen Mann getötet«, sagte Cyrus, der seinen Vater skeptisch ansah.

»Zwei sogar«, erwiderte William stolz. »Ihren Schwager in England und dann den Arbeiter, der ihr nachgestellt hat.«

»Ich dachte, ihren Schwager habe der Arbeiter getötet, der sie nach Amerika entführt hat«, sagte Cyrus erstaunt.

»Wer weiß das schon«, antwortete William mit einem wissenden Lächeln.

Cyrus seufzte. »Ich weiß nicht … Die Sache ist heikel. Vielleicht wird es Nancy leichter fallen, wenn ein wenig Zeit vergangen ist. Aber am Ende will sie sich gar nicht mehr von

Louise trennen, schließlich gewöhnt sie sich mit der Zeit an das Kind.«

William schüttelte energisch den Kopf. »Nancy ist eine starke Frau, die einen schlimmen Verlust erlitten hat. Sie wird in ein paar Tagen wieder so stabil sein, dass sie Yvette ihre Tochter nur zu gern überlassen wird.«

Kapitel 15

Juli 1849

Abigail spürte den Wind in ihrem Haar. Die Gischt spritzte ihr ins Gesicht und eine feine Salzschicht bedeckte ihre Haut. Sie stand auf dem Achterdeck und dachte darüber nach, wie sie in England vorgehen sollte. Die Überfahrt näherte sich dem Ende, und es wurde allmählich Zeit, zu planen, wie die Arbeitermadonna nach Stockmill gelangen sollte. An dem Morgen, als sie mit ihrer Beute an Bord der *Golden Star* gegangen und den Hafen New Yorks verlassen hatten, war Abigail die ganze Zeit darauf gefasst gewesen, dass in letzter Minute doch noch Polizisten an Bord kommen und die wertvolle Statue finden würden. Aber sie waren ungehindert auf den Atlantik gelangt und auch die Überfahrt war bislang ruhig und ungestört verlaufen. Es war weder ein schwerer Sturm aufgezogen, noch hatte sich jemand für Abigails wertvolle Fracht interessiert.

»Wir werden morgen Liverpool erreichen«, sagte Maroon, der neben ihr stand und ihrem Blick zum Horizont folgte. »Die ersten Möwen tauchen auf. Es dauert nicht mehr lange, bis wir Land sehen.«

Abigail lächelte. »Ich hätte niemals gedacht, England noch einmal wiederzusehen.« Eine angenehme Wärme breitete sich in ihr aus, als sie an die grünen Wiesen von Stockmill dachte, an ihre Söhne und den Garten von Hampton Hall. Gleich darauf legte sich jedoch ein Schatten über ihre Erinnerung. Die Unbeschwertheit vergangener Tage war längst vorüber. Tränen brannten in ihren Augen. Damals hatte sie ihre Heimat verlassen, um die Zukunft ihres Sohnes zu sichern und weil sie sich ein Leben an Olivers Seite erträumt hatte.

»Wie soll es jetzt weitergehen?«, unterbrach Maroon ihre Gedanken.

Abigail wandte sich zu ihm um und strich sich nachdenklich eine Haarsträhne hinters Ohr, die der Wind ihr sofort wieder ins Gesicht wehte. »Ich werde die Arbeitermadonna zu Ebenezer bringen und dann …« Sie verstummte.

»Wollen Sie in England bleiben?«, fragte er und sah sie mit forschendem Blick an.

Sie zuckte mit den Schultern. »Es ist meine Heimat. Ich werde nicht polizeilich gesucht. Es wäre also möglich, dort zu bleiben.«

»Warum zögern Sie?«, fragte er.

Sie sah ihn nachdenklich an. »Es gab damals Gründe, zu gehen. Nicht nur Oliver, der fliehen musste und den ich begleiten wollte. Ich habe Stockmill vor allem verlassen, weil ich meinen Söhnen die Schande ersparen wollte, die mich nach all den skandalösen Vorfällen begleitete.« Sie dachte an Anthonys Geliebte, an ihre Affäre mit Oliver und an die unerklärliche Krankheit ihres Mannes. »Außerdem konnte ich die englische Gesellschaft einfach nicht mehr ertragen, mit ihrer Verschwendungssucht und der falschen Wohltätigkeit. Das Leid der Arbeiter hat die Menschen dort nie wirklich interessiert. Sie saßen in ihren Palästen und lobten sich selbst dafür, dass sie so großzügig waren, wenn sie einen Korb Lebensmittel im Armenhaus vorbeibringen ließen.«

»Aber inzwischen ist viel geschehen, nicht wahr?«, sagte der Captain. Er hatte seine Mütze abgenommen und unter den Arm geklemmt. »Auch wenn sich die Gesellschaft vermutlich nicht sehr geändert hat, sind Ihre persönlichen Umstände nicht mehr mit den damaligen vergleichbar.«

Abigail nickte. »Ebenezer hat mir geschrieben, dass er Deborah geheiratet hat.«

Der Captain sah sie mit gehobenen Augenbrauen an.

»Die Geliebte meines Mannes.«

»Oh, tatsächlich?« Auf Maroons Gesicht zeichnete sich Überraschung ab.

Abigail runzelte die Stirn. »Ich verstehe es auch nicht. Ich meine, Deborah ist hübsch und sehr lieb, soweit ich mich erinnern kann. Und Ebenezer weiß vermutlich nichts von dem Verhältnis zwischen ihr und seinem Vater. Obwohl sein Onkel George damals nicht gerade diskret war und Anthonys Liebesbeziehung durchaus erwähnt haben könnte. Deborah ist sicher zehn Jahre älter als Ebenezer.«

»Vielleicht macht sie ihn glücklich.«

Abigail gab ihm recht. »Und das ist das einzig Wichtige. Trotzdem ist es für mich eigenartig … Als ich damals von Anthonys Affäre erfuhr, erschreckte mich Deborahs Jugend. Sie war noch ein Kind, als er sich in sie verliebte, und sie war beinahe dreißig Jahre jünger als er. Und jetzt erfahre ich, dass mein Sohn sie geheiratet hat – für den sie mir wiederum viel zu alt erscheint.«

»Die Liebe ist eine sonderbare Sache …«, entgegnete der Captain, in Gedanken versunken.

»Ja.« Abigail konnte sich gut vorstellen, wie Ebenezer durch diese Heirat mit einer ehemaligen Prostituierten von der Londoner Gesellschaft geschmäht wurde. Vielleicht besuchte er die Hauptstadt aber auch nur selten, und in Stockmill hatte der Adel schon lange nicht mehr das alleinige Sagen. Die Fabrikanten nahmen mehr und mehr Einfluss, das hatte sich schon vor ihrem Weggang deutlich abgezeichnet, und Abigail konnte sich gut vorstellen, dass es auch heute noch der Fall war. Die Fabrikanten interessierten die Regeln der Gesellschaft nicht besonders, und wenn Ebenezer schlau war, interessierten sie ihn auch nicht.

Eine Weile lang schwiegen die beiden und sahen in die Gischt hinunter. Dann fragte Maroon: »Denken Sie daran, wieder in Hampton Hall einzuziehen?«

»Nein«, antwortete Abigail, ohne lange darüber nachzudenken. »Es ist nicht mehr mein Haus. Deborah ist jetzt die Hausherrin, und außerdem möchte ich der Gesellschaft dort ungern ausgeliefert sein.«

Sie dachte mit Grauen an die Umans. Der raue Seewind ließ sie frösteln und sie schlang die Arme eng um ihren Körper. Ihr Magen krampfte sich zusammen, als sie sich daran erinnerte, dass Isobel und Victor Uman gut mit Sir Laurence befreundet waren. Die Gefahr, dass ihr Peiniger eines Tages in Stockmill auftauchte, war groß.

»Es gibt keinen Ort, wohin ich gehen könnte«, stellte sie schließlich nüchtern fest. »Und doch muss ich zuerst nach Stockmill, um die Arbeitermadonna an Ebenezer zu übergeben.«

»Ich werde Sie begleiten«, sagte Maroon mit ruhiger Stimme.

Abigail sah ihn überrascht an. Sie war davon ausgegangen, dass der Captain in den nächsten Tagen mit dem Löschen der Schiffsladung beschäftigt sein würde. Und dann musste die neue Fracht an Bord genommen werden.

»Ich werde Sie nicht allein durch das Land reisen lassen mit dieser wertvollen Figur im Gepäck.« Er setzte seine Mütze wieder auf.

Abigail betrachtete ihn nachdenklich. Konnte sie dieses großzügige Angebot annehmen? Maroon hatte unendlich viel für sie getan. Abigail stand bereits tief in seiner Schuld. Wenn er sie nun nach Stockmill begleiten würde, verlöre er viel Zeit.

»Es würde mich tatsächlich beruhigen, wenn ich Sie an meiner Seite wüsste«, gab sie zu. »Aber ich kann Ihre Hilfe nicht annehmen, Sie müssen sich um Ihr Schiff kümmern.«

»Keine Widerrede.« Der Captain lächelte. »Sie können sich auf mich verlassen.«

Abigail sah ihn dankbar an. Zum ersten Mal wurde ihr bewusst, dass die Reise mit der wertvollen Madonna gefährlich werden konnte.

»Hoffentlich werden wir nicht überfallen.« Sie musste plötzlich an die Berichte denken, die sie immer wieder gehört hatte. Es kam gar nicht so selten vor, dass Reisende auf einsamen Landstraßen ausgeraubt wurden.

»Nun, es ist keine allzu lange Reise von Liverpool nach Stockmill. Und die Straßen sind gut befahren. Ich gehe davon aus, dass uns keine Räuber auflauern werden.« Captain Maroon zwinkerte ihr zu.

Abigail nickte. »Sie haben natürlich recht.«

Eigentlich hatte sie viel mehr Angst davor, dass in Liverpool die Polizei schon auf sie wartete. Auch wenn sie sich immer wieder damit zu beruhigen versuchte, dass die *Golden Star* zu den schnellsten Schiffen weltweit gehörte, war es durchaus möglich, dass ein noch schnellerer Klipper mit einer Nachricht der New Yorker Behörden sie längst überholt hatte.

Und Maroon war zwar als umsichtiger Captain bekannt, aber nicht unbedingt als schnellster Schiffsführer. Es brachte jedoch nichts, sich jetzt schon Sorgen zu machen. Abigail würde ihrer Ankunft in England gefasst entgegensehen und die Aufgabe, die sie sich selbst gestellt hatte, zu Ende bringen.

Als sie am nächsten Mittag von dem Lotsen an ihren Liegeplatz geleitet wurden, stand Abigail in ihrem Mantel an der Reling und suchte mit den Augen die Menge ab, die am Ufer die Ankunft des Schiffes beobachtete. Noch konnte sie nichts Beunruhigendes erkennen. Eine Menschentraube hatte sich am Kai versammelt und winkte ihnen entgegen. Sie ankerten jedoch zu weit von den Landungsbrücken entfernt, als dass Abigail Einzelheiten hätte ausmachen können.

Beunruhigt ging sie hinunter in die Kapitänskajüte. Ihre Hände zitterten, als sie nach ihrer Tasche griff und ihre wenigen Habseligkeiten hineinsteckte. Sie sah sich noch einmal in der Kajüte um, in der sie so viele Tage und Nächte verbracht und – mitten im Sturm – Rosemary geboren hatte. Ihr Herz krampfte sich zusammen und Angst stieg in ihr auf. Ihre Tochter war Sir Laurence nun hilflos ausgeliefert. Wenn sie nur wüsste, wie sie Rosemary helfen konnte. Abigail befürchtete, dass Sir Laurence seine Wut über Abigails Flucht, aber auch seine krankhafte Besessenheit auf ihre Tochter übertragen könnte. Hastig versuchte sie, den Gedanken an Rosemary abzuschütteln, aber wie sollte sie ihre Tochter jemals vergessen können? Abigail schluckte die Tränen hinunter und verschloss ihre Trauer und Verzweiflung in ihrem Inneren. Sie konnte nicht zurückblicken, noch nicht, denn wenn sie sich den Erinnerungen an all die Menschen hingab, die sie geliebt und verloren hatte, dann würde sie niemals wieder aufstehen und ihren Weg weitergehen. Ja, Abigail würde trauern, aber erst wenn die Arbeitermadonna dort war, wo sie hingehörte, nämlich bei den Arbeitern.

Und doch wurde sie unendlich wehmütig, als sie in dem Boot saß, das sie zum Anlegesteg brachte. Sie sah Oliver wieder vor sich, mit dem sie vor über sieben Jahren diesen Hafen verlassen hatte. Als sie eine Berührung an ihrem Arm spürte, sah sie auf, beinahe darauf gefasst, in Olivers liebevolles Gesicht zu schauen. Doch neben ihr stand der Captain.

»Bleiben Sie immer dicht bei mir«, sagte er und ließ seinen Blick über die Menschen am Kai wandern.

Fässer wurden hin und her gerollt, Kisten an Kränen durch die Luft geschwenkt und große Pakete verladen. Matrosen, Soldaten und aufgeregte Passagiere eilten umher.

Nachdem das Boot angelegt hatte, bahnten sich der Captain und Abigail einen Weg durch die Menge. Wenig später blieb Maroon vor einem großen Gebäude stehen.

»Hier ist das Büro des Hafenmeisters«, erklärte er Abigail. »Ich werde alle Formalitäten so schnell wie möglich erledigen. Danach suche ich einen Liegeplatz, wo die *Golden Star* für ein paar Wochen bleiben kann. Und dann sehe ich mich gleich nach einer Kutsche um.«

Abigail nickte. »Ich passe unterdessen auf das Gepäck auf.«

Die Arbeitermadonna war zwischen ihrer Kleidung verborgen. Sie hatte sie in Decken und Tücher eingewickelt.

Während der Captain beim Hafenmeister war, saß Abigail auf ihrer Tasche und versuchte, sich ihre Anspannung nicht anmerken zu lassen. Immer wieder sah sie sich nach Polizisten oder Wachleuten um, die nach der Statue suchen könnten. Aber niemand kam und belästigte sie. Matrosen, Reisende und Kaufleute eilten um sie herum und schienen sie kaum wahrzunehmen. Verkäufer priesen verschiedene Waren an, und eine Gruppe junger Männer sang an der Kaimauer Shantys. Über allem ertönten die Schreie der Möwen. Abigail sog den Duft von Fisch und Salz ein, der ihr in den letzten Wochen so vertraut geworden war.

So verging die Zeit. Zwei Stunden später hatte Captain Maroon die Löschung der Schiffsfracht in Auftrag gegeben und sich mit einer Werft geeinigt, die die *Golden Star* in den nächsten Wochen überholen sollte.

Als sie endlich in der Kutsche saßen, atmete Abigail erleichtert auf.

Der Captain lächelte. »Ich habe Ihnen doch gesagt, dass nichts passieren wird.«

»Sie hatten recht«, erwiderte Abigail. »Aber ich habe mich schon zu oft in Sicherheit gewähnt und wurde eines Besseren belehrt.«

Sie sah aus dem Fenster und beobachtete, wie sich die Kutsche einen Weg durch das Gewimmel am Hafen bahnte. Plötzlich stoppte die Equipage. Abigail sah den Captain erschrocken an.

Er hob beruhigend die Hand und lehnte sich aus dem Fenster. Als er sich ihr wieder zuwandte, erkannte Abigail an seiner Miene, dass es Schwierigkeiten gab.

Die Tür wurde geöffnet und ein Uniformierter sah ins Innere. »Mrs Middleton oder Mrs Riley?«

Abigail zog die Augenbrauen hoch, antwortete jedoch nicht.

»Uns liegt ein Hinweis darauf vor, dass Sie Diebesgut bei sich führen«, sagte der Mann mit ernstem Gesichtsausdruck.

Also doch! Abigails Herz pochte heftig gegen ihre Rippen.

»Das muss ein Missverständnis sein«, beeilte sie sich zu

versichern. »Ich bin Abigail Hampton, Lady Mahony, und ich führe nur meinen eigenen Besitz mit mir.«

»So?«, sagte der Polizist und schaute sie streng an. »Dann werden Sie wohl erlauben, dass wir uns Ihr Gepäck genauer ansehen.«

»Nein, das werden wir nicht«, antwortete der Captain an ihrer Stelle. »Erklären Sie uns bitte zuerst, wonach Sie suchen. Was wird Ihrer Ladyschaft denn vorgeworfen?«

»In New York wurde ein wertvoller Gegenstand gestohlen, und uns wurde aus sicherer Quelle gemeldet, dass sich ebendieser im Gepäck dieser Dame befindet. Allerdings wurden die Namen Mahony oder Hampton nicht erwähnt. Die Dame scheint gern ihre Identitäten zu wechseln.« Der Polizist warf ihr einen abfälligen Blick zu.

Abigail schluckte. Genau das hatte sie befürchtet. Natürlich war sowohl Mr Setterwolds als auch Sir Laurence klar, dass nur sie hinter dem Raub stecken konnte. Sie wussten, dass sie die Arbeitermadonna unbedingt zurückhaben wollte, und auch von ihrer Verbindung zu Captain Maroon. Die Tatsache, dass der Polizei die Namen Riley und Middleton bekannt waren, deutete darauf hin, dass Sir Laurence in die Sache involviert war. Selbst aus der Ferne schadete er ihr. Würde sie denn niemals Ruhe vor ihm haben? Wenn die Polizei ihren Koffer durchsuchte, würde die Madonna entdeckt werden. Ihr blieb nur eine Möglichkeit – sie musste die Wahrheit sagen. Abigail schluckte die Panik herunter, die in ihr aufgestiegen war, und atmete tief durch.

»Ich habe tatsächlich eine wertvolle Statue in meinem Gepäck«, erklärte sie mit ruhiger Stimme. »Sie gehört unserer Familie. Das kann Ihnen der Juwelier bestätigen, der die Figur vor neun Jahren angefertigt hat, außerdem mein Sohn, der gegenwärtige Lord Mahony, und der ehrenwerte Richter Lord Lutlow. Ich nehme an, Sie haben die rechtmäßige Besitzurkunde der Kläger aus New York gesehen?«

»Die … nein«, gab der Mann zu.

»Oder irgendwelche anderen offiziellen Dokumente, die die Aussagen der Kläger bestätigen?«, mischte sich Maroon nun wieder ein und sah den jungen Polizisten ungeduldig an.

Der Mann errötete und schüttelte den Kopf.

»Dann klären Sie das doch bitte zunächst, bevor Sie Ihre Ladyschaft aufhalten«, sagte der Captain ungehalten. »Wir setzen unsere Reise nun jedenfalls fort.«

»Nein, Sir!«, rief der Polizist. »Ich kann Sie nicht einfach davonfahren lassen. Ich bitte Sie, so lange in Liverpool zu bleiben. Wenn ich Sie gehen lasse und … Sie …«

»Wollen Sie Ihrer Ladyschaft etwa unterstellen, dass sie dann verschwinden wird?«, fragte Captain Maroon.

Der Polizist schien sich wieder zu fangen. »Ich weiß ja nicht einmal, ob Sie die Wahrheit sagen und diese Dame tatsächlich eine Lady ist. Sie werden mich jetzt bitte zum Revier begleiten, wo wir zunächst Erkundigungen einziehen.«

Der Mann gab dem Kutscher Anweisungen und nahm dann neben Maroon in der Equipage Platz. Schweigend fuhren sie durch die Straßen Liverpools. Abigails Blick huschte immer wieder zum Captain, der mit unbewegter Miene aus dem Fenster sah.

Nachdem sie das Polizeirevier erreicht hatten, wurden Abigail und Maroon in einen kleinen Raum geführt, in dem ein Tisch mit einfachen Holzstühlen stand. Die Wände waren kahl. Abigails Koffer wurde ebenfalls ins Zimmer geschafft. Sie hatte die Statue unter der Aufsicht von drei Polizisten aus den Tüchern wickeln müssen, und jetzt stand sie auf dem Tisch und funkelte in dem schwachen Licht, das durch das Fenster fiel. Ein Polizist bot ihnen Tee an und fragte nach der Adresse des Juweliers. Abigail nannte ihm Mr Scotts Anschrift in der Hoffnung, dass der Mann nach wie vor dort wohnte.

Es wurde dunkel und sie hatten immer noch nichts von Mr Scott gehört. Irgendwann kam ein Uniformierter ins Zimmer, der ihnen mitteilte, dass der Juwelier die Stadt inzwischen erreicht habe, jedoch erst am nächsten Morgen ins Präsidium komme. Da Abigail sich nicht als Lady Mahony ausweisen konnte, durften sie das Präsidium nicht verlassen und verbrachten die Nacht in zwei unbequemen Gefängniszellen. Immerhin wurden die Türen nicht verschlossen.

Abigail legte sich auf die harte, stinkende Matratze und versuchte zu schlafen, aber ihre Gedanken ließen sie nicht zur Ruhe kommen. Sie hatte ein schlechtes Gewissen dem Captain gegenüber. Bestimmt hatte er noch nie eine Nacht in einer Zelle verbringen müssen, und durch ihre Schuld war es nun so weit gekommen. Die Güte des Mannes reichte sicherlich nicht ewig. Wann würde er sie wohl ihrem Schicksal überlassen und sich wieder auf seine Geschäfte konzentrieren? Plötzlich stieg Panik in ihr auf, als sie daran dachte, dass sie bald auch noch den Captain verlieren würde. Er war der einzige Mensch, dem sie noch vertrauen konnte, abgesehen von Ebenezer. Aber auch in das Leben ihres Sohnes konnte sie nicht wieder treten, ohne dass er Nachteile dadurch haben würde.

Unruhig warf sie sich von einer Seite auf die andere. Als sie gegen Morgen Schritte im Gang hörte, richtete sie sich auf. Ein junger Mann in Uniform brachte ihr Wasser und Tee. Sie wusch sich das Gesicht und trank ein paar Schluck.

Kurz darauf betrat Captain Maroon den engen, lang gestreckten Raum. Er sah so müde aus, wie auch Abigail sich fühlte.

Sie schloss einen Moment die Augen. Dann sagte sie: »Oh, Captain! Es tut mir unendlich leid, dass ich Ihnen all diesen Ärger bereite.«

»Sie sind nicht dafür verantwortlich«, erwiderte er und seufzte. »Ich war wirklich davon überzeugt, dass wir ohne Probleme nach Stockmill gelangen würden.«

»Captain, ich könnte es gut verstehen, wenn Sie mich nicht mehr begleiten wollen«, sagte Abigail. »Ich stehe tief in Ihrer Schuld. Sie haben mir schon mehr geholfen, als ich es verdient habe.«

Maroon hob die Hände. »Zunächst müssen wir die Erlaubnis bekommen, mit der Arbeitermadonna weiterreisen zu dürfen.«

»Aber Mr Scott wird doch gleich hier sein. Er wird bestätigen, dass er die Figur für mich angefertigt hat, und zwar aus meinen eigenen Schmuckstücken und Edelsteinen.«

Der Captain nickte nachdenklich. »Sie kämpfen gegen einen übermächtigen Gegner, wie mir scheint. Egal, wohin Sie gehen, welchen Schritt Sie auch tun, er ist immer schon da.«

Abigail seufzte. »Sir Laurence! Ja, er steckt dahinter. Er hat mich vor vielen Jahren schon in Stockmill verfolgt. Allerdings habe ich ihn damals unterschätzt. Seit ich mit Oliver nach Amerika geflohen bin, hat er mir in krankhafter Besessenheit nachgestellt und – ja, er ist übermächtig.«

»Ich verstehe nicht, wie die Polizei hier so schnell informiert werden konnte«, überlegte Captain Maroon, als plötzlich Schritte im Gang ertönten.

Ein Mann, der sich als Inspektor Thompson vorstellte, betrat die Zelle. Er erklärte ihnen, dass Mr Scott soeben angekommen sei, und führte sie wieder in den kleinen Raum, in dem sie am Vortag so viele Stunden gewartet hatten.

Mr Scott saß bereits am Tisch. Abigail erkannte ihn sofort. Der alte Juwelier war etwas fülliger geworden und hatte nur noch wenige Haare auf dem Kopf.

»Guten Tag, Mr Scott«, begrüßte Abigail ihn. Ihr fiel auf, dass seine Finger nervös mit der Uhrkette spielten.

Er sah sie erschrocken an. Sein Gesicht wurde bleich, dann hatte er sich wieder unter Kontrolle.

»Sie … es tut mir leid, aber wir kennen uns nicht«, stammelte er.

Abigail lächelte. »Entschuldigen Sie, Mr Scott. Ich wollte Sie nicht erschrecken. Ich bin tatsächlich Abigail Hampton, Lady Mahony. Sie haben damals gehört, dass ich gestorben sei, aber das stimmt nicht. Ich bin noch am Leben.«

»Lady Mahony?« Scott lachte auf. Seine Stimme war merkwürdig schrill. »Nein, die sind Sie nicht. Auch wenn Sie vielleicht eine gewisse Ähnlichkeit mit ihr haben.« Dann wandte er sich an Inspektor Thompson. »Ich kann Ihnen versichern, dass das nicht Lady Mahony ist. Außerdem weiß ich mit Sicherheit, dass sie tot ist.«

»Nein!«, rief Abigail und trat einen Schritt auf Mr Scott zu. »Schauen Sie genau hin. Ich bin Abigail Hampton.«

»Nun«, mischte sich Inspektor Thompson ein, »unter diesem Namen sind Sie nirgendwo in den Akten aufgeführt. Ich habe nur die Information, dass Sie unter dem Namen Riley und Middleton in Amerika gelebt haben und dass eine Abigail Hampton im Dezember 1841 den Freitod gewählt hat.«

»Durch eine Verkettung unglücklicher Umstände war ich dazu gezwungen, meinen Selbstmord vorzutäuschen und falsche Namen zu benutzen«, sagte Abigail, und es war ihr bewusst, wie unglaublich sich ihre Aussage anhörte.

»Also«, seufzte Thompson und wandte sich an den Juwelier. »Diese Statue.« Er deutete auf die Arbeitermadonna, die noch immer auf dem Tisch stand. »Kennen Sie sie?«

Mr Scott nickte. »Ich habe sie damals aus den Schmuckstücken von Lady Mahony angefertigt. Auf ihren Wunsch hin.«

»Da hören Sie es!«, rief Abigail.

»Das bedeutet nicht, dass die Statue Ihnen gehört«, wandte sich der Inspektor an Abigail. Dann fragte er wieder den Juwelier: »Können Sie sich erklären, wie die Figur in den Besitz von Mr Setterwolds gekommen ist?«

Mr Scott hob die Schultern. »Das ist mir ein Rätsel. Ich nahm an, sie befinde sich noch in Hampton Hall oder in der Villa Abigail's Place. Ein Mr Setterwolds ist mir nicht bekannt. Aber vermutlich wurde sie von einem der Familienmitglieder veräußert.«

Der Inspektor lehnte sich zurück. Einen Moment lang schwieg er, die Stirn in Falten gelegt. Schließlich stand er auf. »Ich danke Ihnen, Mr Scott. Sie können zu Ihren Geschäften zurückkehren.«

Der Juwelier erhob sich, nickte ihnen zu und verließ eilig den Raum.

Captain Maroon griff nach der Arbeitermadonna. »Dann, nehme ich an, dürfen wir auch gehen und unsere Statue mitnehmen?«

»Nein!« Der Inspektor winkte zwei Polizisten heran, die gerade auf dem Flur vor dem Zimmer vorbeigingen. »Schicken Sie nach Lord Mahony. Ich brauche eine Aussage zum Verbleib seiner Statue. Vielleicht hat er ein Dokument, das den Verkauf an Setterwolds belegt. Und er soll sich ebenfalls diese Dame hier ansehen. Wenn auch er sie nicht kennt, führen wir sie dem Haftrichter vor.«

Abigail atmete auf. Ebenezer würde ihre Geschichte bestätigen und sie würde ihm die Arbeitermadonna übergeben können.

Inspektor Thompson hob die Statue vom Tisch und nahm sie mit. Nachdem er den Raum verlassen hatte, hörte Abigail, wie der Schlüssel im Schloss gedreht wurde.

»Nun sind wir wohl Gefangene«, sagte Maroon.

Abigail nickte. »Er meint, dass ich eine Diebin bin.«

»Ihr Sohn wird Ihre Aussage bestätigen.« Der Captain lächelte sie an und Abigail empfand Zuversicht.

»Ja, und dann brauchen wir gar nicht nach Stockmill zu fahren. Er kann die Arbeitermadonna gleich mitnehmen.« Abigail war erleichtert, dass sie dem Captain die Reise ersparen konnte. Doch gleichzeitig verspürte sie auch Angst und Traurigkeit, wenn sie an den Abschied dachte.

Maroon zögerte. »Nun, die *Golden Star* ist noch ein paar Wochen in der Werft. Ich habe also eine Weile Zeit. Wir könnten trotzdem verreisen, vielleicht an die Südküste oder in den Norden? Was meinen Sie?«

Abigail sah ihn überrascht an. Sie hatte damit gerechnet, dass er froh sein würde, schnell wieder zu seinem Schiff zurückkehren und die nächste Fahrt planen zu können.

Maroon schüttelte den Kopf. »Ich werde Sie nicht hier zurücklassen, ohne sicher zu sein, dass es Ihnen gut geht und dass Sie in Zukunft wohlbehütet sind.«

Abigail stand auf und betrachtete die schmucklosen, unverputzten Wände. Maroon hatte recht, Abigails Zukunft war ungewiss. Sie hatte die letzten Monate nur dafür gelebt, die Madonna zurück nach Stockmill zu bringen, und jetzt, da dieses Ziel fast erreicht schien, gab es keine Aufgabe mehr für sie. Während sie auf Ebenezer warteten, grübelte sie darüber nach, was sie tun sollte. Nach Amerika zurückzufahren kam nicht infrage. Zu schrecklich waren ihre Erinnerungen an den Verlust von Oliver und Rosemary. Außerdem lauerte dort Sir Laurence auf sie. Allerdings war Abigail inzwischen überzeugt davon, dass er sie überall finden konnte. So oft schon hatte sie gehofft, ihn abgeschüttelt zu haben, und jedes Mal stand er unvermittelt wieder vor ihr.

Gegen Mittag wurde ihnen eine lauwarme, wässrig schmeckende Suppe mit hartem Brot gereicht. Die Stunden zogen sich endlos hin. Die meiste Zeit schwiegen sie, jeder in seine Gedanken versunken. Inspektor Thompson und die Arbeitermadonna sahen sie nicht mehr, und außer dem jungen Mann, der ihnen das Mittagessen und nachmittags Tee brachte, kam niemand in die Kammer, in der sie eingeschlossen waren.

Am Abend gab Abigail die Hoffnung auf, dass Ebenezer noch heute eintreffen würde. Sie würden wohl oder übel eine weitere Nacht in dem Gefängnis verbringen müssen. Als sie das Geräusch des Schlüssels im Schloss hörte, war sie sicher, dass der Polizist kam, um ihnen mitzuteilen, Lord Mahony käme erst am folgenden Morgen. Der Captain sah ebenfalls mit resigniertem Gesichtsausdruck zur Tür.

Doch es war Inspektor Thompson, der den Raum betrat.

»Sie haben Besuch«, sagte er und ein junger Mann kam hinter ihm durch die Tür.

Abigail stockte der Atem. Es war nicht Ebenezer. Aber es war trotzdem einer ihrer Söhne. Hugo! Der Junge hatte sich verändert, war erwachsen geworden, aber er war es eindeutig – ihr Sohn!

»Hugo?« Ihre Stimme versagte. Sie ging auf ihn zu.

Hugo starrte sie mit aufgerissenen Augen an und wich einen Schritt zurück. »Mutter? … Das … nein … Sie … Sie sind tot!«

Abigail schüttelte den Kopf. Tränen liefen ihr über die Wangen. »Mein Liebling. Es tut mir so unendlich leid. Ich musste damals fliehen, niemand durfte die Wahrheit wissen.«

Hugo wandte sich ab und ließ sich auf einen der Stühle sinken. Eine Weile lang sagte er nichts, starrte nur auf die Tischplatte. Abigail betrachtete den jungen Mann und versuchte, das Kind in ihm zu erkennen, das sie großgezogen hatte. Seine Haare waren dunkler geworden, die Figur war stämmiger.

Hugo hob den Kopf. In seinen Augen lagen Wut und Verletzung. »Sie haben mich all die Jahre glauben lassen, Sie wären tot? Ich habe Sie vermisst, ich habe mich nach meiner Mutter gesehnt. Und dabei haben Sie gelebt? Die ganze Zeit?«

»Ich hatte keine Wahl«, sagte Abigail mit leiser Stimme und wusste gleichzeitig, dass das nicht ganz stimmte. Aber sie hatte damals geglaubt, diese Entscheidung wäre für alle die beste. »Mir ist es unendlich schwergefallen. Ich habe euch jeden Tag vermisst. Das Wissen darum, dass ihr allein zurückbleiben musstet, dass ich euch nicht mehr helfen konnte, euch meine Liebe vorenthalten musste, das hat mich schier wahnsinnig gemacht. Aber es ging nicht um mich.«

»Nein«, sagte Hugo. Seine Stimme war leise. »Es ging um uns. Um mich. Vater war verschwunden, ich habe zu wenig verstanden, aber doch genug, um mich zu schämen und mir große Sorgen zu machen. Ich habe in den letzten Jahren immer wieder Gerüchte gehört – über Sie, über Vater. Ich war wütend auf Sie und hatte Angst um Sie, und dann habe ich irgendwann verstanden, dass Sie beide für immer weg waren.

Ich habe gelernt, damit zu leben, dass Sie uns zurückgelassen hatten und dass niemand uns sagen konnte, warum. Aber eine Mutter zu haben, die den Freitod gewählt hat, und einen Vater, der dem Schwachsinn verfallen war, das war fast mehr, als ein Junge von zwölf Jahren ertragen konnte. Und jetzt … soll das alles falsch gewesen sein? Sie leben? Sie haben sich nicht in den Tod gestürzt? Warum? Warum haben Sie mich all die Jahre in dem Glauben gelassen?« Hugo schien in sich zusammengesunken zu sein. Schlaff hing er auf dem unbequemen Holzstuhl.

Abigail streckte ihre Hand nach ihm aus, zog sie jedoch wieder zurück, als sie seinen verstörten Blick sah. Wie konnte sie ihm begreiflich machen, dass sie es getan hatte, um ihn zu schützen? Um seinen Bruder zu schützen und dem Mann beizustehen, der die Schuld eines Verbrechens auf sich genommen hatte, das in Wahrheit Hugos Bruder begangen hatte? Nein, das konnte sie ihm nicht erklären. Denn dann würde sich Hugos Wut auf Ebenezer richten. Abigail wollte das Verhältnis zwischen den Brüdern nicht belasten. Dann sollte Hugo lieber auf seine Mutter böse sein.

Sie betrachtete ihren Sohn liebevoll. Er war kräftig geworden, hatte einen Bauchansatz, der sich unter dem Hemd abzeichnete. Er trug ein teures Seidenhemd, und ein Ring mit einem großen Smaragd zierte seinen Finger. Das dunkelblonde Haar war nach neuester Mode frisiert, und sein eleganter Rock, die Schuhe und die Hose schienen noch kaum getragen zu sein. Und doch wirkte er hilflos und verloren, darüber würden auch der teuerste Schmuck und die edelsten Stoffe nicht hinwegtäuschen.

»Sie kennen die Dame, Lord Hugo?«, mischte sich Inspektor Thompson ein.

Hugo fuhr sich mit den Händen über das Gesicht. Dann nickte er. »Sie ist meine Mutter, Lady Abigail.«

Abigail hörte zum ersten Mal ihren neuen Namen. Hugo hatte natürlich recht. Sie war schon lange nicht mehr Lady Mahony. Mit Anthonys Tod hatte sie ihren Titel verloren, der nun auf Deborah übergegangen war.

»Und diese wertvolle Statue? Erkennen Sie sie ebenfalls wieder?«, fragte Thompson.

Hugo schüttelte den Kopf.

Nun meldete sich Captain Maroon, der im hinteren Bereich des Raumes gestanden hatte, zu Wort: »Mr Scott hat Ihnen doch schon bestätigt, dass er die Figur für Ihre Ladyschaft angefertigt hat. Er hat Lady Abigail nur nicht erkannt.«

Thompson dachte einen Moment lang nach. Dann nickte er. »Also schön. Der Fall ist für mich abgeschlossen.«

»Dürfen wir jetzt gehen?«, fragte Abigail und atmete erleichtert auf.

Der Inspektor hatte den Raum schon fast verlassen. Er nickte. »Lord Hugo, Sie müssen mir nur noch ein Dokument unterschreiben, das ich den New Yorker Behörden schicken werde.«

Hugo folgte ihm, und auch Maroon schien nicht schnell genug aus dem engen Zimmer kommen zu können. Abigail begleitete ihn nach draußen, nachdem sie die Arbeitermadonna vom Tisch genommen hatte, und verstaute die Figur in ihrem Koffer, der im Gang stand. Dann gingen sie gemeinsam durch die engen Flure zum Ausgang.

Es war inzwischen dunkel geworden und am Eingang des Gebäudes warteten sie im Schein einer Öllaterne auf Hugo, der wenige Minuten später erschien. Unschlüssig blieb er vor seiner Mutter stehen.

»Also dann.« Er reichte ihr seine Hand. »Ich werde mich auf den Weg zum Hotel machen.«

»Warte!« Abigail hielt ihn fest. »Warum bist du anstelle deines Bruders gekommen?«

Hugo erstarrte und Abigail erkannte Scham, Furcht und Wut in seinen Augen. Doch schon im nächsten Moment hatte er sich wieder gefasst. »Es geht ihm nicht gut. Er konnte die Reise nicht antreten.«

Abigail zuckte erschrocken zusammen. »Warum? Was fehlt ihm?«

»Eine kleine Schwermut, nichts weiter.« Hugo hob die Schultern und entzog ihr seine Hand.

Abigail schwankte. Ihr Herzschlag beschleunigte sich und ein starkes Unbehagen beschlich sie.

»Hugo, was genau hat Ebenezer?« Ihre Stimme war mit einem Mal rau. Bilder von Anthony tauchten vor ihr auf. Hatte seinen Sohn nun etwa auch diese unerklärliche Krankheit befallen?

»Es ist nichts«, wiederholte Hugo und winkte seinem Kutscher, der in einer Nebenstraße gewartet hatte. »Und jetzt entschuldigen Sie mich, ich bin müde und muss in mein Hotel.«

»Hugo!«, rief Abigail flehend und fasste nach seinem Arm. »Ich habe so viele Fragen an dich. Können wir uns morgen noch einmal treffen?«

Sein Blick wanderte zu Abigails Hand, die auf dem Ärmel seines Rocks lag. Er schüttelte sie ab wie eine Fliege. »Ihr Interesse hätte ich vor sieben Jahren gebraucht. Heute habe ich keine Antworten auf Ihre Fragen.«

Hugo wandte sich ab und stieg, ohne sich noch einmal umzudrehen, in die Kutsche.

Abigail liefen Tränen über das Gesicht. Ihre Kehle wurde eng und es war ihr innerlich ganz kalt geworden. Hugo hatte recht. Sie hatte damals nur an Oliver und Ebenezer gedacht und natürlich auch an sich selbst. Ihren jüngeren Sohn hatte sie schmählich im Stich gelassen. Was hatte sie Hugo nur angetan?

Sie spürte kaum, wie Captain Maroon sie zu einer Mietkutsche führte. Ihre Gedanken waren wieder bei jenen Tagen vor vielen Jahren, als sie die Entscheidung getroffen hatte, mit Oliver nach Amerika zu fliehen. Die Droschke setzte sich in Bewegung, während Abigail durch das Fenster in die Dunkelheit hinausstarrte.

Irgendwann räusperte sich der Captain. »Ich kenne nur Ihre Berichte, Abigail, aber ich bin überzeugt davon, dass Sie damals richtig gehandelt haben.«

»Ich hätte bleiben sollen«, stieß Abigail unter Tränen hervor und wischte sich über die feuchten Wangen.

»Und dann? Wäre alles anders gekommen?« Maroon lehnte sich in dem Sitz der Kutsche zurück. »Die Gesellschaft hätte mit dem Finger auf Sie gezeigt. Hugo hätte Sie vermutlich verachtet, genau wie er sich heute verletzt fühlt.«

Abigail zuckte mit den Schultern. »Das werden wir nie erfahren, denn ich habe damals anders entschieden. Ich dachte, es sei richtig so, aber anscheinend war es das nicht.«

Das schwache Licht der Gaslaternen drang durch das Kutschenfenster herein und ließ Schatten über Maroons Gesicht tanzen. »Wie Sie schon sagen, wir wissen es nicht. Es ist leicht für Ihren Sohn, Ihnen heute die Schuld zu geben. Aber es war nicht Ihre Schuld, dass Ihr Schwager gestorben ist. Sie konnten auf diese Situation nur noch reagieren. Und Sie haben damals in bestem Wissen entschieden – zum Vorteil Ihrer Söhne.«

»Hugo weiß bis heute nicht, dass ich keine Wahl hatte. Er glaubt, dass es mein Geliebter war, der George getötet hat. Er muss also annehmen, ich hätte mich für Oliver entschieden, obwohl er ein Mörder war«, flüsterte Abigail. »Und doch habe ich es auch für Oliver getan, der Ebenezers Schuld auf sich genommen hatte. Dabei hat Ebenezer im Sinne der Gerechtigkeit gehandelt, zu der ich ihn erzogen hatte. Somit bin doch wieder ich selbst in der Verantwortung.«

»Wie können Sie von Schuld sprechen, wenn Sie Ihren Sinn für Gerechtigkeit an Ihre Söhne weitergegeben haben?« Der Captain fasste nach ihrer Hand und hielt sie fest. »Es bringt nichts, darüber zu grübeln. Das alles ist Vergangenheit und wir können es nicht mehr ändern.«

»Sie haben recht«, gab Abigail zu. »Aber die Zukunft liegt vor uns und ich muss dringend nach Stockmill fahren. Nicht nur um die Arbeitermadonna dorthin zurückzubringen, sondern auch um nach Ebenezer zu sehen. Ich mache mir Sorgen. Warum musste Hugo an seiner Stelle kommen?«

Abigail lehnte sich zurück und lauschte einen Moment dem gleichmäßigen Geräusch der Pferdehufe. Ihre Finger lagen noch immer in Maroons warmen und vom Seewind und Salzwasser rau gewordenen Händen.

»Wir werden morgen in aller Frühe nach Stockmill aufbrechen. Dann sollten wir gegen Mittag dort sein«, versprach der Captain und strich beruhigend über ihre Haut.

Als sie sich am nächsten Tag Stockmill näherten, wurde Abigail zunehmend nervös. Die Straßen waren ihr vertraut und unendlich fremd zugleich. Alles sah noch aus wie vor sieben Jahren, und doch betrachtete sie es mit anderen Augen.

»Sollen wir mit der Kutsche vor das Haus fahren?«, fragte der Captain, als sie auf die Straße abbogen, die in Richtung Stadt führte.

Abigail erinnerte sich an Nelly, die sie vor beinahe elf Jahren auf diesem Weg gefunden hatte. Durch sie hatte ihr Schicksal eine entscheidende Wendung genommen. Seitdem hatte Abigail nicht mehr so leben können wie zuvor und es war unendlich viel geschehen.

»Sie gelten schließlich als tot«, drang Maroons Stimme wieder in ihre Gedanken.

Abigail schüttelte die Erinnerung an Nelly ab und wandte sich ihm zu. »Ja, lassen Sie uns am Stadtrand aussteigen und über die Felder zum Haus gehen. Es ist zwar ein Weg von drei Meilen, aber wir werden nicht so viel Aufsehen erregen, als wenn wir die Auffahrt benutzen. Das Gepäck soll der Kutscher zunächst verwahren. Wir nehmen nur die Statue mit.«

Als sie eine halbe Stunde später über die Felder liefen, sah Abigail zu der dunklen Wolke zurück, die wie dicker Nebel hinter ihnen lag. Die Arbeitermadonna hatte sie unter ihrem Mantel versteckt. Sie hatte es sich nicht nehmen lassen, die schwere Figur selbst zu tragen.

»Das sind die Schornsteine der Fabriken«, erklärte sie Captain Maroon, der ihrem Blick gefolgt war. »Die Arbeiter, die in der Stadt wohnen, sehen manchmal tagelang den Himmel nicht. Diese Abgase legen sich natürlich auf ihre Lungen.«

Maroon seufzte. »Besonders für die Kinder muss es eine große Belastung sein.«

»Oh ja«, bestätigte Abigail und lehnte sich einen Moment

lang gegen eine Mauer, die die Felder abgrenzte. Sie brauchte eine kurze Pause zum Verschnaufen. »Aber die Fabrikanten interessieren sich nicht für das Wohlergehen der Arbeiter und ihrer Kinder. Sie sind nur hinter ihrem Profit her.«

»Es muss frustrierend für Sie sein, nichts dagegen tun zu können«, stellte der Captain fest, der ins Tal zurücksah.

»Ich kann nichts tun, weil ich eine Frau bin«, sagte Abigail und spürte, wie die Wut in ihr hochstieg. »Als mein Mann krank war, konnte ich die Geschäfte führen, bis es irgendwann auffiel. Aber in dieser Zeit haben wir viel bewegt. Ich denke, dass Ebenezer die Fabrik in meinem Sinne weitergeführt hat.«

Der Captain nickte. Abigail hatte ihm von der Einrichtung einer Kinderverwahranstalt, der Fabrikküche und dem Rad für die schädlichen Baumwollfasern erzählt, für das sie sich eingesetzt hatte.

Wenig später gelangten sie in den Park von Hampton Hall. Eine Weile lang gingen sie schweigend nebeneinanderher. Als sie an dem ehemaligen Gärtnercottage vorbeikamen, erkannte Abigail noch die karierten Vorhänge in den Fenstern, die sie damals für Nelly hatte anfertigen lassen. Das Haus sah bewohnt aus. Ob die Familie ihrer Freundin inzwischen wieder dort eingezogen war? Als George die Geschäfte übernommen hatte, war Nelly mit ihren Kindern erneut auf der Straße gelandet. Am liebsten wäre Abigail zu dem Cottage gelaufen und hätte an die Tür geklopft. Aber sie musste vorsichtig sein, schließlich galt sie offiziell als tot und sie musste Rücksicht auf Walter Lutlow nehmen. Der Richter hatte damals für sie gelogen, und wenn das herauskäme, würde er vermutlich große Probleme bekommen. Abigail nahm sich vor, Ebenezer zu fragen, ob Nelly wieder in dem Haus wohnte.

Sie liefen weiter. Ein leichter Nieselregen hatte eingesetzt und legte sich auf die Wiesen und Sträucher. In der Ferne tauchten die Schornsteine von Hampton Hall auf.

»Wie sollen wir vorgehen?«, fragte Maroon. »Denken Sie daran, dass Ihr Anblick die Dienstboten in Angst und Schrecken versetzen könnte.«

Abigail nickte. »Ich warte draußen. Wären Sie bereit, nach Mrs Alison zu fragen? Das ist die Haushälterin. Ich habe sie aus meinem Elternhaus mitgebracht. Sie kennt mich, seit ich zur Welt gekommen bin.«

»Geht sie auch davon aus, dass Sie damals gestorben sind?«

»Ich nehme es an«, antwortete Abigail, während sie sich dem Haus näherten. Sie achtete darauf, im Schutz der Bäume zu bleiben, damit sie nicht zufällig von einem der Angestellten entdeckt wurde.

»Am besten, Sie verraten mir ein kleines Detail aus Ihrer Kindheit, das niemand außer Ihnen und Mrs Alison kennt«, sagte Captain Maroon, während er das riesige Anwesen betrachtete, das nun in all seiner Pracht vor ihnen lag. »Denn wenn sie wirklich nicht ahnt, dass Sie noch am Leben sind, muss ich sie irgendwie dazu bringen, mir zu vertrauen.«

»Natürlich.« Abigail dachte einen Moment lang nach. Dann musste sie lächeln. »Ich habe sie als Kind immer Ally genannt. Und sie nannte mich Lady Ginger, wegen meines Rotschopfs. Als Kind schimmerte mein kastanienbraunes Haar im Sonnenlicht rötlich. Meinen Sie, das reicht, um sie zu überzeugen?«

»Wenn sonst niemand davon wissen kann«, erwiderte der Captain. »Warten Sie am besten hier zwischen den Buchen. Ich werde versuchen, sie zu Ihnen zu bringen.«

Abigail nickte und sah dem Captain nervös hinterher. Minuten vergingen. Abigail lehnte sich an einen der alten Bäume. Einst waren dieser Park, das Haus und das Land, so weit der Blick reichte, ihre Heimat gewesen, das Eigentum ihres Ehemannes. Sie atmete den Duft des feuchten Gartens ein. So roch nur der Park von Hampton Hall! Diesen Geruch würde sie überall auf der Welt erkennen. Noch immer lag der feine Nieselregen in der Luft und es duftete nach Erde, Blumen und Holz. Unruhig ging sie zwischen den Bäumen umher und versuchte, einen Blick in die Fenster des Anwesens zu erhaschen. Aber sie war zu weit entfernt, um Einzelheiten hinter den Glasscheiben erkennen zu können.

Dann zog sie sich wieder in den Schatten der Bäume zurück. Die Zeit schien plötzlich unendlich lang. Irgendwann raschelte es und sie fuhr erschrocken zusammen. Der Captain stand unvermittelt vor ihr. Sie hatte seine Schritte auf dem Rasen nicht gehört.

»Und?«, fragte sie ungeduldig.

»Eure Ladyschaft?« Hinter Maroon tauchte Mrs Alison auf. »Ich kann es kaum glauben. Sind Sie es wirklich?«

Abigail nickte. Tränen stiegen in ihr auf. Sie flüsterte: »Es tut mir so leid, dass ich Sie all die Jahre glauben ließ, ich sei tot.«

»Oh Kindchen.« Mrs Alison fasste nach Abigails Händen und küsste sie. »Ich weiß gar nicht … das … oh mein Gott!«

Abigail vergaß einen Moment lang die strenge englische Etikette, zog die Haushälterin an sich und hielt sie eine Weile in ihren Armen. Dann löste sie sich von ihr. »Mrs Alison, stimmt es, dass es Ebenezer nicht gut geht?«

Besorgnis zeichnete sich auf dem Gesicht der Frau ab. »Ich fürchte, Sie haben recht. Er verlässt sein Zimmer kaum noch und ich muss ihn zum Essen zwingen.«

Abigail wurde übel. Sie erinnerte sich noch gut daran, wie Anthony sie mit hilflosem und verwirrtem Blick angesehen hatte. Sie biss sich auf die Lippen und atmete tief ein und aus. Sie hatte Angst vor der nächsten Frage und noch mehr vor ihrer Antwort, aber sie musste sie stellen. »Ist es so wie damals bei meinem Mann?«

Die Haushälterin schüttelte den Kopf. »Es ist nicht sein Verstand. Es ist … er hat seine Liebe verloren.«

Abigail atmete erleichtert auf. Ein gebrochenes Herz, damit wusste sie umzugehen. Schließlich war sie Spezialistin darin, Menschen zu verlieren und trotzdem weiterzuleben, auch wenn sie nicht wusste, wie ihr das immer wieder gelingen konnte. Aber die seltsame Erkrankung, die Anthony damals befallen hatte, hätte sie bei Ebenezer vollkommen hilflos gemacht. »Bitte, bringen Sie uns zu ihm.«

Mrs Alison nickte. Dann führte sie die beiden am Rand des Parks entlang zum Haus.

»Warten Sie hier, Eure Ladyschaft. Ich werde im Morgenzimmer die Verandatür öffnen. Von dort gelangen Sie am schnellsten zur großen Treppe in der Halle. Da sollte sich im Augenblick niemand aufhalten. Es ist recht still geworden in Hampton Hall.«

Abigail und Captain Maroon sahen ihr nach, als sie zum Haus zurückeilte.

»Es tut mir leid, dass ich Sie so lange warten ließ«, sagte Maroon. »Aber ich musste intensiv auf sie einreden, bis sie mir geglaubt hat.«

»Ich bin Ihnen unendlich dankbar für Ihre Hilfe«, sagte Abigail nervös. »Hoffentlich kann ich Ebenezer ein wenig aufmuntern.«

Dieses Mal mussten sie nicht lange warten. Nach wenigen

Minuten sah Abigail die Haushälterin an der Verandatür des Morgenzimmers. Sie winkte ihnen zu und Abigail folgte Captain Maroon über den Rasen zum Haus. Hoffentlich sah jetzt niemand aus dem Fenster! Sobald sie die Tür erreicht hatten, schlüpften sie hinein, und Abigail wischte sich den Regen aus dem Gesicht. Kurz hielt sie inne und sah sich in dem Raum um. Es hatte sich nichts verändert, seit sie vor so vielen Jahren hier ihre Korrespondenz erledigt und Tee getrunken hatte. Mrs Alison stand bereits an der Tür zur Halle.

»Es ist niemand zu sehen, kommen Sie, Eure Ladyschaft!«

Abigail trat in die Halle. Der vertraute Geruch des Hauses schlug ihr entgegen und nahm ihr einen Moment lang den Atem. Wehmut überkam sie wie ein plötzlich einsetzender Schneesturm. In diesem Augenblick waren all ihre Verzweiflung und Angst, aber auch die Liebe und Hoffnung, der Tatendrang und die Zuversicht wieder da. Wie sehr ein Geruch sie in eine frühere Zeit tragen konnte! Es war beinahe so, als würde Anthony gleich durch die Halle schreiten, als sprängen Hugo und Ebenezer ihr auf den Treppenstufen entgegen oder als wartete sie nachts auf Oliver. Sie konnte sich wieder an das Gefühl erinnern, das sie als junge Frau empfunden hatte, als sie in das Haus hier gekommen war, an die Aufregung und Vorfreude ihrer ersten Schwangerschaft. An die Langeweile der späteren Jahre, bevor Anthony erkrankte und sie Nelly gefunden hatte. Aber all das waren nur noch Erinnerungen, die sie schnell abschütteln musste.

Mrs Alison blieb in der Halle, während Abigail den Captain nach oben führte. Sie betrat den langen Flur, der zu den Schlafräumen führte. Ebenezer war schon damals aus der oberen Etage nach unten gezogen, in ein Zimmer am Ende des Ganges. Jetzt blieb Abigail vor der geschlossenen Tür stehen. Sie klopfte vorsichtig gegen das Holz, drehte den Knauf und betrat den Raum.

Sie hatte damit gerechnet, ihren Sohn im Bett vorzufinden, aber die große Schlafstatt war leer. Ihr Blick wanderte zum Fenster und weiter zu einem zierlichen Tisch in der Ecke. Dort saß er. Das Haar zerzaust, dunkle Ringe unter den Augen und die Haut aschfahl.

»Ebenezer!«, rief sie und stürzte zu ihm. »Mein Liebling!«

Einen Augenblick lang starrte er sie an. Dann zeichnete sich Erkenntnis auf seinem Gesicht ab. Er sprang auf und warf sich in Abigails Arme.

Sie umschlang ihn und sog den Duft seiner Haut ein. Ihr Sohn! Endlich konnte sie ihn wieder in den Armen halten.

»Oh Mutter!« Ebenezer schluchzte auf. Sein Körper bebte, seine Hände klammerten sich an ihr fest. Und dann weinte er, wie Abigail ihn noch nie hatte weinen sehen.

Abigail konnte ihr Entsetzen kaum verbergen. Was hatte sie nur getan? Ihre Söhne hatten beide unter ihrem Entschluss, sie zu verlassen, unsäglich gelitten. Viel mehr, als Abigail geglaubt hatte.

Sie ließ Ebenezer weinen, bis sie spürte, wie die Anspannung und Trauer allmählich von ihm abfielen. Dann löste sie sich von ihm und betrachtete sein Gesicht, auf dem sich der Kummer deutlich abzeichnete. Der Captain hatte längst taktvoll den Raum verlassen.

»Was bereitet dir diesen Schmerz?«, fragte Abigail ihren Sohn.

»Ich bin traurig«, erwiderte er. »Und gleichzeitig bin ich unendlich froh, dass Sie hier sind. Ich habe mir in den letzten Jahren oft gewünscht, dass Sie mich trösten würden, und gerade jetzt … Ich habe gestern noch davon geträumt, dass Sie zur Tür hereinkämen. Und jetzt sind Sie da.«

»Ja, ich bin da«, wiederholte sie.

Er schlang seine Arme um sie und hielt sie fest.

Abigail genoss es, ihren Sohn wiederzuhaben, auch wenn sie spürte, wie verzweifelt er war. Aber sie wollte ihn nicht drängen. Sie wusste, dass er ihr den Grund seines Elends irgendwann erzählen würde. Sanft führte sie ihn zum Fenster und sie setzten sich. Der Blick auf den Garten war ihr schmerzhaft vertraut.

»Ich bin ein Sünder«, flüsterte Ebenezer schließlich.

»Das sind wir alle«, antwortete sie.

Aber er schüttelte nur den Kopf. »Ich habe widernatürlich gelebt und geliebt. Und ich war so glücklich dabei, wie man nur glücklich sein kann.«

Abigail verstand nicht, wovon er sprach. Trotzdem wartete sie geduldig ab.

»Und dann … ist … mein Herz ist gebrochen und es wird nie wieder heilen.«

Abigail streichelte seine Hand. Von nichts verstand sie so viel wie von gebrochenen Herzen. Wie hätte sie ihm jetzt sagen können, dass er unrecht hatte und dass alles wieder gut werden würde, wo sie doch wusste, dass das nicht stimmte? Ihr Herz war so oft entzweigegangen, dass es nur noch ein Scherbenhaufen war.

»Mein Liebling«, sagte sie ernst. »Erzählst du mir, was passiert ist?«

Er schüttelte wieder den Kopf. »Ich kann nicht. Ich schäme mich so sehr.«

»Du schämst dich deiner Liebe?«, fragte Abigail erschrocken.

»Nein … doch … ich weiß, Sie wären enttäuscht, wenn Sie die Wahrheit erfahren würden.« Er sah verzweifelt aus dem Fenster.

»Bitte, vertraue mir.« Abigails Magen krampfte sich zusammen. Wie konnte Ebenezer nur denken, sie sei enttäuscht von ihm?

Seine Augen füllten sich wieder mit Tränen. »Der Junge, den ich damals … den George geprügelt hat … als ich ihn …«

»Ich erinnere mich«, warf Abigail schnell ein.

»Er heißt Robert und seine Eltern waren gestorben. Nicht lange bevor das damals alles geschah …« Ebenezer wischte sich die Tränen von den Wangen. »Ich habe ihn gesund gepflegt und er blieb hier bei mir. Ich habe ihn schreiben und rechnen gelehrt und er hat mich das Leben gelehrt und … die Liebe.« Ebenezer wich jetzt Abigails Blick aus.

Ihr Herz schlug schneller. Sie war sich nicht sicher, ob sie ihren Sohn richtig verstanden hatte. Aber die Verzweiflung in seinem Blick sagte ihr, dass es nur so sein konnte. Ebenezer hatte sich in diesen Jungen verliebt! Sie stand auf und wandte sich ab. Was war nur mit dieser Familie geschehen? Waren das alles Prüfungen Gottes? Strafen? Ein Hampton nach dem anderen verfiel der Sünde. Erst Anthony, der eine zweite, uneheliche Familie gehabt hatte und der sich zu Deborah gelegt hatte, als sie noch ein Kind war, dann sie selbst, die sich ihrem geliebten Oliver hingegeben hatte, obwohl sie eine verheiratete Frau gewesen war – und jetzt Ebenezer. Das war gegen die Natur! Es war …

»Liebe! Es ist Liebe«, flüsterte Ebenezer, als hätte er ihre Gedanken gehört. »Jetzt ekeln Sie sich vor mir, nicht wahr? Aber denken Sie daran, wie Sie für Mr Rashleigh empfunden haben. So ergeht es mir mit Robby. Ich habe es mir nicht gewünscht, und wenn es eine Medizin gäbe, die mich anders empfinden ließe, ich würde sie einnehmen. Aber die gibt es nicht, und Robert ist ein wundervoller Mensch, der mich aufrichtig geliebt hat und dem ich vertrauen konnte. Robby hat mich gern gehabt, so wie ich war.«

Abigail schloss für einen Moment die Augen. Sie stützte sich auf der Fensterbank ab, um nicht zu straucheln. Aber Ebenezer hatte im Grunde ja recht. Hatte sie sich nicht immer dazu bekannt, dass es das höchste Ziel im Leben war, glücklich zu sein und andere Menschen glücklich zu machen? Wer war sie, darüber zu urteilen, wen ihr Sohn lieben durfte? Robert, dieser ihr unbekannte Junge, schien Ebenezer glücklich zu machen.

Sie atmete tief durch und drehte sich wieder zu ihrem Sohn um.

»Es tut mir leid. Ja, ich war im ersten Augenblick erschrocken. Aber du liebst ihn und er macht dich glücklich. Das ist alles, was ich mir wünsche.«

Ebenezers Züge entspannten sich. Eine Last schien ihm von der Seele zu fallen.

»Was ist geschehen? Wieso ist Robert nicht mehr bei dir?«, fragte sie nun vorsichtig.

»Hugo«, stieß Ebenezer hervor. »Er wollte mich erpressen. Robby hat herausgefunden, dass Vaters Testament gefälscht sein musste.«

»Oh Ebenezer! Ich fürchte, das war meine Schuld!« Abigail schlug die Hände vor den Mund. »Ich war so schrecklich dumm. Damals dachte ich, du würdest Victor Umans Tochter heiraten und er würde Hampton's Mill dadurch in seine Finger bekommen. Ich glaubte, es wäre klug, wenn Hugo die Fabrik erhält und Uman keinen Einfluss nehmen kann.«

»Es war genau andersherum«, sagte Ebenezer traurig. »Hugo wollte an Uman verkaufen und es wäre auch beinahe dazu gekommen, wenn Robert die Fälschung nicht erkannt hätte.«

Abigail starrte ihn entsetzt an. Wie hatte sie nur so dumm sein und sich auf Sir Laurence' faulen Betrug einlassen können? Was hatte sie damit angerichtet? »Und dann hat Hugo versucht, dich zu erpressen?«

Ebenezer nickte. »Wenn wir die Fälschung nicht aufgedeckt hätten, hätte er unsere Beziehung nicht verraten. Aber da waren all die Arbeiter, für die ich mich verantwortlich fühlte, und Uman hätte viele von ihnen entlassen und den anderen den Lohn gekürzt. Dabei ist das Elend hier in der Stadt ohnehin schon groß genug.«

»Ebenezer, ich bin stolz auf dich.« Tränen stiegen in ihr auf. »Du hast das Glück der anderen über dein eigenes gestellt.«

»Robby hat es getan. Ich weiß nicht, ob ich die Kraft dazu aufgebracht hätte. Aber nun ist Robert gegangen. Er hat mir die Entscheidung abgenommen.« Ebenezers Gesicht verzog sich schmerzhaft. »Ich vermisse ihn so sehr. Ich kann nicht ohne ihn leben.«

Abigail sah ihren Sohn hilflos an. Wie gern hätte sie ihm seinen Schmerz abgenommen.

»Ich verstehe dich gut«, sagte sie leise. »Ich selbst habe auch schon oft geliebte Menschen verloren.«

»Ich frage mich nur, warum Hugo so erpicht darauf ist, die Fabrik an Uman zu verkaufen«, überlegte ihr Sohn laut. »Ich habe ihm angeboten, ihm Hampton's Mill für viel Geld abzukaufen, aber er hat sich nicht darauf eingelassen. Es war, als wollte er das Werk unserer Vorfahren, das Ihnen und unserem Vater so wichtig war, absichtlich an einen Fremden loswerden.«

»Oh Ebenezer«, seufzte Abigail. »Auch dafür bin ich ganz allein verantwortlich. Ich fürchte, es war ein Fehler, dir damals das Versprechen abzunehmen, dass du Hugo niemals die Wahrheit über diesen schicksalhaften Tag erzählst. Er hat jahrelang geglaubt, dass Oliver George tatsächlich getötet hat und dass ich zu einem Mörder statt zu meinen Kindern gehalten habe, und dadurch habe ich seine Wut auf mich und euren Vater geschürt.«

»Oh Gott.« Ebenezer verbarg sein Gesicht in den Händen. »Dann ist es meine Schuld.«

»Nein«, rief Abigail. »Du wolltest es ihm damals sagen. Du wolltest deine Tat gestehen, aber ich habe darauf gedrängt, dass du alle in dem Glauben lässt, Oliver sei dafür verantwortlich. Auch deinen Bruder. Vielleicht habe ich ihm zu wenig zugetraut. Vielleicht hätte er alles besser verstanden und wäre zu einem anderen Menschen geworden, wenn er dein wahres Motiv gekannt hätte.«

»Ich muss zu ihm. Ich muss es ihm sagen«, erwiderte Ebenezer und lief zur Tür.

»Warte«, rief Abigail. »Denke bitte darüber nach. Seine Ansichten sind heute verhärtet. Er hasst mich und euren Vater. Er hasst auch dich, und wenn du ihm einen weiteren Angriffspunkt bietest, wird er ihn vermutlich nutzen.«

»Ich habe keine Angst davor, am Strang zu enden«, sagte Ebenezer leise. »Längst nicht mehr.«

»Versprich mir bitte, dass du ein paar Wochen darüber nachdenkst, bevor du Hugo die Wahrheit sagst«, sagte Abigail eindringlich und nahm seine Hände.

Ebenezer nickte zögernd.

Abigail deutete auf die Fensterbank. »Setz dich und warte bitte einen Moment. Ich will dir jemanden vorstellen.«

Und damit eilte sie hinaus und sah sich nach Captain Maroon um. Er hatte in einer der Nischen des Flurs gewartet.

»Wir können Ebenezer nun die Arbeitermadonna geben«, sagte Abigail leise. »Aber mein Sohn braucht mich. Es sieht so aus, als hätte ich eine neue Aufgabe.«

»Worum geht es? Vielleicht kann ich Ihnen helfen?«, fragte Maroon, der aufgestanden war, sobald er Abigail sah.

Sie hielt inne. Wenn Ebenezer angezeigt würde, wartete die Todesstrafe auf ihn.

»Sie können mir vertrauen«, versprach der Captain, der ihr Zögern wohl bemerkt hatte. »Das sollten Sie inzwischen wissen.«

»Oh ja, verzeihen Sie«, sagte Abigail und lächelte traurig. »Natürlich. Es ist nur so, dass ich selbst sehr erschrocken bin, als ich davon hörte.«

Sie erzählte dem Captain alles, was sie von Ebenezer erfahren hatte. Wenn Maroon entsetzt war, ließ er es sich zumindest nicht anmerken. Als Abigail geendet hatte, folgte er ihr in Ebenezers Schlafzimmer.

»Das ist Captain Maroon, einer der gütigsten Menschen, die ich kenne«, stellte Abigail ihrem Sohn den Captain vor. »Er hat mich aus größter Not gerettet, als ich auf der Flucht war.«

Ebenezer stand auf und der Captain verneigte sich vor ihm.

»Und das ist mein Sohn, Lord Mahony«, fuhr Abigail fort, ehe sie sich wieder an Ebenezer wandte. »Captain Maroon hat mir geholfen, das hier zurückzubekommen.«

Der Captain reichte ihr die Tasche und Abigail holte die Arbeitermadonna hervor.

»Mutter! Woher haben Sie sie?«, rief Ebenezer ungläubig. »Das ist unfassbar! Ich dachte schon, wir hätten sie für immer verloren.«

In diesem Moment erschien Mrs Alison mit einem voll beladenen Tablett in der Tür. Nachdem sie Tee und Gebäck serviert hatte, zog sie sich wieder zurück und Abigail berichtete von ihren Erlebnissen. Als Ebenezer von Sir Laurence' Mord an Oliver erfuhr, war er entsetzt. Abigail ersparte ihrem Sohn die Einzelheiten ihrer jahrelangen Gefangenschaft, doch Ebenezer konnte sich das meiste denken, schließlich war Abigail zweimal niedergekommen. Sie endete mit ihrer Flucht über den Pazifik, bei der sie den Captain kennengelernt hatte, und mit dem spektakulären Raub der Arbeitermadonna.

»Wie es aussieht, stehen wir tief in Ihrer Schuld, Captain Maroon«, sagte Ebenezer. »Diese Statue war für die Arbeiter gedacht. Sie soll uns helfen, wenn die Geschäfte schlecht gehen, damit niemand seine Stellung verliert und wir immer gerechte Löhne zahlen können.«

»Wenn du die Madonna früher gehabt hättest, hättest du Hugo vielleicht noch viel mehr Geld für die Fabrik anbieten können und Robert wäre bei dir geblieben«, stellte Abigail traurig fest.

Ebenezer schüttelte den Kopf. »Hugo wollte an Uman verkaufen, die Umstände waren ihm egal. Und er ließ nicht mit sich reden.«

»Ja, er wollte sich an seinem Vater und mir rächen«, sagte Abigail betrübt. »Hugo scheint sehr verletzt zu sein. Er meint, wir hätten ihn im Stich gelassen, und vielleicht hat er sogar recht damit.« Sie starrte in den dampfenden Tee in ihrer Tasse.

»Wo ist Hugo jetzt?«, fragte Maroon.

»Ich weiß es nicht«, sagte Ebenezer. »Als der Bote hier erschien, um mich nach Liverpool zu holen, fühlte ich mich nicht kräftig genug für die Reise. Hugo übernahm die Aufgabe nur zu gern. Ich glaube, er hat vor, nach Indien zu reisen. Vielleicht ist er schon auf dem Weg dorthin. Von Liverpool laufen schließlich regelmäßig Schiffe Richtung Asien aus. Allerdings bezweifle ich, dass er genug Geld dafür hat.« Ebenezer trank einen Schluck Tee.

»Weißt du, wohin Robert gegangen sein könnte?«, wechselte Abigail nun das Thema.

Ebenezer schüttelte den Kopf. »Wenn ich wüsste, wo er ist, würde ich versuchen, ihn zurückzuholen.«

Sie schwiegen eine Weile, jeder in seine Gedanken versunken. Immer wieder nippten sie an ihrem Tee und aßen ein Stück von dem Gebäck. Irgendwann fragte Ebenezer: »Was haben Sie jetzt vor, Mutter?«

Abigail sah ihn nachdenklich an. »Es darf niemand erfahren, dass ich hier war. Ich werde mir irgendwo eine Unterkunft suchen, auf dem Land, wo mich niemand kennt.«

»Was ist mit Lakeside House?«, fragte Ebenezer. »Soweit ich weiß, steht es seit Jahrzehnten leer. Niemand kennt Sie dort, es gibt kein Personal und Sie waren nie lange dort. Und hier erinnert sich kaum jemand daran, dass das Haus überhaupt existiert.«

Abigail richtete sich auf. Das kleine Jagdhaus ihres Mannes hatte sie beinahe vergessen. »Wir waren immer nur zwei Wochen im Jahr dort und ich habe nie einen Einheimischen kennengelernt.«

Abigail überlegte. Ja, das Landhaus in Wales war seit Jahren nicht mehr genutzt worden und Personal gab es dort schon lange nicht mehr. Das Anwesen war inzwischen sicher verfallen, und es brauchte eine Menge Arbeit, um es wieder bewohnbar zu machen. Aber die Landschaft dort war wunderschön und einsam. Es war genau der richtige Ort, um ein zurückgezogenes Leben zu führen, und gleichzeitig recht schnell von Stockmill aus zu erreichen.

»Würdest du mich dort besuchen kommen?«, fragte sie ihren Sohn.

»Sooft ich kann«, versprach Ebenezer.

»Am besten, wir brechen heute noch auf. Uns darf niemand hier sehen, es sollen weiterhin alle glauben, dass ich tot bin.« Abigail stand auf. »Ebenezer, kannst du nach Mrs Alison schicken, ich möchte mich von ihr verabschieden.«

Ebenezer nickte zögerlich. »Wenn sie einverstanden ist, kann sie für ein paar Wochen mit Ihnen fahren und bei der Einrichtung des neuen Haushalts helfen.«

»Das wäre natürlich vorteilhaft, aber ich möchte ihr nicht zur Last fallen«, antwortete Abigail.

»Das soll sie selbst entscheiden«, sagte Ebenezer und verließ das Zimmer.

Zwei Stunden später saßen Abigail und Maroon mit Mrs Alison in der Kutsche. Die Haushälterin hatte in Windeseile ihre Habseligkeiten zusammengepackt, um Abigail nach Lakeside House zu begleiten. Auch der Captain hatte darauf bestanden, noch nicht nach Liverpool zur *Golden Star* zurückzukehren, sondern ein paar Tage bei Abigail in Wales zu verbringen und ihr dabei zu helfen, das Haus herzurichten. Ebenezer hatte die Arbeitermadonna an sich genommen und versprochen, sie als Hilfe für die Menschen in Stockmill zu verwenden, wenn es nötig werden sollte.

»Mrs Alison«, begann Abigail vorsichtig, während sie dem

Hufgeklapper der Kutschpferde lauschte. »Was wissen Sie über Robert?«

Die Haushälterin wirkte mit einem Mal bekümmert. »Ach, es ist traurig. Er war ein so lieber junger Mann, der Seiner Lordschaft sehr gutgetan hat. Seit er fort ist, ist Lord Mahony nur noch ein Schatten seiner selbst.«

»Haben Sie eine Idee, wohin er gegangen sein könnte?«, mischte sich Maroon ein.

Die Haushälterin schüttelte den Kopf. »Nelly hat einmal erzählt, dass sie ihn wohl auf dem Markt in Blackpool gesehen hat. Aber sie war sich nicht sicher. Es kann auch ein anderer Junge gewesen sein, der ihm ähnlich sah.«

»Nelly? Meine Nelly?«

Mrs Allison nickte. »Ich habe sie eingestellt, als Hausmädchen. Und ihre Töchter auch.« Als Abigail lächelte, fügte Mrs Alison hinzu: »Ich wusste doch, wie gern Sie sie hatten.«

»Ich danke Ihnen«, sagte Abigail und ihre Stimme drohte vor Rührung zu versagen. »Dann wohnt sie mit ihrer Familie wieder im alten Gärtnercottage?«

Mrs Alison nickte.

»Meinen Sie, wir können herausfinden, ob es wirklich Robert war, den Nelly gesehen hat?«, fragte Abigail nach einer Weile.

Die Haushälterin zuckte die Schultern.

Captain Maroon beugte sich nach vorn. »Wenn Sie sich halbwegs in Lakeside House eingerichtet haben, könnten wir für ein paar Tage nach Blackpool fahren, um nach dem Jungen zu suchen. Was halten Sie davon?«

»Das ist eine großartige Idee«, rief Abigail begeistert. Das Gefühl, etwas tun zu können, ihrem Sohn vielleicht aus seinem Schmerz herauszuhelfen, stimmte sie zuversichtlich. »Aber Sie müssten auch mitkommen, Mrs Alison. Denn wir wissen nicht, wie er aussieht. Sie sind die Einzige von uns, die ihn erkennen würde.«

»Natürlich helfe ich Ihnen.« Die Haushälterin lächelte. »Ich möchte Lord Mahony doch auch möglichst schnell wieder lachen sehen.«

Lakeside House war in einem schlechteren Zustand, als Abigail erwartet hatte. Sie musste Handwerker beauftragen und Gärtner einstellen. Ebenezer hatte zugesagt, für sämtliche Kosten aufzukommen und ihr zusätzlich jährlich eine großzügige Summe für ihren Unterhalt zu bezahlen. Offiziell nannte Abigail sich nun wieder Mrs Middleton. Über den Möbeln hatten Tücher gelegen, um sie zu schützen, aber da das Haus schon lange vor Anthonys Erkrankung kaum mehr genutzt worden war, waren die meisten Tische, Schränke und Sessel so vermodert, dass Abigail sie wegwerfen musste.

Erst nach einigen Wochen mühsamer Arbeit war Lakeside House wieder bewohnbar und strahlte eine gewisse Gemütlichkeit aus. Es war von grünen Hügeln und Tälern umgeben und das nächste Dorf lag etwa zehn Meilen entfernt. Aber eine Farm in der Nähe konnte Abigail mit den nötigsten Lebensmitteln versorgen. Sie genoss die Ruhe und den Frieden, den diese Gegend verströmte.

Nachdem sie Lakeside House einigermaßen bewohnbar gemacht hatten, waren sie alle drei so erschöpft, dass sie sich zunächst zwei Tage Ruhe gönnten, bevor sie nach Blackpool aufbrachen. Abigail hatte die ganze Zeit ein schlechtes Gewissen, den Captain so lange von seinem eigentlichen Beruf abzuhalten. Seit ihrer Ankunft in England waren schon fast zwei Monate vorübergegangen. Die *Golden Star* musste längst hergerichtet sein. Aber Abigail hatte Angst, das Thema anzusprechen, weil sie befürchtete, er würde sie dann tatsächlich verlassen. Stattdessen fuhren sie zusammen nach Blackpool, um nach dem Jungen zu suchen, dem Ebenezers Herz gehörte.

Oktober 1849

Drei Tage waren bereits vergangen, an denen sich Abigail, Captain Maroon und Mrs Alison von morgens bis abends rund um den Markt von Blackpool aufhielten. Mit jeder Stunde, die verstrich und in der sie keine Spur von Robert sahen, verzagte Abigail zunehmend. Die Armut war hier beinahe noch größer als in Stockmill. Die guten Lebensmittel waren alle bis zum Mittag verkauft, am Vormittag waren die Dienstboten und Köche der herrschaftlichen Häuser gekommen und hatten ihre Körbe und Taschen gefüllt. Nachmittags und abends gab es nur noch die vergammelten, schimmligen Reste, die teilweise schon mehrere Tage an den Ständen gelegen hatten. Die Arbeiter konnten erst gegen Abend zum Einkaufen gehen, wenn die Hörner der Fabriken zum Ende ihrer Schicht geblasen hatten. Sie zahlten dieselben Preise wie die Dienstboten am Vormittag, bekamen jedoch verdorbene Ware. Hatte sich denn in den letzten Jahren gar nichts verändert?

»Ich glaube nicht, dass wir Robert hier finden werden«, sagte Mrs Alison erschöpft.

Abigail hatte die letzten Tage kaum eine Ruhepause zugelassen, weil sie diesen Jungen so schnell wie möglich finden wollte. Und die Mühen der Renovierung lagen ihnen auch noch in den Knochen. Aber sie musste sich beeilen. Sie musste Ebenezers Leiden beenden, indem sie ihm seinen Geliebten zurückbrachte. Und selbst wenn sie Robert nicht dazu bewegen konnte, zu Ebenezer zurückzukehren, so wäre ihrem Sohn sicher schon wohler, wenn er wüsste, wie es dem Jungen ging und wo er sich aufhielt. Aber es schien wirklich aussichtslos. Vermutlich war Robert längst nicht mehr hier in Blackpool.

Abigail schüttelte resigniert den Kopf. »Sie haben recht, Mrs Alison. Vielleicht sollten wir nach Wales zurückkehren.«

»Das ist auch meine Meinung«, mischte sich Maroon ein, der hinter den beiden Frauen über den Markt ging. »Aber wir sollten noch einen letzten Versuch unternehmen.«

»Woran denken Sie?«, wollte Abigail wissen.

»Wir sollten die Markthändler befragen. Wenn Robert wirklich hier war, und ich meine, länger als für einen kurzen Marktbesuch, dann werden sich die Markthändler sicher an ihn erinnern.«

»Einen Versuch ist es wert«, räumte Abigail ein. »Aber die Händler kennen vermutlich seinen Namen nicht, und wir beide wissen nicht, wie er aussieht. Die Einzige, die ihn beschreiben kann, sind Sie, Mrs Alison.«

Die Haushälterin nickte und folgte dem Captain, der bereits dabei war, ihnen einen Weg durch die Menge zu bahnen. An einem der Stände hielt er an und wartete, bis der Händler auf ihn aufmerksam geworden war. Mrs Alison beschrieb Robert, so gut sie konnte, aber der Markthändler schüttelte nur den Kopf.

Die nächsten Stunden verbrachten sie damit, an jedem Stand ihr Anliegen vorzubringen, jedoch ohne Erfolg. Ein paar Händlerinnen oder Händler erklärten, einen Jungen gesehen zu haben, der ähnlich ausgesehen habe, aber sie konnten keine genaueren Informationen liefern.

Abigail ging frustriert hinter den beiden anderen her. Sie hatte keine große Hoffnung mehr, etwas über Roberts Verbleib zu erfahren. Der Eifer des Captains war bestimmt nur der Tatsache geschuldet, dass er ihr keine Enttäuschung bereiten wollte.

»Robert? Natürlich kenn ich den«, sagte in diesem Moment ein junger Mann in schmutziger Kleidung, der schlecht geflochtene Körbe verkaufte.

Sofort hielt Abigail inne und betrachtete ihn genauer. Sein Hemd war löchrig, Schuhe trug er nicht. Die Hosen waren fadenscheinig und einen Rock hatte er vermutlich noch nie besessen. Sein blondes Haar war fettig und die Haut vom Dreck und Staub mehrerer Tage bedeckt.

»Bist du dir sicher, dass es der Junge ist, den wir meinen?«, fragte der Captain.

Der junge Mann hob die Schultern. »Ein Junge ist er eigentlich nicht, eher ein Mann. Ein feiner Herr. Er komme aus Stockmill, hat er gesagt, und sei auf der Suche nach Arbeit.«

»Das ist er!«, rief Mrs Alison, und Abigail konnte die Aufregung in ihrer Stimme hören. »Wo ist er jetzt?«

»Weg«, sagte der Mann und wandte sich wieder seinen Körben zu.

Abigails Blick begegnete dem des Captains. Sie hob die Hand, um ihm zu signalisieren, dass sie die Sache übernehmen werde. »Wir sind auf der Suche nach ihm«, sagte sie, und der junge Mann sah sie aufmerksam an. »Und es ist sehr wichtig, dass wir ihn finden. Können Sie sich an irgendetwas erinnern, das er gesagt hat, woraus wir schließen könnten, wohin er gegangen sein könnte?«

»Nach Manchester, glaube ich«, sagte der Händler, während er ein paar Körbe übereinanderstapelte. »Er hat wohl gehört, dass dort einige neue Fabriken eröffnet werden. Und nachdem es hier keine Arbeit für ihn gab, wollte er in Manchester nach einer Anstellung als Schreiber suchen.«

»Vielen Dank«, sagte Captain Maroon. Er gab dem Mann ein paar Münzen und sie verabschiedeten sich.

»Es ist nur ein kleiner Umweg, wenn wir über Manchester fahren«, sagte Maroon, an die Frauen gewandt.

»Dann sollten wir uns unbedingt dort umsehen«, seufzte Mrs Alison. »Ich möchte doch auch, dass der Junge wieder nach Hause kommt.«

Abigail musste lächeln. Sie war sich zwar nicht sicher, ob die Haushälterin von dem wahren Verhältnis zwischen Ebenezer und Robert wusste, aber es war rührend, dass sie den Jungen so sehr in ihr Herz geschlossen hatte.

In Manchester hatten sie gleich bei der zweiten Fabrik Erfolg. Tatsächlich war vor ein paar Wochen ein junger Schreiber namens Robert Hampton dort eingestellt worden. Mrs Alison hatte ihnen erzählt, dass der Junge keinen eigenen Nachnamen hatte. Dass er nun den Namen seines Geliebten benutzte, schien Abigail und Captain Maroon naheliegend. Sie baten darum, kurz mit ihm sprechen zu dürfen, was ihnen der Vorarbeiter jedoch verwehrte. Also blieb ihnen nichts anderes übrig, als auf den Feierabend zu warten. Sie fragten einen Pferdeknecht, wo sich die Kontore befänden, und stellten sich kurz vor dem Ertönen der Sirene an den Eingang der Fabrik.

Wenig später strömten Männer, Frauen und Kinder aus den Gebäuden. Wie gut, dass Mrs Alison bei ihnen war, sonst hätten sie den Jungen in der Menschenmasse niemals ausfindig machen können.

Bald hatten die meisten Arbeiter das Fabrikgelände verlassen, doch Robert war immer noch nicht aus dem Kontor gekommen. Nervös starrte Abigail auf die Tür. Als endlich ein Mann mit Hut, Mantel und elegantem Rock erschien, trat Mrs Alison vor.

»Robert!«, rief sie erleichtert.

Er blieb stehen und sah die Haushälterin an. Auf seinem Gesicht zeigten sich Überraschung und Freude. »Mrs Alison? Warum sind Sie hier?«

»Wir müssen mit Ihnen sprechen«, sagte Captain Maroon und deutete in Richtung der Straße, wo ihre Mietkutsche wartete. »Wären Sie so freundlich, uns zu begleiten?«

»Ich … verstehe nicht … Wer sind Sie?«, fragte Robert, der auf einmal ängstlich wirkte.

»Oh Verzeihung«, sagte der Captain sofort. »Mein Name ist Captain Maroon. Mrs Alison kennen Sie ja – und das hier ist Lady Abigail.«

Roberts Blick blieb an Abigail hängen. »Sie sind Lady Mahony?«

»Die war ich mal«, sagte Abigail mit einem Lächeln. »Ich bin Ebenezers Mutter.«

Der Mann starrte sie erschrocken an. »Seine Lordschaft? Ist etwas mit ihm geschehen? Geht es ihm gut?«

Abigail hob beruhigend die Hand. »Er vermisst Sie sehr.«

Robert starrte sie schweigend an.

»Begleiten Sie uns doch zunächst zu unserer Equipage«, beharrte Maroon und wies noch einmal zur Straße.

Als sie die Kutsche erreicht hatten, ließen sie sich in die weichen Sitze sinken. Es begann inzwischen zu dämmern und der Captain entzündete eine Öllampe.

»Warum sind Sie gekommen?«, brach Robert schließlich das Schweigen.

»Wir möchten Sie zurück nach Hampton Hall bringen.«

Robert biss sich auf die Unterlippe und schüttelte den Kopf. Dann flüsterte er: »Es ist zu gefährlich.«

Abigail griff nach den zarten Händen des Jungen. »Meinem Sohn geht es nicht gut. Ich mache mir Sorgen um ihn.«

Er fuhr entsetzt zusammen. »Seiner Lordschaft geht es nicht gut? Was fehlt ihm?«

»Es ist der Kummer«, mischte sich nun Mrs Alison ein. »Er verschließt sich in seiner Einsamkeit, verlässt kaum sein Zimmer und will nichts essen.«

»So wie damals, als …« Robert brach ab und sein Blick wanderte zu Abigail.

»Ja«, sagte Mrs Alison und erklärte Abigail: »Damals, nachdem Sie gegangen waren, war es ebenso.«

Kapitel 16

August 1849

Ebenezer wischte sich den Schweiß von der Stirn. Er war mit schnellen Schritten den Hügel hinaufgestapft, sodass ihm ganz heiß geworden war. Nachdem er die letzten Wochen fast ausschließlich in seinem Zimmer verbracht hatte, überkam ihn heute Morgen der unwiderstehliche Drang, in den Sommer hinauszueilen. Ohne Ziel war er losgelaufen. Jetzt war er schon seit zwei Stunden unterwegs und hatte die Orientierung verloren. Ebenezer hatte nicht daran gedacht, sich etwas zu essen mitzunehmen, und sein Magen knurrte leise. Aber die Bewegung hatte ihm gutgetan, und zum ersten Mal, seit Robby fort war, fühlte er sich ein wenig besser. Kein Tag verging, an dem er nicht an ihn dachte. Dass seine Mutter wieder in England war, hatte ihn ein wenig getröstet, auch wenn er wusste, dass er sie nicht oft sehen würde. Er verstand nur zu gut, dass sie nicht wieder in Stockmill leben und die hiesige Gesellschaft lieber in dem Glauben lassen wollte, sie sei tot. Sie wollte niemandem erzählen, warum sie verschwunden war und wie es zu ihrer Rückkehr kam. Es gab Geheimnisse, die besser für immer verborgen blieben, auch wenn er Abigail vermisste. Aber das Wissen darum, dass sie nicht allzu weit entfernt in Wales lebte, tröstete ihn.

»Ebenezer!«

Er war so sehr in seine Gedanken versunken gewesen, dass er die Gestalt gar nicht bemerkt hatte, die ihm den Hügel herunter entgegenkam. Jetzt kniff er die Augen gegen die Sonne zusammen und erkannte sie. Es war Deborah.

Sie lächelte. »Auch ich habe den schönen Tag für einen Spaziergang genutzt.«

Er nickte und erwiderte ihr Lächeln. »Ich fürchte nur, ich habe mich verlaufen.«

»Dann lass uns zusammen zurückgehen.« Deborah hakte sich bei ihm ein und Ebenezer fiel auf, dass er seiner Frau nur selten so nah gewesen war.

»Ich gehe diesen Weg oft«, sagte sie. »Wenn wir dort über die Wiese gehen, kommen wir auf einen kleinen Pfad, der uns nach Hampton Hall zurückführt.«

Eine Weile gingen sie schweigend nebeneinanderher.

»Wie geht es dir?«, fragte Deborah schließlich, den Blick auf den Weg gerichtet.

Ebenezer dachte einen Moment lang nach. »Ich weiß es nicht. Es vergeht kein Tag, an dem ich nicht an ihn denke und mir wünsche, er käme zurück. Und gleichzeitig bin ich traurig, enttäuscht und wütend auf ihn, dass er gegangen ist.«

»Er hatte seine Gründe. Und er hat wohl genau wie deine Mutter erkannt, dass deine Aufgabe zu bedeutend ist, als dass er dich für sich allein beanspruchen kann«, erwiderte Deborah. »Du bist die einzige Hoffnung der Arbeiter in Hampton Hall. Sie brauchen dich. Es ist höchste Zeit, dass du dich endlich wieder um die Fabrik kümmerst.«

Ebenezer seufzte. Die Besitzverhältnisse von Hampton Hall waren immer noch nicht eindeutig geklärt. Walter Lutlow war auf der Suche nach Hugo, und solange er nicht gefunden war, konnte Ebenezer die Geschäfte nicht übernehmen. Er war seit dem Streit um die Fabrik und seit Robbys Fortgang nicht mehr dort gewesen, weil Hampton Hall zu viele Erinnerungen an seinen Geliebten barg.

»Das werde ich tun, sobald alles dort geregelt ist«, antwortete er.

»Nein, Ebenezer. So lange kannst du nicht warten. Momentan hat der Verwalter die Führung übernommen. Er ist streng, und ich befürchte, er wirtschaftet in die eigene Tasche.«

Ebenezer schüttelte den Kopf. »Die Zahlen sind stabil. Er kann uns nicht betrügen, das würde auffallen.«

»Er tut es nicht so, dass du es merken würdest, weil es auf Kosten der Arbeiter geschieht. Er hat die Löhne verringert und beutet die Menschen aus. Das, was übrig bleibt, steckt er ein.«

»Woher weißt du das?«, fragte Ebenezer erschrocken.

»Von Nelly«, antwortete Deborah. »Sie macht sich Sorgen. Und ich auch. Nelly wagt es nicht, dich darauf anzusprechen, und kam deshalb zu mir.«

Ebenezer atmete tief durch. Den Blick auf den Weg gerichtet, dachte er an die Menschen in der Stadt. Die meisten Häuser waren in einem erbärmlichen Zustand. Seine Mutter hatte einige Arbeitercottages renovieren lassen, aber sie war damit nicht allzu weit gekommen. Irgendwann hatte sein Onkel George das Projekt gestoppt. Als Ebenezer die Nachfolge angetreten hatte, wollte er die Renovierungsarbeiten wieder aufnehmen. Aber dann war das gefälschte Testament aufgetaucht und es ging wieder nicht voran. Die meisten Arbeiter lebten inzwischen in halb verfallenen Behausungen, und wenn ihnen nun ein Teil ihres Lohnes genommen wurde, war ihr Leben noch schwerer. Ebenezer hätte schon längst eingreifen müssen, aber er hatte sich in den letzten Wochen in seinem Schmerz gesuhlt. Was war er nur für ein verantwortungsloser Arbeitgeber und Grundherr!

Er räusperte sich. »Wenn das stimmt, wird es tatsächlich Zeit, dass ich mich wieder um die Geschäfte kümmere.« Ebenezer schämte sich dafür, dass er so eigensinnig und egoistisch gewesen war, seinen Kummer über das Schicksal der Arbeiter zu stellen. »Ich verstehe nicht, warum meine Mutter und auch Robert Vertrauen in mich setzen, obwohl ich dessen nicht würdig bin«, stellte er bekümmert fest.

»Sag das nicht«, erwiderte Deborah und blieb stehen. Sie blinzelte in die Sonne. »Du bist ein gutherziger Mensch und wirst ihr Vertrauen nicht enttäuschen. Aber du bist ja nicht wie die Maschinen in der Fabrik. Du kannst nicht einfach weitermachen und deine Gefühle ignorieren.«

»Da hast du recht.« Ebenezer lächelte sie dankbar an. »Du bist so lieb zu mir. Ich habe dich nicht verdient.«

»Ganz im Gegenteil«, widersprach Deborah. »Ich hatte nichts und war auf die Güte deiner Mutter angewiesen und auf deine. Ich habe dir und Robert geholfen, und im Gegenzug habe ich ein sicheres Leben in Luxus und Sorglosigkeit für mich und meine Tochter erhalten.«

»Aber ich nehme dir dein Recht auf Liebe und auf Glück. Ich habe dich an mich gebunden, und dadurch kannst du keinen Mann mehr finden, der dich liebt und den du lieben kannst.« Ebenezer beobachtete einen Schmetterling, der im Sommerwind flatterte.

»Ich habe deinen Vater geliebt und werde nie wieder einem Mann die gleichen Gefühle entgegenbringen können«, sagte sie und ging weiter über den schmalen Pfad zwischen den Wiesen entlang, noch immer an seinem Arm. »Aber da wir gerade davon sprechen …«

Er sah sie fragend an.

»Du brauchst einen Erben.«

Ebenezer atmete überrascht ein. »Was meinst du?«

»Robert ist fort und wir sind verheiratet. Wenn wir also ein Kind zeugen würden, einen Erben für die Fabrik und deinen Titel, wäre nichts Verwerfliches daran.«

Ebenezer errötete. Sofort musste er an Robert denken und daran, wie verletzt er war, als Ebenezer eine solche Möglichkeit erwähnt hatte. Seinem Geliebten wäre es nicht recht gewesen, das wusste Ebenezer. Aber Robert war fort.

Das Thema war ihm äußerst unangenehm. »Das … ich … darüber muss ich nachdenken«, stammelte er verlegen. »Ich möchte dich keinesfalls ausnutzen und zu etwas zwingen, das du nicht willst.«

»Nein, nein«, sagte sie und drückte sanft seinen Arm. »Ich würde sehr gern noch ein Kind bekommen und es in Liebe aufziehen. Wenn es ein Junge würde, hättest du einen Erben, den du zu einem gerechten Herrn erziehen könntest.«

Ebenezer schwieg verwirrt. Er hatte nie vorgehabt, die Ehe mit Deborah wirklich zu vollziehen. Schließlich hatten sie vor ihrer Hochzeit ganz klar besprochen, dass es sich nicht um eine körperliche Beziehung handeln würde.

»Denk darüber nach«, sagte Deborah, als Ebenezer nicht antwortete. »Wenn du heute Nacht in mein Schlafzimmer kommst, werde ich dich nicht fortschicken.«

Ebenezer rang mit sich. Die Vorstellung, sich neben Deborah zu legen und mit ihr die Zärtlichkeiten auszutauschen, die er sonst nur Robby geschenkt hatte, war abstoßend und verlockend zugleich. Sie war seine Frau und er hatte jegliches Recht dazu – jetzt, da Robert fort war, mehr denn je. Er war an niemanden gebunden außer an Deborah. Und sie hatte recht, er brauchte einen Erben, um zu verhindern, dass nach seinem Tod Hugo oder dessen Nachkommen seinen Titel und die Fabrik erben würden. Denn Ebenezer zweifelte nicht daran, dass sich die Besitzverhältnisse der Fabrik bald zu seinen Gunsten klären würden. Schließlich war das Testament eindeutig gefälscht und Walter würde alles in Ebenezers Sinne regeln. Es war wichtig für die Arbeiter. Er gönnte seinem Bruder und dessen Kindern all sein Hab und Gut, aber er hatte gesehen, wie verantwortungslos Hugo mit ihrem Familienerbe umging, und es war zu erwarten, dass er diese Lebenshaltung auch an seine Nachkommen weitergeben würde. Schon aus diesem Grund musste Ebenezer für einen zuverlässigen Nachfolger sorgen.

In Gedanken versunken ließ er sich am Nachmittag in die Fabrik fahren. Als er im Kontor ankam, musste er feststellen, dass Deborahs Sorge berechtigt gewesen war. Der Verwalter sah Ebenezer erschrocken an, als dieser zur Tür hereinkam. Er hatte sich in Ebenezers Büro eingerichtet, und Ebenezer spürte, wie Wut in ihm aufstieg. Er ärgerte sich jedoch viel mehr über sich selbst als über den Mann. Denn Betrug und Ungerechtigkeit konnten natürlich nur dort wuchern, wo sie Nährboden fanden, und den hatte Ebenezer ihnen bereitet.

Er bemühte sich, ruhig und sachlich zu bleiben, während er sich den Bericht des Mannes anhörte, der nichts von geringeren Löhnen oder Entlassungen enthielt. Erst als Ebenezer erklärte, dass er nun einen Rundgang durch die Weberei und die Spinnerei machen und mit den Arbeitern sprechen wolle, fügte der Mann hinzu, dass er einige Kürzungen vorgenommen habe. Und als Ebenezer weiter insistierte, fand er heraus, dass der Verwalter ihn und die Arbeiter tatsächlich um das eingesparte Lohngeld betrogen hatte. Ebenezer blieb nichts anderes übrig, als den Mann zu entlassen, auch wenn es für ihn umso mehr Arbeit bedeutete. Aber er hatte lange genug die Augen verschlossen, nun wurde es Zeit, die Geschicke der Firma wieder in die Hand zu nehmen.

Es war schon dunkel, als er nach Hampton Hall zurückkehrte. Deborah und Mary hatten bereits gegessen und er ließ sich eine Suppe servieren. Nachdem Stanton ihm beim Auskleiden geholfen und er ihm eine Gute Nacht gewünscht hatte, zögerte Ebenezer. Sollte er zu Deborah gehen? Sie war seine Ehefrau, Robert war nicht mehr hier und würde auch nicht wiederkommen. Und doch wusste er, wie sehr er Robert verletzen würde, wenn er das Bett mit Deborah teilte. Aber würde Robby es jemals erfahren? Ebenezer schüttelte traurig den Kopf. Robert war endgültig gegangen, er würde sein Leben ohne ihn leben müssen.

Ebenezer öffnete die Tür und spähte um die Ecke. Vorsichtig schlich er über den dunklen Flur und tastete sich an der Wand entlang zum Treppenhaus. Von dort aus huschte er in den Nordflügel, während er sich immer wieder verstohlen umschaute. Als er Deborahs Zimmer erreicht hatte, lauschte er. Irgendwo in der Ferne knarrten die Holzdielen, draußen schrie eine Eule. Seine Hand zitterte, als er leise an die Tür klopfte. Nichts regte sich. Vielleicht schlief Deborah ja schon, er sollte sie nicht wecken. Erleichtert wandte er sich ab und wollte gerade den Gang zurückeilen, als ihn ein Geräusch davon abhielt. Er fuhr herum.

Deborah stand in der Tür, die jetzt einen Spaltbreit geöffnet war.

Sie bedeutete ihm, ihr ins Zimmer zu folgen.

Als sie beide in Deborahs Schlafzimmer standen, schloss sie die Tür und sagte sanft: »Ich habe gehofft, dass du kommen würdest. Dein Klopfen war so leise, dass ich schon glaubte, es mir nur eingebildet zu haben.«

Vor Aufregung wusste er nicht, was er antworten sollte.

Sie lächelte und setzte sich auf die Bettkante. Ebenezer blieb mitten im Zimmer stehen.

»Setz dich zu mir«, sagte sie und klopfte auf das Laken.

Ebenezer schluckte und bewegte sich auf sie zu. Als er endlich das hohe, weiche Bett erreicht hatte, ließ er sich neben sie fallen.

»Du bist aufgeregt«, stellte Deborah fest und griff nach seiner zitternden Hand.

Er antwortete nicht, in Gedanken sah er Robert vor sich.

»Hab keine Angst«, sagte sie, führte seine Hand an ihre Lippen und liebkoste sie. »Ich bin deine Ehefrau, wir tun nichts Verbotenes.«

»Das ist es nicht.« Seine Stimme klang seltsam rau, wie bei einem Jungen im Stimmbruch.

Während sie seine Finger zärtlich küsste, sah sie ihn aus halb geschlossenen Augen an. Dann fragte sie: »Du hast noch nie mit einer Frau geschlafen? Ist es das?«

Ebenezer errötete und nickte. »Ich verstehe nichts davon.«

Deborah lachte. »Das ist kein Hexenwerk.«

»Aber du, du hast schon so viel Erfahrung.« Er dachte an Deborahs Vorgeschichte, an die Jahre, ehe sie die Geliebte seines Vaters geworden war und als Dirne in London gearbeitet hatte.

»Denk nicht nach«, befahl sie in sanftem Ton, während ihre Hände an seinen Armen entlangfuhren, seinen Schlafrock öffneten und seine nackte Brust streichelten.

Er wagte nicht, sich zu bewegen, ließ ihre Berührungen über sich ergehen und konnte an nichts anderes denken als an Robert, den er gerade im Begriff war zu betrügen. Aber Robert war fort und Deborah war seine Ehefrau! Immer wieder sagte er sich in Gedanken diese Tatsache vor.

Inzwischen war Deborah näher an ihn herangerückt und ihre rosigen Lippen näherten sich seinen. Sie küsste ihn und ihr lieblicher Duft nach Blumen und Zimt vermischte sich mit seinem. Plötzlich schwang sie sich über ihn, ihr Körper war weich, ganz anders als der von Robby, er spürte ihre runden Brüste an seiner Haut. Deborahs Finger tasteten sich vorwärts, in seine Lendengegend hinab, und auch wenn er nicht wusste, warum das geschah, reagierte sein Körper auf ihre zärtlichen Liebkosungen. Sein Herz pochte wie wild, er befand sich mit einem Mal in einem merkwürdig schwebenden Zustand. Deborahs Hände wussten genau, wie sie ihn berühren mussten, und bald hatte er das Gefühl, vor Begierde explodieren zu müssen. Genau in diesem Moment setzte sie sich rittlings auf ihn und er drang in sie ein. Jetzt konnte er seine Erregung kaum mehr zurückhalten, kam nach Sekunden zum Höhepunkt und sank dann atemlos in die Kissen zurück.

In diesem Moment empfand er tiefe Scham. Er schloss die Augen. Was hatte er getan? Er spürte, wie sie sich an ihn schmiegte. Ihre Nähe war plötzlich unerträglich für ihn. Er murmelte eine Entschuldigung und rutschte aus dem Bett. Hastig zog er sich sein Nachtgewand wieder an und verließ ihr Zimmer.

Am nächsten Morgen fühlte er sich schlecht. Er hatte die ganze Nacht kaum geschlafen und sich immer wieder Vorwürfe gemacht. Gleichzeitig erregte ihn der Gedanke an die körperliche Leidenschaft, der er sich hingegeben hatte. Während er sich kaltes Wasser ins Gesicht spritzte, wich er Stantons Blick aus. Ebenezer wusste nicht, warum er sich wie ein Ehebrecher fühlte, obwohl er sich doch ganz richtig verhalten hatte. Er hatte seine Ehe endlich vollzogen, die schon seit Jahren bestand.

Als Ebenezer ins Esszimmer kam, sah er erstaunt, dass bereits jemand am Tisch saß. Hugo! Sein Bruder stand auf.

»Ebenezer!«, rief Hugo erfreut.

»Ich dachte, du seist längst in Indien«, brummte Ebenezer und erinnerte sich an die gemeinen Erpressungsversuche seines Bruders.

»Das wäre ich, wenn unser Freund Lutlow mir nicht den Geldhahn zugedreht hätte. Ich habe mich wohl etwas zu großzügig am Vermögen der Fabrik bedient.« Hugo hatte die Hände in die Rocktaschen gesteckt und ging vor dem Buffet auf und ab. »Ich sehe, dein kleiner Junge ist nicht mehr hier?«

Wie Lava stieg wieder die Wut in Ebenezer auf. Er atmete tief durch. »Wenn du nach Indien willst, musst du eben dafür arbeiten. Wieso schreibst du dich nicht bei der Armee ein? Sie suchen doch immer Soldaten, die dort hinwollen.«

Hugo zuckte mit den Schultern und goss sich Kaffee ein. Mit der Tasse in der Hand schlenderte er zum Fenster.

»Weil mir mehr zusteht als das«, antwortete er gehässig. »Du weißt genauso gut wie ich, dass das Testament vielleicht eine Fälschung war, dass mir als Zweitgeborenem aber eigentlich die Pfarrei von Stockmill zustünde. Mitsamt dem Pfarrhaus.«

Ebenezer konnte sich ein zynisches Lachen nun nicht mehr verkneifen. »Bitte! Wenn du Theologie studieren willst – ich halte dich nicht davon ab. Und wenn du als Pfarrer zurückkehrst, werde ich dir den Platz gern überlassen, der dir zusteht.«

»Den will ich aber nicht«, fuhr Hugo ihn an. »Ich will ausgezahlt werden.«

Ebenezer sah ihn verständnislos an. »Wie viel ist das Pfarrhaus schon wert? Ein paar Tausend Pfund vielleicht.«

»Ich will auch das Geld, das ich als Pfarrer über die Jahre verdient hätte.«

»Dafür müsstest du aber arbeiten, keiner unserer Vorfahren hat jemals Geld geschenkt bekommen«, sagte Ebenezer erbost.

»Es ist mein Erbe«, sagte Hugo und blitzte ihn zornig an. »Und denk dran, ich habe immer noch Informationen über dich in der Hand, die dich an den Strick liefern könnten. Auch wenn dein kleiner Junge nicht mehr hier ist …«

»Ich fürchte, daraus wird nichts«, ertönte plötzlich Deborahs Stimme hinter ihnen.

Sie war schon fertig frisiert und angekleidet. Mit einem Lächeln trat sie zu Ebenezer.

»Niemand kann meinen Mann bezichtigen, ein unsittliches Leben zu führen. Auch wenn es dich nichts angeht, Hugo – wir verbringen die Nächte gemeinsam, und ich hoffe, bald in freudiger Erwartung zu sein.«

Hugo sah skeptisch zwischen den beiden hin und her. »Unsinn! Ich glaube euch kein Wort. Meinetwegen könnt ihr das behaupten, aber ich werde genug Dienstboten finden, die bestätigen, dass nachts niemand hier sein Zimmer verlässt. Außer vielleicht Robert, der sich zu Ebenezer geschlichen hat.«

»Darauf würde ich mich an deiner Stelle nicht verlassen«, entgegnete Deborah und zwinkerte Ebenezer zu, der sofort errötete.

»Wie dem auch sei«, sagte Hugo nachdenklich. »Ich bin hier, um mir Geld von dir zu holen. Ich habe ein Anrecht auf meinen Erbteil. Mit der Pfarrei kann ich nichts anfangen. Solange die Sache mit der Fabrik nicht eindeutig geklärt ist, verlange ich ein gewisses Kapital von dir.«

Ebenezer seufzte. »Ich werde darüber nachdenken.«

»Lass dir nicht zu viel Zeit«, antwortete Hugo und verließ den Raum.

Ebenezer verbrachte den ganzen Tag in der Fabrik und musste feststellen, dass während der Monate seiner Abwesenheit einiges im Argen gelegen hatte. Jetzt hatte er allerhand zu tun, um die Arbeitsbedingungen seiner Angestellten wieder angenehmer zu gestalten. Zwar bestand die Fabrikküche weiterhin, doch die Lebensmittel waren von derart schlechter Qualität, dass das Essen dort kaum genießbar war. Ebenezer schickte den Händler, der ihnen verdorbene Waren geliefert hatte, fort und ließ Nelly nach einem besseren suchen. Auch waren die Räder, die man unter der Decke angebracht hatte, um den Baumwollstaub aus der Luft zu saugen, teilweise nicht mehr in Betrieb oder defekt. Ebenezer bestellte Handwerker, die zur Reparatur kamen, kümmerte sich um die Kinderverwahranstalt, in der nicht mehr genug Kinderfrauen arbeiteten, und legte gerechtere Löhne fest.

Der Tag flog nur so dahin, und als er nach Hampton Hall zurückkehrte, war es bereits spät geworden. Hugo saß noch in der Bibliothek und tat sich an dem Whiskey gütlich. Ebenezer hatte keine große Lust, seinem Bruder Gesellschaft zu leisten, und nachdem er ein einfaches Nachtmahl zu sich genommen hatte, zog er sich auf sein Zimmer zurück. Kaum dass er im Bett lag, überkam ihn ein tiefer Schlaf.

Er wachte auf, als er spürte, wie sich jemand zu ihm legte. Es war Deborah, die sich gänzlich entkleidet an ihn schmiegte. Mit einem Mal war er hellwach. Er konnte nicht noch einmal mit ihr schlafen, es kam ihm falsch vor. Aber sie verschloss seinen Mund mit Küssen, und ihre geschmeidigen Bewegungen weckten seine Leidenschaft und Begierde nur allzu schnell wieder.

Hinterher lag er beschämt neben ihr und wünschte sich, sie würde ihn allein lassen. Aber sie verbrachte die ganze Nacht bei ihm, und als sie, dicht an ihn geschmiegt, in seinem Arm eingeschlafen war, wurde ihm zum ersten Mal bewusst, dass Deborah nicht nur ihm zuliebe mit ihm schlief. Er hatte ihr ein keusches Leben aufgezwungen und sie war ausgehungert nach körperlicher Liebe. Dennoch wollte er keine weiteren Zärtlichkeiten mit ihr austauschen, wie er es eigentlich nur mit Robert tun sollte.

Deborah blieb bis zum Morgen in seinem Bett, und als Stanton kam, lag sie noch immer bei ihm. Ebenezer konnte seinem Kammerdiener tagelang vor Scham nicht mehr in die Augen sehen. Daher beschloss er, ihr am nächsten Abend zuvorzukommen, und schlich sich in Deborahs Zimmer, das er noch in der Nacht wieder verließ. Schnell wurde dieser Vorgang zur Routine.

Eines Abends bemerkte Ebenezer, dass er beobachtet wurde, als er gerade aus Deborahs Zimmer kam. Es war Hugo, der in einer der Nischen des Flures stand.

Als er sah, dass Ebenezer ihn entdeckt hatte, grinste er. »Ich hätte nicht gedacht, dass du das wirklich tust.«

»Hugo, hör auf, mir hinterherzuspionieren. Ich hätte große Lust, dich aus meinem Haus zu werfen.«

Hugo hob abwehrend die Hände. »Schon gut, reg dich nicht auf, Brüderchen.«

Von diesem Moment an hatte Ebenezer das Gefühl, Hugo den Wind aus den Segeln genommen zu haben. Der hämische Gesichtsausdruck seines Bruders war verschwunden, Hugo wurde freundlich, ja beinahe unterwürfig ihm gegenüber.

November 1849

Eines Abends kam Ebenezer etwas früher als sonst von Hampton's Mill zurück, und sie saßen alle beim Dinner, ehe Deborah sich verabschiedete und die beiden Brüder zu Zigarren und Portwein übergingen.

»Kommst du bitte gleich bei mir vorbei, ich habe etwas mit dir zu besprechen«, flüsterte Deborah, bevor sie das Esszimmer verließ.

Ebenezer zog nachdenklich die Augenbrauen zusammen. Es hatte in den letzten Wochen keine Nacht gegeben, in der er nicht zu ihr gegangen war. Nach und nach hatten ihn seine Schuldgefühle verlassen und auch die Scham war allmählich verflogen. Ebenezer genoss die körperliche Nähe und Liebe zu Deborah und überließ sich inzwischen sogar gern ihren Liebkosungen.

Er hörte Hugo nur mit halbem Ohr zu, als er ihm von seinem Tagwerk berichtete, das aus einem Besuch bei Walter Lutlow bestand. Walter war überzeugt davon, dass Ebenezer der rechtmäßige Erbe von Hampton's Mill war, und Hugo schien sich langsam damit abzufinden. Kaum hatte Ebenezer sein Glas Portwein geleert, wünschte er seinem Bruder eine gute Nacht und begab sich auf sein Zimmer. Er zog sich um und ging dann zu Deborah. Mittlerweile war es ihm nicht mehr unangenehm, wenn ihn einer der Dienstboten sah. Als er in ihr Zimmer trat, lächelte sie.

»Ich bin schwanger«, eröffnete sie ihm ohne Umschweife.

Verwirrt starrte er sie an. Nicht, dass er nicht mit einer solchen Möglichkeit gerechnet hätte, aber es war dennoch ein merkwürdiges Gefühl. In Deborah wuchs sein Kind heran, ein kleines Wesen, das er gezeugt hatte. Als er seine Frau in die Arme nahm, spürte er zum ersten Mal mehr als nur Begierde und Dankbarkeit für sie. Es war zwar nicht die tiefe Liebe, die er noch immer für Robert in sich trug, aber eine wahre und aufrichtige Zuneigung. Er küsste sie zärtlich auf die Stirn und streichelte ihr sanft über den Bauch, bevor er sie mit neuer Leidenschaft liebte.

In dieser Nacht blieb Ebenezer zum ersten Mal bis zum Morgen im Bett seiner Frau. Als Deborahs Zofe leise hereinkam, fuhr er erschrocken hoch.

»Sir«, sie errötete leicht, »Sie haben Besuch.«

»Was?« Ebenezer setzte sich auf. »Wie spät ist es?«

»Es hat gerade acht Uhr geschlagen«, sagte die junge Frau und hob die verstreute Kleidung vom Boden auf. Dann verließ sie diskret das Zimmer.

Ebenezer stöhnte leise.

»Guten Morgen«, sagte Deborah und strich ihm zärtlich über den nackten Rücken.

»Ich muss nachsehen, wer mich so früh am Morgen sprechen will«, sagte er beunruhigt.

Als er wenig später nach unten kam, teilte ihm Stanton mit, dass ihn die Besucher im kleinen Salon erwarteten. Ebenezer machte sich sofort auf den Weg dorthin. Drei Personen waren im Salon – aber Ebenezer sah nur den einen.

Er erstarrte. Das war unmöglich! Robby! Er war zurückgekehrt! Da stand er vor ihm, so klein, zart und hilflos, wie er ihn in Erinnerung hatte, gleichzeitig aber auch stark und selbstsicher. Ebenezer nahm seine Mutter und den Captain, die im Hintergrund warteten, kaum wahr. Seine Augen waren auf den Menschen gerichtet, den er wie keinen anderen liebte und den er doch auf schlimmste Weise betrogen hatte!

»Eure Lordschaft«, sagte Robert und trat einen Schritt vor. Seine Stimme war das Schönste, was Ebenezer in den letzten Wochen gehört hatte. Wie sehr hatte er diesen Klang vermisst. Die zarte Gestalt, die feinen Gesichtszüge, das blonde Haar!

Ebenezer wollte etwas erwidern, aber er brachte kein Wort heraus. Aus dem Augenwinkel sah er, wie die anderen den Salon verließen. Er hörte, wie die Tür leise geschlossen wurde. Sie waren allein.

Robby sah ihn abwartend an. Ebenezer wollte ihn in seine Arme schließen, ihn an sich drücken, aber er stand wie gelähmt da. Deborahs Geruch haftete an ihm, er spürte noch die Wärme ihres Bettes. Roberts blaue Augen musterten ihn und Ebenezer wich dem Blick seines Geliebten aus. Das Schweigen zwischen ihnen schien ohrenbetäubend. Irgendwann wandte Ebenezer sich ab. Der Weg zum Fenster war mühsam. Mit tränennassem Blick starrte er in den Garten hinaus.

»Eure Lordschaft?«, wiederholte Robert und in seiner Stimme schwang plötzlich Angst. »Sind Sie böse auf mich?«

Ebenezer zögerte einen Moment, dann schüttelte er den Kopf.

»Ich habe Sie so sehr vermisst«, hörte er seinen Geliebten hinter sich leise sagen. Er stand ganz dicht bei ihm. »Es tut mir leid, dass ich gegangen bin. Ich habe es nur getan, um Sie und die Arbeiter zu schützen. Die Menschen brauchen Sie.«

Ebenezer antwortete nicht, sondern starrte weiterhin durch die Fensterscheibe. Wie konnte er Robert erklären, was er getan hatte? Wieso hatte er sich darauf eingelassen?

»Bitte, Eure Lordschaft! Verzeihen Sie mir. Wenn Sie mich nicht mehr lieben und nicht mehr in Ihrer Nähe haben möchten, verstehe ich das. Dann gehe ich und werde Sie nie wieder belästigen.«

Ebenezer sackte in sich zusammen. Plötzlich konnte er die Tränen nicht mehr zurückhalten. Wie konnte Robby glauben, er liebe ihn nicht mehr? Nein, er liebte niemanden so sehr wie diesen Mann, und jeder Tag, an dem er nicht bei ihm sein konnte, war ein verlorener Tag. Aber er konnte ihm nicht in die Augen sehen, ohne vor Scham zu vergehen.

Plötzlich spürte er Roberts sanfte Berührung. Die zarten Hände fuhren an seinen Armen hinauf und drehten ihn ganz sachte herum. Ebenezer schloss die Augen.

»Bitte, Eure Lordschaft!« Roberts Stimme war leise, aber eindringlich. »Versuchen Sie, mich zu verstehen. Ich habe Sie nicht aus Bosheit verlassen, ich musste Sie schützen. Ihre Mutter hat mich gebeten, zu Ihnen zurückzukehren. Aber wenn Sie möchten, dass ich wieder gehe …«

Ebenezer schüttelte den Kopf und verbarg das Gesicht in seinen Händen.

»Was ist geschehen?«, fragte Robert.

Ebenezer löste langsam seine Hände und sah ihn hilflos an.

Als Robert ihn in seine Umarmung zog, fiel die Anspannung allmählich von Ebenezer ab. Robbys Lippen fuhren über seinen Hals und über seine Wangen und tasteten sich zu seinem Mund vor. Ebenezer erwiderte die Küsse, erst zaghaft, dann immer leidenschaftlicher, bis sich das Zimmer um ihn herum zu drehen schien und es nur noch Robert und seine warmen, weichen Lippen für ihn gab. Ebenezer nahm den vertrauten Geruch seiner Haut wahr und für einen Augenblick vergaß er alles um sich herum. In diesem Moment wusste Ebenezer, dass er seinen Geliebten nie wieder gehen lassen würde. Nie wieder wollte er einen Tag ohne ihn verbringen.

»Ebenezer?«, mischte sich plötzlich eine Stimme in seine verzweifelte Leidenschaft.

Robert ließ von ihm ab und sah zur Tür. Als Ebenezer seinem Blick folgte, erkannte er Deborah, die vor ihm stand. Schmerz und Wut zeichneten sich auf ihrem Gesicht ab.

»Kommst du wieder ins Bett?«, fragte sie mit eiskalter Miene.

Ebenezer spürte, wie Robert die Luft anhielt.

Ohne ihn anzusehen, wisperte er: »Es tut mir so leid, Robby.«

»Ich verstehe«, antwortete Robert ebenso leise.

»Nein.« Ebenezer fasste nach seiner Hand. »Du verstehst nichts. Du kannst es gar nicht verstehen. Du bist der beste, liebste und wichtigste Mensch in meinem Leben, und du würdest mich nie auf diese Weise verraten. Ich habe mich zu etwas hinreißen lassen, das nicht richtig war. Wie kannst du meine Schwäche nachvollziehen? Du, der mir so etwas niemals antun würde?«

»Ebenezer!«, rief Deborah erschrocken. »Wie kannst du

das sagen? Hast du vergessen, dass ich dein Kind in mir trage?«

»Was?« Robert entzog Ebenezer seine Hand.

»Robert, Sie waren fort und Ebenezer hat mein Bett immer wieder gern aufgesucht«, sagte Deborah mit fester Stimme.

»Immer wieder?«, entgegnete Robert tonlos.

Ebenezer blickte bestürzt von Deborah zu seinem Geliebten und wieder zurück. »Oh Gott!«

»Es ist so am besten«, sagte Deborah. »Robert, Sie sind gefährlich für Ebenezer. Nicht nur Lord Hugo, auch die Dienstboten könnten jederzeit Ihre widernatürliche Beziehung zur Anzeige bringen.«

Robert sah Deborah mit einer Mischung aus Überraschung und Entsetzen an.

»Und wenn Sie ganz ehrlich zu sich selbst sind«, fuhr Deborah fort, »werden Sie erkennen, dass die Liebe zwischen zwei Männern niemals so tief und erfüllend sein kann wie die zwischen Ehemann und Ehefrau. Ebenezer fühlte sich zu Ihnen hingezogen, weil er Sie gerettet hat. Er hat Liebe mit Fürsorge verwechselt, Begierde mit Verpflichtung.«

»Ich verstehe«, flüsterte Robert.

»Wenn Sie wirklich Gefühle für ihn im Herzen tragen, dann geben Sie ihn frei.« Deborah durchquerte langsam den Raum und trat neben Ebenezer. Sie griff nach seiner Hand. »Robert, lassen Sie uns unser Leben leben. Wenn Sie Geld brauchen, lassen Sie es uns wissen. Aber bitte kommen Sie nie wieder nach Hampton Hall.«

Roberts Augen wanderten zu Ebenezer, der steif neben Deborah stand. Seine Hand lag kalt in ihrer.

»Ist das auch Ihr Wunsch, Eure Lordschaft?«, fragte er ihn.

»Ebenezer ist meiner Meinung«, sagte Deborah an seiner Stelle.

Roberts Blick lag fragend auf Ebenezer. Dann wandte er sich ab und ging zur Tür.

Ebenezer hatte das Gefühl, als würde er die Szene wie ein Fremder von außen beobachten. Erst als Robert die Tür schon geöffnet hatte, erwachte er aus seiner Lethargie.

»Nein, Robby, warte!«, rief er und riss sich von Deborah los. Robert hielt erschrocken inne. Ebenezer schloss die Tür und lehnte sich dagegen. »Alles, was Deborah gesagt hat, stimmt. Aber es ist genau andersherum. Die Gefühle, die ich für Deborah hege, können niemals so tief sein wie das, was ich für dich empfinde. Ich kann niemanden so lieben wie dich, niemanden begehren, wie ich dich begehre. Ja, ich habe das Bett mit Deborah geteilt. Viele Male. Aber du warst nicht da, und ich konnte nicht ahnen, dass du zurückkommen würdest. Deborah ist meine Frau, und ich dachte, sie hätte ein Recht darauf.«

»Dann hast du es nur getan, um deiner Pflicht zu genügen?«, fragte Deborah mit geröteten Augen. »Du wolltest mir einen Gefallen tun?«

Ebenezer schüttelte den Kopf. Nein, es war nicht sein eigenes Bedürfnis gewesen, zumindest nicht zu Beginn. Mit der Zeit hatte ihm das Ganze mehr und mehr gefallen, das musste er zugeben. Wenn er jetzt die Wahrheit sagte, würde er Deborah verletzen. Sagte er sie nicht, würde er Robert Schmerz zufügen. Was hatte er bloß getan?

»Ein bisschen Spaß hat es dir doch auch gemacht, oder nicht?«, fragte Deborah, und ihre Stimme klang verzweifelt.

Ebenezer wand sich unter Roberts und Deborahs Blicken.

Robert räusperte sich. »Es tut mir leid, dass ich Sie in diese

Situation gebracht habe. Es war egoistisch und dumm, zu glauben, dass Sie auf mich warten würden, Eure Lordschaft. Lady Mahony ist Ihre Gattin und hat jedes Recht dazu, Ihr Bett zu teilen. Sie haben mein Leben gerettet und dafür werde ich Ihnen immer dankbar sein. Und nichts auf der Welt möchte ich weniger, als Ihnen Schmerz und Sorge zu bereiten. Ich werde wieder gehen und Sie in Frieden lassen.«

Robert wollte sich an ihm vorbeizwängen, aber Ebenezer wich nicht zur Seite. Stattdessen streckte er seine Hand aus und hielt seinen dünnen Arm fest, der in einem eleganten Frack steckte.

»Ich werde dich nicht noch einmal gehen lassen«, sagte Ebenezer entschieden. »Das, was ich getan habe, war ein Fehler. Dir, aber auch Deborah gegenüber. Indem ich mich zu ihr gelegt habe, habe ich falsche Hoffnungen bei ihr geweckt. Meine Liebe gehört nur dir, und das wird sich niemals ändern. Wenn ich mich dadurch in Gefahr bringe, nehme ich es gern in Kauf. Und auch wenn ich für meine Arbeiter verantwortlich bin und mich deshalb in Acht nehmen sollte, werden sie mehr von mir haben, wenn ich zufrieden bin und so lebe, wie mein Herz es mir sagt.«

Robert sah ihn an und in seinem Blick lagen so viel Liebe und Vertrauen, dass Ebenezer vor Glück schwindlig wurde. Nur mit Mühe konnte er sich vom Anblick seines Geliebten losreißen und wandte sich an seine Frau.

»Deborah, es tut mir leid, aber du wusstest von Beginn an, worauf du dich eingelassen hast. Du hast mir dein Eheversprechen gegeben aus Dankbarkeit meinen Eltern gegenüber. Ich bitte dich inständig, Robert und mir unsere Liebe zu gönnen, dann will auch ich dir nicht im Wege stehen. Solange du diskret bist, kannst du tun und lassen, was du willst.«

Deborah antwortete ihm nicht. Ihre Miene verriet kein Gefühl.

Ebenezer nickte ihr zu und griff nach Roberts Hand. »Bitte, Deborah, verzeih mir.« Dann führte er seinen Geliebten aus dem Zimmer.

Schweigend stiegen sie die Treppe hinauf. Als sie Ebenezers Schlafzimmer erreicht hatten, vergewisserte er sich, dass kein Hausmädchen zum Bettenmachen und kein Küchenmädchen zum Kaminkehren anwesend war. Er zog Robert ins Zimmer und verschloss sorgfältig die Tür. Und dann gaben sie sich ihrer Liebe hin, die Ebenezer von ganzem Herzen genoss.

Kapitel 17

Oktober 1935

Das sind Daddys Tagebücher«, erklärte Cyrus Josephine.

»Was sind Tagebücher?«, wollte die Kleine wissen.

Cyrus lächelte. »Darin halte ich meine Gedanken und Erlebnisse fest. Siehst du, anfangs habe ich sie mit der Hand aufgeschrieben, wie hier.« Er deutete auf das älteste Buch, das jetzt vor ihm auf dem Schreibtisch lag. Er hatte gerade darin gelesen, als Josephine zu ihm ins Arbeitszimmer gekommen war. »Aber jetzt habe ich eine Schreibmaschine, oben in meinem Schlafzimmer, und damit schreibe ich alles auf, was mich am Tag beschäftigt hat. Danach hefte ich jedes Papier in einen Order, und die vollen Ordner stelle ich hier in mein Arbeitszimmer.«

»Darf ich die Schreibmaschine in deinem Schlafzimmer mal sehen?«

Cyrus dachte an Nancy und ihre Abneigung der kleinen Josephine gegenüber. Es wäre besser, wenn das Mädchen nicht im Haus herumliefe.

»Vielleicht bringe ich sie einmal hier herunter. Die Tagebücher sind schließlich auch hier.«

Er hielt die Ordner in seinem Arbeitszimmer verwahrt, weil er Angst hatte, dass Nancy in seinen Aufzeichnungen herumspionieren könnte. Wenn er nicht im Haus war, verschloss er das Zimmer sorgfältig.

»Darf ich das mal lesen?«, fragte Josephine.

Cyrus lächelte. »Nein, mein Liebling. Später vielleicht mal, damit du weißt, wie alles gekommen ist. Ich wünsche mir nichts mehr, als dass du mich und mein Handeln verstehst. Aber noch bist du zu jung dafür.«

Josephine nickte ernst, und Cyrus ging das Herz auf vor Liebe zu diesem Mädchen. Er fühlte sich zu Josephine viel stärker hingezogen als zu Louise, die gänzlich unter Nancys Einfluss stand. Es war nicht so, dass er seine Schwester nicht mehr liebte, aber seit sie das Baby behalten und in Kauf genommen hatte, dass Yvettes Herz dadurch brach, betrachtete er sie mit weitaus weniger Wohlwollen. Auch waren ihm in den letzten Jahren immer mehr unsympathische Züge an seiner Schwester aufgefallen. Ihre Herrschsucht und ihr Müßiggang störten ihn zunehmend. Während Cyrus die Geschäfte der Firma leitete, tat Nancy nichts anderes, als die Dienstboten in Abigail's Place zu tyrannisieren. Es war nur allzu verständlich, dass sie nicht lange blieben, und Cyrus musste ständig nach neuem Personal suchen. Seit er erkannt hatte, dass die Zuneigung, die er für seine Schwester empfunden hatte, durch seinen Vater und Großvater eingeleitet worden war, hatte sie ihren Zauber für ihn verloren.

»Und was steht in diesen großen Büchern?«, unterbrach Josephine seine Gedanken und deutete mit ihrer kleinen Hand auf die Bände von Cyrus' alter Enzyklopädie.

»Das ist ein Nachschlagewerk«, erklärte er seiner Tochter. »Darin steht das ganze Wissen unserer Welt.«

»Oh«, hauchte das Mädchen und betrachtete die Bücher mit großen Augen.

In diesem Moment wurde die Tür zum Arbeitszimmer geöffnet, und Nancy kam herein, die kleine Louise an der Hand. Cyrus staunte immer wieder, wie ähnlich sich die beiden Kinder sahen und wie unterschiedlich sie doch waren. Während Josephine einfach, aber ordentlich gekleidet war, stattete Nancy ihre Louise mit sämtlichem modischem Beiwerk aus. Auch heute trug das Mädchen wieder so viele Schleifen und Bänder auf dem Kopf, dass man seine braunen Haare kaum mehr sah. Das Kleid war voller Rüschen und Spitzen, und die Lackschuhe wirkten, als kämen sie frisch vom Schuhmacher.

»Cyrus, du weißt doch, dass du dieses Kind nicht immer ins Haus lassen sollst.« Nancy rümpfte die Nase, als sie Josephine erblickte, und sah ihren Bruder vorwurfsvoll an.

»Jawohl«, ergänzte Louise mit ihrer hohen Stimme. »Das ist Gesindel und soll unter seinesgleichen bleiben. Sie bringt nur Dreck und Krankheiten ins Haus.«

Cyrus verspürte einen schmerzhaften Stich, als er Louise so abwertend über ihre Schwester reden hörte. Aber das Mädchen plapperte nur nach, was ihr von Nancy und ihrem Großvater eingeredet worden war. Weder Louise noch Josephine ahnten, dass sie Schwestern waren, und Louise hielt Nancy tatsächlich für ihre Mutter.

Cyrus strich Josephine übers Haar. »Geh nach Hause, meine Kleine. Und grüß deine Mutter von mir.«

Das Mädchen nickte und warf einen schüchternen Blick in Nancys und Louises Richtung. Dann schlüpfte sie durch die Verandatür.

»Das muss aufhören, Cyrus«, sagte Nancy mit erhobenem Zeigefinger.

Sofort tat Louise es ihr nach und bedachte Cyrus mit einem vorwurfsvollen Blick. »Das muss aufhören, Daddy.«

Nancy lachte, dann wandte sie sich wieder an ihren Bruder. »Und jetzt zieh dich um, wir erwarten Gäste zum Dinner.«

Cyrus seufzte. »Aber wir hatten doch erst gestern das ganze Haus voll. Ich möchte endlich einmal wieder vor Mitternacht zu Bett gehen.«

»Das kannst du tun, wenn du alt bist.« Nancy machte eine wegwerfende Handbewegung. »Wir sind eine reiche und glückliche Familie, die sehr gesellig ist.« Dann umarmte sie Louise und zog sie mit sich zur Tür hinaus.

Cyrus blickte den beiden nach. Seit Nancy die kleine Louise bei sich behalten hatte, war Yvette immer mehr in Schwermut verfallen. Sie lebte mit Josephine zurückgezogen im Siedlercottage, und mit jedem Jahr, das verging, wirkte sie um fünf Jahre gealtert. Cyrus konnte sein schlechtes Gewissen und ihre vorwurfsvollen und verzweifelten Blicke kaum ertragen, daher besuchte er Yvette nur sehr selten und in letzter Zeit gar nicht mehr. Josephine kam oft zu ihm in sein Arbeitszimmer, und sie lasen zusammen aus den Büchern oder unterhielten sich über die Vögel im Garten und die wilden Tiere im Wald.

Er seufzte und trat an die Verandatür. Während er in den Garten hinaussah, fragte er sich, was schiefgelaufen war. Er führte ein Leben, das in zunehmendem Maß von Nancy bestimmt wurde. Die Frau, die er geheiratet hatte, lebte wie eine Gefangene in einem Cottage auf seinem Anwesen, und er war nicht Manns genug, sich zu ihr zu bekennen und gegen seine Schwester zu stellen. Ja, er hatte schon so manches Mal darüber nachgedacht, Nancy und Louise ein eigenes Haus zu kaufen und sie von Abigail's Place fortzuschicken. Dann würden Yvette und Josephine zu ihm ziehen können.

Manchmal erging sich Cyrus in diesen Träumereien. Aber

spätestens wenn er an der Tür im ersten Stock vorbeikam, hinter der die Reliquien seiner Vorfahren aufbewahrt waren, verbot er sich diese Gedanken. Er war ein Erbe Sir Laurence Lancasters, und das bedeutete, dass er die Verantwortung für den Fortbestand ihrer Familie und deren Reinheit tragen musste.

Während Cyrus nach oben ging, um sich umzukleiden, dachte er über die komplizierte Beziehung zu seiner Schwester nach. Sie teilten längst nicht mehr das Bett, lebten jedoch wie Mann und Frau in Abigail's Place. Ihr Bekanntenkreis war groß, doch Freunde hatten sie nur wenige. Die Gäste, die in Scharen zu ihren Partys kamen und zum Dinner eingeladen waren, hielten Cyrus und Nancy für ein Ehepaar. Niemand klärte sie über die Wahrheit auf. Und das Personal hatte inzwischen schon so oft gewechselt, dass sich keiner mehr an Yvette erinnern konnte oder wusste, dass Nancy Cyrus' Schwester war. Ihr Vater William lebte noch, aber er konnte schon seit einem Jahr sein Bett nicht mehr verlassen. Der Tag, an dem er dahinscheiden würde, war absehbar. Cyrus wünschte sich manchmal seinen Tod herbei, denn er hegte die Hoffnung, dass er sich endlich freier fühlen würde, wenn sein Vater nicht mehr da war. Selbstverständlich hatte er sofort ein schlechtes Gewissen, wenn er so etwas dachte. Und er ahnte, dass selbst Williams Tod ihm keine Zufriedenheit schenken würde. Er fügte sich in sein Schicksal und gewöhnte sich irgendwann ab, mit ihm zu hadern.

Kapitel 18

Oktober 2018

Melody legte das Tagebuchblatt beiseite. Es war das letzte Blatt des letzten Ordners gewesen. Mehr Aufzeichnungen gab es nicht.

»Cyrus hat in den letzten Jahren nicht mehr viel geschrieben«, stellte Dan fest. »Nur noch sporadische Einträge.«

Melody nickte nachdenklich und stand auf. »Er klingt resigniert und einsam. Anscheinend hat er sich von seiner Schwester vollkommen bevormunden lassen.«

»Ich frage mich, warum er sich nicht stärker gegen sie gewehrt hat.« Dan blätterte in dem letzten Ordner. »Nur wegen diesem merkwürdigen Erbe? Um die Gene reinzuhalten?«

Melody stellte die übrigen Ordner wieder ins Regal zurück. »Sir Laurence scheint wirklich charismatisch gewesen zu sein«, sagte sie. »Er hat nicht nur die Menschen um ihn herum manipuliert, sondern sogar nach seinem Tod noch seine Erben.«

»Ja, Cyrus war offenbar ein Opfer von Laurence' krankhaften Vorstellungen, genau wie Abigail und Rosemary.« Dan reichte Melody den Ordner, damit sie ihn ebenfalls ins Regal räumen konnte. »Und Laurence' Inzucht hat sich wohl nicht gerade positiv auf Cyrus' Verstand ausgewirkt.«

Melody verzog das Gesicht. »Wie schrecklich das alles für Yvette und auch für Louise gewesen sein muss!«

»Anscheinend wusste Louise bis zu ihrem Tod nicht, dass sie eigentlich Yvettes Tochter und Josephines Zwillingsschwester war«, sagte Dan und stand auf.

»Louise hat Cyrus' Tagebücher sicher gelesen, aber vielleicht wollte sie einfach nicht wahrhaben, dass sie nicht Nancys leibliche Tochter war«, überlegte Melody.

Sie trat ans Fenster und ließ ihren Blick über die Baumwipfel gleiten. »Ich würde gern wissen, was aus Yvette geworden ist.« Ihre Augen suchten unwillkürlich nach dem Siedlercottage. Aber sie konnte es von hier aus nicht sehen.

»Josephine weiß sicher mehr, als sie uns verraten hat«, sagte Melody zu Dan. »Komm, wir besuchen sie und fragen sie nach ihrer Mutter.«

Dan nickte, während sie in die Halle hinuntergingen. Melody trat zu dem Kamin, auf dem die Fotografien standen.

»Das hier muss Cyrus sein«, sagte sie. »Er wirkt glücklich und unbeschwert.«

Dan betrachtete die Fotografie des jungen Mannes, der in die Kamera lächelte.

»Ja, bis er mit Yvette hierherkam, war er das vermutlich auch«, erwiderte er.

Dann gingen sie hinaus in die Oktobersonne. Melody sah an der alten Villa hinauf.

»Vielleicht ist es gut, dass wir nicht alles wissen«, sagte sie. »Hier scheint sich jeder seine eigene Wahrheit und seine eigene Moral zurechtgeschnitzt zu haben.«

Eine halbe Stunde später klopften sie gegen die Tür des Siedlercottages. Sie hatten sich auf dem Weg dorthin Zeit gelassen und den kühlen Morgen genossen. Wieder mussten sie lange warten, bis Josephine ihnen öffnete.

»Ja?«, fragte die alte Frau mit stechendem Blick. Eine Woge von abgestandener Luft wehte den beiden aus dem Hauseingang entgegen.

»Dürfen wir einen Moment hereinkommen?«, fragte Melody.

Josephine schlurfte ihnen voraus den Flur entlang. Es stank nach Eintopf und Rauch. Hier musste dringend gelüftet werden. Als sie das einfache Wohnzimmer erreicht hatten, sah Melody sich mit neuer Aufmerksamkeit um. Der Raum war genau so, wie Cyrus ihn in seinen Aufzeichnungen beschrieben hatte – nur die Babywiege fehlte.

»Wir haben die Tagebücher Ihres Vaters gelesen«, begann Melody ohne Umschweife, sobald sie Platz genommen hatten.

Die alte Frau sah sie mit unbewegter Miene an. Sie hatte sich in einen zerschlissenen Sessel gesetzt.

»Sie wussten, dass Louise Ihre Zwillingsschwester war, nicht wahr?«, fragte Melody behutsam und lockerte das Tragetuch, in dem Abi friedlich schlummerte.

Josephine verzog das Gesicht. »Ja, das war sie, aber nur der Geburt nach. Louise war nie eine Schwester für mich, und wir standen uns keinen einzigen Tag lang nahe. Sie hat auf mich herabgesehen und ich habe sie dafür gehasst.«

Melody nickte. »All diese Gefühle haben Ihre Mütter Ihnen aufgedrängt. Yvette konnte ihre Verbitterung, ihre Enttäuschung und Verletzung nicht vor Ihnen verbergen, sodass Sie sie schließlich übernommen haben.«

»Und Nancy hat Louise ihr Leben lang erzählt, wie minderwertig Sie und Ihre Mutter sind«, ergänzte Dan.

Josephine stieß ein kurzes, sarkastisches Lachen aus. »Aber irgendwann war ich erwachsen und konnte mir meine eigene Meinung bilden. Und glauben Sie mir, ich bin zu keinem anderen Ergebnis gekommen. Louise war arrogant und gemein, und es war ihr ein Dorn im Auge, dass ich hier auf dem Gelände leben durfte.« Josephine sah die beiden mit ihren wässrigen Augen an. »Nur mein Vater hat zu uns gehalten.«

»Er hat zu Ihnen gehalten? Was meinen Sie damit?«, fragte Melody fassungslos.

Dan hob warnend die Hand und Melody schluckte die nächsten Worte hinunter. Er hatte recht, Josephine hatte sich offenbar ein Bild ihres Vaters aufgebaut, das ihr dabei geholfen hatte, die Demütigungen zu ertragen, und dennoch fragte sich Melody, wie es sein konnte, dass sie die Wahrheit so stark verleugnete. Schließlich war es Cyrus gewesen, der all das zugelassen hatte. Er hatte sich nie gegen seinen Vater oder Nancy gestellt.

Melody sagte jedoch nichts davon, sondern fragte stattdessen: »Wann ist Ihre Mutter gestorben?«

»Ich war noch ein junges Mädchen«, erwiderte Josephine leise. »Da ist sie in den Fluss gegangen.«

Melody sog entsetzt die Luft ein. »Wie schrecklich! Das tut mir sehr leid.«

Josephine hob die Schultern. »Sie war nie glücklich. Ich kann mich nicht daran erinnern, sie jemals lachen gesehen zu haben. Immerhin hat sie gewartet, bis ich erwachsen war.«

»Ist sie im Willamette River ertrunken?«, fragte Dan nach.

Josephine nickte. »Wie Louises Tochter.«

Melody horchte interessiert auf. »Was ist mit Ihren Nichten geschehen?«

»Das haben Sie also noch nicht herausgefunden?«, sagte Josephine und ein gehässiges Lächeln umspielte ihre Lippen. »Sie waren beide schwachsinnig. Kein Wunder bei der ganzen Inzucht. Genau wie Nancys Kind. Mary ist mit elf Jahren im Fluss ertrunken, und Vera war kaum erwachsen, da hat sie sich in Portland erstechen lassen.«

Melody erinnerte sich an die Frau in der Ranger Station, die diese Geschichte bereits erwähnt hatte, als Melody mit Mia und Miranda im Februar hier gewesen war. Inzwischen war jedoch so viel geschehen, dass sie es fast wieder vergessen hatte. Unwillkürlich strich sie über das weiche Köpfchen ihrer schlafenden Tochter. Dann wanderte ihr Blick wieder zu der alten Frau. Also wusste Josephine von dieser Geschichte. Sie hatte die Tagebücher ihres Vaters komplett gelesen. Wie grauenvoll, all diese Dinge über den eigenen Vater erfahren zu müssen!

In diesem Moment ertönte ein Summen und Dans Telefon, das er auf den Tisch gelegt hatte, leuchtete auf. Melody erkannte den Namen auf dem Display. *Hester*.

Dans und Melodys Blicke begegneten sich. Er errötete.

»Was werden Sie mit dem Haus machen?«, fragte Josephine.

»Es ist nicht mein Haus«, sagte Melody. »Es sollte Ihnen gehören. Sie sind Louises Schwester.«

»Ich will es nicht haben.« Josephine spuckte die Worte förmlich aus. »Ich will hier im Siedlercottage bleiben. Lange wird das sowieso nicht mehr sein.«

Melody nickte und versuchte, den Gedanken an Hester zu verdrängen. »Josephine, was ist damals geschehen, als Cyrus und Nancy diesen Unfall hatten, den Sie uns gegenüber erwähnt haben?«

Die alte Frau blickte zu Boden. »Louise hatte einen Freund, und ich weiß nur, dass ihre Eltern andere Pläne für sie hatten. Sie haben ja seine Tagebücher gelesen, also kennen Sie diese Theorie mit den reinen Genen.«

Melody sah sie erschrocken an. »Aber spätestens nachdem Nancys Kind so stark behindert zur Welt kam, müssen sie doch verstanden haben, dass eine solche Inzucht äußerst gefährlich ist.«

»Sie waren wie besessen von Laurence und Abigail. Alles, was sie wollten, waren Menschen, die genauso aussahen, genauso waren wie ihre Vorfahren.« Josephine lehnte sich in dem zerschlissenen Sessel zurück.

Melody beobachtete die alte Frau einen Moment lang. Josephine schien selbst nicht sicher zu sein, ob sie daran glauben sollte, dass die Lancasters besondere Menschen waren, oder nicht. Manchmal sprach sie mit so viel Leidenschaft von ihrem Vater, dass Melody sich fragte, ob sie und Cyrus auch ein Verhältnis miteinander gehabt hatten.

»Warum sind Sie nie von hier fortgegangen, Josephine?«, fragte Melody.

»Wohin hätte ich denn gehen sollen?«, erwiderte die alte Frau, die plötzlich müde wirkte.

Darauf gab es viele Antworten. Aber wenn Josephine es nicht wusste, wie hätte Melody es ihr dann sagen können?

»Und wie kam es zu dem Unfall?«, wechselte Dan das Thema.

»Ich kann nur Vermutungen anstellen, aber ich habe an diesem Tag einen lauten Streit mitbekommen. Ich war gerade auf dem Weg zu meinem Vater, als ich sie im Salon hörte. Nancy hat Louise verboten, sich mit einem anderen Mann einzulassen als ihrem Vater, und Louise hat erwidert, dass sie sich nichts vorschreiben lasse«, erzählte Josephine. »Danach sind sie weggefahren, anscheinend mit Louises Verlobtem.«

»Und dann geschah der Unfall?«, fragte Melody.

Josephine nickte. »Ich vermute, Nancy und Cyrus wussten nichts von Louises Schwangerschaft und hatten vor, ihren Freund umzubringen.«

»Wer war der Vater von Louises Kindern? Ihr Verlobter oder … Cyrus?«, fragte Melody angewidert.

»Ich vermute, dass es unser Vater war«, erwiderte Josephine. »Aber wer weiß das schon?«

»Und das mit dem geplanten Mord ist dann schiefgegangen und sie sind alle drei gestorben?«, kam Dan auf das ursprüngliche Thema zurück. Seine Stimme klang zweifelnd.

»Ich habe Louise an dem Wagen gesehen.« Josephine schloss für einen Moment die Augen. »Wenn ich damals nur etwas gesagt hätte! Aber ich verstand nicht, was das zu bedeuten hatte. Es war unmittelbar nach dem Streit, und ich wollte meinen Vater in dieser aufgeheizten Stimmung lieber nicht besuchen. Deshalb bin ich aus seinem Arbeitszimmer geschlichen, und als ich an der Hausecke zum Hof ankam, wo sein Aston Martin stand, sah ich, wie Louise sich daran zu schaffen machte.«

»Und Sie glauben, dass sie das Auto manipuliert hat?«, fragte Melody.

Josephine nickte wieder. »Sie hat nicht damit gerechnet, dass Nancy und Cyrus vorhatten, ihren Verlobten umzubringen, und dass er mit ihnen im Wagen sein würde.«

»Woher wollen Sie wissen, dass Nancy und Cyrus diesen Mord geplant haben? Vielleicht wollten sie sich ja nur mit ihm aussprechen und waren deshalb zu dritt im Wagen.« Melody lehnte sich auf dem Sofa nach vorn.

»Nein.« Josephine schüttelte den Kopf. »Es hat danach zwar keine offizielle Untersuchung gegeben, aber ich weiß von einem Deputy, dass sie eine Thermoskanne mit Kaffee dabeihatten, in der Rattengift gefunden wurde.«

»Was?« Dan sah sie ungläubig an. »Und dem wurde nicht weiter nachgegangen?«

»Ich glaube, mein Vater hat seine Beziehungen spielen lassen. Er hat damals viele Politiker finanziell unterstützt, die von ihm abhängig waren«, sagte Josephine traurig. »Danach war es aber vorbei mit all den Partys und Dinnergesellschaften hier im Haus.«

»Puh«, stieß Melody aus. »Wie perfide!«

»Und so hat Sir Laurence tatsächlich sogar über sein eigenes Leben hinaus seine Nachkommen beeinflusst und zugrunde gerichtet«, stellte Dan fest.

»Erst mit Louises Tod wurde dieses dunkle Kapitel der Familiengeschichte beendet«, sagte Melody und seufzte.

»Nein«, widersprach Josephine. »Ich lebe noch. Ich bin die letzte Nachfahrin dieses Monsters. Aber anders als Louise, die das schreckliche Erbe immer gepflegt hat, habe ich nie verstanden, was an den Schrumpfköpfen so besonders sein soll.«

»Dann haben Sie diese Köpfe also gesehen?«, fragte Melody. »Ich dachte, nur Cyrus und Louise kannten das Erbe.«

»Um Himmels willen, nein! Ich habe sie nie persönlich gesehen, aber ich habe die Tagebücher meines Vaters gelesen. Er hat diese Aufzeichnungen früher in seinem Arbeitszimmer aufbewahrt. Nach seinem Tod hat Louise sie wieder ins Turmzimmer gebracht, damit ich sie nicht in die Finger bekam. Aber zu diesem Zeitpunkt kannte ich den Inhalt längst. Ich habe immer einen Bogen um dieses Gruselkabinett gemacht.« Josephine verzog angewidert das Gesicht.

»Was meinen Sie?«, fragte Dan, an Josephine gewandt. »Kannte auch Louise den Inhalt der Tagebücher?«

Josephine nickte. »Hundertprozentig. Und das hat sie so verbittert.«

»Hat es sie denn nicht dazu gebracht, sich mit Ihnen zu versöhnen?«, wollte Melody wissen.

Josephine lachte schmerzlich. »Nein, ich glaube, sie hat mich danach noch mehr verachtet.«

Einen Moment lang saßen sie schweigend nebeneinander. Melody versuchte zu verstehen, was in den Köpfen der beiden Frauen vorgegangen war. Sie hatten unter den krankhaften Vorstellungen von Sir Laurence und seinen Kindern gelitten. Dennoch hatten beide Abigail's Place nie verlassen. Zumindest Josephine hätte doch woanders ganz neu anfangen können.

»Ich danke Ihnen für Ihre Offenheit«, sagte Melody schließlich und stand auf. »Und ich verspreche Ihnen, dass Sie im Siedlercottage bleiben können, solange Sie wollen.«

Josephine erhob sich ebenfalls. »Gut, aber Sie hätten mich sowieso nie hinauswerfen können. Mein Vater hat mir das Haus geschenkt, auch wenn ich das nicht schriftlich habe.«

Melody nickte. »Darf ich Sie noch eine Sache fragen? Es ist sehr persönlich.«

»Sie haben ohnehin schon viel zu viele Dinge über uns erfahren«, sagte Josephine und machte eine wegwerfende Handbewegung. »Was wollen Sie noch wissen?«

»Hatten Sie auch eine Liebesbeziehung zu Ihrem Vater?«

Einen Moment lang schien Josephine verblüfft über die Frage, und Melody dachte schon, dass sie keine Antwort erhalten, sondern aus dem Haus geworfen würde.

Aber dann erklärte Josephine mit einem Lächeln: »Wer hätte ihm widerstehen können? Er war der perfekte Mann. Natürlich habe ich mich ihm hingegeben. Und ja, ich war eifersüchtig, dass er auch mit Louise schlief, die ihn noch dazu gar nicht wollte.«

Melody atmete tief durch. »Das ist der Grund, warum Sie nie von hier fortgegangen sind, nicht wahr? Sie konnten Ihren Vater nicht verlassen. Selbst als er tot war, konnten Sie sich nicht von ihm und Abigail's Place lösen.«

Die alte Frau antwortete nicht.

Melody zog das Tragetuch mit Abi wieder fester und stand auf. Da sie und Dan nun all ihre Fragen gestellt hatten und sie Josephine nicht weiterhelfen konnten, verabschiedeten sie sich. Die alte Frau schlurfte mit ihnen zur Tür und verriegelte sie hinter ihnen.

Melody schüttelte sich unwillkürlich. »Wie schrecklich. Was für ein Schicksal! Wie viel Gift dieser Sir Laurence verspritzt hat. Selbst über seinen Tod hinaus hatte er die Menschen in seiner Gewalt. Und was für eine merkwürdige Frau! Aber unter diesen Umständen ist das nicht verwunderlich.«

»Ja«, sagte Dan. Er schien jedoch nicht ganz bei der Sache zu sein. Wenig später blieb er stehen. »Melody, ich weiß, ich hätte schon früher mit dir darüber reden sollen, aber es ist einfach schwer für mich.«

Melodys Magen krampfte sich zusammen. Die Sache mit den Anrufen hatte sie beinahe schon wieder vergessen.

»Ich weiß, dass du gesehen hast, dass Hester mich angerufen hat«, fuhr er fort.

Plötzlich hatte sie Angst und ärgerte sich gleichzeitig darüber. Sie hatte sich vorgenommen, sich nicht wieder angreifbar zu machen. Sie wollte es langsam angehen lassen mit Dan.

Philips Betrug hatte ihr ziemlich zugesetzt. Und jetzt sollte ihr das schon wieder passieren?

Sie sah zu den dunklen Wolken hinauf, die sich hoch über den Baumwipfeln auftürmten. Noch war es trocken, aber es würde bald ein Unwetter geben. Was hatte Dan ihr mitzuteilen? Hatte er wieder Gefühle für seine Ex-Frau entwickelt und wollte er Melody nun verlassen? Das wäre bereits der zweite Mann, der sich von ihr trennte.

»Hester hat mit mir Kontakt aufgenommen«, sagte er schließlich. »Schon vor ein paar Tagen.«

»So?« Melody merkte selbst, wie distanziert sie plötzlich wirkte.

»Sie hat erfahren, dass ich Vater geworden bin«, fuhr Dan fort.

»Hattest du ihr denn gar nichts davon erzählt?«, fragte Melody erstaunt. Irgendwie war sie davon ausgegangen, dass seine Ex-Frau längst darüber Bescheid wusste.

Er schüttelte den Kopf. »Wir hatten keinen Kontakt mehr, und ich hielt es nicht für angebracht, sie deswegen anzurufen. Jetzt hat sie es von einem meiner Kollegen erfahren, den sie zufällig getroffen hat.«

»Aha«, sagte Melody abwartend.

»Sie scheint nicht gut damit klarzukommen«, gestand Dan.

Melody sah ihn überrascht an. »Aber das hat doch gar nichts mehr mit ihr zu tun.«

Er zog die Augenbrauen zusammen. »Sie wirft mir vor, dass ich dafür verantwortlich bin, dass wir nie Kinder bekommen haben.«

Ein paar Vögel stiegen aus den Baumwipfeln auf und der süße Duft von Kiefernnadeln lag in der Luft. Melody sog ihn tief ein und versuchte nachzuvollziehen, was Hester meinte.

»Sie hat wohl immer wieder angedeutet, dass sie gern ein Kind hätte, aber ich habe es nicht beachtet, sagt sie«, fuhr Dan fort.

»Und?«, fragte Melody mit rauer Stimme. »Stimmt das?«

»Vielleicht«, räumte Dan ein. »Ich war damals sehr mit meiner Karriere beschäftigt und habe es nicht ernst genommen. Jedenfalls hat sie bis heute keine Kinder, und jetzt ist sie einundvierzig ...«

Melody sah ihn verwirrt an. »Und was will sie von dir? Etwa ein Kind?«

Dan strich sich über das Gesicht. »Sie möchte mich wieder zurück.«

»Was?« Melody schnappte nach Luft. »Auf einmal?«

Dan zuckte mit den Schultern. »Sie scheint einsam zu sein.«

Melody schloss einen Moment lang die Augen. Plötzlich war ihr schwindelig. Ein Gefühl von Eifersucht kroch in ihr hoch, das sich mit Angst vermischte. Dan war ihr Freund, ihr Lebenspartner, der Vater ihres Kindes. Der Gedanke daran, dass er zu seiner Ex-Frau zurückkehren könnte, verursachte Panik bei ihr.

Langsam setzten sie sich wieder in Bewegung. Abigail's Place tauchte vor ihnen auf. Sie ließen es jedoch links liegen und gingen weiter zum Parkplatz. Das Haus hatte ihnen all seine Geheimnisse verraten. Hier gab es nichts mehr für sie zu tun.

Melody räusperte sich. »Und was hast du ihr gesagt? Denkst du etwa darüber nach, zu ihr zurückzukehren?«

»Nein!«, rief Dan entsetzt. »Niemals. Ich könnte dich und Abi nie im Leben verlassen.«

Melody atmete erleichtert auf. Dan setzte sich auf den

Beifahrersitz und schnallte sich an, während Melody Abi in die Babyschale legte.

»Aber auch wenn wir in der letzten Zeit kaum Kontakt zueinander hatten, habe ich das Gefühl, dass ich jetzt als Freund für sie da sein sollte.«

»In Ordnung, das muss ich wohl so akzeptieren«, sagte Melody. »Aber ich fühle mich nicht wohl dabei, das sage ich dir ganz ehrlich.«

Eine Weile schwiegen sie, jeder in seine Gedanken versunken. Melody hatte plötzlich einen schalen Geschmack im Mund. Machte sie ihrem Freund etwa gerade eine Szene? War sie so tief gesunken?

»Warum hast du nicht mit mir darüber gesprochen?«, fragte Melody, als sie schließlich in den McKenzie Highway in Richtung Eugene einbogen. »Diese Anrufe seit zwei Tagen, manche mitten in der Nacht. Das war doch immer Hester, nicht wahr?«

»Ich hatte Angst, dass du dich darüber aufregen würdest. Ich will dir genauso wenig wehtun wie Hester.« Dan strich sanft über Melodys Arm neben ihm.

»Das ist ja beruhigend«, erwiderte sie in sarkastischem Ton.

»Bitte, Melody, lass uns nicht streiten«, sagte er leicht genervt.

Melody presste die Lippen aufeinander. Am liebsten würde sie dieser Hester gründlich die Meinung sagen.

In den nächsten Tagen sprachen sie nicht mehr über diese Angelegenheit, aber Hesters Anrufe schienen irgendwie zwischen ihnen zu stehen. Die Unbeschwertheit war fort und oft schwiegen sie lange, während jeder seinen Gedanken nachhing. Dans Handy klingelte immer wieder, aber nach jedem Telefonat kehrte er rasch zu Melody zurück. Wenn er aus dem Zimmer ging, um mit Hester zu sprechen, spürte Melody einen Stich. Sie hasste sich dafür, eifersüchtig zu sein, konnte das Gefühl aber nicht unterdrücken.

So vergingen die Tage, bis endlich der Termin bei Louises Rechtsanwalt Mr Truman gekommen war, der Melody sämtliche Sparbücher überschrieb und diverse Vollmachten ausfertigte. Die Zeit bis zu ihrem Abflug verbrachten sie damit, das geerbte Vermögen auf Melodys Konto zu überweisen und die Konten von Louise aufzulösen. Plötzlich besaß Melody so viel Geld, dass sie nie wieder würde arbeiten müssen. Das war für sie jedoch keine Option, da sie ihren Job liebte, und außerdem hatte sie das Gefühl, dass ihr das Geld nicht zustand. Als sie schließlich wieder im Flugzeug nach England saßen, hatte Melody noch immer nicht entschieden, was mit dem amerikanischen Abigail's Place geschehen sollte.

Sie war froh, als sie wieder zu Hause war, in Abigail's Place im englischen Stockmill. Wenige Tage später ging Dan wieder zur Arbeit. Sie hatten nicht noch einmal über Hester gesprochen.

Es war ein kalter Herbstmorgen, als Melody die kleine Abi in ihr Tragetuch wickelte, um einen Spaziergang zu machen. Ohne ein konkretes Ziel wanderte sie aus der Stadt hinaus, an einem Neubaugebiet vorbei, bis sie an eine hohe Mauer gelangte. Erst jetzt fiel ihr auf, dass sie unbewusst den Weg nach Hampton Hall eingeschlagen hatte. Diese Strecke war ihre Vorfahrin Abigail früher sicher regelmäßig gegangen. Melody wunderte sich, dass sie noch nie auf die Idee gekommen war, diesen Weg auf den Spuren ihrer Ahnin zu gehen.

Als sie an ein Eingangstor gelangte, schlüpfte sie auf das Gelände des Herrenhauses. Heute befand sich ein Wellnesshotel in dem alten Anwesen. Der Park war seinen Gästen vorbehalten, aber Melody hatte kein schlechtes Gewissen dabei, auf den schmalen Wegen umherzuschlendern. Es war niemand unterwegs, denn dieser Oktobertag war grau und ungemütlich. Melody wanderte durch die Gärten, stellte sich vor, wie alles ausgesehen haben musste, als Abigail hier gelebt hatte, und betrachtete die ungepflegten Beete.

Plötzlich blieb sie stehen. Vor ihr erhob sich ein hoher Steinsockel, der beinahe gänzlich von Efeu überwuchert war. Melodys Herz schlug schneller. Instinktiv wusste sie, dass sie etwas Wichtiges gefunden hatte. Sie trat näher an den Stein heran und versuchte, die Ranken mit den Händen zu lösen. Sie waren widerspenstig, und Melody musste ziemlich fest daran zerren und reißen, doch am Ende hatte sie eine große Steintafel freigelegt. Sie las die Worte *Madonna der Arbeiter* und stieß einen leisen Schrei aus. Dieses Mahnmal hatte mit Abigail zu tun, schließlich war die Arbeitermadonna nach ihr benannt worden. Melody trat einen Schritt zurück, um die ganze Inschrift lesen zu können.

In Dankbarkeit und Erinnerung an unsere
Madonna der Arbeiter
und ihren Sohn,
im Leben getrennt,
im Tode vereint

Melody schlug überrascht die Hand vor den Mund. Abi begann sich in ihrem Tuch zu regen und sie strich über den Rücken des Babys. Hatte sie hier etwa Abigails Grab gefunden?

Melody konnte nicht glauben, dass Abigail sich auf dem Gelände von Hampton Hall hatte begraben lassen. Sie hatten keine weiteren Tagebücher ihrer Vorfahrin gefunden, und Melody wusste nicht, wie es mit ihr weitergegangen war, nachdem sie vor Sir Laurence aus Oregon geflohen war. Die Aufregung um das zweite Abigail's Place hatte sie davon abgehalten, nach den letzten Aufzeichnungen ihrer Ahnin zu suchen.

Melody sah an der großen Steintafel hinauf und bahnte sich einen Weg zu seiner Rückseite. Auch hier musste sie erst den Efeu entfernen, bevor sie eine kleine Inschrift am unteren Rand fand, die sie fast übersehen hätte.

Lakeside House
Snowdonia,
in Liebe vereint,
was zusammengehört

Lakeside House? Melody konnte sich nicht an diesen Namen erinnern. Aber es musste eine Verbindung zwischen Abigail und diesem Haus in der walisischen Bergregion Snowdonia geben. Vielleicht befand sich dort ja ihr Grab, Melody hatte auf dem Anwesen in Stockmill nirgends einen Grabstein finden können.

Als Dan nach Hause kam, erzählte sie ihm beim Abendessen in der alten Küche von ihrer Entdeckung. Er dachte einen Augenblick lang nach und sah dann von seinem Teller auf. »Hat Abigail nicht in den ersten Tagebüchern, die wir letztes Jahr im Turm gefunden haben, davon gesprochen, dass Anthony ein Jagdhaus in Nordwales besaß?«

Plötzlich fiel es Melody wieder ein. »Stimmt! Er hat immer einmal im Jahr eine Jagdgesellschaft dorthin eingeladen. Als er es nicht mehr konnte, war Abigail enttäuscht, weil sie diesen Aufenthalt immer als willkommene Unterbrechung der Langeweile in Hampton Hall empfunden hatte.«

»Ja, das war, noch bevor sie die Geschäfte der Firma übernommen hat«, sagte Dan. »Bevor sie Nelly gefunden hat.«

»Was ihrem Leben eine bedeutungsvolle Wendung gab«, ergänzte Melody. »Was hältst du von einem kleinen Ausflug nach Wales am nächsten Wochenende?«

Dan grinste. »Nichts könnte mich davon abhalten.«

Kapitel 19

Dezember 1849

»Darf ich hereinkommen?«, fragte Ebenezer vorsichtig, ehe er das Morgenzimmer betrat.

Deborah zuckte leicht die Schultern. »Es ist dein Haus. Du kannst frei in jedem Raum ein und aus gehen.«

Ebenezer unterdrückte einen Seufzer und nahm in dem Sessel neben dem zierlichen Schreibtisch Platz, an dem seine Frau saß und ihre Korrespondenz erledigte.

»Bitte, glaube mir, dass ich dich niemals verletzen wollte. Das, was geschehen ist, tut mir unsagbar leid«, begann er.

Sie legte die Feder zur Seite. »Es war nicht deine Schuld.«

Ebenezer zog überrascht die Augenbrauen hoch. Seit Robert wieder bei ihnen lebte, hatte Deborah sich zurückgezogen und ihn immer wieder ihre Verletzung spüren lassen.

»Es tut mir leid, dass ich dich in dem Glauben gelassen habe, du habest falsch gehandelt«, sagte sie lächelnd, und Ebenezer erkannte ihre Traurigkeit dahinter. »Aber ich allein trage die Schuld. Als Robert fort war, dachte ich, dass wir nun wie ein richtiges Ehepaar zusammenleben könnten. Ich habe nicht berücksichtigt, dass deine Gefühle zu Robert sehr tief und unauslöschbar sind.«

»Es war egoistisch von mir, dich durch unsere Ehe an mich zu binden. Ich zwinge dich damit zur Einsamkeit«, sagte

Ebenezer. »Du warst ausgehungert nach Liebe und das alles war meine Schuld.«

»Das stimmt nicht«, widersprach Deborah ihm. »Ich habe mich aus freien Stücken für diese Ehe entschieden, und deshalb war mein Verhalten in den letzten Wochen auch so falsch. Schließlich wusste ich von eurer Liebe und trotzdem habe ich deinen Kummer für meine Zwecke ausgenutzt.«

Ebenezer schwieg einen Augenblick, um über ihre Worte nachzudenken. Dann fragte er: »Was heißt das?«

»Ich habe geglaubt, dass ich mich in dich verliebt hätte, und vielleicht stimmt das auch. Ich gebe zu, dass ich die Stunden der Leidenschaft mehr als genossen habe, auch wenn ich immer gespürt habe, dass du dich mir nicht ganz hingeben konntest.« Ihre Finger spielten mit dem Löschpapier auf dem Schreibtisch. »Aber in den letzten Tagen ist mir aufgefallen, dass ich meine Gefühle für deinen Vater auf dich übertragen habe. Er ist nicht mehr da, aber du warst da und plötzlich erreichbar …«

»Verstehe«, murmelte Ebenezer nachdenklich.

»Jedenfalls war ich verletzt und wütend, als Robert wieder auftauchte. Schließlich hatte er dich verlassen und dir damit größten Kummer bereitet.« Sie sah ihm fest in die Augen. »Ich hatte dich mit meiner Liebe und Aufmerksamkeit von diesem Schmerz abgelenkt. Aber sobald er wieder an deiner Seite war, hast du dich gegen mich gestellt, mich verletzt und ihm gegenüber behauptet, dass ich nur ein Fehler gewesen sei. Das tat sehr weh und hat mich letztendlich so gemein reagieren lassen. Es tut mir leid.«

Ebenezer konnte Deborah verstehen. »Ich hätte stärker sein müssen, schließlich hatte ich immer die Wahl. Ich hätte dich nachts nicht aufsuchen sollen, dann wäre all das nicht geschehen.«

Ihre Hand fuhr über ihren Bauch und sie lächelte leicht. »Ich bin trotzdem froh darüber. Auch wenn mir auf die Weise viele Tränen und Demütigungen erspart geblieben wären.« Sie hob die Hand, als Ebenezer etwas erwidern wollte. »Demütigungen, die ich mir selbst zuzuschreiben habe. Ich hielt mich damals, als ich in die Ehe eingewilligt habe, für stärker, als ich bin. Ich glaubte, ohne die Liebe eines Mannes auskommen zu können, ohne die körperlichen Aufmerksamkeiten. Aber es war schwerer, als ich dachte, und als die Gelegenheit dann da war … Dummerweise habe ich mich verliebt, ob in dich oder noch immer in deinen Vater, ist egal. Und wo Liebe ist, entsteht auch schnell Hass. Und den hat Robert abbekommen, als er mich so unsanft in die Realität zurückgeholt hat.«

Ebenezer war beeindruckt von der Ehrlichkeit seiner Frau. Es gehörte viel dazu, sich selbst und die eigenen Gefühle so genau zu erkennen.

»Und doch bin ich davon überzeugt, dass ich nicht unschuldig an der ganzen Sache bin«, sagte er und lächelte. »Ich wünsche mir, dass wir alle drei eines Tages keinerlei Schmerz mehr mit dieser Zeit verbinden, sondern uns über unser gemeinsames Kind freuen, das aus dieser Liebe entstanden ist. Denn Liebe verbindet uns, da bin ich mir sicher.«

Deborah erwiderte sein Lächeln. »Wenn auch keine romantische Liebe …«

»Nein«, sagte Ebenezer und griff nach ihrer Hand. »Aber manchmal ist eine platonische Liebe tiefer als eine körperliche.«

»Danke, Ebenezer«, sagte Deborah leise.

Er stand auf und küsste ihre Stirn. »Ich werde dich immer lieben, Deborah. Auf eine andere Weise, als ich Robert liebe, aber du wirst dich dein Leben lang auf mich verlassen können. Das verspreche ich dir.«

Erleichtert verließ er das Morgenzimmer und suchte nach Robert, um ihm zu berichten, dass er sich mit Deborah ausgesprochen hatte.

Doch als er sein Arbeitszimmer betrat, hörte er Hugos leise Stimme hinter der angelehnten Tür: »Ich empfehle dir, gründlich darüber nachzudenken, denn ich werde nicht lange warten. Ich halte es hier nicht länger aus, und …«

Ebenezer stieß die Tür auf. »Hugo! Versuchst du Robert wieder zu erpressen?«

Sein Bruder fuhr erschrocken herum, fing sich jedoch sofort wieder.

»Nenn es, wie du willst«, sagte er ganz ruhig.

»Er möchte, dass ich ihm einen Geldwechsel ausstelle, damit er nach Indien reisen kann«, sagte Robert zu Ebenezer.

Der sah ihn zweifelnd an. »Aber nur ich kann den Wechsel unterschreiben. Deine Unterschrift würde nicht anerkannt werden.«

»Wenn jemand deine Schrift fälschen kann, dann doch wohl Robert. Und bis man diesen Betrug herausfinden würde, wäre ich längst mit dem Geld in Indien«, sagte Hugo und grinste.

»Warum hast du nicht mich gefragt?«, erwiderte Ebenezer, während er zu seinem Schreibtisch ging.

»Weil du es mir schon abgeschlagen hast«, erinnerte ihn sein Bruder. »Ich will hier weg. Ich halte es einfach nicht mehr aus.«

Ebenezer nickte. »Ich verstehe, dass du dich von allen verraten fühlst, besonders von Mutter.«

»Du verstehst gar nichts!«, rief Hugo.

Ebenezer deutete auf den Sessel vor seinem Schreibtisch und nahm selbst auf einem Stuhl Platz.

»Ich werde dir jetzt erzählen, was damals genau geschehen ist«, sagte er.

»Nein, Eure Lordschaft, er könnte Sie verraten«, rief Robert. In seinen Augen zeigte sich Angst.

Aber Ebenezer winkte ab. »Er hat mich sowieso schon in der Hand. Soll er doch noch weitere Informationen bekommen, mit denen er mich erpressen kann. Aber ich kann nicht verantworten, dass er unserer Mutter die Schuld gibt. Die trage nämlich ich ganz allein.«

»Ich bitte Sie, Eure Lordschaft!«, sagte Robert flehend.

Aber Ebenezer musste es seinem Bruder erzählen. Es war höchste Zeit.

»Es begann alles damit, dass unser Vater unter einer seltsamen und unerklärbaren Krankheit litt, die seinen Verstand auffraß«, fing er seinen Bericht an. »Er wurde vergesslich und sein Geist immer schwächer. Am Ende war er wie ein kleines Kind.« Ebenezer sah seinen Bruder fragend an. »Vielleicht hast du ja ein bisschen davon mitbekommen.«

Hugo nickte zögernd. Auf seinem Gesicht lagen Misstrauen und Zweifel.

»Damals fand unsere Mutter eine sterbende Frau am Straßenrand, mit einem Jungen in deinem Alter, der sich verzweifelt an sie klammerte.« Ebenezer machte eine kurze Pause, auf eine abfällige Bemerkung gefasst. Doch als die ausblieb, fuhr er fort: »Diese Frau und ihre Familie waren am Verhungern, obwohl ihre Töchter in Hampton's Mill arbeiteten. Die Kinder schufteten von morgens bis abends an den schweren Maschinen, und doch hatten sie nie genug Geld, um satt zu werden.«

»Und? Was hat das mit uns zu tun?«, fragte Hugo jetzt doch schnippisch.

»Mutter war entsetzt, dass die Menschen vor unserer Tür verhungerten, während wir durch ihre Arbeit im Luxus lebten«, erklärte Ebenezer, während er den hochmütigen Gesichtsausdruck seines Bruders ignorierte. »Als Vater immer kränker wurde, ließ sie ihn in Hampton Hall und später in Abigail's Place pflegen und leitete selbst die Geschäfte.«

Hugo lachte auf. »Als Frau? Unmöglich! Da siehst du, wie sie ist. Es wäre Georges Recht und Pflicht gewesen, die Firma zu führen.«

»Oh ja, der hätte Vater sofort in eine Irrenanstalt gebracht, so wie er es am Ende auch getan hat. Nur durch Mutters Versteckspiel durfte unser Vater noch einige schöne Momente erleben«, sagte Ebenezer zu seinem Bruder.

»Und sie hat sich die Firmenleitung erschlichen, die eigentlich kein Weiberkram ist.« Hugo war ganz rot im Gesicht geworden, so sehr hatte er sich in seine Rage hineingesteigert.

Ebenezers Ton wurde schärfer. »Und das ist sehr schade, denn durch Mutters Großherzigkeit zog ein wenig Menschlichkeit in die Fabrik ein. Sie hat gerechtere Löhne eingeführt, das Rad, die Fabrikküche ...«

»Und auf wessen Kosten?«, fragte Hugo empört und gab sich die Antwort gleich selbst. »Auf unsere!«

»Hast du irgendeinen Verlust gespürt? Musstest du deswegen Hunger leiden?« Ebenezer merkte, wie die Wut in ihm aufstieg. Er konnte die Ignoranz und die Arroganz seines Bruders nicht verstehen. Ein paar Sekunden lang atmete er tief durch, um sich zu beruhigen. Dann fuhr er fort: »Für uns waren es allenfalls Zahlen auf Papier, unseren Luxus hat es nie eingeschränkt. Aber für die Menschen in der Stadt bedeutete es, dass sie nicht vor lauter Sorgen abends lange wach lagen und nicht mehr hungrig einschlafen mussten …«

Hugo hatte die Stirn in Falten gelegt und wirkte plötzlich wie ein trotziges Kind.

»Als George dahinterkam, machte er alle Verbesserungen, die Mutter vorgenommen hatte, wieder rückgängig und steckte Vater in eine Irrenanstalt, wo er kurz darauf gestorben sein muss.« Ebenezer schluckte. »Vater konnte genauso wenig für seine Krankheit wie jeder andere.«

Hugo starrte auf die Tischkante, ohne eine Regung zu zeigen. Dann fragte er: »Und was war mit Mutters Geliebtem? Diesem Mr Rashleigh?«

Ebenezer berichtete Hugo in knappen Sätzen von dem Verwalter, dessen Hilfe ihre Mutter bei der Leitung der Firma dringend gebraucht hatte.

»Und im Laufe der Zeit hat sie sich in ihn verliebt. Ich behaupte nicht, dass das richtig gewesen ist, aber ich finde, es war zumindest verständlich. Vater hatte mit Deborah und Mary eine zweite Familie und war zu dem Zeitpunkt, als Mutter sich in Mr Rashleigh verliebte, schon lange sehr krank. Deborah hat ihn übrigens damals gepflegt.«

»So großherzig war Ihre Mutter«, warf Robert ein. »Sie hat die Geliebte Ihres Vaters im Haus geduldet, weil sie spürte, wie gut sie ihm tat.«

Ebenezer nickte. »Und dann kam dieser schreckliche Tag …«

»Ich habe an diesem Mittag in der ehemaligen Kinderverwahranstalt gespielt«, ergriff Robert jetzt das Wort. »Ihr Onkel George hatte die Einrichtung geschlossen, aber die Bauklötze lagen noch dort. Und ich konnte nicht widerstehen, mein Leben lang hatte ich kein einziges Spielzeug besessen. Aber dann kam Ihr Onkel. Er war blind vor Wut und schlug auf mich ein.«

»Und ich war dabei.« Es fiel Ebenezer immer noch schwer, darüber zu sprechen, aber er musste es tun. »Damals habe ich mich von ihm vereinnahmen lassen. Er hat mich beeindruckt und mir die Geschäfte erklärt. Aber als ich den unschuldigen Jungen sah und unseren Onkel, der brutal auf ihn einprügelte, da bin ich durchgedreht. Auf einmal erkannte ich, wie er wirklich war und dass es ihm Spaß bereitete, andere zu quälen. Als Robert ohnmächtig in sich zusammensank, schlug George noch immer auf ihn ein. Das Blut spritzte überall umher, Robert hatte am ganzen Körper offene Wunden, aber unser Onkel machte immer weiter.«

»Die Narben werde ich mein Leben lang tragen«, ergänzte Robert bitter.

»Ich habe ihm Einhalt geboten«, sagte Ebenezer mit tonloser Stimme.

»Und er hat auf dich gehört?«, fragte Hugo skeptisch.

Ebenezer schüttelte den Kopf. »Nicht mit Worten – ich habe ihn erwürgt.«

»Was?« Hugo starrte seinen Bruder verständnislos an.

»Wenn Ebenezer es nicht getan hätte, dann hätte Ihr Onkel mich getötet«, sagte Robert zögernd. »Er kam ihm zuvor.«

Hugo wirkte fassungslos. »Aber Mr Rashleigh hat ihn doch ermordet.«

»Rashleigh hat die Schuld auf sich genommen«, sagte Ebenezer betrübt. »Es herrschte damals ein solches Durcheinander, und die Polizisten waren froh, dass sie nicht mich, den zukünftigen Lord of Mahony, sondern einen einfachen Verwalter verhaften konnten.«

»Lord Lutlow kennt die Wahrheit«, ergänzte Robert.

Ebenezer sagte mit leiser Stimme: »Und er hat die ganze Zeit geschwiegen, damit ich mein Erbe antreten und die Fabrik übernehmen kann. Aber er hat es nicht fertiggebracht, einen Unschuldigen zu verurteilen und hinrichten zu lassen. Deshalb hat er Mutter und Mr Rashleigh die Möglichkeit zur Flucht gegeben.«

»Ihre Mutter hat Sie nicht aus freien Stücken verlassen, sondern weil sie es für ihre Pflicht hielt, dem Mann zu helfen, der ihren Sohn vor dem Strang gerettet hat«, fügte Robert hinzu.

Hugo betrachtete die beiden Männer nachdenklich. Ihm waren seine Verwirrung und das Entsetzen deutlich anzumerken.

»Mutter hat mir damals das Versprechen abgenommen, niemandem die Wahrheit zu sagen. Nicht einmal dir oder Mr Rashleighs Kindern«, sagte Ebenezer und verbarg sein Gesicht einen Moment lang in seinen Händen. Dann sah er seinen Bruder wieder an. »Heute weiß ich, dass es falsch war. Ich hätte dir alles erzählen sollen und darauf vertrauen, dass du es verstehen würdest.«

Hugo stand auf und machte ein paar Schritte durch den Raum. Er ging zum Fenster und starrte in den Garten hinaus.

»Es tut mir leid, dass ich es nicht früher fertiggebracht habe«, sagte Ebenezer bitter. »Du kannst jetzt zur Polizei gehen und ihnen alles erzählen, aber ich hoffe, dass du Mutter vergibst. Sie liebt dich, du bist ihr Sohn. Und als sie damals ging, hat sie das getan, weil sie uns schützen wollte. Sie wusste, dass wir von nun an einen schweren Stand in der Gesellschaft haben würden, aber sie wollte es uns durch ihre Anwesenheit nicht noch schwerer machen. Ach, wäre sie nur hiergeblieben!« Ebenezer seufzte. »Sie musste schreckliche Dinge in Amerika erleben. Ich wünsche ihr von ganzem Herzen, dass sie nun endlich Ruhe und Frieden findet.«

Hugo stand noch immer am Fenster, er starrte ins Leere. Ebenezer und Robert wagten sich kaum zu rühren. Jetzt hatte Ebenezer keine Geheimnisse mehr vor seinem Bruder. Und sein Schicksal lag vollends in Hugos Hand.

Kapitel 20

Oktober 2018

»Was für eine großartige Landschaft!« Miranda hatte den Kopf in den Nacken gelegt und betrachtete das Gebirge, das vor ihnen emporragte. Wolken hatten sich wie Wattebausche um die Gipfel gelegt und hier und da blitzte der blaue Himmel hervor. Nicht weit entfernt erstreckte sich ein kleiner See. Es duftete nach Herbst.

Melody musste ihrer Tochter recht geben. Dieser Ort war beeindruckend. Sie kam sich vor dieser Kulisse winzig klein und unbedeutend vor.

»Das hier muss das Land sein, das zu Lakeside House gehört«, sagte Mia, während sie die Landkarte betrachtete, die sie auf ihre Reise in den Norden mitgenommen hatten. Nachdem sie den Gedenkstein im Park von Hampton Hall gefunden und beschlossen hatten, nach Wales zu fahren, hatte sie ein wenig recherchiert und herausgefunden, dass Lakeside House mitsamt seinen Ländereien wohl noch immer der Erbengemeinschaft gehörte, die damals auch Hampton Hall geerbt hatte.

Melody nahm ihrer Tochter die Karte ab.

»Das Haus müsste eigentlich von hier aus zu sehen sein«, sagte sie.

»Wir müssen ungefähr eine Meile querfeldein gehen«, erklärte Dan, der Melody über die Schulter sah. »Dem Plan nach sollte es hier einen unbefestigten Weg geben.«

»Das war vermutlich die alte Zufahrt zu dem Anwesen«, sagte Melody und deutete auf einen Trampelpfad, der am Rand der Wiese entlangführte. »Als das Haus nicht mehr regelmäßig genutzt wurde, ist die Straße sicher schnell zugewachsen.«

Sie setzten sich in Bewegung, und Miranda und Mia gingen neben Dan und ihrer Halbschwester her, die vor Dans Bauch in ihrem Tragetuch schlief. Seit Abigail auf der Welt war, kamen die Mädchen, so oft es ging, nach Stockmill, um die Kleine zu sehen und möglichst viel Zeit mit ihr zu verbringen. Sie waren genauso sehr in die kleine Abi verliebt wie Dan und Melody. Als sie hörten, dass Melody und Dan schon wieder verreisen wollten, ließen sie sich nicht davon abhalten, sie zu begleiten.

Melody genoss die Ruhe und Einsamkeit hier in Wales. Der Regen hatte eine Pause eingelegt, und sie hoffte, dass es trocken blieb, bis sie Lakeside House gefunden hatten. Wie viel von dem Haus noch stand, hatte ihr niemand sagen können. Aber es war schon so lange unbewohnt, dass es vermutlich eingestürzt war.

Melody ließ sich etwas zurückfallen, um Dan und die Zwillinge zu beobachten. Dan lachte gerade über etwas, das Miranda gesagt hatte, und stieß Mia scherzhaft in die Seite. Er schien sich in seiner Rolle als Vater wohlzufühlen. Melody dachte an Hester. Sie hatten noch nicht wieder über Dans Ex-Frau gesprochen, aber Melody wusste, dass es auf Dauer nicht so weitergehen konnte. Doch sie vertraute Dan, und sie wusste, dass er eine Entscheidung treffen würde, die gut für sie alle war.

»Hier müsste es eigentlich sein«, sagte Dan. Er war stehen geblieben und sah sich um.

Sie standen vor einem von Efeu und Dornengestrüpp überwucherten Felsen. Nichts deutete hier auf ein Jagdhaus hin. Melody stocherte mit dem Fuß in dem Unkraut herum und versuchte die Ranken zur Seite zu schieben. Darunter erkannte sie Mauerwerk.

»Das hier muss das Haus sein«, stellte sie überrascht fest.

Dan griff nach einem Stock und versuchte, einen Weg durch die Dornen zu schlagen, was mit Abigail vor dem Bauch relativ schwierig war. Mia und Miranda halfen ihm und Melody folgte mit der Karte in der Hand die Mauer entlang. Es war mühsam, durch das Dickicht voranzukommen, aber irgendwann hatten sie sich einen Weg in die dürftigen Überreste des einstigen Jagdhauses gebahnt. Melody versuchte sich vorzustellen, wie das Haus einst wohl ausgesehen hatte, aber sie konnte schwer einschätzen, was Innenräume und was vielleicht nur ein Vorhof gewesen war.

»Okay, das hier muss also das Haus gewesen sein«, sagte Dan und streckte den Rücken durch, so gut es ging. »Aber wir sind ja eigentlich wegen Abigails und Ebenezers Grab hier.«

»Stimmt«, pflichtete Melody ihm bei. »Es wäre schön, wenn wir an ihrem Grab Abschied von ihnen nehmen könnten.«

Dan streichelte über Abis Kopf. »Dann hätten unsere Nachforschungen ein würdiges Ende.«

Melody sah auf die losen Backsteine zu ihren Füßen. »Aber das Grab werden wir unter diesen Trümmern wohl kaum finden.«

Dan ließ seinen Blick in die Ferne schweifen und suchte eingehend die Umgebung ab.

»Ich muss gestehen, ich bin ein wenig enttäuscht«, gab Melody zu. »Ich hatte gehofft, dass wir in diesem Haus auch noch Tagebücher von Abigail finden würden.«

»Die wurden vermutlich damals alle vernichtet, als Hampton Hall verkauft wurde«, überlegte Miranda.

»Wenn es überhaupt noch welche gegeben hat.« Dan hatte seinen Blick noch immer in die Ferne gerichtet.

Auf einmal schrie Mia laut auf und sackte bis zur Hüfte ins Gestrüpp ein.

»Mia!«, rief Melody und stürzte zu ihr. »Was ist los?«

»Mist, diese verdammten Dornen.« Mia streckte ihre Arme nach Melody aus, die sie aus dem Unkraut zu befreien versuchte.

»Hier ist ein Loch im Boden, ich stecke irgendwie fest«, jammerte Mia.

Dan hatte inzwischen Abi an Miranda übergeben und kam Melody zu Hilfe. Er versuchte mit dem Stock, die Ranken zu entfernen.

»Wir bräuchten eine Heckenschere«, stieß er zwischen den Schlägen hervor.

Endlich hatten sie es geschafft und Mia so weit befreit, dass sie sie aus dem Loch ziehen konnten. Sie war mit blutigen Schrammen übersät.

Während Melody ihre Tochter mit etwas Wasser aus ihrer Sprudelflasche von Blut und Dreck säuberte und sie mit Pflastern versorgte, war Dan wieder zum Unglücksort zurückgekehrt und leuchtete mit der Taschenlampe seines Smartphones in das Loch.

»Melody!«, rief er. »Komm doch bitte mal.«

Sie vergewisserte sich, dass es Mia wieder besser ging, und trat dann zu ihrem Freund.

»Ich will dir keine falschen Hoffnungen machen, aber das hier scheint mir der Zugang zu einem Keller zu sein.« Er richtete sich auf und wischte sich den Schweiß von der Stirn. »Vermutlich ist nichts mehr drin, und es ist auch verdammt gefährlich, da hinunterzugehen, aber …«

»Der Keller von Lakeside House!« Melodys Herzschlag beschleunigte sich. Unwillkürlich beugte sie sich über das Loch. »Wir müssen unbedingt nachsehen.«

»Ich weiß nicht«, sagte Dan unschlüssig. »Ich bin genauso neugierig wie du, aber wenn der Zugang hinter uns einstürzt, wäre das verdammt unangenehm.«

»Mia! Miranda!«, rief Melody. »Dan und ich wollen uns da unten mal umschauen.«

»Spinnt ihr?« Miranda sah sie mit zusammengezogenen Augenbrauen an. »Das ist doch total gefährlich. Wer weiß, was da alles ist. Vielleicht sind da noch alte Kriegsbomben …«

»Wie sollen die denn in den Keller gekommen sein?«, fragte Dan lachend.

Aber Miranda ließ sich nicht so schnell beruhigen. »… oder giftige Substanzen, die jemand da unten entsorgt hat.«

»Unsinn«, mischte sich Melody ein. »In dem Keller gibt es höchstens Ratten und mit denen werden wir schon fertig. Wenn der Zugang hinter uns einstürzt, müsst ihr Hilfe holen, verstanden?«

Melody griff nach ihrem Stock, mit dem sie jetzt in dem Loch stocherte. Als sie ein Stück weiter unten festen Stein spürte, setzte sie vorsichtig einen Fuß darauf. Dann zog sie den zweiten nach. So arbeitete sie sich allmählich immer tiefer vor. Das Gestrüpp lichtete sich und wenig später lagen deutlich erkennbar Stufen vor ihr. Doch das Licht schwand, je weiter sie sich nach unten bewegte. Sie schaltete die Taschenlampe an ihrem Handy ein und stieg die Treppe ganz hinunter. Hinter sich hörte sie Dans Schritte.

»Wow«, stieß sie hervor, als sie unten angekommen war. »Das ist ein ziemlich großer Keller.«

Es roch nach Moder. Vor ihr erstreckte sich ein langer Gang, von dem rechts und links Türen abgingen. Melody unterdrückte einen Aufschrei, als ein dunkler Schatten vorbeihuschte. Eine Ratte! Als Dan sie erreicht hatte, leuchtete er mit seiner Lampe auf die erste Tür zu ihrer Rechten, die bei seiner Berührung krachend nach hinten umfiel.

»Alles in Ordnung?«, hörte Melody Mirandas panische Stimme von oben.

»Ja, alles gut«, versicherte sie ihrer Tochter und sah in den Raum hinein, in dem alte Regale voller Einweckgläser und Dosen standen, die mit dicken Spinnweben bedeckt waren.

Vorsichtig gingen sie zum nächsten Raum, in dem allerlei Gerümpel zu finden war: ein altes Bettgestell, die Überreste eines Koffers und ein Dreirad. Die nächsten Zimmer waren leer, nur im letzten Kellerraum standen einige große Teedosen.

Melody wollte gerade den Gang zurückgehen, als sie stutzte. Die Vorräte schienen alle im ersten Kellerraum gelagert worden zu sein, warum waren dann diese Teedosen hier aufbewahrt?

Langsam betrat sie das Zimmer und bückte sich zu den Metalldosen hinunter. Sie waren rostig und Melody versuchte einen der Deckel zu öffnen. Aber so fest sie auch daran zog, er bewegte sich keinen Millimeter. Melody hob die Dose hoch, die ziemlich schwer war.

»Dan!«

»Hast du etwas gefunden?«, fragte ihr Freund, der um die Ecke sah.

»Ich glaube nicht, aber kannst du trotzdem mal versuchen, diese Dose hier zu öffnen?«

»Ach Melody«, stöhnte er. »Wer weiß, was da drin ist. Bestimmt irgendwas Ekliges, das längst verschimmelt ist.« Trotzdem ging er neben ihr in die Hocke und machte sich an dem Deckel zu schaffen. Auch bei ihm bewegte er sich zunächst nicht. Als er die Dose jedoch ein paar Mal auf den Boden schlug, sprang der Deckel schließlich ab. Dan leuchtete hinein und Melody schrie auf, als sie den Inhalt erkannte.

»Das sind sie!«, rief sie aufgeregt und zog eines der rot eingebundenen Bücher hervor, die in der Dose steckten.

Sie brauchte die erste Seite gar nicht erst aufzuschlagen, um zu wissen, dass sie Abigails letzte Tagebücher gefunden hatten.

Mühsam schleppten sie die drei schweren Metalldosen nach oben. Als Mia und Miranda den Fund sahen, führten sie einen Freudentanz auf. Am liebsten hätten sie sofort begonnen, die Tagebücher zu lesen. Aber der Weg bis zu ihrem Auto war noch weit und es würde bald dunkel werden. Also nahmen Dan, Melody und Miranda je eine der schweren Dosen, während Mia Abigail trug.

Der Rückweg mit der Last war anstrengend, und sie erreichten ihren Wagen, als es bereits dunkel war.

Als sie in dem kleinen Holiday Cottage angekommen waren, das sie übers Wochenende gemietet hatten, machten sie sich zunächst Sandwiches und eine Suppe. Und erst nachdem Melody das Feuer im Kamin entzündet hatte und Abigail friedlich in ihrem Reisebett schlief, öffneten sie die Dosen.

Modriger Geruch stieg ihnen entgegen, als Melody die Bücher einzeln herauszog.

»Die Metalldosen scheinen sie ziemlich gut geschützt zu haben«, stellte sie erleichtert fest, nachdem sie jedes der siebzehn roten Tagebücher sorgfältig untersucht hatte.

»Das sind Teedosen der East India Company«, sagte Dan. »Die werden sicher darauf geachtet haben, dass sie dicht sind, damit das Aroma erhalten bleibt.«

Melodys Hände zitterten vor Aufregung, während sie die Tagebücher vor sich auf den Tisch legte. »Wir müssen sie zuerst in die richtige Reihenfolge bringen. Wenn ich mich nicht täusche, müssten die Aufzeichnungen mit ihrer Flucht aus Oregon beginnen. Das war im Sommer 1848.«

Sie schlug die erste Seite des Tagebuchs auf, das direkt vor ihr lag. »Okay, das hier ist aus dem Jahr 1850.«

Alle halfen mit und wenig später lagen die Tagebücher aneinandergereiht vor Melody auf dem Wohnzimmertisch.

Sie lächelte. »Also gut, dann lasst uns jetzt ins neunzehnte Jahrhundert reisen und das Ende von Abigails Geschichte erfahren.«

Während sie, in Wolldecken eingehüllt, mit heißem Tee und Keksen im Schein des Kaminfeuers saßen, begann Melody laut vorzulesen.

Kapitel 21

Februar 1850

Abigail stand am Fenster des Salons und sah in den Regen hinaus. Hier in Wales hatte selbst der Regen etwas Fröhliches, oder kam es ihr vielleicht nur so vor, weil sie sich hier zum ersten Mal seit Jahren sorglos fühlte und zur Ruhe gelangt war? Ihre Flucht war zu einem Ende gekommen, sie hatte in Wales ihre Heimat gefunden. Was war das im Sommer für ein Schrecken gewesen, als sie geglaubt hatte, Ebenezer glücklich zu machen, indem sie ihm seinen Geliebten zurückbrachte, und gleichzeitig seiner schwangeren Frau begegnet war! Abigail war zu Deborah gegangen, um mit ihr zu reden. Natürlich war ihre Schwiegertochter zunächst vor Entsetzen wie gelähmt gewesen – war doch auch sie davon ausgegangen, dass Abigail seit Jahren tot sei –, doch dann hatte sich ein intensives Gespräch entwickelt.

Inzwischen hatte sich Deborah mit der Situation abgefunden und freute sich auf ihr Kind. Ebenezer und Robert genossen ihr gemeinsames Leben und hatten Abigail schon zweimal in Lakeside House besucht. Seinen Bruder Hugo hatte Ebenezer endgültig nach Indien geschickt, ausgestattet mit einem kleinen Vermögen, das hatte Ebenezer ihr bei seinem letzten Besuch erzählt. Zumindest ging Ebenezer davon aus, dass Hugo inzwischen abgereist war. Allerdings hatte Victor

Uman ihm vor Kurzem berichtet, dass er Hugo in London beim Glücksspiel gesehen habe. Ob der Geschäftsmann gelogen oder ob Hugo seine Abreise herausgezögert hatte, ließ sich nicht klären. Abigail war froh darüber, dass sich die Wogen zwischen ihren Söhnen ein wenig geglättet hatten und Hugo offenbar akzeptierte, dass er die Fabrik nicht geerbt hatte und somit auch nicht an Uman verkaufen konnte. Trotzdem versetzte es ihr einen schmerzhaften Stich, wenn sie an Hugo dachte und daran, dass er keinen Kontakt mehr zu ihr suchte.

In diesem Moment betrat der Captain das Zimmer und Abigail ging ihm entgegen.

»Oh, ich war gerade in Gedanken versunken«, gestand sie.

Maroon lächelte. »Sie sehen erholt aus.«

»Ja«, sagte Abigail. »Die Ruhe hier tut mir sehr gut.«

Sie deutete auf das Sofa und der Captain nahm Platz.

»Inzwischen bin ich seit Monaten mit Ihnen in Lakeside House«, begann Maroon, und Abigail hielt unwillkürlich den Atem an. Sie hatte jeden Tag Angst vor der Mitteilung, dass er sie bald wieder verlassen musste. Denn natürlich musste er längst zu seinem Schiff zurück.

Abigail nickte zaghaft.

»Meine Reederei hat mir ein Ultimatum gestellt. Entweder ich steche in Kürze in See, oder ein anderer übernimmt das Kommando über die *Golden Star*.« Er betrachtete sie ernst.

Abigail schluckte. »Ich wusste, dass Sie irgendwann gehen müssen. Aber ich kann mir nicht vorstellen, ohne Sie hier zurückzubleiben.«

»Das müssen Sie auch nicht«, sagte Captain Maroon und griff nach ihrer Hand. »Ich liebe Sie, Abigail. Schon seit Langem, aber ich hatte nie den Mut, es Ihnen zu gestehen. Selbst hier in Wales habe ich oft den Versuch unternommen, mich Ihnen zu offenbaren, aber ich hatte Angst vor Ihrer Zurückweisung. Der Druck meiner Reederei treibt mich nun endlich zu einem Geständnis.«

Abigail stieß einen erstaunten Ruf aus, doch bevor sie etwas sagen konnte, sah der Captain sie eindringlich an. Ihr Herz schlug auf einmal schneller, und eine Wärme überkam sie, die sie lange nicht mehr gespürt hatte.

Maroon drückte sanft ihre Hand. »Lassen Sie mich erst aussprechen, bevor Sie mir antworten, denn ich muss Ihnen mein Herz erklären. Ich mache mir keine großen Hoffnungen, da ich weiß, dass Sie viele schwere Verluste erlitten haben, und ich weiß auch von Ihrer großen Liebe zu Mr Rashleigh. Ich maße mir nicht an, diesen Mann auch nur annähernd ersetzen zu können, für Sie auch nur im Entferntesten das bedeuten zu können, was er Ihnen bedeutet hat. Aber wenn ich heute nicht mit Ihnen spreche, Ihnen mein Herz und meine Hand nicht antrage, dann werde ich es mein ganzes Leben lang bereuen.«

Er glitt vom Sofa und kniete sich vor ihr auf den Boden. Ihre Hand lag warm und weich zwischen seinen Fingern. Der Seemann sah sie voller Liebe an.

»Abigail, Sie sind wunderschön und klug, aber das, was mich unwiderstehlich zu Ihnen hinzieht, mich Tag und Nacht nur noch an Sie denken lässt, ist Ihre einzigartige Stärke, Ihr Mut, Ihre Güte. Mir ist niemals zuvor ein Mensch begegnet, der so außergewöhnlich ist wie Sie. Kein Mann und keine Frau. Ich wünsche mir nichts sehnlicher, als Sie in meine Arme zu nehmen, Sie zu liebkosen und für immer an meiner Seite zu wissen.«

Tränen stiegen in Abigail auf. Captain Maroon wollte bei

ihr bleiben! Sie würde ihn nicht wieder verlieren. Erleichterung machte sich in ihr breit und ihr Herz schien vor Freude zu hüpfen. Sie blinzelte die Tränen fort und betrachtete das wettergegerbte Gesicht des Captains. Wie konnte es sein, dass sie nichts von seinen Gefühlen ihr gegenüber geahnt hatte? Und wieso hatte sie auch ihre eigenen Gefühle nicht bemerkt? Denn dass sie sich ebenfalls in ihn verliebt hatte, zeigte die Freude, die sie bei der Aussicht empfand, ein Leben an seiner Seite führen zu dürfen. Hatte sie zu viel Angst vor einem weiteren Verlust gehabt und sich aus diesem Grund ihre Zuneigung zu dem Captain nicht eingestanden?

Sie zog ihre Hand aus seinem sanften Griff und er hielt erschrocken inne.

Abigail lächelte. »Wenn das ein Antrag sein soll …?«

Er nickte. Seine Nervosität war ihm deutlich anzusehen.

»… dann sage ich Ja!«, erwiderte Abigail leise.

Er sah sie einen Moment lang erstaunt an. »Sie meinen … Du bist einverstanden?«

Abigail nickte unter Tränen.

»Dann willst du meine Frau werden?«, fragte er, und noch immer klang seine Stimme skeptisch.

»Ja!«, wiederholte sie. »Ich habe mich auch in dich verliebt in den letzten Monaten. Obwohl ich es offenbar gar nicht bemerkt habe. Aber der Gedanke, ohne dich leben zu müssen, ist unerträglich für mich.«

Er stand auf und setzte sich neben sie auf das Sofa. Vorsichtig legte er seinen Arm um sie und zog sie an sich. Seine Umarmung war zaghaft, als könnte er es noch nicht ganz glauben. Zum ersten Mal war sie ihm so nah, dass sie ihren Kopf an seinen Hals schmiegen konnte. Sie spürte seine Haut, roch seinen Duft nach Salz und Meer, der ihm auch jetzt noch anhaftete, Monate nachdem er das letzte Mal auf See gewesen war. Sie hörte seine Atemzüge, spürte die Wärme seines Körpers und seine Hände, die sanft und zärtlich über ihren Rücken fuhren. Abigail hob ihren Kopf und ihre Lippen fanden seine. Erst küsste er sie vorsichtig, dann immer leidenschaftlicher. Sie ließ sich in diesen Kuss fallen und genoss die Nähe zu ihrem Captain, der ihr seit Langem vertraut war und plötzlich in einem vollkommen neuen Licht erschien.

»Wirst du wieder zur See fahren?«, fragte sie schließlich.

»Nur, wenn du mich begleitest«, sagte er und streichelte ihr Gesicht. Seine Finger waren rau von der Seeluft, der sie jahrelang ausgesetzt gewesen waren. »Ich will mich nie wieder von dir trennen müssen. Und ehrlich gesagt, bin ich alt genug, um mich zur Ruhe zu setzen. Mit dir hier in Wales zu leben ist alles, was ich mir wünsche.«

Abigail küsste ihn wieder. Dann sagte sie: »Du weißt, dass ich Oliver immer in meinem Herzen trage. Ich habe ihn so sehr geliebt, dass ich lange Zeit glaubte, mich nie wieder einem Mann hingeben zu können.«

Er sah sie liebevoll an. »Das weiß ich. Ich habe ihn beneidet, immer wenn du von ihm gesprochen hast. Er scheint ein wunderbarer Mann gewesen zu sein. Ich habe nicht geglaubt, dass du dich jemals mit mir zufriedengeben könntest.«

»Oh, sag das nicht«, sagte Abigail und lächelte. »Du hast mich gerettet, du hast zu mir gehalten und mich beschützt. Während unserer gemeinsamen Zeit auf der *Golden Star* habe ich mich irgendwann in dich verliebt.«

Er seufzte. »Oh Abigail, du brauchst niemanden, der dich beschützt. Du bist der stärkste Mensch, den ich kenne.«

»Jeder Mensch braucht manchmal einen Helden, der ihn rettet«, sagte sie und betrachtete ihn voller Liebe. »Und du bist mein Retter. Mein Held«, flüsterte sie und beugte sich wieder zu ihm, um ihn zu küssen.

»Ich werde bald eine gute Rente erhalten, sodass dein Sohn nicht für uns aufkommen muss«, sagte Maroon wenig später.

»Ich brauche nicht viel Geld und wäre dir sehr dankbar, wenn wir Ebenezers Hilfe nicht in Anspruch nehmen müssten«, antwortete sie. »Er wird jeden Cent für seine Arbeiter brauchen. Es gibt so viel zu tun, so viel zu verbessern.«

Der Captain nahm sie in den Arm und Abigail fühlte sich geborgen und sicher. Auch wenn sie nicht wusste, ob sie jemals dieselben tiefen Gefühle für ihn aufbringen würde wie für Oliver, spürte sie doch, dass die Liebe, die sie für Captain Maroon empfand, ehrlich und aufrichtig war. In ihrem Herzen würde sie immer Oliver tragen, doch es war, als wäre ein Teil von ihm mit Maroon zu ihr zurückgekehrt.

Ein paar Tage später saßen sie beim Tee, als Mrs Alison ins Wohnzimmer kam.

»Sie haben Besuch, Lady Abigail«, sagte sie.

»Hugo!«, rief Abigail überrascht, als sie ihren Sohn eintreten sah. »Ich dachte, du seist in Indien.«

Hugo schüttelte den Kopf und stand unschlüssig in der Tür.

»Bitte bringen Sie meinem Sohn noch ein Gedeck«, sagte Abigail, an Mrs Alison gewandt.

Die Haushälterin verschwand und John Maroon deutete auf einen der Stühle. »Lord Hugo, nehmen Sie doch Platz.«

Hugo nickte kurz und setzte sich.

»Das Haus ist viel kleiner, als ich es in Erinnerung hatte«, sagte er schließlich, während seine Finger mit dem Saum der Tischdecke spielten.

»Du warst acht oder neun, als du das letzte Mal hier warst«, erwiderte Abigail.

»Und es musste viel renoviert werden«, fügte der Captain hinzu.

Sie schwiegen eine Weile, bis Mrs Alison das Geschirr brachte und dem jungen Mann Tee einschenkte. Dann zog sie sich wieder zurück.

Hugo räusperte sich verlegen. »Ich bin gekommen, um mit Ihnen über den Winter vor zehn Jahren zu sprechen.«

Abigail atmete tief ein. »Du kennst die Wahrheit also?«

»Ebenezer hat mir alles erzählt«, antwortete ihr Sohn.

Abigail betrachtete ihn forschend, aber sein Gesicht verriet nicht, wie er darüber dachte.

Sie sagte leise: »Es tut mir leid, dass wir dir alles verschwiegen haben. Ich dachte damals, dass es besser sei. Ich habe nicht damit gerechnet, dass es dich so sehr beeinflussen würde.«

Hugo schloss für einen Moment die Augen. »Es ist nicht leicht, als Zweitgeborener aufzuwachsen. Das war es nicht, als Sie und Vater noch lebten, und danach noch weniger.«

»Wir haben immer versucht, euch beide gleich zu behandeln«, verteidigte sich Abigail.

Doch Hugo schüttelte nur den Kopf. »Ebenezer wurde für seinen Posten vorbereitet. Er wurde in Entscheidungen miteinbezogen, anders als ich. Er kannte damals die Wahrheit über Vaters Krankheit. Ich habe bis heute nur Gerüchte darüber gehört. Und die waren vermutlich viel schlimmer als die Wahrheit.«

Das bezweifelte Abigail, aber sie musste ihm zustimmen. »Ich hätte damals auch mit dir darüber sprechen müssen, aber ich wollte, dass du eine sorglose Kindheit verlebst.«

Er lachte zynisch auf. »Bis zu dem Tag, als Sie plötzlich verschwanden, war sie das auch.«

Abigail schwieg einen Moment, dann sagte sie: »Heute weiß ich, dass es falsch war, aber damals habe ich nach bestem Wissen entschieden. Ich habe an euch gedacht und an die Arbeiter. Ich wollte die richtige Entscheidung für alle treffen, auch wenn das gar nicht möglich war. Irgendjemand leidet immer.«

»Und der war dann wohl ich«, murmelte Hugo.

»Ich habe es nicht absichtlich getan. Ich wollte dir das Leben nicht schwer machen.« Abigail erinnerte sich an den Schmerz, den sie damals empfunden hatte, als sie Hugo und Ebenezer zurücklassen musste. »Aber wenn ich mich heute noch einmal entscheiden müsste, würde ich sicher anders handeln.«

Hugo nickte und seine Finger fuhren über die Tischdecke.

»Es tut mir von Herzen leid, mein Sohn«, sagte Abigail. Sie fasste über den Tisch und hielt seine Hand fest. »Ich liebe dich. Das habe ich immer getan, egal wo ich war. Bitte, verzeih mir.«

Hugo atmete tief durch, und Abigail konnte in seiner Miene die widerstreitenden Gefühle erkennen, die in ihm kämpften.

Dann fragte er: »Stimmt es, dass Ebenezer George erwürgt hat?«

Abigail fuhr ein kalter Schauder den Rücken hinunter.

»Dein Onkel hat in blindem Zorn gehandelt«, sagte sie, um einen ruhigen Tonfall bemüht. »Er hat auf das Kind eingeprügelt und hätte es beinahe umgebracht.«

Hugo runzelte die Stirn. »Und es gab keine andere Möglichkeit, ihn aufzuhalten?«

Abigails Blick wanderte zum Fenster. Aber sie sah nicht

den verregneten Februartag draußen, sondern einen anderen grauen Tag vor vielen Jahren. Sie hörte wieder die Schreie des Kindes und sah das teuflische Vergnügen auf dem Gesicht ihres Schwagers.

»Nein«, sagte sie schließlich. Ihre Hand hielt immer noch die ihres Sohnes fest. »George hätte nicht aufgehört. Nicht, bevor Robert tot gewesen wäre.«

Hugo schwieg.

»Ebenezer hat George nicht vorsätzlich umgebracht, das weißt du sicher«, sagte Abigail schließlich. »Dein Bruder ist kein Mörder.«

»Ich habe in den letzten Wochen, seit ich die Wahrheit von ihm erfahren habe, immer wieder darüber nachgedacht, und ich glaube, ich habe Ihnen unrecht getan, Mutter. Ich habe Mr Rashleigh gehasst, weil ich der Meinung war, er habe unsere Familie zerstört. Und ich war traurig, verwirrt und verletzt, als ich im letzten Jahr erfuhr, dass Sie mit ihm gegangen waren und uns hier allein zurückließen.« Hugos Finger bewegten sich. Vorsichtig streichelte er die Hand seiner Mutter. »Es tut mir leid. All die Jahre war ich verbittert, ich habe Ihnen vorgeworfen, sich umgebracht zu haben.«

»Es war ein Unfall«, sagte Abigail. »Niemand trägt die Schuld daran.«

»Außer George«, fügte Hugo bitter hinzu.

Abigail nickte nachdenklich. »Aber auch er war der Zweitgeborene, genau wie du. Ich habe nie darüber nachgedacht, aber das, was du eben gesagt hast, stimmt. In einer Familie wie unserer, in der Abstammung und Erbfolge entscheidend sind, erhalten die nachgeborenen Kinder zwangsläufig weniger Aufmerksamkeit als die Stammhalter. Und manche leiden darunter. Mir waren immer die Arbeiter wichtig, ich wollte

Gerechtigkeit in Hampton's Mill und habe mich vermutlich zu sehr auf Ebenezer konzentriert. Es tut mir von Herzen leid.«

»Und vielleicht ist es Onkel George ja ähnlich ergangen«, fügte Hugo hinzu.

»Ja.« Abigail ließ die Hand ihres Sohnes los und trank einen Schluck Tee. »Was hast du jetzt vor? Was möchtest du mit deinem Leben anstellen?«

»Ich will nach Indien«, sagte Hugo und seufzte. »Aber ich habe nicht genug Geld. Ebenezer hat mir zwar eine großzügige Summe zukommen lassen, aber das reicht nicht.«

Abigail sah ihren Sohn nachdenklich an. Sie wusste, wie hoch die Summe war. Eigentlich sollte das Geld, das Ebenezer seinem Bruder für die Reise gegeben hatte, für ein Jahr in Indien sehr wohl genügen.

»Vielleicht kann ich Ihnen helfen«, mischte sich Captain Maroon ein, der sich die ganze Zeit über diskret im Hintergrund gehalten hatte. »Meine Reederei hat beste Beziehungen zu vielen Handelsgesellschaften weltweit. Natürlich auch zur East India Company. Ich könnte Ihnen mit Sicherheit einen Verwaltungsposten in Indien vermitteln.«

»Ich bin nicht dazu gemacht, mir meinen Lebensunterhalt zu verdienen«, erwiderte Hugo hochmütig.

»Und das ist ebenfalls ein Versäumnis meinerseits«, gab Abigail zu. »Ich hätte dich von klein auf darauf vorbereiten müssen, dass du einmal eine Aufgabe erfüllen musst.«

»Mach dir keine Vorwürfe, meine Liebe«, sagte Maroon und lächelte sie an. »Als du damals aus England fortgingst, war Lord Hugo noch zu jung.«

»Stimmt«, gab Hugo dem Captain recht.

»Das mag sein«, sagte Abigail entschieden. »Aber es ist

höchste Zeit, dass du die Verantwortung für dein Leben übernimmst. Du hast damals einen ordentlichen Erbteil bekommen. Damit hattest du die besten Voraussetzungen für einen guten Start. Und mithilfe von Captain Maroon und seinen Beziehungen ...«

»Oh, ich fürchte, von dem Geld ist nichts mehr übrig«, gestand Hugo. »Ich habe nicht gerade sparsam gelebt.«

Das hatte Abigail schon geahnt. Sie schluckte eine strenge Erwiderung hinunter und sagte stattdessen: »Umso wichtiger ist es, dass du das Angebot des Captains jetzt annimmst. Und wer weiß, vielleicht macht dir die Arbeit ja sogar Spaß.«

Der Captain hielt Wort und besorgte Hugo eine Anstellung im Kontor der East India Company in Delhi. Ebenezer stellte seinem Bruder eine weitere große Geldsumme zur Verfügung. Bevor Hugo abreiste, besuchte er Abigail noch einige Male in Lakeside House. Besonders glücklich machte es Abigail, dass beide Söhne bei ihrer kleinen Hochzeitsfeier mit John Maroon anwesend waren. Sie hatten also ihren Frieden damit geschlossen, dass Abigail sich noch einmal vermählte.

An einem windigen Märzmorgen im Jahr 1851 verabschiedete Hugo sich endgültig von seiner Mutter und während der nächsten Monate hörten weder Abigail noch Ebenezer von ihm. Erst im Dezember desselben Jahres traf ein Brief in Lakeside House ein, in dem Hugo von einem indischen Mädchen berichtete, das er kurz nach seiner Ankunft kennengelernt habe und nun heiraten wolle. Er beschrieb die Schönheit der jungen Frau über beinahe drei Seiten. Bezüglich ihres Charakters erfuhr Abigail jedoch nichts. Auch sagte Hugo kein Wort über seine Gefühle dem Mädchen gegenüber. Abigail hoffte, dass es ihm nicht nur um das exotische Aussehen der Inderin ging, denn zu einer glücklichen Ehe gehörte mehr, das wusste sie nur zu gut. Hugo schrieb in diesem Brief auch von der Arbeit, die der Captain ihm besorgt hatte und die ihm leider keinen Spaß bereitete. Abigail las voller Schrecken, dass er die gute Stellung schon nach zwei Wochen aufgegeben hatte.

»Was ist denn, meine Liebe?«, fragte der Captain, als er Abigails Bestürzung bemerkte. Er legte die Zeitung zur Seite, in der er gerade gelesen hatte. Sie war bereits eine Woche alt, aber die Post kam nur unregelmäßig, da sie zu abgelegen wohnten.

Abigail berichtete John vom Inhalt des Briefes und er seufzte besorgt.

»Er scheint mir ein törichter junger Mann zu sein. Aber du musst ihn seine Fehler machen lassen.«

»Es ist so dumm von ihm«, rief Abigail aus und lehnte sich in dem Stuhl zurück, der an dem zierlichen Schreibtisch stand. »Er vermählt sich und hat keine finanzielle Sicherheit. Wie will er seine Frau ernähren? Wovon sollen sie leben? Ebenezer wird ihn nicht ewig unterstützen.«

»Trotzdem, du kannst ihm im Moment nicht helfen«, erwiderte Maroon. »Eines Tages wird er erkennen, dass er heute falsch gehandelt hat.«

Abigail wusste, dass John recht hatte, und doch las sie den Brief noch einige Male voller Sorge durch. Als Hugo wenige Wochen später erneut schrieb, war Abigail etwas beruhigter. Anscheinend hatte er ein kleines Haus gefunden, das nicht allzu teuer im Unterhalt war, und er schien glücklich mit seiner jungen Frau zu sein. Danach wurden die Briefe jedoch immer seltener und im Jahr 1853 hörte sie überhaupt nichts mehr von ihm. Abigail schrieb ihm mehrere Briefe, die nach einigen Monaten jedoch ungeöffnet zu ihr zurückkamen. John bat einen Kollegen, der häufig in Indien unterwegs war, sich nach Hugo zu erkundigen, aber es schien, als hätte der junge Mann sich in Luft aufgelöst. Abigail bemühte sich, nicht in Panik zu verfallen. Und doch war die Sorge manchmal unerträglich. Wie schnell sich das Blatt wenden konnte! Einst hatte sie ihre Söhne zurückgelassen, ohne dass sie wussten, wo sie war und wie es ihr ging, und heute sorgte sie sich um den verschollenen Hugo.

An einem Septembertag im Jahr 1855 hörte sie Pferdehufe und sah verwundert von ihrem Buch auf, in dem sie gerade gelesen hatte.

»Es ist Lord Hugo«, verkündete Mrs Alison einige Augenblicke später. »Und er hat seine junge Frau dabei.«

»Oh«, entfuhr es Abigail und ihr Blick wanderte zu John, der ebenso überrascht zu sein schien.

Wenig später stand Hugo vor ihr. Er war fast doppelt so breit geworden wie vor seiner Reise nach Indien, und Abigail erschrak kurz über sein bleiches Gesicht.

»Mutter! Ich freue mich, Sie wiederzusehen«, sagte er und kam mit ausgebreiteten Armen auf sie zu. »Schauen Sie, ich habe Ihnen meine Frau Shiva mitgebracht.«

Das Mädchen stand mit gesenktem Blick hinter ihm.

»Ich freue mich, Sie kennenzulernen«, sagte Abigail, doch Shiva starrte nur schweigend auf ihre Fußspitzen.

»Sie ist sehr schüchtern«, erklärte Hugo und wandte sich dann an seine Frau. »Rede gefälligst mit meiner Mutter, wenn sie dich anspricht.«

Shiva zuckte zusammen, und Abigail hielt einen Moment lang die Luft an, als sie die Traurigkeit und Angst im Gesicht der jungen Frau erkannte.

»Es ist schon gut«, beschwichtigte sie ihren Sohn. »Es ist alles sehr neu und unbekannt für Shiva. Möchtet ihr Tee?«

»Unsinn, nichts ist neu«, erwiderte Hugo kurz angebunden. »Wir sind seit mehr als einem Jahr hier in England, aber sie weigert sich einfach, unsere Sprache zu sprechen.«

»So lange seid ihr schon wieder zurück?«, fragte Abigail erstaunt. »Ich hatte euch in Indien vermutet. Warum hast du dich denn nicht bei mir gemeldet?«

»Ich musste erst meine Angelegenheiten regeln«, entgegnete Hugo und ließ sich in einen der Sessel fallen. »Wir mussten Indien ziemlich schnell verlassen, ich steckte in gewissen Schwierigkeiten …«

»Ach, Hugo«, seufzte Abigail. »Ich hatte schon befürchtet, dass du dich finanziell übernehmen würdest. Dabei hatte John dir doch so eine gute Stellung verschafft.«

»Ich bin nicht für die Arbeit geeignet«, sagte Hugo, wie schon vor fünf Jahren. »Aber jetzt hilft alles nichts. Meine Gläubiger sitzen mir im Nacken und Ebenezer weigert sich, mir zu helfen.«

»Du kannst doch nicht erwarten, dass dein Bruder für deine Schulden aufkommt«, nahm Abigail Ebenezer in Schutz.

»Regen Sie sich nicht auf, Mutter«, sagte Hugo. »Er hat mich gezwungen, eine Arbeit in Hampton's Mill aufzunehmen. Ich fange im nächsten Monat dort an. Dafür will er meine Schulden bezahlen.«

Bereits an diesem Nachmittag ahnte Abigail, dass Hugo nicht lange in der Baumwollfabrik arbeiten würde. Und so war sie nicht überrascht, als sie von Ebenezer erfuhr, dass sein Bruder nur wenige Tage als Vorarbeiter in Hampton's Mill tätig gewesen war und, nachdem Ebenezer seine Schulden bezahlt hatte, gleich wieder verschwunden war. Shiva ließ er in Stockmill zurück.

Eines Nachmittags stand Ebenezer atemlos in dem kleinen Salon von Lakeside House. An seinem Gesicht konnte Abigail ablesen, was geschehen war. Hugo war tot. Man hatte seine Leiche aus der Themse gefischt. Anscheinend war er nach London gegangen, um dort sein Glück zu suchen. Seine Witwe hatte inzwischen einen Neffen von Oliver Rashleigh geheiratet.

Abigail trauerte aufrichtig um Hugo und fühlte sich bis zu ihrem Lebensende für seinen Tod verantwortlich. Sie hatte sich um das Leid von fremden Menschen gekümmert, statt ihren Sohn zu Verantwortung und Rechtschaffenheit zu erziehen.

Ebenezers und Deborahs Sohn hingegen bereitete allen nur Freude. Er kam im Herbst 1850 gesund zur Welt und trug den Namen seines Großvaters Anthony. Deborah war eine liebevolle und leidenschaftliche Mutter, aber auch Robert kümmerte sich rührend um den Sohn seines Geliebten. In den folgenden Jahren machte Deborah sich in der Fabrik unentbehrlich. Sie übernahm die Aufsicht über die fabrikeigene Schule, in der die Arbeiterkinder unterrichtet wurden. Außerdem führte sie die Fabrikküche, die Armenspeisung und die Renovierung der Arbeiterhäuser weiter, die Abigail einst in Stockmill begonnen hatte. Bei ihren regelmäßigen Besuchen in Lakeside House unterhielt sich Deborah stundenlang mit Abigail über die Fortschritte, die sie bei den Arbeiterkindern beobachten konnte. Gemeinsam entwickelten die beiden Frauen noch viele Projekte, die den Arbeitern das Leben erleichterten. So war es ausschließlich Abigails Idee und Deborahs Hartnäckigkeit zu verdanken, dass das erste

Spital in Stockmill gegründet wurde, das anfangs nur durch die großzügige Unterstützung von Ebenezer Hampton, Lord of Mahony, finanziert werden konnte.

Abigail war glücklich, dass Ebenezer ein guter Herr geworden war, der seine Untergebenen gerecht behandelte. Er war bei seinen Arbeitern sehr beliebt, zahlte gerechte Löhne und kam sogar für ihre Arztkosten auf. Er sorgte für geschützte Arbeitsbedingungen und gesundes Essen. Sooft es ihm und Robert möglich war, besuchten sie Abigail und John in Snowdonia. Manchmal kamen sie gemeinsam mit Deborah und dem kleinen Anthony.

Eines Sonntags im Juli, als Abigail mit John, Ebenezer und Robert einen Spaziergang durch die walisische Landschaft unternahm, erzählte ihr Sohn, dass er und Robert planten, sich später einmal hier bei Lakeside House bestatten zu lassen. In Hampton Hall solle Ebenezers offizielles Grabmal stehen, er wolle jedoch neben seinem Geliebten und seiner Mutter die letzte Ruhestätte finden.

Also gab Abigail eine kleine Gruft in Auftrag, in der sie alle fünf einmal Platz finden sollten – denn John und Mrs Alison, die bei ihnen in Snowdonia geblieben war, sollten selbstverständlich auch dort beigesetzt werden. Ebenezer ließ eine Tafel anfertigen, die in Abigail's Place angebracht werden sollte, damit seine Nachkommen herausfinden konnten, wo sein Leichnam begraben war.

Abigail bat Ebenezer, immer dafür zu sorgen, dass auch Olivers Nachfahren gut abgesichert waren, und Ebenezer gab ihnen auskömmliche Anstellungen in seiner Firma mit gesicherten Bezügen. Außerdem schenkte er ihnen das große Porträt von Abigail, das früher in Hampton's Mill gehangen hatte. Es war nach dem Skandal im Winter 1841 abgenommen und auf einem Dachboden eingelagert worden. Olivers Töchter freuten sich sehr über das Bild der einstigen Hausherrin von Abigail's Place, und obwohl Ebenezer ihnen gestattet hatte, es zu verkaufen, brachten sie es nicht übers Herz, sich von dem Gemälde zu trennen. Sie wussten, dass ihr Vater Abigail sehr geliebt hatte, und es schien ihnen, als wäre mit Abigails Bild auch ein Teil ihres Vaters noch bei ihnen.

Abigail war glücklich, endlich zur Ruhe gekommen zu sein. Sie schrieb nur noch selten in ihr Tagebuch, denn da sie John jeden Abend ihre Gedanken anvertraute, brauchte sie es nicht mehr. Eines Tages nahm sie sämtliche Bücher und steckte sie in große metallene Teedosen, die Hugo einst aus Indien mitgebracht hatte. Als sie den Deckel schloss, hatte sie das Gefühl, mit all den Erlebnissen abgeschlossen zu haben, die sie darin aufgeschrieben hatte. Sie brachte die Dosen in den Keller und vergaß sie bald.

Kapitel 22

Oktober 2018

Die letzten Sätze in Abigails Tagebuch waren gelesen, die Worte schwebten noch in der Luft, als die alte Standuhr in der Diele des Holiday Cottage zwei Uhr schlug. Niemand sagte ein Wort. Dan, Miranda, Mia und Melody waren in Gedanken noch bei Abigail, Ebenezer, Hugo und all den anderen. Mirandas und Mias Gesichter waren nass von Tränen, und auch Melody war tief bewegt, da sie nun endlich den Ausgang der tragischen, aber nicht nur unglücklichen Geschichte ihrer Ahnin kannte.

»Was für eine starke Frau«, brach sie schließlich das Schweigen. »Sie hat so viele harte Schicksalsschläge erleiden müssen, aber nie aufgegeben. Sie hat immer wieder aufbegehrt und ist ihren Werten treu geblieben.«

»Ja«, sagte Dan. »Sie hat für die Rechte der Arbeiter gekämpft und sich dadurch in große Gefahr gebracht.«

»Ich frage mich, wie sie all die Verluste ertragen konnte.« Miranda wischte sich mit dem Handrücken über das Gesicht.

»Lasst uns die Gruft suchen«, sagte Mia und stand auf. »Ich kann jetzt nicht schlafen. Und ich muss unbedingt wissen, wo sie begraben liegt.«

»Jetzt?« Melody lachte. »Es ist mitten in der Nacht.«

»Dann gleich morgen früh«, sagte Mia in einem Tonfall, der keinen Widerspruch duldete.

Melodys Blick wanderte zu Dan, der nickte.

»Ja«, sagte er und sah nach dem Baby, das friedlich schlief. »Aber jetzt müssen wir erst einmal alle schlafen. Es war ein anstrengender Tag.«

Am nächsten Morgen frühstückten sie in aller Eile. Dann zogen sie die Kleine dick an, schlüpften in warme Jacken und machten sich wieder auf den Weg nach Lakeside House.

Als sie die Ruine erreicht hatten, beugten sie sich gemeinsam über die Karte.

»Ich glaube, dass die Gruft nicht allzu weit vom Haus entfernt ist«, überlegte Melody. »Falls der Captain vor Abigail gestorben sein sollte, wollte sie sein Grab bestimmt in ihrer Nähe haben.«

»Er ist sicher vor ihr gestorben«, sagte Mia. »Schließlich sterben Männer ja häufig früher als Frauen.«

»Wollen wir uns aufteilen?«, fragte Dan. »Mia und Miranda suchen vor dem Haus, und Melody und ich nehmen uns das Gelände gleich dahinter vor.«

»Einverstanden!« Mia bahnte sich einen Weg durch das Gestrüpp, hinter dem sich die Hausmauern verbargen. »Wenn wir etwas finden, rufen wir euch an.«

Sobald die beiden Mädchen hinter den dichten Büschen verschwunden waren, drehte sich Dan zu Melody und hielt sie am Arm zurück.

»Warte kurz, Melody.«

Sie sah ihn fragend an.

»Ich schulde dir noch eine Erklärung«, sagte er und betrachtete sie nachdenklich. »Wegen der Sache mit Hester. Du hast mich nicht gedrängt und mir auch keine Szene gemacht, obwohl ich in letzter Zeit so viel mit ihr gesprochen habe.«

»Ich würde lügen, wenn ich behaupten würde, nicht eifersüchtig zu sein«, erwiderte Melody zögernd. »Die Situation war nicht gerade angenehm.«

»Das weiß ich doch«, sagte er. »Und trotzdem war es wichtig für mich. Hester war meine Jugendliebe, ich habe viele Jahre lang mein Leben mit ihr geteilt.« Dan ließ seinen Blick zu den hohen Bergen in der Ferne schweifen. »Die Nachricht, dass ich jetzt eine Familie gegründet habe und mit einer anderen Frau glücklich bin, hat sie ziemlich aus der Bahn geworfen.«

»Ich kann verstehen, dass du dir Gedanken um Hester machst«, sagte Melody vorsichtig. »Aber ich glaube nicht, dass du der richtige Gesprächspartner für sie bist. Schließlich scheinst du die Ursache für ihren Kummer zu sein.«

»Das ist mir inzwischen auch bewusst«, antwortete Dan. »Hester ist Vergangenheit für mich. Und meine Tochter braucht mich. Was wäre ich für ein Vater, wenn ich nicht ganz bei ihr wäre und mich stattdessen um meine Ex-Frau kümmern würde?«

»Ich fände es auch nicht besonders gut, wenn Hester permanent zwischen uns stünde«, warf Melody ein.

»Das ist mir klar«, sagte er und lächelte sie liebevoll an. »Deshalb habe ich ihr gestern deutlich gemacht, dass ich ab jetzt nicht mehr mit ihr telefonieren werde und dass sie sich professionelle Hilfe suchen soll.«

»Das Ganze erinnert mich ein bisschen an Abigails Geschichte.«

»Ja, irgendwie schon«, sagte Dan und lächelte zaghaft.

»Auch Abigail hatte zwei Familien, ihre Söhne hier in England und Rosemary, die ihr auf grausame Weise genommen wurde.« Er machte eine Pause, und sein Blick wanderte zu Abigail, die vor Melodys Bauch im Tragetuch schlief. »Sir Laurence war krank, und Rosemary und auch William hat die eigene Mutter gefehlt. Am Ende haben sie sich in verrückte Rassentheorien geflüchtet.«

Melody seufzte und sah Dan nachdenklich an. »Das bedeutet, Hester ist ein für alle Mal Geschichte für uns?«

»Ja«, erwiderte Dan und streichelte sanft über Abigails Köpfchen. »Sie tut mir leid, aber ich kann ihr nicht helfen.«

Melody hatte plötzlich das Gefühl, freier atmen zu können.

»Entschuldige bitte, dass ich in den letzten Wochen gedanklich so oft bei Hester war«, sagte er und küsste Melody auf die Wange.

»Oh Dan!« Melody glaubte, vor Liebe und Glück zerspringen zu müssen. Sie beugte sich zu ihm und küsste ihn. »Ich liebe dich.«

»Und ich dich auch.«

Noch bevor sie sich ein weiteres Mal küssen konnten, begann Melodys Handy zu klingeln. Sie lösten sich voneinander und Melody zog es aus ihrer Jackentasche.

Es war Miranda. »Hi Mummy, wir haben die Gruft gefunden.«

»Was?« Melody hatte schon ganz vergessen, warum sie überhaupt hier waren. »Das ist ja großartig! Schick mir euren Standpunkt, wir kommen, so schnell wir können.«

Zehn Minuten später hatten sie Mia und Miranda erreicht. Sie standen vor einem kleinen Gebäude, das mit Efeu überwuchert war.

»Das ist der Eingang der Gruft«, erklärte Miranda. »Aber das Tor hier ist abgeschlossen.«

Melody sah die verrosteten Eisenstreben und den dunklen Abstieg dahinter. Sie konnte Treppenstufen erkennen, die sich in der Tiefe verloren. Als sie mit der Taschenlampe hineinleuchtete, sah sie, dass die Treppe in einem großen Raum endete.

»Wir haben schon versucht, das Tor zu öffnen, aber es bewegt sich keinen Millimeter«, fügte Mia enttäuscht hinzu.

Dan trat neben sie und betrachtete das alte Eisenschloss. Er zog sein Taschenmesser aus der Hose und machte sich mit dem Schraubenzieher daran zu schaffen.

»Das waren damals zum Glück keine Sicherheitsschlösser«, erklärte er, während er es zu öffnen versuchte. »Mit den heutigen Schlössern wäre das nicht mehr zu machen.«

Schließlich klackte es und das Schloss gab nach. Dan drückte die Gittertür auf, die sich mit einem lauten Quietschen öffnete. In der Tiefe flatterte etwas auf, vermutlich eine Taube oder eine Fledermaus.

»Vorsichtig«, mahnte Dan, als Melody mit dem leuchtenden Smartphone in der Hand und der kleinen Abigail im Tragetuch hinabstieg. »Das Moos auf den Stufen ist bestimmt glitschig.«

Melody setzte ihre Schritte mit Bedacht und hielt sich an dem Handlauf fest, der an der Wand befestigt war. Als sie unten angekommen war, leuchtete sie in das Gewölbe. Hinter sich hörte sie die vorsichtigen Schritte ihrer Familie.

Der Raum hier unten war ziemlich groß, etwa vierzig oder fünfzig Quadratmeter. Der Boden war mit altem Laub, Stöcken, Vogelkot und Baumrinden übersät, die im Laufe der Jahre wohl durch das Gittertor hereingeweht waren. Es roch nach Moder, Feuchtigkeit und Schimmel. Melody hatte eine Gänsehaut, als sie die Kreuze sah, die an den Wänden hingen. Ihr stockte der Atem, als ihr Blick auf die fünf Sarkophage fiel, die nebeneinander auf dem Boden standen. Jeder von ihnen war mit einer Inschrift versehen. Aufgeregt ging sie zu dem ersten hin, der auf der linken Seite des Gewölbes stand. Sie musste das Moos entfernen, um die Schrift lesen zu können:

ALBERTINE ALISON
1787 – 1869
WIE EINE MUTTER GELIEBT UND UNVERGESSEN

Das also war die letzte Ruhestätte der Haushälterin, die in Lakeside House geblieben und nie nach Hampton Hall zurückgekehrt war. Abigail hatte in ihren Tagebüchern immer wieder erwähnt, dass Mrs Alison wie eine Mutter für sie gewesen war, und Melody musste darüber lächeln, dass sie offensichtlich bis zu ihrem Tod zusammengeblieben waren.

Langsam trat sie an den nächsten Sarkophag heran und las die Inschrift auf dem Stein:

CAPTAIN JOHN MAROON
1800 – 1874
EIN GROSSES HERZ UND EINE GROSSE LIEBE

Melody strich über die Steinplatte. Wie schön, dass Abigail noch einmal lieben konnte und bis zu ihrem Tod geliebt wurde.

Neben Maroons Sarkophag, der rechts neben dem der Haushälterin stand, war ein weiterer aufgestellt. Melody trat an den Stein, und unwillkürlich liefen ihr Tränen über die Wangen. Sie schluchzte leise auf, als sie die Inschrift las:

Hier ruht die
Madonna der Arbeiter
Abigail Maroon,
die Licht ins Dunkel der
Armen brachte und selbstlos das
Glück der anderen über ihr eigenes stellte.
In ewiger Liebe
1805 – 1880

Sie hatte gar nicht bemerkt, dass Dan neben sie getreten war. Er legte seinen Arm um ihre Schultern, und lange Zeit standen sie schweigend und in Gedanken versunken. Auch Miranda und Mia kamen zu ihnen. Gemeinsam gedachten sie ihrer Vorfahrin, der Madonna der Arbeiter. Der Kreis hatte sich geschlossen. Sie hatten Abigail auf ihrer schicksalsvollen Reise begleitet, sie hatten den Kampf für Gerechtigkeit mit ihr gekämpft. Sie hatten mit ihr geliebt und gelitten, gehofft und getrauert. Hier in Snowdonia hatte diese starke Frau endlich Ruhe, Frieden und Liebe gefunden.

Melody strich über das weiche Köpfchen ihrer Tochter. Die kleine Abigail würde im Gedenken an die Geschichte ihrer Namensgeberin aufwachsen. Vielleicht lebte ja ein Stück von Abigail Maroon, vormals Abigail Hampton, Lady of Mahony, in Abi weiter.

Erst nachdem sie lange vor Abigails Grab innegehalten und ihrer gedacht hatten, wandten sie sich den letzten beiden Sarkophagen zu.

Gleich rechts neben Abigail befand sich Ebenezers Sarg. Melody las:

EBENEZER HAMPTON, DER FÜNFTE LORD OF MAHONY
IN EWIGER LIEBE MIT DEN SEINEN VERBUNDEN
1824 – 1901

Melody sagte leise: »Im Tod ist er mit seiner Mutter vereint. Sie ruhen hier friedlich nebeneinander.«

»Und neben seinem Geliebten«, fügte Mia hinzu, während sie das Moos auf dem nächsten Sarkophag beiseitestrich.

ROBERT HAMPTON
IN EWIGER LIEBE
1828 – 1901

»Sie sind beide im selben Jahr gestorben«, stellte Melody fest. »Sie mussten sich offenbar nie wieder trennen und konnten bis zu ihrem Tod zusammenleben.«

Als sie sich im Schein der Taschenlampen umsah, stutzte sie.

»Schaut mal, hier ist eine Gedenktafel an der Wand angebracht, direkt neben Roberts Grab.«

Sie trat näher heran und las die Inschrift darauf vor:

OLIVER RASHLEIGH,
WO IMMER DU BIST,
UNVERGESSEN
IN EWIGER LIEBE
1803 – 1847

»Also hat auch Oliver eine Gedenkstätte gefunden, auch wenn sein Leichnam irgendwo in Oregon verscharrt wurde«, stellte Dan fest.

»Ja, von diesem Scheusal Sir Laurence«, fügte Mia mit Abscheu hinzu.

»Mir wird langsam kalt hier unten«, sagte Miranda und rieb sich die Oberarme.

Sie beschlossen alle, wieder nach oben zu gehen. Als sie in der Oktobersonne standen, sah Dan auf den zugewucherten Eingang zurück. »Das Ganze hier müsste einmal vernünftig hergerichtet werden, damit die Gruft nicht allmählich verfällt.«

Da hatte Melody plötzlich eine Idee. »Was haltet ihr davon, wenn ich meinen Verwandten mit dem Geld, das ich von Louise geerbt habe, das ganze Land hier abkaufe? Es steht sowieso alles unter Naturschutz, aber vielleicht dürfen wir Lakeside House wieder aufbauen, genau so, wie es einmal hier gestanden hat. Zumindest sollten wir die Gruft restaurieren und regelmäßig pflegen.«

»Das finde ich großartig«, rief Miranda begeistert. Auch Dan und Mia stimmten zu.

Als sie müde, aber glücklich wieder in ihrem Holiday Cottage ankamen, klingelte Melodys Handy.

Es war Mr Truman.

»Mrs Stewart, es tut mir sehr leid, aber ich muss Ihnen mitteilen, dass Ihr Haus im Willamette-Tal Opfer eines Feuers geworden ist. Abigail's Place ist bis auf die Grundmauern abgebrannt.«

»Was?« Melody brauchte einen Moment, um seine Worte zu begreifen. »Es ist vollkommen zerstört?«

Die anderen sahen sie fragend an.

»Ich fürchte, ja«, antwortete der Anwalt.

»Um Himmels willen!« Melody atmete tief durch. »Weiß man schon, wie es passiert ist?«

»Erinnern Sie sich an die alte Dame, die in dem kleinen Cottage auf dem Anwesen gewohnt hat?«, fragte der Anwalt.

»Natürlich, Josephine.«

»Es sieht so aus, als hätte sie im ganzen Haus Benzin verschüttet und es dann angesteckt. Ihre Leiche wurde in einem der Türme gefunden.«

»Oh nein!« Melody schloss für einen Moment entsetzt die Augen. »Das ist furchtbar.«

»Ja, es ist eine Tragödie«, bekräftigte Mr Truman.

»Vielen Dank für Ihren Anruf«, sagte Melody bedrückt.

»Es stellt sich die Frage, was Sie nun mit dem Grundstück anfangen wollen«, erwiderte Mr Truman und räusperte sich. »Sie werden keine Baugenehmigung für eine neue Villa erhalten. Vielleicht denken Sie einmal darüber nach, das Land dem Staat Oregon zurückzugeben. Dann könnte man den Ort aufforsten, sodass er wieder Teil des Willamette Forest werden kann.«

Melody wunderte sich, dass sie nicht selbst auf diese schöne Idee gekommen war.

»Das werde ich tun«, versicherte sie dem Anwalt und legte wenig später auf.

Nachdem sie Dan, Miranda und Mia von dem Brand erzählt hatte, sahen sich alle entsetzt an. Jeder von ihnen konnte sich nur allzu gut an Josephine erinnern.

»Warum sie das wohl getan hat?«, überlegte Mia.

»Und warum gerade jetzt«, fügte Miranda hinzu.

Melody hob ratlos die Schultern. »Vielleicht weil wir Cyrus' Geschichte jetzt kennen. Ich glaube, sie schämte sich für die wahnwitzigen Gedanken ihrer Vorfahren, aber gleichzeitig schien es ihr wichtig zu sein, dass wir ihre Geheimnisse erfahren.«

»Und dann hat sie alles angezündet. Die Geschichte ihrer Familie und sich selbst.« Dan schüttelte traurig den Kopf.

»Warum musste Josephine sterben?«, fragte Melody verzweifelt. Vermutlich waren sie und Dan die letzten Menschen gewesen, die die alte Frau lebend gesehen hatten. Kurz nach ihrer Abreise musste die Tragödie geschehen sein.

Melody überlegte. »Hätten wir das nicht verhindern können?«

»Nein«, erwiderte Dan und fasste nach ihrer Hand. »Josephine hat jahrelang gelitten und schließlich nur noch in ihren Erinnerungen gelebt. Wir hätten nichts tun können, um sie davon abzuhalten.«

»So schrecklich es ist … es ist irgendwie auch beruhigend, dass alles zerstört wurde«, sagte Melody nach einer Weile. »Es war ein Ort, an dem viel Gewalt geschehen ist und der durch krankhafte Gedanken vergiftet war … Ich denke, so ist es am besten. Die Natur soll all das Leid überdecken, und irgendwann werden die Tränen vergessen sein, die dort geflossen sind.«

Melody betrachtete ihre drei Töchter und ihren Freund. Sie dachte an Abigail und Oliver, an Captain Maroon und Ebenezer, der in Robert sein Glück gefunden hatte. Endlich kannte sie Abigails ganze Geschichte, und sie würde dafür sorgen, dass sie niemals in Vergessenheit geriet. Vielleicht konnte sie Abigails Tagebücher veröffentlichen, damit viele Leser durch das mutige Leben von Melodys Vorfahrin darin bestärkt würden, ihrem Herzen zu folgen und die Welt durch verantwortungsvolles Handeln ein bisschen besser zu machen. Oder sie würde einen Roman über Abigails Schicksal schreiben und über das Jahr, in dem Philip sie verlassen und sie sich in Dan verliebt hatte. Über die Tagebücher, die sie zusammen entdeckt und gelesen hatten, und über ihre Reisen nach Oregon. Ja, sie würde einen Roman darüber schreiben, damit die Geschichte ihrer Vorfahrin für immer erhalten blieb. Die Geschichte der Frauen von Hampton Hall.

Danksagung

Wieder einmal ist ein Roman beendet. Das Loslassen meiner Figuren macht mich ein wenig traurig, zumal mich Abigail, Melody & Co. durch drei Bände begleitet haben. Es war eine neue und sehr intensive Erfahrung für mich, eine Trilogie zu schreiben und die Entwicklung meiner Figuren über einen Zeitraum so vieler Jahre und vor allem so vieler Ereignisse zu zeigen. Ich danke euch, ihr lieben Leserinnen und Leser, dass ihr mich und meine Charaktere dabei begleitet habt. Mit vielen von euch stehe ich in intensivem Kontakt, sei es bei den Lovelybooks-Leserunden, die das Erscheinen eines neuen Buches immer begleiten, oder in den sozialen Netzwerken bei Facebook und Instagram, wo mir einige von euch folgen. Es ist großartig, dass ihr mir immer so viel Feedback gebt, und ich freue mich riesig über jede einzelne Rückmeldung von euch. Eure Leseeindrücke zu erfahren, hilft mir sehr, mein Schreiben zu perfektionieren, und ich lerne bei jedem Roman ein wenig dazu. Danke, dass es euch gibt!

Und ich kann es gar nicht oft genug erwähnen, aber ohne meine großartige Verlagslektorin Hannelore Hartmann, die meine Romane mit viel Liebe und Herzblut betreut, gäbe es keinen einzigen Felicity-Whitmore-Roman. Ich schätze mich unendlich glücklich, eine so wunderbare Verlagsheimat gefunden zu haben wie den dtv. Danke, liebe Hanne, und dem ganzen dtv-Team.

Und danke, liebe Ulrike Schuldes, der großartigsten Außenlektorin der Welt! Ihr Name müsste eigentlich auch auf dem Cover stehen, denn sie findet jede Ungereimtheit, macht Sätze schöner oder ordnet Jahreszahlen richtig. Ich lerne so viel bei jedem Lektorat hinzu. Danke!

Und auch denen, die mein Leben jeden Tag so wundervoll machen, sage ich danke. Meinem Mann Dario, ohne dessen Unterstützung all mein Schreiben nicht möglich wäre und der mich immer auf meinem Weg begleitet. Das tun auch und sehr intensiv meine fünf Hunde. Poirot, Hastings, Barnaby, Miss Marple und Humphrey schenken mir so viel Liebe, und sie sind einfach immer da. Unglaublich, wie sehr ich diese fünf verrückten, lustigen, anstrengenden, stinkenden, schmutzigen, treuen, übermütigen und ausgelassenen Geschöpfe liebe. Und auch meinen Katzen Reena, Frau Suhrbier und Else danke ich, besonders letzterer, der nervigsten Katze der Welt (ich denke, ich erwähnte sie schon mehrfach). Ihr liebster Platz ist auf meiner Tastatur, und den verteidigt sie sehr hartnäckig und vehement. So kommt es vor, dass sie manchen Satz für mich beendet. Solltet ihr also irgendwelche seltsamen Wörter finden, stammen die wahrscheinlich von Else. Auch sämtliche Schreibfehler sind ausschließlich auf sie zurückzuführen!

Ich danke meiner Mutter Sigrid Janorschke für ihre Unterstützung. Sie ist jederzeit bereit, mir zu helfen. Danke, Mama! Und meiner lieben Autorenkollegin und guten Freundin Marlies Ferber, die meine Manuskripte immer als Erste liest und mit wertvollen Hinweisen versieht, kann ich gar nicht genug danken. Ob Hagener-dtv-Autorinnen-Betriebsausflug nach Berlin oder gemeinsame Hunderunden mit anschließendem Frühstück, wir haben uns immer viel zu erzählen. Ich danke dir, liebe Marlies, für deine Hilfe und dein stets offenes Ohr.

Dieses Buch widme ich meiner guten Freundin Anke Peters. Danke, liebe Anke, für deine Freundschaft. Du hast meine Karriere als Schriftstellerin von Beginn an begleitet, und ich werde wohl nie diesen Tag im Frühling vergessen, an dem Barnaby und ich dich kennengelernt haben. Damals sind wir beide zu dir nach Berlin gekommen, um uns für das Cover einer Hundezeitung fotografieren zu lassen. Seitdem sind viele wunderschöne Begegnungen hinzugekommen. Du hast unzählige Fotos meiner Hunde geschossen, von denen eins schöner ist als das andere. Wir haben zig lange Spaziergänge gemeinsam unternommen, oft auch mit der lieben Marlis, deiner Mutter, der fittesten Frau ihres Alters, die ich kenne und die meine Füße immer mit wundervoll weichen, selbst gestrickten Strümpfen versorgt. Niemand hat geahnt, dass aus dieser ersten Begegnung eine so wundervolle, tiefe Freundschaft erwachsen würde.